听无声,观未见。

——冈仓觉三《茶之书》

纽约自然史博物馆谋杀案

Ⅱ

渠城猎手

【美】道格拉斯·普莱斯顿　林肯·蔡尔德 著
姚向辉 译

重庆出版集团　重庆出版社

版贸核渝字（2012）第 096 号

图书在版编目（CIP）数据

渠城猎手 /（美）普莱斯顿著，姚向辉译. —重庆：重庆出版社，2013.6
ISBN 978-7-229-06496-9
Ⅰ. ①渠… Ⅱ. ①普…②姚… Ⅲ. ①侦探小说－美国－现代
Ⅳ. ①I712.45
中国版本图书馆 CIP 数据核字（2013）第 095646 号

渠城猎手
QUCHENG LIESHOU
[美] 道格拉斯·普莱斯顿 林肯·蔡尔德 著 姚向辉 译

出 版 人：罗小卫
责任编辑：张立武
特约编辑：刘 依
责任校对：郑小石
封面设计：花&树

重庆出版集团
重庆出版社 出版

重庆长江二路 205 号 邮政编码：400016 http://www.cqph.com
重庆出版集团艺术设计有限公司制版
自贡兴华印务有限公司印刷
重庆出版集团图书发行有限公司发行
E-MAIL:fxchu@cqph.com 电话：023-68809452
重庆出版社天猫旗舰店
cqcbs.tmall.com
全国新华书店经销

开本：880mm × 1 230mm 1/32 印张 12.5 字数：312 千字
2013 年 7 月第 1 版 2013 年 7 月第 1 次印刷
ISBN 978-7-229-06496-9
定价：29.00 元

如有印装质量问题，请向本集团图书发行有限公司调换：023-68706683

将本书献给女儿维罗妮卡。

——林肯·蔡尔德

将本书献给小詹姆斯·莫蒂默·吉本斯医学博士。

——道格拉斯·普莱斯顿

致　谢

我们希望能感谢以下各位在本书诞生中提供的慷慨帮助：鲍勃·格里森、马修斯奈德、丹尼斯·凯利、史蒂芬·德·拉·赫拉斯、吉姆·卡西、琳达·昆特、汤姆·艾斯邦谢伊德、丹·拉比诺维茨、迦勒·拉比诺维茨、凯伦·洛弗尔、马克·加拉格尔、鲍勃·温考特、李·萨科诺和乔吉特皮丽晶。

特别感谢汤姆·多尔蒂与哈维·克林格，如果没有他们的指导和勤勉努力，本书就不可能存在了。

感谢托尔出版社营销人员的辛苦工作和献身精神。

我们还想感谢所有支持我们的读者，无论是在电台和电视访谈中打来电话的，在签售会上与我们交谈的，或是寄来传统信件和电子邮件的，又抑或仅仅是阅读和喜爱我们作品的……各位对《掠食因子》的热情正是推动续作面世的动力。

诚挚感谢我们应该提到但因为疏忽，以至未曾在此提到的所有人。

“博物馆员+编辑”的黄金畅销组合
(代序)

1986年,刚满三十岁的道格拉斯·普莱斯顿告别了居住八年的纽约,把所有家当装进他的速霸陆休旅车,就这么驾车横越美国,搬到新墨西哥州的圣塔菲全心写作。在这之前,他一直任职于美国自然史博物馆,还写过一本书《阁楼里的恐龙》(*Dinosaurs in the Attic*),介绍那些千奇百怪、大部分时间都深锁在储藏室里不见天日的馆藏。

大学时代的普莱斯顿兴趣很杂,广泛辅修了数学、生物学、物理学、人类学、化学和天文学等领域的课程,最后才决定专攻英国文学。他从自然史博物馆的编辑、主笔一路做到出版统筹,既锻炼笔锋,也长了见识,奠定了日后创作最丰厚的基础。迁居之后,普莱斯顿一边进行新书《寻找黄金城》(*Cities of Gold*)的调研工作,同时开始构思一部以自然史博物馆为背景的谋杀推理小说,并把写作提案寄给《阁楼里的恐龙》编辑林肯·蔡尔德。

蔡尔德比普莱斯顿小一岁,年纪轻轻就在纽约出版界崭露头角。巧合的是,两人都是文学系毕业,而且念的都是名不见经传的学校。蔡尔德对恐怖小说情有独钟,编过几本鬼故事精选,还是个自学成才的程序设计高手。收到提案时,他已经离开出版界,成了大都会人寿的系统分析师。他认为市面上的推理小说泛滥,不容易崭露头角,不如改写高科技惊悚小说(Techno-Thriller),并提议两人合写。

谁也没想到,这个"前博物馆员＋前出版社编辑"的组合,会成为当代最受读者喜爱的惊悚小说黄金搭档。

他们的第一部作品《掠食因子》(*Relic*)有如《异形》遇上《侏罗纪公园》,以美国自然史博物馆横跨十数街区的展馆和阴森的地下储藏室为背景,叙述一桩失败的南美密林探险行动,一场即将揭幕的世界土著文化主题展,一座半人半兽的诡异原住民神像,以及一个神出鬼没的凶残杀手。他们创造了许多精彩的人物,例如颇有现代福尔摩斯风采的FBI探员潘德嘉斯特,个性的中年警官达戈斯塔,还有天真但勇敢聪慧的生物学博士生玛戈·格林。

普莱斯顿与蔡尔德的作品特色,在此已略具雏形:他们总能建构出匪夷所思、看似有超自然力量介入的恐怖悬案,然后用创意独具的科学理论加以解释,并掺杂都市传奇、失落宝藏传说等冒险小说要素。普莱斯顿的自然科学背景使他不论写生物科技、基因工程或病理学都从容自若;蔡尔德则擅长营造惊悚气氛,懂得何时添加血腥场面,何时攻心为上用气氛吓死读者。

这本书成了《侏罗纪公园》之后最成功的高科技惊悚小说。平装本推出后立即蹿上各大排行榜,卖出十余国版权,单在美国就卖了一百万册。1997年,同名电影上映(中译名《第三类终结者》),更把《掠食因子》送上纽约时报排行榜冠军。

不过,《掠食因子》的出版过程非常曲折,两人的成功也绝非一蹴而就。首先要克服的就是地理问题:普莱斯顿与蔡尔德相隔千里,见上一面都很困难,遑论创作这种私密的个人技艺。他们逐渐摸索出一种独特的合作方式:编辑出身的蔡尔德负责剧情大纲,普莱斯顿写初稿,再交由蔡尔德修润。其间当然有无数的讨论、争执与协商,加上两人各有正职工作,单是初稿就写了四年,而且他们还真的从头到尾没见面,完全以电话、邮件和传真作为联系管道。

稿子完成之后，他们又四处碰壁，幸赖经纪人哈维·克林格(Harvey Klinger)坚定不移的信心，才没有放弃。十八个月后，科幻出版社托尔的编辑罗勃·葛利森(Robert Gleason)签下版权，两人接着又花了一年多时间进行修改。从普莱斯顿1987年的构思到1995年《掠食因子》正式出版，整整漫长八年。

之后，普莱斯顿与蔡尔德再接再厉，陆续完成续集《渠城猎手》(*Reliquary*)与剧情独立的医学惊悚小说《龙山》(*Mount Dragon*)，然后他们离开了一手发掘他们的经纪人克林格，转投更具规模的大经纪公司旗下。

有了先前的畅销基础，新任的大牌经纪人轻松找到了华纳出版集团，砸下重金要把他们打造成超级畅销品牌。双方合作之初，普莱斯顿与蔡尔德写了三部偏动作冒险的作品：《冲潮》(*Riptide*)、《雷云》(*Thunderhead*)、《冰岩》(*The Ice Limit*)。

这几部作品虽有大出版社的强力营销，销售却难与当年《掠食因子》的高峰相比。故事精彩归精彩，好像还是少了点什么。普莱斯顿与蔡尔德想了很久，明白读者最喜欢的还是潘德嘉斯特探员和自然史博物馆，于是决定让这位风度翩翩的探员重出江湖，侦查博物馆暗藏的百年凶案，这就是2002年的《猎奇档案》(*The Cabinet of Curiosities*)。故事描述一起建筑工程挖开古老的猎奇档案柜，出土的竟是一个恐怖的地底人体实验室，里面是三十六具被谋杀而后残忍肢解的尸体。潘德嘉斯特探员找上自然史博物馆的考古学家诺拉·凯莉，两人深入研究博物馆的尘封档案，调查唐人街底下的大型墓园，还有河滨大道旁的恐怖豪宅。他们寻找的是一百三十年前的纽约谜样医师，一个着迷活体实验的医学天才。就在这个时候，同样凶残的谋杀和肢解惨案在纽约市爆发，相隔一个世纪的连串死亡究竟有何关联?

相较于《猎奇档案》的都会背景,隔年推出的《乌鸦静画》(*Still Life with Crows*)则把故事舞台搬到与世隔绝的堪萨斯小镇,由当地警长和潘德嘉斯特联手侦办一连串恐怖的杀人祭仪。他们深入附近的地底岩洞,发现一座禁酒时期的私酿场,并追索连续杀人事件背后的真正谜团:谁才是1856年当地大屠杀惨剧的凶手?四代堪萨斯家族又隐藏了什么扭曲病态的秘密?

2004年,普莱斯顿与蔡尔德出版《硫黄密杀》(重庆出版社版),更让潘德嘉斯特和达戈斯塔警官再度联手办案。《掠食因子》书迷看到两人久别重逢,潘德嘉斯特不改幽默从容本色的那句“如假包换,我亲爱的文森”,莫不感动得无以复加。距离两人首次搭档,已经匆匆十年过去了。《硫黄密杀》同时也开启了堪称两位作者写作事业颠峰的全新三部曲:智勇双全的潘德嘉斯特不仅要挑战更匪夷所思的谜团,还要与他的终极敌手、犯罪天才狄奥基尼斯决一死战,而他就是潘德嘉斯特的亲弟弟。

三部曲之二的《死亡之舞》(人民文学出版社版),更是全面整合了普莱斯顿与蔡尔德的世界观,各路角色纷纷现身,生物学博士玛戈·格林、考古学家诺拉·凯莉、记者比尔·史密斯贝克、硬派女警萝拉·海沃德等人齐聚自然史博物馆。只可惜这不是美好的大团圆,而是悲剧的开始,因为狄奥基尼斯已经正式下了战书,要与潘德嘉斯特一较高下,而他的战书就是谋杀哥哥的亲朋好友。过去总是一派从容自在、彷佛没有事情难得了他的潘德嘉斯特探员,对上旗鼓相当甚至魔高一丈的狄奥基尼斯,终要陷入前所未有的绝境……

《掠食因子》在美国出版十五年后,终于被翻成中文与中国读者见面。这其中的曲折,可也不输当年克林格的再三受挫。

我第一次听闻这两位作者的名字,是在2004年的冬天,从编辑友人冬阳口中得知。当时他刚进入脸谱出版社不久,对《掠食因子》融合超自然案件与科学解释的手法大为推崇,委托我查询版权下落。当时我对《异形》加上《侏罗纪公园》的描述兴致不高,一时也没找到相关资料,便搁置一旁。

隔年我们结伴去纽约参加书展,出发前他又提起《掠食因子》,并带来自己买的英文版。我翻开一看,前面的谢词里赫然写着经纪人哈维·克林格的名字,而他一年前才拒绝过我的代理要求!我抱着姑且一试的心情再次修书,没想到克林格很爽快地同意见面,邀请我们到他的办公室去。我就这样谈到了《掠食因子》《龙山》《渠城猎手》的代理权,也才晓得普莱斯顿和蔡尔德当年出道及后来跳槽的来龙去脉。讲起这段往事,克林格难免忿忿不平,但这对搭档如今在文坛的表现,不也是他眼光独到的最佳明证?

在纽约的最后一天,我们去自然史博物馆朝圣。这是全球规模最大的自然科学博物馆,收藏品数量惊人,远超过展览空间所能容纳,馆方只能定期拟订主题,从中取出一小部分展示。那些储藏室里的宝藏,我们自然是无缘得见,只能想象那个幽深地底的“恐龙墓场”:据说是世界上最多龙骨化石聚集之处。展馆有如迷宫,我们走得脚快断了也看不完,还得赶晚班飞机。不过博物馆里说不完的故事,已经在我们心中留下深刻印象。

即将在你眼前上演的,是一段虽然姗姗来迟,却永不嫌晚的精彩旅程;一个不论在幕前还是幕后,都同样戏剧化的故事;一对各有专长、相互补强的写作搭档。

台湾光磊国际　灰　鹰

目录

1

旧骨

圣骨匣:神龛或保管箱,用于展示圣者或神遗留的物品、骨骸或身体部分。

1

斯诺先测试气瓶的气压调节器,再检查两个气阀,双手顺着潜水服光滑的氯丁橡胶表面摸了一遍。和六十秒前刚检查的结果相同:完全正常。

“再给五分钟。”潜水队队长说,把汽艇的速度降了一半。

“好得很,”费尔南德斯用盖过大马力柴油引擎的轰鸣声的嗓音挖苦道,“真是好得很。”

其他人都没吭声。斯诺注意到离下潜地点越近,小队成员们就越是没心思闲聊。

他的视线越过船尾,望着螺旋桨在哈莱姆河上搅起的棕色泡沫。泡沫呈楔形散开。这里的河面宽阔,在八月清晨酷热的灰色雾霭下泛着泥光。他转向岸边,橡胶头罩牵动颈部皮肤,他轻轻做个鬼脸。公寓楼高耸入云,窗户残缺不全。仓库和工厂只留下难看的外壳。一处被废弃的操场——不,不完全是被废弃的:有个孩子在锈迹斑斑的架子上荡秋千。

“喂,潜水大师,”费尔南德斯对他喊道,“没忘穿纸尿裤吧?”

斯诺拽了拽手套边缘,继续望着岸边。

“上次我们让新手下水,”费尔南德斯说个没完,“那家伙拉在了潜水服里。老天,太难看了。回程我们让他在船尾板上坐了一路。那次还是去自由岛呢。比起阴沟简直是小菜一碟。”

“闭嘴,费尔南德斯。”队长不咸不淡地说。

斯诺还在盯着船尾看。他从纽约警局调入水鬼组后犯了个大错误。他不该提到他曾在科尔蒂斯海的一艘潜水船上工作过,可惜醒悟得太晚。他后来得知水鬼组有几位队员当过商业潜水员，铺设电缆，维修管道，在石油平台做事。他们认为他这种潜水大师是娇生惯养的二把刀胆小鬼，只喜欢清澈的水体和干净的沙子。尤其是费尔南德斯，怎么也不肯放过他。

队长转向靠岸，快艇猛地向右舷倾斜。当船驶近河畔一处密集建造的廉租房时，他把引擎关得更小了。忽然，一条砖砌的小隧洞出现在眼前，打破了千篇一律的灰色水泥外墙。队长将快艇驶入隧洞，向着半明半暗的前方而去。斯诺闻到被搅动的水面泛起难以形容的气味，眼泪不由自主地夺眶而出，他勉强压下一声咳嗽。船首的费尔南德斯扭头窃笑。费尔南德斯敞着潜水服，斯诺能看见里面的T恤印着警方水鬼队的非正式格言：我们潜屎，寻找尸体。但这次要找的不是尸体，而是包裹得严严实实的一大方海洛因，昨晚和警方枪战时被毒贩从洪堡铁路桥上扔进了河里。

狭窄的沟渠两边是水泥堤坝。前方有一艘警方快艇在铁路桥下等待，快艇关闭了引擎，在条纹状的阴影中载沉载浮。斯诺看见甲板上有两个人：一个是驾驶员，另一个体格魁梧，穿着非常不合身的聚酯潜水服。他有点秃顶，嘴里叼着湿漉漉的雪茄。他提提裤子，朝沟渠啐了一口，对他们举起手表示欢迎。

队长朝快艇点点头，“看看那是谁。”

“达戈斯塔副队长，”船首的一名潜水员答道，“肯定很糟糕。”

“只要有警察中枪，情况就必然糟糕。”队长答道。

队长关掉引擎，把船尾转过来，让两条快艇并排停靠。达戈斯塔后退两步，过来和潜水队说话。随着他的走动，警方快艇被他的体重压得微微倾斜，斯诺看见流水在船壳上留下了油腻腻的绿色印记。

“早上好。”达戈斯塔副队长说。他在桥下的阴暗处眯着眼睛看着潜水员们，平时面颊红润的副队长今天像是畏惧光线、面色惨白的洞穴生物。

“和我说说，长官，”潜水队队长边说边把深度计扎在手腕上，“到底什么事？”

“逮捕出了岔子，”达戈斯塔说，“结果只是个信使小弟，他把货物扔下了大桥。”他朝头顶上的钢架点点头。“然后开枪击中了警察，他自己死前也吃了好几颗子弹。要是能找到那一方海洛因，就可以了结这桩狗屎案件了。”

潜水队队长叹息道，“那家伙既然死了，为什么要叫我们来？”

达戈斯塔摇摇头，“怎么？难道能把价值六十万美元的海洛因留在这底下？”

斯诺抬头张望。他能在大桥发黑的大梁之间看到焚烧过的建筑物外墙。一千扇肮脏的窗户俯视死亡的河流。真是糟糕，他心想，信使居然把毒品扔进了洪堡水道，这里又称至尊阴沟，以古罗马蔚为壮观的中央下水道命名。之所以有这个绰号，是因为它积累了数个世纪的排泄物、有毒淤泥、动物尸体和工业垃圾。

一列地铁从上方驶过，“隆隆”震动，“吱嘎”摩擦。脚下的快艇为之颤抖，微光闪烁的黏稠水面也轻轻抖动，仿佛刚开始凝固的明胶。

“好吧，弟兄们，”他听见队长说，“咱们下去溜溜。”

斯诺开始整理潜水服。他知道自己是一流的潜水员。他在朴茨茅斯长大，说是活在皮斯卡塔夸河上也不为过，那些年救过好几条性命。后来他在科尔蒂斯海猎鲨，技术潜水到两百英尺以下。尽管如此，他对眼前这次下水还是毫无期待之情。

虽说斯诺先前没有来过，但在基地里听小队成员们说了许多至尊阴沟的事情。在纽约城所有能潜水的肮脏地方里，最最可怕的就是至尊阴沟：比亚瑟水道、地狱之门，甚至郭瓦纳斯运河都要可怕。他听说这里曾经是哈德逊河的一条支流，不算小，流经哈莱姆的糖山南侧，横穿曼哈顿。但几个世纪的污物累积、商业建筑和疏于治理把它变成了不再流动的臭水塘：容纳一切你能想象之物的液体垃圾桶。

斯诺排队从不锈钢架子上取出氧气瓶，一边走向船尾一边把氧气瓶套上肩膀。他仍旧不习惯干式潜水服沉重而束缚的感觉。他用眼角余光看见队长走了过来。

“都准备好了？”队长平静的男中音飘进耳朵。

“我想是的，长官，”斯诺说，“头灯呢？”

队长不明所以地看着他。

“建筑物挡住了所有阳光。要看东西总需要灯光吧？”

队长咧嘴一笑，“没什么区别。阴沟水深大约二十英尺。再往下十到十五英尺是悬浮泥沙。脚蹼一旦碰到，泥沙就会像尘弹爆炸似的散开。你顶多能看清自己的护目镜。泥沙底下是三十英尺淤泥。海洛因就埋在淤泥里的某处。下水以后，双手就是你的眼睛。”

他打量着斯诺，犹豫片刻，然后低声说，“听着，这儿和在哈德逊河潜水练习可不一样。我带上你只是因为科尼和舒尔茨还没出院。”

斯诺点点头。那两位潜水员都得了“芽病”——芽生菌病，一种侵袭内脏器官的真菌感染疾病——起因是一周前潜入北河河底，在一辆豪华轿车里搜寻一具满是弹孔的尸体。尽管每周都要做寄生虫筛查的强制血检，每年还是有潜水员遭遇各种怪病侵扰。

“这次你要是不愿意下水，我也没问题，”队长继续道，“你可以留在甲板上，帮忙操纵导向绳。”

斯诺望向其他潜水员，他们系上负重腰带，拉紧干式潜水服的拉链，把绳索垂下船舷。他回想起水鬼队的第一戒律：每个人都必须下水。费尔南德斯把一根绳索系上羊角钩，扭头看着他们，露出了然于心的讪笑。

“我要下水，长官。”斯诺说。

队长盯着他看了好一会儿，“记住基础训练的内容。步伐不能乱。第一次下粪水，潜水员往往会屏住呼吸。但你千万别，那样非常容易生血栓。潜水服别过度充气。还有，老天在上，绝对不要松开绳索。在淤泥里会忘记上下。松开绳索，我们要找的就是你的尸体了。”

他指着最靠近船尾的导向索说，“你的。”

斯诺耐心等待，放慢呼吸，戴上面罩，系好绳索。最后又检查了一遍自己的潜水设备，然后滑下船舷。

虽说隔着憋闷而紧缩的干式潜水服，这里的水感觉还是很奇怪。黏兮兮，稠乎乎，不会溅过耳朵或在手指间涌动。划水需要花些力气，仿佛在润滑油里游泳。

他攥紧导向索，朝水面之下又下沉了几英尺。他已经看不见上方快艇的船底了，周围液体里弥漫着细微的颗粒物，遮蔽了视线。他在发绿的微弱光线中环顾四周，在自己面孔前方见到了攥紧绳索的戴着手套的手。他在稍微远些的地方辨认出自己的另一只手，手臂伸直，正在水里摸索。两只手之间悬浮着无数微粒。他看不清脚下，脚下只有无边黑暗。他知道向黑暗深处再走二十英尺就是另一个世界的天花板：黏稠淤泥包裹着的另一个世界。

斯诺这辈子第一次意识到他的安全感有多么依赖阳光和清水。科尔蒂斯海的海平面下五十英尺深处仍旧清澈，头灯的光芒能带来开阔的空间感。他又沉了几英尺，拼命睁大眼睛盯着下方的黑暗。

忽然，在视野的最边缘处，隔着幽暗的水体，他看见或认为自己看见下方有一道边界分明的雾霭，其表面上下起伏，纹理交错：泥沙层。他慢慢沉向那里，觉得忧虑把胃揪了起来。队长说过潜水员常会想象他们在浑浊的水里看见了怪东西。很难分清什么是真实的,什么不是。

脚碰到了悬浮着的怪异表面——穿了过去——尘云立刻翻腾而起,将他团团围住,挡住了全部视线。斯诺有一瞬间惊恐万状,拼命拉扯导向索。想到讪笑的费尔南德斯,他镇定下来,继续下沉。每个动作都掀起一股黑水风暴,接连涌向他的护目镜。他发觉自己出于本能屏住了气息,强迫自己深长而规则地呼吸。什么烂事啊,他心想。我入队后第一次出任务,怎能这么没用?他停顿片刻,控制住呼吸,逼着自己有节奏地稳定呼吸。

他顺着绳索一次下沉几英尺,动作很小,尽量放松。出乎意料的是他发觉眼睛是睁是闭已经不再重要。思绪不断想起在下方等待他的黏稠泥幔。有什么东西陷在烂泥里,被烂泥包裹,仿佛琥珀里的昆虫……

靴子忽然触底,但感觉和以前碰到过的海床大不相同。这里的水底似乎在腐烂,带着橡皮似的恶心阻力迎接他的体重,爬上他的脚踝,吞没膝盖,接着是胸膛,他仿佛陷进了湿黏的流沙。淤泥迅速没过头顶,他陷了进去,但还在继续下沉,不过速度渐慢;他完全被软泥包裹,软泥贴上了橡胶潜水服,眼睛看不见,全靠肌肤的感觉。他听见呼出的气泡在四周浮向上方,不是听惯了的快速涌动,而是迟缓的隆隆胀气声。他越是下沉,淤泥的阻力似乎就越大。他在这鬼东西里能下沉多远?

他按照训练挥舞空闲的手,在秽物里左右扫动。手碰到了东西。在黑暗中,隔着厚实的手套,很难说到底是什么:树枝?机轴?纠结成团的电线?这个淤泥墓场里聚集了几个世纪的垃圾。

再下沉十英尺就上去。连龟孙子费尔南德斯也没法再取笑他。

他挥舞的手臂忽然碰到了东西。斯诺拽了一下,那东西飘向他，迟缓的阻力说明很有分量。斯诺用导向索缠住右臂肘弯，伸手去摸——不管是什么，反正不是一方海洛因。他松了手，推开那东西。

脚蹼掀动淤泥，带着那东西打转，那东西在黑暗中撞到他，碰得护目镜向后一歪，他不由松开了呼吸调节器。斯诺想保持平衡，伸手去摸那东西，想找个能用力的抓手推开它。

手像是伸进了纠缠在一起的什么东西。大概是个大树枝吧。但有些地方不知为何软得出奇。他一路摸过去，摸到了平滑的表面、圆润的突起、柔软的结块。灵光一闪，斯诺意识到他在摸的是一根骨头。不止是一根骨头，而是好几根，被坚韧的肌腱连接在一起。这是什么动物的残余骨架，有可能是一匹马；但继续摸下去，他明白过来：只可能是人类。

一具人类骨架。他再次尽量放慢呼吸，聚精会神地思考。常识和训练告诉他，不能把骨架留在这里，必须带上水面。

他在黏稠的污泥里尽其所能把导向索穿过髋关节，向下顺着长骨绕了一圈。他认为骨架上还有足够的软骨，足够支撑它浮上水面。斯诺从没在漆黑的淤泥里戴着手套打过结。队长在基础课程里没教这个。

他没找到海洛因，但运气仍旧不错，凑巧发现了重要物品。也许是一起未破的谋杀案。等浑身肌肉的费尔南德斯知道，肯定会气炸了肺。

可是，不知为何，斯诺感觉不到喜悦。他只想尽快离开这该死的淤泥。

呼吸变成急促的喘息，他不再努力控制。潜水服里很冷，但他忍不住要充气。绳索滑脱，他重新尝试，在软泥中拉近骨架，免得脱手。他一次又一次想到头顶上有几码淤泥，再过去是骚动的泥沙层，然后是阳光永远无法穿透的黏糊糊的脏水……

绳索终于系紧,他在脑海里呜咽一声表示感谢。现在他只需要确认骨架已经绑好,然后牵动三下绳索,发信号表示他有所发现。接着他要顺着绳索向上爬,离开这黑洞洞的恐怖之地,上船去干燥的地方,淋浴九十分钟,喝个烂醉,考虑是否回去干老本行。再过一个月就是潜水季了。他检查绳索,确定绳索紧紧系住了尸体的长骨。双手向上移动,摸过肋骨和胸骨,用绳索穿过骨架,确保能吃住重量,绳索不会在向上拉扯的时候松脱。手指继续向上走,但脊骨尽头却只有黑乎乎的软泥。

没有头颅。斯诺本能缩手,旋即在惊恐中发现他放开了导向索。他乱挥胳膊,碰到了什么东西:又是骨架。他拼命抓住,险些搂了上去。他马上伸手去捞绳索,顺着长骨摸索,努力回想他用绳索捆扎的位置。

绳索不在那儿。难道松脱了吗?不,不可能。他推动骨架,转动骨架,寻找绳索,忽然感觉到送气管钩住了什么东西。他猛地向后一缩,再次昏头转向,感觉到面罩的胶封脱开了。温暖黏稠的液体滴了进来。他竭力挣脱,感觉到面罩被拉到了旁边,一股淤泥涌进眼睛,钻进鼻孔,爬进左耳。他越发害怕,意识到他和第二具骨架令人毛骨悚然地纠缠在了一起。幽闭、盲目、尖叫,惊恐降临。

警方快艇的甲板上,达戈斯塔副队长带着超然的兴味看着新手潜水员被拖上水面。这家伙可够瞧的:身体拼命挣扎,叽里咕噜的叫喊声被淤泥挡住了一半,从潜水服里向外淌出几股赭色污物,把水面染成巧克力色。潜水员在底下某处松开了绳索;他运气不错,非常不错,居然还能找到方向回水面。达戈斯塔耐心地等着歇斯底里的潜水员被拖上船,脱掉潜水服,冲洗干净,冷静下来。他看着潜水员趴在船舷上呕吐——没有吐在甲板上,达戈斯塔在心中默默赞许。他找到了一具骨架。不,看样子是两具。派他下水自然不是为了这个，但对一名新手来说已经很不赖了。他要写封感谢信给这可怜虫。若是没有吸入钻进口鼻的污物，小伙子应该不会有事。要是吸进去了……好吧，现代的抗生素据说能创造奇迹。

第一具骨架浮出翻腾的水面时，仍旧覆盖着一层淤泥。一名潜水员侧身将其拖到达戈斯塔的快艇船舷前，松开包住骨架的网兜，爬上甲板，把滴着水的骨架刮着船舷拽上船，放在达戈斯塔脚边的一块油布上，好像那是什么诡异的猎物。

"天哪，就不能先冲洗一下?"达戈斯塔被扑鼻而来的氨味冲得直皱眉头。骨架出水后就进入了他的管辖范围，他衷心希望这东西能从哪儿来回哪儿去。他看见颅骨应该在的地方空无一物。

"要冲一冲吗，长官?"潜水员伸手去开水泵。

"先把自己冲干净吧。"

潜水员的模样很可笑，脑袋侧面贴着一个没拆开的安全套，污物顺着两腿往下滴。两名潜水员爬上船，小心翼翼地牵动另一根绳索，第三名潜水员用空闲的手扶着另一具骨架上来。骨架被拖上甲板，众人看见这具骨架同样没有头部，可怖的寂静顿时笼罩快艇。达戈斯塔瞥了一眼那一方海洛因，海洛因早已被打捞上来，封进了橡胶证物袋。那东西忽然显得非常不吸引人。

他若有所思地吸着雪茄，别开视线，扫视阴沟，最后望向西区横渠古老的出口。出口的天花板上生出了几根钟乳石，像是细小的牙齿。西区横渠是全城最大的排水设施之一，负责排出整个上西区的废水。曼哈顿每次下大雨，污水流量就会超过下哈德逊污水处理厂的设计极限，污水处理厂就会将几千加仑未经处理的污水直接排入西区横渠，最终这些污水就会流入至尊阴沟。

他把没抽完的雪茄扔下船舷。"各位弟兄还得再下水一趟，"他喟然长叹，"我需要那些骨架。"

2

纽约市的助理验尸官路易斯·帕德尔斯基瞥了一眼挂钟，觉得饥肠辘辘。实话实说，他快饿死了。他已经连续三天只喝瘦身奶昔，今天总算可以开荤吃午饭。大力水手炸鸡块。他摸着肥硕的腹部，捅一捅，捏一捏，心想肯定小了一圈。没错，确实小了。

他端起今天的第五杯黑咖啡喝了一大口，望向清单。啊哈——总算来了个有意思的。不是普通的枪击、刀刺或吸毒过量。

验尸套间尽头的不锈钢大门砰然打开，验尸护士雪拉·洛克推着一具棕色的尸体进来，放上轮床。帕德尔斯基瞥了一眼就转开视线，但马上又望了过去。尸体这个字眼并不准确。轮床上的东西只比骨架稍微好一点，挂着成丝成缕的碎肉。帕德尔斯基皱起眉头。

洛克把轮床推到无影灯底下，开始挂引流管。

"不必了。"帕德尔斯基说。房间里只有他的咖啡杯需要倒空。他喝了一大口，把纸杯扔进垃圾篓。他看看尸体的标签，对比了清单上的条目，然后签下了自己的姓名缩写，接着戴上绿色乳胶手套。

"你这是给我送来了什么，雪拉？"他问，"皮尔丹人？"

洛克皱起眉头，调整轮床上方的灯光。

"这具尸体至少在地下埋了几百年。而且埋在粪便里——我闻得出。说不定是屎坦卡蒙法老呢。"

洛克抿起嘴唇，听着帕德尔斯基的轰然笑声。等他笑完，洛克一声不响地递上写字板。

帕德尔斯基扫了一眼打印出来的说明，边看边默读。他忽然挺起腰。"打捞自洪堡水道，"他喃喃道，"我的天哪。"他望向旁边的手套盒，考虑是不是要再戴一副，想想还是算了。"唔。被斩首，头部仍未寻获……没有衣物，发现时系着金属腰带。”他瞥向尸体，看见了轮床上挂着的证物袋。

“咱们来看一看。”他说着拿起口袋。证物袋里有一条金色细腰带，古杰师搭扣镶着一颗黄宝石。他知道虽说实验室已经检验过了，但他仍旧不能触碰腰带。他注意到搭扣背板上有一组数字。

“很贵，”帕德尔斯基说着朝腰带点点头。“也许是皮尔丹女人。或者皮尔丹异装癖。”他再次呵呵大笑。

洛克蹙眉道，“帕德尔斯基医生，你就不能稍微尊重一点死者？”

“好的，好的。”他把写字板挂在挂钩上，调整轮床上方的显微镜角度。“打开录音机，雪拉亲爱的，谢谢。”

录音机咔哒打开，他的语调忽然变得清晰和职业化。“我是路易斯·帕德尔斯基医生。此时是八月二日下午十二点零五分。现场由雪拉·洛克担任助手，我们开始对”——他瞥一眼标牌——“A-1430号验尸。这具尸体缺少头部，已完全变成骨架——雪拉，能帮我拉直吗？——长约四英尺八英寸。加上缺少的颅骨，身高约五英尺六或七英寸。现在判断性别。骨盆边缘稍宽。没错，符合女性特征；这是一具女尸。腰椎没有形变，因此她不到四十岁。难以判断她的埋藏时间。尸体带有……呃……下水道的特别气味。骨骼呈棕黄色，看起来在淤泥内停留了很长时间。但另外一方面，尸体还有足够多的结缔组织，保持了骨架的完整性，股骨的内髁和外髁周围有肌肉组织的参差断层，骶骨和坐骨也有肌肉组织依附。足以确认血型和分析DNA。请把剪刀递给我。”

他剪下一小块肌肉组织，放进一个小袋子。“雪拉，帮我把骨盆侧过来好吗？好，我来看看……骨架大部分关节依然完好，缺少的颅骨当然除外。枢椎也同样缺失……还剩下六节颈椎……缺少两根浮肋和整只左脚。”

他继续描述骨架，最后从显微镜前移开。“雪拉，给我骨钳。”

洛克递上一件小工具，帕德尔斯基分开肱骨和尺骨。

“骨膜剥离器。”他把器具插进椎骨，从骨头上切下结缔组织，取了几个样本。接着，他戴上一次性塑料护目镜。

“骨锯，谢谢。”

洛克递上氮气驱动的小骨锯，帕德尔斯基揿下开关，等转速计显示达到他需要的转速。钻石刀头碰到骨头，暴怒巨蚊般的尖锐嗡嗡声充斥了小房间。骨尘、污物、腐败骨髓和死亡的气味随之而来。

帕德尔斯基在几个位置取了切面样本，洛克将样本封入小袋。

“每个截面都要扫描电镜和立体显微镜的照片。”帕德尔斯基说着从轮床前走开，关掉录音机。洛克用大号马克笔把要求写在气密袋上。

有人敲门。雪拉过去开门，出去说了几句，随后把脑袋探进房间。

“根据腰带初步判定身份了，医生，”她说，“是帕梅拉·威许。”

“帕梅拉·威许？那个上流名媛？”帕德尔斯基摘掉护目镜，有点难过。“天哪。”

“还有第二具骨架，”她继续道，“来自同一个地方。”

帕德尔斯基已经走到金属水槽前，正准备摘掉手套洗手。“第二具？”他气恼道，“为什么不一起送来？否则就可以并排对比了。”他看看挂钟：已经一点一刻了。真该死，意味着至少要到三点才能吃午饭。他会饿晕过去的。

门砰然打开，第二具骨架被推到无影灯下。帕德尔斯基重新打开录音机，给自己倒了第六杯咖啡，护士开始做准备工作。

“也没有头部。”洛克说。

“开玩笑的对吧？”帕德尔斯基答道。他走过去，看一眼就呆住了，咖啡杯举在嘴边。

“这他妈——?”他垂下手，目瞪口呆。他放下咖啡杯，几步赶到轮床前，俯下身子，伸出戴着手套的手，用指尖轻轻抚摸一根肋骨。

“帕德尔斯基医生?”洛克问。

他直起腰，过去猛地关掉录音机。“盖上，叫布朗贝尔博士”——他朝骨架点点头——“别向任何人说起这东西。”

洛克犹豫片刻，一脸困惑地看着骨架，双眼渐渐睁大。

“快去，雪拉亲爱的。”

3

电话铃突然响起，打破了博物馆中小办公室里的寂静。脸和电脑显示器只隔着几英寸的玛戈·格林心虚地向后一靠，一缕棕色短发垂下来盖住了眼睛。

电话铃再次响起，她正要接听，忽然又犹豫了。肯定是数据处理部门的电脑管理员，打电话抱怨说她的支序回归程序耗费了大量 CPU 处理时间。她坐回原处，等待电话铃停下;昨晚她去健身了，背部和双腿的肌肉还能感觉到令人愉快的酸痛。她拿起桌上的握力器，开始操练已经烂熟于心的锻炼套路。程序再有五分钟就能运行完，到时候让他们爱怎么抱怨就怎么抱怨吧。

她知道如今在执行新的费用削减政策，大批量运算都要经过核准才能上机。但那意味着必须来往无数电子邮件才能运行程序，而她眼下急需运算结果。

接受纽约自然史博物馆的助理研究员职位之前，她在哥伦比亚大学当了一段时间的讲师。至少哥伦比亚大学不会总是陷在一轮又一轮的预算削减之中。博物馆越是遇到财务危机，就越是依赖炫耀，而非实质。玛戈注意到馆内已经开始搭建明年的大展:

二十一世纪的瘟疫。

她瞥了一眼屏幕，查看回归程序的运行情况，放下握力器，从包里拿出《纽约邮报》。一份《邮报》，一杯乞力马扎罗黑咖啡，这已经成了她的工作日晨间仪式。《邮报》的好战态度令人振奋，有点像《匹克威克外传》里的“胖哥”。另外，若是老朋友比尔·史密斯贝克发现她少读了一篇署他名的凶杀报道，非得要她好看不可。

她把报纸摊在膝盖上，看见头版头条忍俊不禁。最传统的《邮报》风格，九十六磅的通栏标题占据了首页四分之三的位置：下水道陈尸——确定为失踪名媛。她看了一眼开场白。没错，就是史密斯贝克的大作。本月的第二篇头版文章，她心想。借着这东西撑腰，史密斯贝克会更加趾高气扬，比平时更加难以忍受。

她大致略读一遍。典型的史密斯贝克文章：耸人听闻，毛骨悚然，对可怖细节的热爱跃然纸上。开头几段用寥寥数语总结纽约人早已熟悉的事实。“美丽的”帕梅拉·威许“靠信托基金过活”，以无休止的深夜狂欢而闻名，两个月前在中央公园南路的一家地下室夜总会失踪。从那天开始，她“有着炫目白牙、茫然蓝眼和昂贵金发的笑容”的寻人启事就贴在从五十七到九十六街的每个路口。玛戈从博物馆慢跑回她在西角大道住处时经常看见威许的彩色照片。

文章紧接着抛出重磅炸弹，说昨天在洪堡水道“未经处理的污物深处”发现的尸体残骸——和另一具骨架“两副骷髅紧紧拥抱在一起”——已被证明属于帕梅拉·威许。第二具骨架尚未查明身份。配发的照片上，威许的男朋友，年轻的亚戴尔子爵双手捂脸，坐在鸭嘴兽俱乐部门前的道沿上，照片拍摄于得知她可怖死讯后的几分钟内。警方自然“正在采取有力措施”。史密斯贝克以几名路人“希望油炸了凶手那个畜生”的评语作结。

她放下报纸，想到无数油印海报上帕梅拉·威许注视她的眼神。这姑娘应该有更好的命运,而不是成为纽约今年夏天的轰动新闻。

尖利的电话铃声再次打断思绪。她瞥了一眼显示器,愉快地发现程序终于运行完毕。最好还是接电话吧,她心想:反正迟早要挨训。

"我是玛戈·格林。"她说。

"格林博士?"对方说,"总算找到你了。"

浓厚的皇后区口音有点耳熟,像是被半遗忘的梦境。粗哑,专横。玛戈在记忆里搜寻属于电话里这个声音的脸孔。

……博物馆的地界内发现了尸体,警方正在调查详细情况……

她惊讶地坐了起来。

"达戈斯塔副队长?"她问。

"请你来一趟法医人类学实验室,"达戈斯塔说,"就现在,求你了。"

"能问一下——?"

"不行。抱歉,不管你正在忙什么,请暂时放下,赶紧下楼。""咔哒"一声,电话断了。

玛戈拿开电话,望着听筒,像是能等来详细的解释。接着,她打开拎包,把《邮报》放回去,小心翼翼地遮住一柄小型半自动手枪,从电脑前推开座椅,快步走出办公室。

4

比尔·史密斯贝克面不改色地大步走过位于中央公园南路九号的豪华正门,这是一幢堂皇的大厦,由麦金米德与怀特事务所设计,方砖和雕刻石灰岩结构。两个门童站在延伸到马路边的金边雨篷底下。他看见华丽的大堂里还有一群各色服务人员站立待命。正如他担心的,这属于那种侍从多得可笑的公园观景公寓楼。事情将很棘手,非常棘手。

他拐过第六大道的路口,停下脚步,思考接下来该怎么办。他在运动夹克的外口袋里摸到微型磁带录音机的录音按钮。遇到机会,他能神不知鬼不觉地开始录音。他看看旁边橱窗上,夹杂在无数意大利名牌鞋之间自己的倒影:在他衣橱的允许范围之内,这已经是衣冠楚楚的典范了。他深吸一口气,拐过转角,迈着坚定的步伐走向米黄色雨篷。离他比较近的身穿制服的门童泰然自若地看着他,一只戴手套的手扶着黄铜门把。

"我来见威许夫人。"史密斯贝克说。

"请问怎么称呼?"门童不紧不慢地问。

"帕梅拉的朋友。"

"抱歉,"对方不为所动,"威许夫人现在不见客。"

史密斯贝克的脑筋转得飞快。门童先问他叫什么,再说不见客,这意味着威许夫人在等什么人。

"非说不可? 今天上午约好的,"史密斯贝克说,"不好意思,安排有变化。能帮我通报一声吗?"

门童犹豫片刻,然后拉开门,领着史密斯贝克踏着闪闪发亮的大理石地板穿过大堂。记者环顾四周。门房年纪很大,模样很憔悴,站在更像碉堡而非前台的黄铜构架里面。保安坐在大堂后部一张路易十六风格的桌子后面。电梯员站在保安身边,双腿微微分开,两手叠在裤腰上。

"这位先生想见威许夫人。"门厅对门房说。

门房在大理石碉堡里俯视他,"什么事?"

史密斯贝克深吸一口气。再怎么说,他也被领进了大堂。"我和她约好的,她在等我。安排有变化。"

门房顿了顿,深陷的双眼扫视史密斯贝克的鞋子,顺着运动外套看上来，仔细端详发型。史密斯贝克耐心等待，被门房看得浑身发痒，希望他把握住了心情急切的富家子弟的精髓。

“请问我该通报是谁找夫人？”门房粗声粗气地说。

“说是家族朋友就行了。”

门房盯着他，等他开口。

“比尔·史密斯贝克。”他连忙补充道。他确定威许夫人不读《纽约邮报》。

门房低头看着摊在他面前的册子，问，“约十一点的怎么办？”

“他们换了我来。”史密斯贝克答道，忽然很高兴现在是上午十点三十二分。

门房转过身，走进一间小办公室，六十秒后走了出来，说，“请用你旁边桌上的内线电话。”

史密斯贝克把听筒拿到耳边。

“怎么？乔治退出了？”传来一个明快而微弱的贵妇声音。

“威许夫人，我能上来和你谈谈帕梅拉吗？”

沉默。“你是哪位？”对方问。

“比尔·史密斯贝克。”

又是一阵沉默，这次时间更长。史密斯贝克继续道，“我知道一些非常重要的事情，和你女儿的死亡有关系，我相信警方还没有告诉你。相信你肯定想知道——”

对方打断道，“对，对，相信你肯定知道。”

“等一等——”史密斯贝克的脑筋又开始飞快运转。

沉默。

“威许夫人？”

“咔哒”一声。那女人挂断了电话。

好吧，史密斯贝克心想，我已经尽力了。也许可以在马路对面的公园长椅上等着，寄希望于她今天晚些时候出门。即便动着这样的念头,但史密斯贝克还是知道威许夫人在可预知的未来一段时间之内是不会离开她的优雅住所的。

门房肘边的电话响了。威许夫人,毫无疑问。史密斯贝克转过身,快步走出大堂,希望能避开像流浪汉似的被扔上大街的厄运。

"史密斯贝克先生!"门房大声喊道。

史密斯贝克转过身,他最讨厌的就是这种事情。

门房面无表情地盯着他,听筒压在耳边。"电梯在那头。"

"电梯?"史密斯贝克问。

门房点点头,"十八层。"

电梯员首先拉开黄铜笼门,接着推开厚实的橡木门,把史密斯贝克留在桃红色的前厅里,前厅从天花板到地板都插着鲜花,边桌上摆满了慰问卡片,其中一摞新送到的还没来得及拆封。悄静无声的前厅另一头,两扇法式窗门间留了一条缝。史密斯贝克缓缓走过去。

推开门,一间宽敞的客厅出现在眼前。新古典风格的沙发和长躺椅在厚地毯上对称排列。对面墙上有一排高窗。史密斯贝克知道推开高窗就是中央公园的绚烂景色,但窗户此刻紧紧关闭,百叶窗也合着,给这个格调高雅的房间笼罩上了浓重的哀悼气氛。

侧面有什么东西微微一动。史密斯贝克转过身,见到一张沙发的一头坐着一位小个子妇人,她仪容整洁,棕色头发卷得纹丝不乱。她没有说话,只是示意史密斯贝克坐下。史密斯贝克选了威许夫人对面的高背椅落座。两人之间的矮桌上摆着一套茶具,记者的视线扫过各色烤饼、橘子果酱、小碟装的蜂蜜和黄油块。妇人并没有请他喝茶的意思,史密斯贝克明白那是为原本的会面准备的。想到乔治——无疑是约在十一点的那位先生——随时都会露面，他不禁稍稍有点不安。

史密斯贝克清清喉咙，说，“威许夫人，关于令爱，我谨表示万分遗憾。”

话一出口，他意识到自己并没有撒谎。看着这个雅致的房间，看见财富在可怕的悲剧面前是多么无济于事，威许夫人的痛苦也重重地落在他心头。

威许夫人还是盯着他，双手叠放在膝头。她或许几不可查地点了点头，但昏暗的光线让史密斯贝克无法确定。该说正经事了，他心想，假装随意地伸手到上衣口袋里揿下了录音按钮。

“关掉录音机。”威许妇人静静地说。她的声音很微弱，有点紧张，但威势十足。

史密斯贝克猛地抽出手，“抱歉，您说什么？”

“掏出口袋里的录音机，放在我能看见它关掉了的地方。”

“是，好的，没问题。”史密斯贝克摸索着掏出录音机。

“你就这么没教养？”妇人嘶声说。

史密斯贝克把录音机摆在矮桌上，觉得两耳发烧。

“你说你对我女儿的死非常遗憾，”平静的声音继续说着，“但同时又打开那肮脏的东西，而我居然还允许你踏进我的家门。”

史密斯贝克不自在地动了动，不敢直视妇人的双眼。“呃，好吧，”他不知该说什么，“对不起，只是……唉，这是我的工作。”他一边说一边觉得这个理由毫无说服力。

“对。我刚失去了我的独女，那曾是我仅存的家人。史密斯贝克先生，你认为应该先照顾谁的感情？”

史密斯贝克沉默下去，逼着自己望向对方。威许夫人一动不动地坐着，在阴郁的房间里毫不动摇地盯着他，双手仍旧叠放在膝头。陌生的感觉涌上心头，这种感觉太陌生了，对于他的个性来说过于稀奇，他险些没辨认出这种情感：尴尬。不，不止如此：他觉得很羞愧。如果这是他独自搜罗到的信息,情况或许会有所不同。但被带到这里来,目睹到这位妇人的哀伤……分配到这条大新闻的兴奋被这种新奇的感觉吹得烟消云散。

威许夫人举起一只手,对着身边阅读台上的东西打了个最小的手势。

“想来你就是为这份报纸写文章的那位史密斯贝克吧?”

史密斯贝克跟着手势望过去,心里一沉,发现阅读台上摆着一份《邮报》。“对。”他说。

她重新叠起双手。“只是想确定一下。来,关于我女儿的死亡,你有什么重要消息要说? 不,算了吧——毫无疑问,不过是另一个诡计。”

又是一阵沉默。史密斯贝克不由盼望十一点的会面对象早点出现。只要能帮他脱身就行。

最后,她问,“你是怎么做到的?”

“做到什么?”

“居然捏造出这种垃圾? 我女儿被残忍杀害还不够,你这种人还要玷污大家对她的记忆。”

史密斯贝克咽口唾沫,“威许夫人,我只是——”

“读了这篇龌龊东西,”她继续道,“人们会认为帕梅拉只是个自私的上流名媛,得到了应有的教训。你让你的读者很高兴见到我女儿遇害。所以,我困惑的事情很简单:你是怎么做到的?”

“威许夫人,除非被一巴掌扣在脸上,否则这座城市的居民对什么都会视而不见。”史密斯贝克刚开口就停下了。威许夫人不会比他更相信这种辩解。

妇人坐了起来,动作非常缓慢。“你对她毫无了解,史密斯贝克先生。你只看到了表面的皮毛,你感兴趣的也仅仅是这些。”

“不对!”史密斯贝克爆发道,吓了自己一跳。“我是说,我感兴趣的不止是这些。我想知道真正的帕梅拉·威许是什么样。”

妇人打量了他很长时间,接着起身走出房间,带着一幅带框的照片回来,递给史密斯贝克。照片上的姑娘年约六岁,抓着绑在大橡树树枝上的绳索荡秋千。女孩在朝镜头叫喊,缺了两颗门牙,围身裙和马尾辫在空中飘飞。

“这就是我记忆中的帕梅拉,史密斯贝克先生,”威许夫人淡然道,“如果你真的感兴趣,那就刊发这张照片吧,而不是你总喜欢用的让她像个无脑名媛的那张。”她坐回原处,抚平膝头的褶皱。“她父亲六个月前过世,刚开始恢复笑容。她只想在今年秋天开始工作前乐一乐。这难道算是犯罪吗?”

“工作?”史密斯贝克问。

一阵短暂的沉默。史密斯贝克感觉到威许夫人在葬礼般的阴郁气氛中盯着他。“没错。她要去一家艾滋病患者的收容所工作。如果你调查过,就肯定知道。”

史密斯贝克咽口唾沫。

“这是真正的帕梅拉,”妇人忽然语不成声。“好心肠,慷慨,充满活力。我希望你写一写真正的帕梅拉。”

“我会尽我所能的。”史密斯贝克喃喃道。

这一刻转瞬即逝,威许夫人又重新变得端庄冷漠。她侧了侧头,轻轻一摆手,史密斯贝克明白他可以走了。他喃喃道谢,收起录音机,以最快的速度走向电梯。

“还有一件事,”威许夫人说,声音忽然变得冷酷。史密斯贝克在法式窗门前停下。“警察不知道她的死亡时间、为何而死,甚至说不清她是怎么死的。但帕梅拉不能平白丧命,这一点我敢保证。”

她说话时突然情感迸发,史密斯贝克转身面对她。“你刚才说的那句话,”她继续道,“你说除非被一巴掌扣在脸上,否则这座城市的居民对什么都会视而不见。我这就要打醒大家了。”

“怎么做?”史密斯贝克说。

但威许夫人已经躺进了沙发,面容落入阴影之中。史密斯贝克穿过门厅,揿下电梯按钮,觉得耗尽了力气。回到街上,强烈的夏日阳光照得他直眨眼,他低头望着还攥在右手里的帕梅拉·威许的儿时照片,这时他才渐渐意识到威许夫人多么令人敬畏。

5

灰色走廊的尽头,是被朴素的大写字母刻着“法医人类学”的金属门。这里安放着博物馆用来分析人类遗骨的最先进的设施。玛戈转动门把手,惊讶地发现门居然被上了锁。真是奇怪。这里她来过无数次,协助检验从秘鲁木乃伊到阿那萨齐峭壁居民的各种东西,而且这扇门一向不锁。她抬手敲门,门却从里面打开了,手指只敲中了稀薄的空气。

走进房间,她猛然停步。实验室平时总是灯火通明,研究生和助理研究员熙来攘往,今天却显得昏暗而陌生。大型电子显微镜、X光片看片器和电泳仪静悄悄地靠在墙边,无人使用。平日里纵览中央公园的窗户拉上了厚窗帘。一束亮光照在房间中央,亮光边缘有几个人围成半圈站在黑暗里。

亮光中央是一张宽大的标本检验台。一件嶙峋多节的棕色东西摆在台子上,一块蓝色塑料布盖着什么低矮的长东西。她好奇地望过去,马上意识到那个多节物体是一副人类骨架,上面挂着脱水了的肌腱和肉皮。空气中飘荡着微弱但分明的尸臭。

门悄然关闭,在她背后锁上。文森特·达戈斯塔副队长走回人堆里,他似乎还穿着一年半以前博物馆怪兽杀人案时的那身衣服,走过玛戈身边时对她点点头。他好像比上次见面时轻了几磅。玛戈注意到他的西装倒是和尸体骨架的脏棕黑色挺相称。

玛戈扫了一眼另外几个人,等眼睛适应昏暗的光线。达戈斯塔左边穿白大褂的男人面色紧张,胖乎乎的手攥着一杯咖啡。再过去是博物馆的新馆长,奥利维亚·梅利亚姆。阴影深处还站着一个人,但那里过于昏暗,玛戈只能分辨出模糊的轮廓。

脸色苍白的馆长朝玛戈笑了笑。“谢谢你能来,格林博士。这两位先生”——她朝达戈斯塔的方向一挥手——“想请我们帮忙。”

片刻的沉默。末了,达戈斯塔气呼呼地叹了口气。“不等他了。他住得比曼德海姆还他妈远,而且昨晚我打电话通知他的时候他一点也不激动。”他挨个看着其他人,“你们读今早的《邮报》了吧?”

馆长不待见地看着他,“没有。”

“那就允许我先回顾一二吧。”达戈斯塔朝不锈钢台子上的骨架打个手势,“这位就是帕梅拉·威许。安内特·威许和已故贺瑞斯·威许的女儿。诸位无疑在全城各处见过她的照片。她在五月二十三日凌晨三时许失踪。当时她在中央公园南路一家叫‘哀鸣地窖’的地下室俱乐部彻夜玩乐。后来她出去打电话,然后就没再现身——直到昨天,警方在洪堡水道找到她除颅骨以外的骨架。骨架显然是从西区风暴渠冲出来的,多半是因为最近的某场大雨。”

玛戈再次打量台子上的尸骸。她见识过不计其数的骨架,但没有一具属于她认识或甚至只是听说过的任何人。很难相信这堆令人毛骨悚然的骨头曾经是个漂亮的金发姑娘,就在十五分钟前玛戈还在读有关她的报道。

“和帕梅拉·威许的遗骸同时发现的还有这个。”达戈斯塔朝蓝色塑料布底下的东西点点头,“媒体现在还不知道第二具骨架的存在——感谢上帝。”他望向黑暗中远远站着的人影。“有请西蒙·布朗贝尔博士,我们的首席法医介绍情况。”

人影走到灯光下，玛戈看见这是一位六十五岁左右的瘦削男子，光滑而紧致的皮肤包着一张狡猾老脸，圆滚滚的黑色小眼在古旧的角质镜框后闪闪发亮。他瘦长的脸上毫无表情，头顶寸草不生。

他用一根手指压住上嘴唇，操着柔和的都柏林口音说，“各位请上前几步，好看得更清楚一些。”

大家不情愿地挪动脚步。布朗贝尔博士抓住蓝色塑料布的一头，停顿片刻，不动声色地扫视周围，接着手腕一扬，掀掉了塑料布。

塑料布底下又是一具无头尸体，同样呈棕色，腐烂程度也相当。但随着她扫视下去，玛戈觉得有什么地方不对劲。她倒吸一口凉气，终于意识到了问题何在：腿骨粗得离奇，几个主要关节的轮廓很古怪，越看越不对劲。

开什么玩笑？她心想。

忽然有人“砰砰”拍门。

“老天，”达戈斯塔快步走过去，“总算来了。”

大门荡开，出现在门口的是被达戈斯塔副队长请来的满脸不情愿的著名的演化生物学家惠特尼·卡德瓦拉德·佛洛克。轮椅“吱吱嘎嘎”地驶近标本检验台，他没有看聚在周围的众人，而是查看起了骨骸，视线落在第二具骨架上。过了几秒钟，他向后坐起，一缕白发落在宽阔的粉色额头上。他朝达戈斯塔和新馆长点头致意，接着看见了玛戈，惊讶的神色一闪，随即变成喜悦的笑容。

玛戈笑着点头回礼。尽管佛洛克是她在博物馆时做研究生时的导师，但自从退休酒会之后就没再见过他。他离开了博物馆，专心写作，但答应很快问世的新书——他影响深远的著作《分形演化》的续作——却迟迟不见踪影。

法医对登场的佛洛克只是瞥了一小眼，继续说了下去。“请各位，”他愉快地说，“查看几根长骨上的隆起，脊骨上下和关节处的骨针和骨刺。还有股骨转子的外向二十三度旋转。请注意肋骨的横截面呈梯形，而非正常的棱形。最后，请各位关注股骨的额外变粗。简而言之，这位朋友长得很不体面。当然啦，这些只是最显著的特征。各位无疑能看到其他的不同之处。”

达戈斯塔哼道，“毫无疑问。”

佛洛克清清喉咙，“我自然没有机会做详细尸检。但不知你是否考虑到了 DISH 的可能性。”

法医又看了一眼佛洛克，这次看得比较仔细。“非常睿智的猜测，”他答道，“但差之千里。佛洛克博士指的是弥漫性特发性骨肥厚，一类重症增殖性关节炎。”他轻蔑地摇摇头，“也不是软骨病，若现在不是二十世纪，我会说这是有史以来最可怖的坏血病病例。我们检索过了多个医学数据库，但找不到能说明如此病征的原因。”

布朗贝尔顺着脊骨摸下去，动作轻柔，几乎含着爱意。“两具骨架都还有一个很有意思的不寻常之处，是我们昨晚注意到的。帕德尔斯基医生，请拿一下显微镜，谢谢。”

身穿白大褂的胖男人走进阴影，推着带有开放式载物台的大型显微镜回来，把显微镜对准畸形骨架的颈骨，看着目镜调整了一小会儿，然后退开。

布朗贝尔摊开手掌，示意道，“佛洛克博士？”

佛洛克摇着轮椅上前，有点艰难地凑到目镜前，伏在化成骨架的尸体上方，就这么一动不动地看了好几分钟。末了，他摇着轮椅回来，一言不发。

“格林博士？”法医转向玛戈。玛戈走到显微镜前，低头望去，感觉到众人的视线聚在她身上。

刚开始，她什么也看不懂。随即意识到显微镜对准的地方似乎是颈椎。颈椎的一侧边缘有几道规则的凹痕。骨头上黏着外来的棕色物质，还有软骨的碎片、成缕的肌肉组织和闪着油光的尸蜡。

她缓缓直起腰，熟悉的昔日恐惧涌上心头，她不愿思考颈骨上的凹痕让她想起什么。

法医挑起眉毛，“格林博士，您的意见？”

玛戈吸了口气，“要我猜，我会说看起来很像齿痕。”

她和佛洛克交换眼神。

她明白了——两人都明白了——为何召集佛洛克参加会议。

布朗贝尔等其他人轮流用显微镜看过尸体，然后一言不发地将显微镜推到帕梅拉·威许的骨架前，把目镜对准骨盆。佛洛克还是先上去查看，接着是玛戈。这次没法拒绝承认了，玛戈看到有部分印痕切入骨骼，深达髓管。

佛洛克在冰冷的白光下眨着眼睛。“达戈斯塔副队长说骨架是从西区横渠冲出来的？”

“没错。”达戈斯塔答道。

“是被最近的大雨冲出来的？”

“推测如此。”

“两具尸体停留在排水系统里的时候，也许受到过野狗的滋扰。”

“有这种可能性，”布朗贝尔说，“但我估算了一下，想留下这些印痕中最深的那一道，所需压强约为1 200磅每平方英寸。对于犬类来说高了点儿，你说呢？”

“如果是罗得西亚猎狗就不一定了。”佛洛克说。

布朗贝尔侧过头，“或者巴斯克威尔的猎犬，教授？”

挖苦的话让佛洛克皱起眉头，“我不觉得制造这些印痕需要你认为的那么大的力量。”

“短吻鳄。”达戈斯塔说。

大家一起扭头看他。

“短吻鳄啊。”他简直是在为自己辩护,“你们知道的。小时候被人从马桶冲下去,在阴沟里长大。”他环顾四周,“在哪儿读到过。”

布朗贝尔的笑声很干涩,“包括短吻鳄在内的所有爬行类动物,牙齿都呈锥形。而制造这些印痕的是哺乳类动物的三角形小齿,很可能是犬齿。”

“犬齿,但不是犬类?”佛洛克说,“请别忘了奥卡姆的剃刀准则。最简单的解释往往最正确。”

布朗贝尔朝佛洛克的方向歪了歪头。“佛洛克博士,我知道奥卡姆剃刀准则在您的行当里备受尊重。但福尔摩斯的哲学更适合我们:‘排除了不可能的,剩下的解释无论多么离奇,都必定是真相。’”

“那么剩下的解释是什么呢,布朗贝尔博士?”佛洛克怒道。

“就此刻而言,我无法解释。”

佛洛克靠回轮椅里。“第二具骨架很有意思。甚至值得我从曼德汉姆跑这么一趟。但你们忘记我已经退休了。”

玛戈看着他,皱起眉头。老教授平时见了这种谜团肯定会着迷。不知道佛洛克是不是和她一样,也联想起了十八个月之前的案件。若是如此,那他大概是在抗拒。那种回忆可没法让人安享退休生活。

奥利维亚·梅利亚姆开口道,“佛洛克博士,我们希望您能协助分析骨架。考虑到情况特殊,博物馆已经同意由警方任意使用实验室。我们很愿意在五楼为您提供一间带秘书的办公室,需要保留多久就保留多久。”

佛洛克挑起眉毛。“市府停尸房肯定有各种最先进的仪器。

更不用说还有这位布朗贝尔博士无与伦比的医学才能了。”

“无与伦比的才能你说对了，佛洛克博士，”布朗贝尔答道，“但最先进的仪器？非常抱歉，你说错了。近几年预算削减得厉害，我们已经落后于时代。再说停尸房对这种事情而言有点过于昭然。现在那里挤满了记者和电视报道组，”他顿了顿，“还有，当然啦，市府停尸房缺少您的深知灼见。”

“谢谢，”佛洛克说，他朝第二具骨架打个手势，“但要辨认一个在世时长得像是……咳，‘过渡动物’[①]的人能有多难呢？”

“相信我，我们努力过了，”达戈斯塔说，“过去二十四个小时，我们核对了三州地区内每一个失踪的张三李四。一无所获。另外，就记录而言，根本不存在这么一个怪物，更别说一个害自己在纽约排水系统里失踪和被吃的家伙了。”

佛洛克似乎没有听到他想要的答案。他的脑袋缓缓垂向胸口，一动不动地坐了几分钟。实验室陷入寂静，只有布朗贝尔博士偶尔不耐烦地咳嗽两声。末了，佛洛克抬起头，长叹一口气，带着厌倦和听天由命朝玛戈点点头。“好吧，给你们一周时间。我在市里还有别的事情。格林博士是来协助我的，对吧？”

太迟了，玛戈意识到自己一直没思考过为何请她参加这个秘密会议。此刻真相大白。她知道佛洛克百分之百信任她，两人曾一起解开博物馆怪兽杀人案的谜团。她心想：他们肯定猜到了，佛洛克只肯和我共事。

“等一等，”她脱口而出，“我不行。”

大家同时望向她，玛戈意识到她的语气有点过于激烈。她结结巴巴地说，“没别的意思，我只是暂时腾不出时间。”

---

① 译者注：Missing link 指被推定存在于类人猿和人类之间的过渡动物，目前只存在于理论之中。

佛洛克看着她，眼神中充满理解。他比任何人都要明白，这个任务肯定会搅起恐怖的回忆。

梅利亚姆馆长皱起了瘦削的脸庞，说，“我找霍桑博士谈谈，你将有充足的时间协助警方。”

玛戈张开嘴想争辩，但一转念还是作罢。真糟糕，她心想：我在博物馆的研究员资历太浅，没法拒绝命令。

“很好，”布朗贝尔说，紧巴巴的笑容一闪而过，“当然，我将和两位并肩战斗。解散之前，我想强调一下彻底保密的重要性。宣布帕梅拉·威许遇害且被斩首就够糟糕了。要是名媛在死后……或者死前……还被啃过的消息再传出去……”他摸着光头，声音小了下去。

佛洛克猛地抬头，“齿痕难道不是死后印上的？”

“佛洛克博士，这正是眼下要解决的问题——或者说是问题之一。市长和警察局长等结果等得很不耐烦了。”

佛洛克没有吭声，众人明白这次会议到此结束。其他人转身离开，急于远离躺在检验台上的棕色骨骸。

玛戈和馆长擦身而过时，馆长扭头对玛戈说，“要是有什么需要，尽管开口。”

布朗贝尔最后扫了一眼佛洛克和玛戈，跟着馆长走出房间。

最后离开的是达戈斯塔副队长，他在门口驻足片刻，说，“要是有话要说，先找我。”他像是还想再说什么，但旋即停下，点点头，突然转身出门。门在他背后关上，玛戈孤零零地和佛洛克、帕梅拉·威许和那具怪异的畸形骨架留在房间里。

佛洛克直起腰，说，“锁上门，玛戈，打开所有灯。”他摇着轮椅走向检验台，“你先洗手，换上工作服。”

玛戈瞥了一眼两具骨架，然后望着老教授。

“佛洛克博士？”她说，“你不会认为这有可能出于——”

佛洛克突然扭过头，红脸膛露出不寻常的表情。两人对视片刻，他摇摇头。

“别下结论，”他恶狠狠地挤出这几个字，“直到能确定为止。”

玛戈和他又对视了几秒钟。最后，她点点头，转身走向电灯开关。两人之间没有说出口的话比两具可怖骨架更令人不安。

6

烟雾腾腾的猫爪酒吧的最里面，史密斯贝克钻进狭窄的电话亭。他一只手拿着酒杯，在黑暗中眯眼分辨按键，拨打办公室的号码，心想不知道此刻有多少电话留言等着自己。

史密斯贝克从未怀疑过他是纽约最优秀的记者之一。也许他就是最最优秀的。一年半以前，他向全世界揭露了博物馆怪兽的真相。不是普通的寡淡超然文章，因为他曾与达戈斯塔和其他人在那个四月夜晚的黑暗中挣扎求生。那本书风行一时，因此他得到了《邮报》犯罪记者的位置。但大新闻比他想象中稀少得多，而且总有别人和他竞争独家新闻，比方说狗屎不如的布莱斯·哈里曼，另一位《纽约时报》的犯罪记者。不过要是手段玩得好，这次能和姆巴旺同样轰动。兴许更轰动。

听着铃声，他心想：优秀的记者总能适应摆在面前的选择。比方说威许的新闻。他完全没想到会遇到这么一位母亲。她可真是令人难忘。史密斯贝克觉得很尴尬，很受触动。在这些陌生情绪的驱使下，他为晨间版写了一篇新文章，将帕梅拉·威许标榜为“中央公园南路的天使”，用悲剧色彩描绘她的死亡。不过真正天才的一笔是悬赏十万美元给提供线索捉住凶手的人。文章写到半截他冒出了这个点子，他带着半成品稿件和悬赏点子径直冲进《邮报》新任总编阿诺德·莫瑞的办公室。总编很喜欢，当场授权他放手去写，甚至不用询问出版人的意见。

听筒里传来公用秘书金妮兴奋的声音。悬赏引来二十个电话,全是假线索。

"就这些?"史密斯贝克沮丧道。

"呃,有个,嗯,非常奇怪的人找你。"秘书滔滔不绝道。这个皮包骨头的矮个子姑娘家住在隆空的科马,单相思地爱着史密斯贝克。

"如何?"

"衣衫褴褛,臭烘烘的。老天,我都不能呼吸了。而且他好像,呃,吸了什么毒品。"

也许是条烫手线索,史密斯贝克兴奋起来。"他找我干什么?"

"他说他知道和威许谋杀案有关的情况。请你去佩恩车站的男厕所见他——"

史密斯贝克险些扔掉酒杯。"男厕所?开玩笑吧?"

"他就是这么说的。你觉得他是变态?"姑娘带着难以掩饰的兴奋说。

"哪一个男厕所?"

他听见翻动纸张的声音。"我记下来了。北侧尽头,底层,十二号站台的自动扶梯左手边。今晚八点整。"

"具体是什么情况?"

"他只说了这么多。"

"谢谢。"他挂断电话,看看手表:差一刻到八点。佩恩车站的男厕所?他心想:我肯定是疯了或者走投无路了,才会跟进这么一条线索。

史密斯贝克从没进过佩恩车站的男厕所。他认识的人也都不会进。推开门,面前的房间宽敞而闷热,尿和陈年痢疾的恶臭熏得他几乎窒息,他觉得自己宁可尿在裤子里也不肯使用佩恩车站的男厕所。

他迟到了五分钟。那家伙也许已经走了，史密斯贝克期待地想着。说不定他就根本没来过。正想抱头鼠窜，一个粗哑的声音传入耳朵。

“威廉·史密斯贝克？”

“什么？”史密斯贝克环顾四周，扫视空荡荡的男厕所。接着，他听见最里面的隔间墙壁的声音。隔间门打开，一个瘦骨伶仃的小个子走出来，晃晃悠悠地走向他，一张长脸脏兮兮的，衣服被油污和尘土染成黑色，头发纠结成让人担忧的怪模样。难以形容颜色的大胡子留得离肚脐眼只有两厘米，之所以知道，是因为他的衬衫被扯破了长长一条，肚脐眼露在外面。

“威廉·史密斯贝克？”男人重复道，一双朦胧小眼瞪着他。

“还能是谁？”

男人没有多说一个字，转身走向男厕所深处，到最里面的隔间停下，在打开的门前转身等待。

“你有消息要告诉我？”史密斯贝克问。

“跟我走。”男人指着隔间里说。

“没门，”史密斯贝克说，“要说就在外面说，哥们，我才不跟你进去。”

男人打个手势，“但我们要走这条路啊。”

“去哪儿？”

“下面。”

史密斯贝克好奇地走近隔间，男人已经走了进去，站在马桶背后，拉开一大块喷漆金属板。史密斯贝克明白过来，金属板遮住了肮脏瓷砖墙上的一个参差窟窿。

“要进去？”史密斯贝克问。

男人点点头。

“通向哪里?”

“下面。”男人重复道。

“算了吧。”史密斯贝克说,转身准备走。

男人盯着他的眼睛。“我要带你去见墨菲斯托,”他说,“他想和你谈谈遇害的那个姑娘。他知道一些重要的事情。”

“省省吧。”

男人继续盯着他,最后淡淡地说,“你可以信任我。”

不知为何,尽管他浑身肮脏,一双吸毒者的眼睛,史密斯贝克却不由得信任了他。“什么样的事情?”

“你必须和墨菲斯托谈谈。”

“这位墨菲斯托是谁?”

“我们的领袖。”男人耸耸肩,像是不需要再多说什么了。

“我们?”

男人点点头,“666 号公路社团。”

虽说不敢相信,但史密斯贝克忽然兴奋得头皮刺痒。地下的有组织社团?本身就值得大书特书了?如果这位墨菲斯托真知道威许谋杀案的什么消息……“这个 666 号公路社团,具体在哪儿?”他问。

“很难说清楚,不过我会给你带路的。”

“请问您是?”他问。

“大家叫我尾炮手。”男人答道,眼中闪过一丝骄傲的光彩。

“你看,”史密斯贝克说,“我可以跟你走,但你不能指望我就这么爬进一个黑窟窿。我会被伏击,被麻翻,什么都有可能。”

男人使劲摇头,“我会保护你的。大家都知道我是墨菲斯托的头号信使。你会安全的。”

史密斯贝克打量着他:湿漉漉的眼睛,挂着鼻涕,肮脏的巫师长须。他还一路来到《邮报》的办公室,而他看着就像个落魄的流浪汉,肯定花了许多周折。

布莱斯·哈里曼自鸣得意的面容跃入脑海。他想象着《时报》总编质问布莱斯,为什么史密斯贝克又一次抢到了内幕新闻。

他喜欢这一幕场景。

绰号“尾炮手”的男人掀开那块铁板,让史密斯贝克钻过去。等两人都到了另一边,他小心翼翼地盖好铁板,用几块散放的砖头顶紧。

史密斯贝克环顾四周,发现这是一条狭窄的长隧道。水管和蒸汽管道挂在头顶上,仿佛灰色的血管。天花板很低,但史密斯贝克这么高的人仍旧可以直立。每隔一百码,就有傍晚的光线透过天花板上的格栅照下来。

记者跟着佝偻的小个子前进,“尾炮手”在他前方的昏暗光线中行走。附近时而有列车驶过,隆隆声于是响彻阴冷的隧道,感觉到隆隆声的主要是骨头而非耳朵。

他们在看似没有尽头的隧道里向北走。过了十或十五分钟,担忧渐渐涌上史密斯贝克的心头。“抱歉,”他说,“为什么要走这么久?”

“也有比较近的出入口,但墨菲斯托希望保密。”

史密斯贝克点点头,远远绕开一条死狗肿胀的尸体。隧道居民有点疑心病不足为奇,但搞成这样就太荒谬了。他们往北走得都快到中央公园底下了。

隧道很快开始渐渐向右弯曲。史密斯贝克能分辨出厚实的水泥墙壁上有一溜铁门。头顶上一根粗管线在哗哗淌水,覆盖物的修补裂缝在向外滴水。覆盖物上有个标牌:*危险——含有石棉纤维,请勿制造粉尘,有可能造成癌症或肺部疾病。*“尾炮手”停下脚步,从褴褛的衣服深处掏出钥匙,打开离他们最近的一扇门。

“钥匙是从哪儿来的?”史密斯贝克问。

“我们的社团有各种能工巧匠。”男人答道，拉开门，催着记者进去。

门在史密斯贝克背后关闭，夜晚的黑暗猛扑向他。他这才意识到自己有多么依赖从格栅漏下的黯淡光线，一时间不由心生惊恐。

“有手电筒吗？”他结结巴巴地问。

黑暗中传来摩擦声，木杆火柴的火光随即亮起。史密斯贝克在摇曳的光线中看见一道水泥台阶通向下方，延伸出火柴光线的照射范围。

尾炮手一抖手腕，火柴熄灭。

“满意了？”黑暗中传来单调的冷淡说话声。

“不，”史密斯贝克马上答道，“再点一根。”

“有需要了再说。”

史密斯贝克摸索着走下台阶，伸开双手，靠冷冰冰的滑溜墙壁保持平衡。两人向下走了不知多久。忽然又是一根火柴擦燃，史密斯贝克发现楼梯终结于一条宽敞的地铁隧道中，银色铁轨在橘红色火光中微微发亮。

“这是到哪儿了？”史密斯贝克问。

“100 号铁路，”男人答道，“地下两层。”

“还没到？”

火柴一闪而灭，黑暗再次笼罩两人。

“跟我走，”对方说，“我停你也停。要立刻站住。”

两人壮着胆子走上轨道。史密斯贝克被铁轨绊了一下，不由得拼命按捺住恐惧。

“停。”男人说。史密斯贝克原地不动，又一根火柴擦燃。“看见了？”尾炮手指着一根亮晃晃的金属条说，金属条旁边涂着一条亮黄色的线。“第三轨，通电的。别踩上去。”

火柴熄灭。史密斯贝克听见男人在潮湿逼仄的黑暗中向前走了几步。

“再点一根!”他喊道。

火柴擦燃,史密斯贝克走了一大步,跨过第三轨。

“这东西还有吗?”他指着第三轨问。

“有,”小个子男人答道,“我会告诉你的。”

火柴熄灭,史密斯贝克说,“天哪,你要是踩到了会怎么样?”

“电流会炸开你的躯体,胳膊、腿和脑袋都会炸飞,”虚无缥缈的声音说着顿了顿,“所以最好别踩到。”

又一根火柴擦燃,照亮又一根涂成黄色的轨道。史密斯贝克小心翼翼地跨过去,看见尾炮手抬手指向对面墙上一个两英尺高四英尺宽的小窟窿,洞口开在被煤渣砖封住的一道旧拱门的底部。

“从那儿下去。”尾炮手说。

史密斯贝克感觉到热烘烘的气流从下方吹来,难闻的气味让他喉头发紧。在恶臭之中,史密斯贝克觉得他有一瞬间还分辨出了木头焚烧的气味。

“下去?”他难以置信地转开脸,“还要往下? 怎么,难道要我趴着滑下去?”

但他的向导已经扭着身子钻了进去。

“没门。”史密斯贝克在洞口蹲下,喊道,“听着,我绝对不下去。墨菲斯托要说什么,就上来跟我说吧。”

一阵寂静过后,煤渣砖另一面的幽深处回荡起了尾炮手的声音,“墨菲斯托从不到比三层更高的地方来。”

“那这次他要破例了。”史密斯贝克虚张声势道,他意识到他将自己置于了难以想象的境界,完全依赖那个摇摇晃晃的怪人。周围重新陷入漆黑,他不可能找到回去的路。

漫长的沉默。

“你还在吗?”史密斯贝克问。

“等着。”对方突然下了命令。

“你要走? 给我火柴。”史密斯贝克恳求道。有东西忽然一戳他的膝盖,他吓得叫了起来。那是尾炮手的脏手,拿着什么东西从洞里塞给他。

“就这些?”史密斯贝克用手指只数出了三根火柴。

“只能分给你这么多,”说话声已经变得微弱,正在远去。他还说了些什么,但史密斯贝克没有听清。

寂静包围了他。史密斯贝克靠在墙上,不敢坐下,一只手紧紧攥住三根火柴。他骂自己居然蠢到跟着那家伙下到了这里。没有任何报道值得如此冒险,他心想。只靠三根火柴,他回得去吗? 他闭上眼睛,集中精神,试图回想一路上的每次转弯。最后,他放弃了:三根火柴都不够他越过电力轨道的。

膝盖开始抗议,他从蹲着的姿势站起来,睁大双眼,竖起耳朵,望向没有一丝光线的隧道。黑暗过于彻底,他开始胡思乱想:动静、怪影。他一动不动,尽量平静地呼吸,不知道多少时间悄悄溜走。太疯狂了,要是他——

“码字工!”脚步的洞口传来一个鬼魂般的飘忽声音。

“什么?”史密斯贝克叫道,猛地转身。

“我在招呼威廉·史密斯贝克,码字工,对不对?”声音嘶哑而低沉,从身边深渊里升起,惊悚而单调。

“对,是我,我是史密斯贝克。比尔·史密斯贝克,你是谁?”他喊道,在黑暗中和一个缥缈声音对话,他觉得很不安。

“墨菲斯托。”那声音答道,“斯”字被他拖长成了凶恶的咝咝一声。

“怎么这么久?”史密斯贝克紧张地答道,对着煤渣砖上的窟窿蹲下。

“上来的路很长。”

史密斯贝克沉默了一分钟,思考此刻站在脚下某处的这个人是如何爬上几层平台来到这里的。“你不上来?”他说。

“不!你应该觉得荣幸,码字工。这是五年来我最接近地表的时刻。”

“为什么?”史密斯贝克问,在黑暗中摸索录音机。

“因为这里是我的领地,我主宰你此刻所见之处。”

“但我什么也看不见。”

煤渣砖洞口传来干笑声,“错了!你能看见黑暗。黑暗就是我的领地。你听见列车在头顶隆隆驶过,地表居民忙碌于无用琐事。但中央公园底下的区域——666 号公路,胡志明小道,碉堡——属于我。”

史密斯贝克思考片刻。他能理解“666 号公路”这个含有讽刺味道的地名,但另外两个名字难住了他。“胡志明小道,”他回应道,“那是什么?”

“一个社团,和其他的一样,”那声音嘶嘶说道,“现在跟我走,我保护你。我们曾经很熟悉这条小道。我们中有很多人参加过那场可笑的战争,侵略过一个无辜的落后国家。现在又因此被社会排斥。我们自我流放,退居这里,呼吸浊气,默默交配,最后死去。我们最大的愿望就是不被打扰。”

史密斯贝克又摸了摸录音机,希望录下了所有对话。他听说过偶尔有游民进入地铁隧道栖身,但一整个居民群落……“那么,你们全都是游民喽?”他问。

对方顿了顿。“我们不喜欢这个字眼,码字工。我们有家,你要是稍微有点胆子,现在都已经看见了。我们拥有我们需要的所有东西。供水管供应做饭和清洁的用水,电缆供应电力。需要从地面得来的少数东西,自然有信使去办。碉堡里甚至有护士和教师。其他的地下空间,例如西区车场,还处于蛮荒状态,很危险。但在这里,我们过得很有尊严。”

“教师?你是说这儿有孩子?”

“你太天真了。很多人之所以在这里,就因为他们有孩子,而邪恶的社会机器企图夺走孩子,送进养育院。他们选择我温暖而黑暗的世界,码字工,放弃了你们充满绝望的世界。”

“你为什么叫我‘码字工’?”

煤渣砖的洞口再次传来干笑声。“那不就是你吗?威廉·史密斯贝克,码字工?”

“对,可是——”

“对于一名记者来说,你读书可真不够多。回去记得读蒲柏的《愚人志》[①]。”

史密斯贝克意识到这个人不像他预想中那么简单。“你到底是谁?”他问,“我是说,你的真名是什么?”

又是一阵沉默。“我把那东西和其他所有的一起留在了上面,”缥缈声音嘶嘶地说,“现在我是墨菲斯托。别再问我这个问题,也不许去问任何人。”

史密斯贝克吞口唾沫,说,“抱歉。”

墨菲斯托似乎生气了,音调变得更锐利,切割着黑暗。“带你来是为了一个原因。”

“威许谋杀案?”史密斯贝克急切问道。

“你的文章说她和另一具尸体都缺少头部。我要告诉你缺少头部只是其中最不可怕的地方。”他爆发出一阵毫无喜悦之情的粗嘎笑声。

“什么意思?”史密斯贝克问,“你知道是谁干的?”

---

① 《愚人志》是英国十八世纪最著名诗人蒲柏著于1742年的著名讽刺长诗。

“他们也在猎杀我的百姓，”墨菲斯托嘶嘶地说，“皱皮人。”

“皱皮人？”史密斯贝克说，“我不明白——”

“那就安静，码字工，听我说！我说过我的社团是个平安避难所。过去向来如此，直到一年以前。现在我们遭到袭击。冒险走出安全区域的不是失踪就是被杀。死法可怖之至。我的百姓越来越害怕。我的信使尝试过许多次向警方求助。警察！”他愤怒地啐了一口，音调随之提高。“腐败的看门狗，守护一个道德败坏的社会。他们眼中的我们肮脏不堪，只配挨揍和被捕。我们死了多少人，失踪了多少人？小胖子，赫克托，黑安妮，军士长，等等等等。我们的性命一文不值！但一个穿丝袍的浮华美人被拧掉脑袋，全城都义愤填膺！”

史密斯贝克舔舔嘴唇。他开始怀疑这位墨菲斯托到底掌握了什么情况。“你说的遭到攻击是什么意思？”

沉默。最后，对方嘶声答道，“来自外部。”

“外部？”史密斯贝克问，“什么意思？外部，指这儿外面？”他发疯般扫视四周的黑暗。

“不，666号公路之外，碉堡之外，”墨菲斯托答道，“还有另一个地方。大家避之不及的地方。十二个月前，传闻开始浮现，流言说那个地方被占据了。杀戮随之而起。外面的人开始失踪。刚开始，我们派出搜索队。大部分受害者终告失踪，但找到的那些，血肉被啃食，头颅被撕掉。”

“等一等，”史密斯贝克说，“血肉被啃食？你是说这底下有一群食人族在杀人砍头？”墨菲斯托也许真的是个疯子。史密斯贝克又开始琢磨他该怎么返回地面。

“我不喜欢你的怀疑语气，码字工，”墨菲斯托答道，“但我就是这个意思。尾炮手？”

“在。”

史密斯贝克耳边响起一个声音。记者往旁边一跳，又惊又怕，喊出声来。“他是怎么钻出来的？”

“有很多条路出入我的王国，”墨菲斯托说，“住在这里，住在可爱的黑暗中，我们的夜视力变得很敏锐。”

史密斯贝克咽口唾沫，说，“你看，倒不是说我不相信你。只是——”

“安静！”墨菲斯托警告道，“我们说得够久了。尾炮手，送他回地面。”

“但赏金呢？”史密斯贝克惊讶道，“带我下来难道不是为了赏金？”

“你没听见我跟你说的话吗？”嘶嘶齿音再次响起，“你的钱对我毫无用处。我只关心我的百姓是否安全。返回你的世界，写你的文章。把我的话告诉地面居民。说杀死帕梅拉·威许的凶手也在屠杀我的百姓。说必须阻止杀戮。”缥缈声音似乎越来越远，回荡在史密斯贝克脚下的廊道里。“否则，”他用可怕的激烈语气说，“我们会找到其他办法，让你们听见我们的声音。”

“但我需要——”史密斯贝克说。

一只手抓住他的肘弯，尾炮手的声音在身边响起，“墨菲斯托走了，我带你上去。”

7

达戈斯塔副队长坐在狭小的玻璃墙壁办公室里，摸着胸袋里的雪茄，看着一摞洪堡水道下潜搜索的报告。了结一桩旧案，却得到两桩未结新案。和平时一样，谁也啥都不知道，谁也啥都没看见。威许的男朋友沉浸在悲伤中，而且当不了有效的目击证人。此外，威许的父亲过世多年，母亲也像冰山女神似的沉默冷淡。他皱起眉头，觉得帕梅拉·威许这堆烂事就是一桶硝化甘油。

视线从那摞报告滑向门外贴着的“禁止吸烟”的标记,眉头皱得更深了。十几个这种标记上周开始贴得满警署都是。

他抽出雪茄,剥掉塑料包装纸。法律总不至于禁止咬雪茄吧。他怀着爱意用大拇指和食指夹着雪茄揉搓片刻,用鉴赏家的眼神打量着包装纸,然后把雪茄放进嘴里。

他一动不动地坐了好一会儿。接着,他骂了一声,猛地拉开办公桌的顶层抽屉摸来摸去,找到一盒厨房火柴,在鞋跟上擦燃。他把火苗凑到雪茄前,向后一坐,长出一口气,听着烟草燃烧的微弱噼啪声,吸一口烟,从鼻孔缓缓吐出。

内线电话忽然响起。

“哪位?”达戈斯塔接了起来。不可能这么快就有人投诉吧,他才刚点着。

“副队长?”部门秘书说,“有一位海沃德巡佐要见你。”

达戈斯塔咕哝一声,坐了起来,“谁?”

“海沃德巡佐,说是你有事找她。”

“我什么时候要找什么海沃德巡佐——”

一名身穿制服的女警出现在打开的房门口,达戈斯塔出于本能打量对方的突出特征:娇小,瘦削,胸部很大,乌黑的头发紧贴白皙的皮肤。

“达戈斯塔副队长?”她问。

达戈斯塔不敢相信这么小的身体里能发出这么低沉的女低音。“请坐。”他说,看着巡佐坐在对面的椅子里。她似乎没有意识到任何不对劲的地方,仿佛巡佐闯进副队长的办公室是天经地义的事情,他和她都不该有任何怨言。

“我不记得我找过你,巡佐。”达戈斯塔说。

“你没有,”海沃德答道,“但我知道你肯定愿意见我。”

达戈斯塔向后一靠,慢吞吞地吸着雪茄。先让巡佐说她的话,然后再收拾一顿不迟。达戈斯塔并不特别坚持程序,但像这样硬闯长官办公室实在有点特别。可别是他的手下在什么档案室里曾对她有所不轨,他最怕沾上这种性骚扰案件。

“你在阴沟找到的两具尸体。”海沃德开口道。

“怎么了?”达戈斯塔忽然警觉起来。案情细节按说该捂得很严实才对。

“部门合并前,我是一名运输警察,”海沃德点点头,像是这句话解释了一切。“我现在仍旧负责西区,驱除流浪汉,区域包括佩恩车站、地狱厨房、车场、公园——”

“等一等,”达戈斯塔打断道,“你?你是清扫工?”

他马上就明白自己说错了话。海沃德的身体忽然绷紧,眉头紧蹙,迎上他明显的怀疑视线。一阵尴尬的沉默。

“我们不喜欢这个字眼,副队长。”她最后说。

达戈斯塔觉得他受够了,不想再费神讨好不请自来的客人。“这是我的办公室。”他说着耸耸肩。

海沃德盯着他看了几秒钟,达戈斯塔能在那双棕眼里看见她对自己的好感逐渐消失。“好吧,”她说,“随你便。”她深吸一口气,“你的两具骨架唤醒了我的记忆。我想起最近有几个‘鼹鼠’遭到杀害。”

“‘鼹鼠’?”

“哦,隧道居民,”她居高临下的眼神让达戈斯塔很不舒服,“住在地下的游民。然后呢,我读到了今天《邮报》的文章。就是说墨菲斯托的那篇。”

达戈斯塔做个鬼脸。比尔·史密斯贝克那家伙专门追逐丑闻,他最擅长把读者刺激得精神失常,能让已经很不妙的局面变得更糟糕。他俩曾经是朋友——凑合算是——但自从史密斯贝克负责报道重大案件后,他已经变得让人忍无可忍。达戈斯塔知道不管史密斯贝克再怎么恳求，都不能向他泄露一星半点的内部消息。

“游民的预期寿命很短，”海沃德说，“‘鼹鼠’的情况更加不好。但那位记者说得对。最近有几起凶案格外血腥。头部失踪，尸体被撕碎。我以为我有必要向你汇报。”她换个坐姿，用清澈的棕眼盯着达戈斯塔。“也许我不该费这个力气。”

达戈斯塔没理会这句讽刺，他问，“海沃德，你刚才说的最近的凶案有几起？两起？三起？”

海沃德沉吟片刻，最后说，“超过六起。”

达戈斯塔盯着她，雪茄举在半空中。“超过六起？”

“正是如此。我来之前翻查过报告。过去四个月有七起‘鼹鼠’凶案符合这个犯罪模式。”

达戈斯塔放下雪茄。“巡佐，请问是不是这样？你认为地下有个开膛手杰克，但没人知道详情？”

“呐，只是我的直觉猜测而已，好了吧？”海沃德辩护道，“其实跟我没关系，负责凶杀案的反正不是我。”

“你为什么没有走正常渠道向上级汇报呢？为什么来找我？”

“我找过我们老大。瓦克西队长。你认识他吧？”

谁不认识杰克·瓦克西呢？全城最胖最懒的分局警长。之所以能爬到这个位置，只因为他什么都不做，什么人也不惹。一年前，多亏了心怀感激的市长，达戈斯塔有过晋升队长的机会。但恰逢市府改选，哈珀市长下台，掌握市政厅的新市长许诺降低税收和削减开支。风波殃及警察总部，瓦克西获得队长头衔和一个分局，达戈斯塔却被打入冷宫。什么样的世界啊？

海沃德跷起一条腿，“‘鼹鼠’凶杀案和地面案件不同，大部分尸体根本连找都找不到。就算找到了，我们通常也落后老鼠和野狗很多步。大部分是无名氏，就算完好无损也没法核实身份。其他的‘鼹鼠’自然都不肯开口。”

“而杰克·瓦克西只是归档了事。”

海沃德又皱起眉头，“他压根儿就没把他们当人看。”

达戈斯塔盯着她看了足一分钟，琢磨瓦克西这种老古董男性沙猪怎么会收下一位五英尺三的女清扫工。看到细腰、白肤和棕色大眼，他知道了答案。最后，他说，“好吧，巡佐，我买账了。知道案发地点吗？”

“我差不多只知道案发地点。”

达戈斯塔的雪茄已经熄灭，他在抽屉里摸索着寻找第二根火柴。“都是在哪儿找到的？”他问。

“这儿，还有这儿。”海沃德从口袋里掏出电脑打印件，展开，铺在桌上。

达戈斯塔一边点雪茄一边望着那张纸。“第一具尸体发现于四月三十日，西五十八街624号。”

“地下室的锅炉间。那儿有个铁路的旧出入口，所以属于运输警察的管辖范围。”

达戈斯塔点点头，看着那张纸。“接下来是五月七日，发现于哥伦布圆环IRT车站[①]。第三具发现于五月二十日，车场主干B4，22号轨，1.2里程标。这是什么鬼地方？”

“一条连接西区车场的货运隧道，早已关闭。‘鼹鼠’打穿墙壁，占据了一些这种隧道。”

达戈斯塔边抽雪茄边听她解释。一年前，听说晋升有望，他把牌子从卡西亚维加换成了登喜路。虽说晋升最终告吹，达戈斯塔却没能说服自己换回去。他望向海沃德，海沃德仍旧目光炯炯地看着他。这姑娘很不擅长尊敬长官。尽管体型娇小，却天生一副自信的权威架势。直接找他报告案情，这需要的是主动性，还有胆

① IRT是纽约跨区捷运公司的缩写。

子。他忽然后悔不该说两句就跟她闹僵的。

“你这么来见我，这不完全符合警察局的流程，”他说，“不过，我还是很感谢你能抽时间跑这一趟。”

海沃德微不可查地点点头，像是明白了他的表扬，但不愿接受。

“我不想乱闯瓦克西队长的管辖区域，”达戈斯塔继续道，“但我不能放过这条线索，因为说不定确实有关联。我猜你也想到这一点了。所以咱们接下来要忘记你来见过我。”

海沃德再次点头。

“我打电话给瓦克西，假装是自己看到这些报告的，然后大家去实地观光一下。”

“他可不会喜欢的，他唯一喜欢的景色就是从分局窗口看见的。”

“啊哈，他会配合的。让一个副队长替他跑腿，他坐在办公室里不动屁股，传出去也不太好看。特别是万一查到底是个大案。专找游民下手的连环杀手——这是爆炸性的政治新闻。所以大家会一起去转转，就咱们三个。不需要惊扰高层。”

海沃德马上皱起了眉头，说，“这可不聪明，副队长，下面很危险，那里不是我们的地盘，而是他们的。而且情况也和你想象的不同。他们不只是几个时运不济的主流人士。下面有不少相当激进的人物，构成了一整个社团，有越战老兵，有前罪犯，有学生民权组织的中坚分子，有违反条例的假释犯。最憎恨的莫过于警察。我们至少需要一个小队。”

听着她完全不知恭敬为何物的简慢语气，达戈斯塔不由心头火起。“听着，海沃德，这可不是在策划 D 日大反攻[1]。我们只打算

---

① 指“二战”时期的诺曼底登陆。

下去瞅瞅而已。我这么做已经很冒险了。要是看后感觉有戏,再正式立案也不迟。”

海沃德没有吭声。

“还有,海沃德?我要是听到别人说起咱们碰过头,那就肯定是从你嘴里传出去的。”

海沃德站起身,抚平黑蓝色长裤,拉正警用腰带。“明白。”

“希望如此。”达戈斯塔站起身,朝“禁止吸烟”标牌吐出一口烟。他看着海沃德向雪茄投去不知是轻蔑还是谴责的眼神。“来一根?”他语带讥讽道,从胸袋摸出另一根雪茄。

海沃德的双唇第一次露出近乎于微笑的表情。“谢了,但还是算了。毕竟我大伯发生了那种事情。”

“什么事情?”

“口腔癌。医生不得不切掉他的嘴唇。”

达戈斯塔看着海沃德原地转身,快步走出办公室,发觉她连“再见”也没说一声,还发觉雪茄忽然间似乎没那么美味了。

8

他静静坐在黑暗中倾听着,一动不动。

尽管斗室隔绝了光线,但他的视线仍旧能在各个表面之间跳跃,遇到物体就怀着爱意逗留片刻。这种感觉还很新奇,他可以一动不动地连坐几个钟头,享受自己精确得无与伦比的感官。

他闭上眼睛,放开自己去聆听城市的遥远声音。他渐渐从背景噪声中分辨出几组对话,撇掉几个房间甚至几层楼以外最遥远的那些,分离出距离最近和嗓门最大的。接着,对话声消失在了犹如雾海的注意力之中,他能听见老鼠在墙壁里过着秘密生活时的蹦跳脚步声和吱吱叫声。他有时甚至觉得自己听见了地球本身的声音——被大气层包裹着的地球如何翻滚转动。

后来——他不确定到底过了多久——饥饿感再次降临。不完全是饥饿,而是缺少了什么东西的感觉,是一种深刻的渴求感,难以确定来源,暂时还很微弱。他从不拖长渴求的时间。

他飞快起身,穿过实验室,在黑暗中走得毫无差错。他打开对面墙上的气阀,用打火机点燃喷嘴,将装着蒸馏水的曲颈瓶放在喷灯上。等水加热的时候,他从缝在外衣内衬里的秘密口袋里掏出一个细长的金属小瓶,拧开一头,向水面倒了一丁点粉末。若是有光,粉末会发出淡绿色的光芒。随着温度升高,稀薄的尘云开始从水面向下扩散,溶液在曲颈瓶里翻腾,最后化作一场缩微风暴。

他关掉喷灯,把溶液倒进耐热玻璃大口杯。此刻他应该用双手捧起药汤,清空思绪,完成宗教仪式般的动作,让升腾的蒸汽充满鼻孔。但他等不及了,贪婪地拿起大口杯一饮而尽,上颚灼痛不已。他自嘲地笑了笑:他那么严格地要求其他人遵守规程,自己却做不到。

还没等他再坐下,空落落的感觉就消失了,漫长而缓慢的快感已经到来:悸动始于末梢神经,向内逐步扩散,最后点燃了他这个存在物的核心。难以形容的权力和幸福感流遍全身。他本已超级敏锐的感官继续扩张,直到他能看见漆黑空气中无穷小的尘埃颗粒,直到他能听见曼哈顿的所有对话,从洛克菲勒大厦七十层彩虹房间鸡尾酒会上的闲聊,到脚下被遗忘的秘密空间深处,他饥饿难耐的子民的哀嚎。

他们正变得越来越饥饿。不用多久,连仪式都将控制不住他们。

但到时候就不需要了。

黑暗亮得难以忍耐,他闭上眼睛,听着血液穿行于内耳门和耳道的奔流声响。他将一直闭着眼睛,直到这种感觉的最高峰——以及暂时遮蔽双眼的怪异银色辉光——消失后,再睁开双眼。他好玩地想到:不管是谁将其命名为“釉光”,这个名字都起得很恰当。

剧烈的快感很快消退——可惜太快了。但效力仍旧存在,关节和肌腱永远在提醒他已经变成了什么。要是能让从前的同事见到就好了。他们肯定会明白。

他依依不舍地站起身,不愿离开这个充满愉悦的地方。但有那么多事情需要他去做。

今夜他将很忙碌。

9

玛戈走近房门,注意到房门一如既往的肮脏。尽管博物馆以非常能够容忍灰尘而著名,但体质人类学(工作人员通常叫它“骷髅室”)这扇门污秽得难以想象。估计从二十世纪初就没擦洗过。门把手覆着一层发亮的手油,周围的区域仿佛刷过清漆。她考虑是不是要从拎包里找张纸巾,一转念想想还是算了,紧紧抓住门把手转动。

房间和平时一样光线昏暗,她不得不眯起眼睛才能看清一排排金属抽屉,抽屉从地板摞到天花板,像是大型图书馆的书架。抽屉共有一万两千个,每个都装着一具或完整或缺损的人类骨骸。尽管大部分是来自非洲和美洲的原住民,但玛戈更感兴趣的是为医学原因而非人类学目的搜集的那部分骨架。佛洛克博士建议第一步是检验骨骼严重变形的人类尸骸。他认为,患有肢端肥大症或普洛提斯综合征的病人骨骼或许能让尸检拨云见日,让他们看懂法医人类学实验室里蓝色塑料布底下的那具尸体。

穿行于高大的堆架之间,玛戈叹了口气。她知道即将到来的会面肯定愉快不了。体质人类学实验室的管理员塞尔·哈格道恩和他照看的骨架一样衰老和干瘦。除了负责员工出入的看门人科利、无脊椎生物实验室的管理员伊马莱恩·斯普拉格和屈指可数的另外几个人,博物馆资历最老的守卫就数塞尔·哈格道恩了。尽管博物馆拥有电脑化的藏品数据库,尽管骷髅室旁边就是个高科技实验室,老先生仍旧顽固地拒绝带着编目走进二十世纪。以前的同事格雷戈里·川北虽然在实验室里有了自己的办公室,但每次打开笔记本电脑都要顶着哈格道恩凶恶的眼神。川北在哈格道恩背后叫他"桩子"(stumpy)。只有玛戈和佛洛克的几个研究生才知道这个绰号指的不是哈格道恩的小个头,而是 ***Stumpiniceps troglodytes***,石炭纪极常见的一种海洋食腐生物。

想到川北,玛戈怀着负罪感地皱起眉头。六个月前他在玛戈的答录机上留言,为忽然失去联络道歉,说必须和她谈谈,明晚同一个时候再打电话。二十四小时后,电话铃在约定时间再次响起,玛戈不由自主地伸手去拿听筒,但半途突然停下,手离电话机仅有几英寸之遥。答录机接通来电,这次对方没有留言,她缓缓缩回手,琢磨本能为何阻止自己接川北的电话。话虽这么说,但她其实很清楚答案。川北在那件事情里扮演了角色……还有潘德嘉斯特、史密斯贝克、达戈斯塔副队长,甚至佛洛克博士。川北的外推法程序起到了关键作用,帮助他们搞清楚了姆巴旺的本质:怪物让博物馆陷入恐惧,仍旧徜徉于她的噩梦之中。确实是自私不假,但她最不愿意做的事情就是和有可能意外勾起那段可怖记忆的人说话。回想起来蠢得可笑,因为她也被彻底卷入了调查——

神经质的咳嗽声突然响起,把玛戈拽回现实之中。她抬起头,看见一位小个子男人站在前方,他身穿磨旧了的粗花呢西装,苍老的脸上沟壑纵横。

"就觉得听见有人在我的骨架之间乱走。"哈格道恩说着皱起眉头,在胸前抱起两条细小的胳膊,"什么事?"

玛戈知道不应该,但还是感觉到恼怒开始占据白日梦的位置。

他的骨架,什么话嘛!她按捺住恼火,从拎包里抽出一页纸。“佛洛克博士想调取这些样本,送到法医人类学的实验室。”她说着把那张纸递给哈格道恩。

哈格道恩越看眉头皱得越深。“三具骨架?”他疑惑道,“有点稀奇。”

稀奇个屁,桩子。“事情很重要,必须马上拿到,”她说,“你如果有疑问,相信梅利亚姆博士肯定能给出你想要的授权书。”

提起馆长的名字得到了她想要的效果。“唉,好吧。但还是很不正常。跟我来。”

他领着玛戈向后走,来到一张因为年久失修而下沉、台面伤痕累累的古老木桌前。桌子后面的几排小抽屉装着哈格道恩的归档系统。他看看佛洛克单子上的第一组号码,用一根发黄的手指顺着抽屉摸下去,到最后一格停下拉出来,翻看里面的卡片,抽出一张,不悦地哼了一声。“1930 - 262,”他读道,“算我走运。在最顶上一层。我已经没那么年轻了,你知道的,高度是个问题。”

他忽然停下。“这是一具医用骨架。”他指着卡片右上角的红点说。

“请求调取的都是。”玛戈答道。虽说哈格道恩显然想听她解释,但她还是顽固地一言不发。管理员最后清清喉咙,稀奇的请求让他蹙起眉头。“如果你非要坚持,”他说着在桌上把卡片滑到玛戈面前,“签名,加上分机号和部门名称,别忘了在主管一栏填上佛洛克。”

玛戈看着脏兮兮的卡片,经年使用已经磨软了它的边缘。图书馆卡片,她心想,这才叫稀奇。骨架的名称整整齐齐打在最上方:荷马·麦克连——没错,佛洛克请求调取的骨架之一:要是没记错,是一名神经纤维瘤病患者。

她俯身找到第一个空行签名,忽然停了下来。调取使用的研究者列表一栏，隔着三四个名字，赫然是她记得很清楚的一个潦草签名：格雷戈里·S.川北，人类学。他在五年前也取用过这具骨架。不足为奇，她心想：格雷戈里一直着迷于违背规则的反常例外。也许这就是佛洛克博士和分形演化理论对他的吸引之处。

她回忆起格雷戈里出了名地喜欢在这间储藏室练习假蝇投钓，每逢喝咖啡休息就挥杆击打狭窄排架上的铭牌。当然，必须趁着哈格道恩不在。她按捺住笑容。

好吧，她心想：今晚就翻黄页找格雷戈里的号码。迟到总比不到好。

耳边传来尖锐的呼哧吐气声，她从卡片上抬起头，看见哈格道恩的小眼睛里透出不耐烦。“只要你写个名字，”他气哼哼地说，“又不是写诗。别那么绞尽脑汁了，快点行吗？”

10

波吕许谟尼亚俱乐部华丽的宽阔门脸盘踞在西四十五街上，向外探出大理石和沙岩构造的庞大身躯，状如西班牙大帆船的艉楼。遮阳篷之上是俱乐部名称来源的镏金塑像，司颂歌的缪斯单足站立，像是即将起飞。遮阳篷之下，俱乐部的旋转门正忙着迎送周六晚间的客人；尽管常客仅限纽约媒体圈的成员，但按照贺瑞斯·格里利某次抱怨说的：“十四街以南一半无业小年轻”也被允许入内。

这个橡木要塞的深处，比尔·史密斯贝克走到吧台，点了一杯不加冰的卡尔里拉威士忌。他对俱乐部的悠久历史大体而言毫无兴趣，但颇为钟情于它蔚为壮观的进口苏格兰威士忌收藏量。单一麦芽美酒一沾唇，嘴里就充满了泥炭烟熏和南蛮湖清水的独特味道。他享受了很长一段时间，接着环顾四周，准备就着同侪的敬慕视线和点头祝贺再喝一口。

接到威许这个任务是他人生中的重大突破之一，他在一周内拿下三篇头版报道，甚至把游民领袖墨菲斯托那语焉不详的威胁写得激烈而切题。今天下午史密斯贝克离开办公室的时候，莫瑞甚至热情洋溢地拍了拍他的肩膀。那可是莫瑞啊，从不表扬任何人的总编。

史密斯贝克没等来常客的恭维，于是转回吧台，又喝了一口。他心想：记者的权力真是无与伦比。全城因为他而戒备森严。悬赏引来无数电话，最终淹没了公用秘书金妮，报馆只得雇了个专职接线生。甚至引来了市长的关注。威许太太应该对这番成就满意了吧。简直有如神助。

一个模糊的念头闪过脑海：他或许被威许太太巧妙地操纵了。他马上推开这个念头，又喝一口苏格兰威士忌，闭上眼睛，烈酒顺着食道滴滴淌下，犹如梦境中一个更美好的世界。

一只手捏住他的肩膀，他怀着期待扭头。来者是《纽约时报》的犯罪类记者布莱斯·哈里曼，同样在追踪报道威许案件。

"哦。"史密斯贝克拉长了脸。

"恭喜啊，比尔。"布莱斯说，手还按着史密斯贝克的肩膀，用胳膊肘撑住吧台，拿手里的硬币敲敲台面。"凯连啤酒。"他对酒保说。

史密斯贝克点点头。老天，他心想，撞见了最不想撞见的人。

"哎呀，"哈里曼说，"厉害厉害。估计《邮报》的人都爱死你了。"他在说"邮报"二字前稍微顿了顿。

"确实如此。"史密斯贝克答道。

"其实呢，我得谢谢你，"哈里曼拿起大酒杯，优雅地品了一口。"启发我找到了一个很好的切入角度。"

"真的？"史密斯贝克毫无兴趣。

"真的。调查为何会陷入停顿，完全瘫痪。"

史密斯贝克抬起头,《时报》记者自以为是地点点头。“登出悬赏广告,那么多疯子的电话洪水般涌入。警方别无选择,只能严肃对待每一通来电。现在他们在追查成百上千条狗屁线索,浪费时间。比尔,给你个朋友间的忠告:最近别在警察总部露面,十年内都别露面。”

“少来这套,”史密斯贝克恼怒道,“我们帮了警方一个大忙。”

“和我谈过的警察都不觉得。”

史密斯贝克转过脸,又喝一口酒。他已经习惯了被哈里曼撩拨。布莱斯·哈里曼,哥伦比亚大学新闻学院的高才生,以为自己是上帝赐给新闻界的礼物。再怎么说,史密斯贝克和达戈斯塔副队长的私交都还不错。这点更加重要。哈里曼肯定在瞎编。

“那么,布莱斯,说说看,《时报》今早在报刊亭的业绩如何?”他问,“《邮报》从上周涨了四成销量。”

“我不知道,也不关心。真正的记者不该关心销量。”

史密斯贝克火上浇油道,“面对现实吧,布莱斯,你吃瘪了。我面对面访问了威许夫人,你没有。”

哈里曼的表情阴沉下来,史密斯贝克说中了痛处。这家伙多半被主管训了一顿。

“好吧,”哈里曼说,“她拿住你了,没错。把你卷在她小拇指底下了。但真正的新闻发生在其他地方。”

“真正的新闻是什么啊?”

“比方说第二具骨架的身份。还有,警方把骨架送到了哪儿去。”哈里曼看着史密斯贝克,不动声色地喝光啤酒,“咦,你难道不知道?那时,你肯定忙着在地铁隧道里找神经病聊天,对吧?”

史密斯贝克扭头望向哈里曼,尽量掩饰住他的惊讶。那难道是一条假线索?不,不可能;玳瑁壳镜框里面的那双眼睛带着轻蔑,但很严肃。“还没搞清楚呢。”他戒备地说。

"用得着说?"哈里曼猛拍他后背。"十万美元悬赏,对吧?足够支付你两年工资了。要是《邮报》没翻肚皮的话。"他哈哈大笑,丢下一张五块钞票,转身离去。

史密斯贝克恼怒地目送哈里曼走远。这么说,尸体从法医所搬走了。他怎么没搞到这个消息?但搬到哪儿去了呢?没有安排葬礼,没有入土为安。肯定在什么实验室,比纽约法医的设施更先进的实验室。而且守卫森严,不像哥伦比亚大学或洛克菲勒大学,学生可以四处乱逛。负责案件的毕竟是达戈斯塔副队长。这家伙头脑冷静,史密斯贝克很清楚,不是会轻举妄动的那种人。达戈斯塔为何要送走尸体呢?

达戈斯塔。

史密斯贝克忽然猜到——不,他知道了尸体的去向。

他喝掉剩下的酒,跳下高脚凳,踏着松软的红地毯走向前厅的一排电话,往离他最近的一部电话里塞了个角子,拨出号码。

"我是科利。"一个因为上了年纪而变得含混的声音说。

"科利!是我啊,比尔·史密斯贝克。最近如何?"

"还行,史密斯贝克博士,有段时间没见了。"科利在纽约自然史博物馆的员工出入口检查证件,见了谁都叫博士。王子有生有死,皇朝有兴有衰,但史密斯贝克知道,科利会永远坐在雕花的黄铜岗亭里检查证件。

"科利,星期三夜里,那些救护车是什么时候到的?你知道,就是一起来的那两辆?"史密斯贝克说得飞快,希望年迈的门卫不知道他结束博物馆的写作任务后当了记者。

"呃,让我想想,"科利不紧不慢地说,"不记得有这种事情啊,博士。"

"真的?"史密斯贝克有些沮丧。他原本还很确定来着。

"除非你说的是没开警灯和警笛的那一辆。而且是星期四一大早,不是星期三。”史密斯贝克能听见科利沙沙翻看记录。“没错,清晨五点刚过。”

“那就对了,星期四。我都糊涂了。”史密斯贝克道谢后兴高采烈地挂断电话。

他笑得合不拢嘴,走向吧台。一个电话他就知道了哈里曼无疑苦觅好几天但没能找到的答案。

完全说得通。就算不提博物馆怪兽凶杀案,他也知道达戈斯塔曾经在其他案件中使用过博物馆的实验室。博物馆戒备森严,博物馆里的实验室更是重重加锁。他肯定会打电话叫上那位自负的老研究员佛洛克。说不定还有佛洛克从前的助手玛戈·格林——史密斯贝克在博物馆写书时的朋友。

玛戈·格林,史密斯贝克心想。值得深究。

他招呼酒保过来。“帕蒂,咱接着喝苏格兰,但换家酒厂吧。拉弗格,给我十五年陈的。”

他品了一口无与伦比的威士忌。十块一注杯,但每一分钱都花得值。十万悬赏够你两年薪水了,哈里曼这么取笑他。史密斯贝克心想,等下一条头版新闻刊出,他就请莫瑞给他加薪。什么也比不上趁热打铁。

11

海沃德巡佐走下一段长长的金属楼梯,打开罩着棕色细尘的窄门,走进弃用多年的铁路侧线。达戈斯塔出现在她背后的门口,双手插在口袋里。浑浊的光线穿过头顶高处的一连串格栅射下来,照亮了凝滞空气里的悬浮尘埃。达戈斯塔左看看,右瞧瞧。铁轨在两个方向消失于昏暗的隧道深处。他注意到海沃德在地下换了个走路姿势,步态机警,悄无声息。

“警长呢?”海沃德问。

“马上就来,”达戈斯塔在铁轨上蹭着鞋底。“你先请。”他望着海沃德迈着猫步走进隧道,手电筒向前方的黑暗射出一条细光束。若是他在请这位小个子女人带路时还有几分犹豫,这犹豫在看见她在地下如此行动自如时也烟消云散了。

瓦克西则恰好相反,两小时前他们去了三个多月前发现第一具尸体的褐石大宅地下室,从此他就越走越慢。那是个摆满旧锅炉的潮湿房间,天花板上耷拉着锈蚀的线缆。海沃德把塞在一个熏黑的炉子底下的床垫指给他看,床垫上扔着空塑料水瓶和撕开的报纸,那是死者的居所。床垫上有一块陈旧的血迹,直径约三英尺,被老鼠啃得很厉害。床垫上方有双破旧的运动袜挂在一根管线上,运动袜上有一层毛茸茸的绿色霉菌。

在这里发现的尸体名叫汉克·加斯帕,海沃德介绍道,没有目击证人,没有已知亲属和朋友。案件卷宗同样毫无用处:没有照片,没有现场报告,只有几份例行公文,一段简短报告描述尸体有“极长撕裂伤”,颅骨严重破损,最后说他被草草埋葬于哈特岛的波特墓园。

第二具尸体是在废弃的哥伦布圆环地铁站的厕所里发现的,他们在那儿也没找到任何线索,只有无数垃圾和蜻蜓点水似的清扫工作:猩红血液溅得到处都是,黏在了古老的瓷砖水槽和破碎的镜子上。这具尸体连身份都没有:头部失踪。

背后传来掩不住的骂娘声,达戈斯塔转过身,看见瓦克西警长出现在锈迹斑斑的门口。他厌恶地环顾四周,肉乎乎的脸在朦胧中闪着不自然的光芒。

“我的天,维尼,”他说着穿过轨道,走向达戈斯塔。“我们到底在干什么?我说过了,这可不是警长该干的活儿。特别不适合星期天下午。”他朝暗沉沉的隧道点点头,“漂亮小野猫拉你下水的,对不对?那对奶子真是够看的。知道吗?我请她当我的私人助理，她却宁可继续执行驱逐任务，把流浪汉拽出地洞。你自己琢磨吧。”

琢磨什么呢？达戈斯塔心想，海沃德这么有魅力的女人在瓦克西手底下做事，想想就好笑。

“你看，我该死的无线电也出毛病了。”瓦克西气咻咻地说。

达戈斯塔向上指了指，“海沃德说过的，无线电在地下不好用。至少信号不稳定。”

“好得很。需要呼叫支援的时候该怎么办？”

“不怎么办。只能靠自己。”

“好得很。”瓦克西重复道。

达戈斯塔看着瓦克西。汗珠顺着上嘴唇直往外蹦，那张平时总绷得紧紧的面糊颜色的脸颊，此刻也开始松垂。“这是你的管辖范围，不是我的，”达戈斯塔说，“想想看，万一查下去是个大案，你会多么有面子：立刻主持办案，亲自勘察现场。但反过来，”他伸手去摸上衣口袋里的雪茄，想想还是作罢，“要是这些尸体确实有所联系，报纸说你却不管不问，情况会有多么糟糕。”

瓦克西怒视着他，“维尼，我又不想竞选市长。”

“我说的不是当市长。我只知道一个道理，等狗屎大雨如常落下，你得护住自己的屁股。”

瓦克西哼了一声，似乎平静了一些。

达戈斯塔看见海沃德的一跳一跳的光束沿着轨道向他们而来，女警官的身影随即从黑暗中浮现。

“快到了，”她说，“再下一层。”

“下？”瓦克西说，“巡佐啊，我以为这已经是最底下一层了！”

海沃德没有说话。

“咱们该怎么下去？”达戈斯塔问她。

海沃德朝她刚才的来路点点头，“顺着轨道向北走大约四百码，右手边墙上有一道竖梯。”

“要是来地铁怎么办？”瓦克西问。

“这是一条废弃路线，”海沃德说，“很久没走过地铁了。”

“你怎么知道？”

海沃德默不作声地用光束照亮他们脚下的轨道，厚厚的橙红色锈斑清晰可见。达戈斯塔顺着电筒光束望上去，最后看着海沃德的脸孔。她似乎不怎么高兴。

“下一层有什么不寻常的吗？”达戈斯塔平静地问。

海沃德沉默片刻。“我们通常只清理上面几层，但总会听到传闻。越往下遇到的人越疯狂，”她顿了顿，直截了当地说：“所以我才建议呼叫援助。”

“有人住在这底下？”瓦克西问，达戈斯塔总算逃过这个难题。

“当然，”海沃德做个鬼脸，像是说瓦克西早该知道才对，“冬天很暖和，没有风雨。住在下面只需要担心其他‘鼹鼠’。”

“最近一次清理那一层是什么时候？”

“底下几层从不清理，警长。”

“为什么不？”

海沃德沉默片刻，答道，“嗯，首先，你找不到深处的‘鼹鼠’。他们住在黑暗里，有夜视能力。听见响动，等你转过身，他们已经没影了。警察每年只带着寻尸犬随便巡逻几次。即便如此，也从不往深处走。其次，很危险。不是每个来这里的‘鼹鼠’都是为了寻找庇护。有些人前来躲藏。有些人在逃避，通常是执法部门。还有一些本性凶残。”

“《邮报》那篇文章怎么样？”达戈斯塔说，“说地下存在什么社团，听起来并不充满敌意。”

“文章说的是中央公园底下，副队长，不是西区车场，”海沃德说，“有些区域确实比较和平。另外别忘了文章里还有其他内容。

提到了食人者。"她甜甜一笑。

瓦克西开口想说什么,随后又闭上嘴,响亮地吞了口唾沫。

三个人在寂静中顺着铁轨前进。走着走着,达戈斯塔发觉他不由自主地摸起了佩带的史密斯－威森 4946 双动式左轮手枪。1993 年局里就是否换装九毫米半自动手枪有过争论,现在达戈斯塔很高兴他带的是左轮手枪。

他们走到楼梯前,看见一道金属门以古怪的角度挂在门框上。海沃德拉开门,让到旁边。达戈斯塔走了进去,眼睛立刻冒出泪水。氨味刺激着鼻孔。

"我先下去,副队长。"海沃德说。

达戈斯塔给她让路。这没什么好抢的。

走下一段刷着石灰的台阶,他们在楼梯平台上转弯。达戈斯塔觉得淌泪的眼睛开始刺痛。这股气味难以形容,足以灼痛肺部。

"这是什么鬼味道?"他问。

"尿。"海沃德就事论事地说,"大部分是尿。加上一些你不想弄清楚的东西。"

背后瓦克西的喘息声更加粗重了。

他们穿过一道参差不齐的开口,走进黑暗而潮湿的地下空间。海沃德转动光束,达戈斯塔发现这里像是一条旧隧道的尽头,犹如洞窟。但脚下没有铁轨,只有粗糙的泥土地面,油污、水坑和篝火堆的灰烬星罗棋布。脚下遍地垃圾:旧报纸、一条扯破的长裤、一只旧鞋、最近才沾上污物的塑料尿布。

达戈斯塔能听见瓦克西在背后大声吐气。他开始琢磨警长为什么忽然停止了抱怨。也许是因为恶臭?他心想。

海沃德走向一条离开洞窟的通道。"这边走,"她说,"尸体是在前面一个小房间里发现的。咱们千万别分开。当心,免得挨铅管。"

“铅管?”达戈斯塔问。

“有人从黑暗里摸上来,用铅管砸你的脑袋。”

“我没看见有人。”达戈斯塔说。

“他们就在附近。”海沃德答道。

瓦克西的呼吸变得愈加粗重。

他们走进通道,动作缓慢。海沃德每走几步就用灯光照亮左右两边。岩石每隔二十英尺凿出一块四方形的空间,她解释说那是一个世纪前供地铁工人工作和休息的区域。许多岩洞里铺着肮脏的床铺。灯光不时惊起硕大的棕色耗子,搅动垃圾,傲慢地蹒跚着挪出被照亮的区域。但附近看不到有人的迹象。

海沃德停下脚步,摘掉警帽,把一缕潮湿的头发掖到耳后。“报告说有一道垮塌的铸铁甬道,对面就是发现尸体的房间。”

达戈斯塔尝试捂着口鼻呼吸,发现无济于事后松开领带,拉起衬衫领子遮住嘴巴充当口罩。

“到了。”海沃德用手电照亮一堆锈迹斑斑的钢架和工字梁。从外面看,这个房间和其他的毫无区别:五英尺宽,三英尺深,岩石上挖出的一块空间,下沿距地面约两英尺。

达戈斯塔走过去向内张望。里面歪斜地摆放着空荡荡的床铺,床铺上有厚厚一层硬结的干血。墙上也洒满血迹,此外还有星星点点的达戈斯塔不愿去思考究竟为何物的东西。有一个随处可见的包装板条箱,打翻了,部分被压碎。地上铺满报纸,恶臭难以用语言形容。

“这家伙,”海沃德悄声说,“发现时也缺少头部。警方通过指纹辨明身份。萨珊·沃克,三十二岁。前科记录有你胳膊那么长,毒瘾严重。”

换了其他的时候,如果听见警察这么悄声地说话,达戈斯塔肯定会觉得很滑稽,但此刻他挺感激。达戈斯塔沉默下去,用他的手电照来照去看了好一会儿，最后问，“头部找到了吗？”

“没有。”海沃德答道。

肮脏斗室毫无警方搜查的痕迹。达戈斯塔心想他也宁可去别的地方忙别的事情，他走进小房间，抓住一块脏毛毯的一角，猛地掀起。

一团棕色的东西掉出毛毯褶皱，滚向离他们最近的屋角。那东西嘴巴大张，尖叫的表情凝固在脸上。

“看来查得不够仔细嘛。”达戈斯塔说，他听见瓦克西轻轻呻吟一声，扭头问，“杰克，你还好吧？”

瓦克西一言不发，一张脸犹如苍白的满月，飘浮在令人作呕的黑暗之中。

达戈斯塔把光束转回头部上。“得叫个犯罪现场调查组下来做全套检查。”他伸手去拿无线电，随即想起那东西不好用。

海沃德向前走了半步，“副队长？”

达戈斯塔停下动作，“什么？”

“‘鼹鼠’不搬进这地方，是因为里面死过人。他们在这方面有迷信，一部分人有。但我们前脚离开，他们后脚马上就会清理这个烂摊子，自己处理掉这个头部，你永远也不会再见到它了。他们最不希望的就是把警察引到底下来。”

“他们怎么知道我们在这儿？”

“我说过好几遍了，副队长，他们就在附近。你听。”

达戈斯塔晃动手电筒，走廊一片死寂。“你的言下之意是？”

“你要那个头部，就得自己带走。”

“妈的，”达戈斯塔骂道。“好吧，巡佐，咱们想想办法。把那块毛巾拿过来。”

海沃德巡佐走到一动不动的瓦克西面前，捡起泡在水里的毛巾，铺在头部旁边潮湿的水泥地面上，接着将手缩进制服的衣袖，用手腕把头部推到毛巾上。

达戈斯塔带着厌恶和敬佩看着海沃德把毛巾两端收拢起来。他眨眨眼睛，努力抹掉恶臭带来的刺眼感觉。“咱们走，巡佐，光荣的任务就交给你了。”

“没问题。”海沃德拎起毛巾包裹，拿得尽量远离身体。

达戈斯塔提起脚步，转动手电筒，顺着走廊照向楼梯；黑暗中忽然唿哨一声，一个瓶子飞了过来，擦着瓦克西的脑袋过去，砰然炸裂在墙上。达戈斯塔听见通道远处有窸窸窣窣的声音。

“谁?”他喊道，“站住！我们是警察！”

又是一个瓶子突然飞出黑暗。达戈斯塔意识到——他的脊骨根部一阵悚然——他能感觉到有黑影摸近，但眼睛看不见。

“我们只有三个人，副队长，”海沃德低沉的声音忽然紧张起来，“请允许我建议咱们赶紧撤退。”

黑暗中响起刺耳的呼号，接着是一声吼叫和奔跑声。他听见肩膀背后传来恐惧的喊叫声，扭头看见瓦克西站在原处没法动弹。

“老天，警长，别发愣了！”达戈斯塔喊道。

瓦克西开始呜咽。达戈斯塔听见另一边响起嘶嘶齿音，他扭头看见海沃德娇小的身躯绷得笔直，瘦削的双手垂在两边，指节向内，毛巾包裹垂在手指之间。她从牙缝中深吸一口气，像是准备起跑，随后飞快地环顾四周，转身面向楼梯，手里的头部与身体有一臂远。

“天哪，别抛下我！”瓦克西嚎叫道。

达戈斯塔使劲一推瓦克西的肩膀。瓦克西低低地呻吟一声，总算动了起来，刚开始走得很慢，接着越跑越快，一溜烟超过了海沃德。

“快走！”达戈斯塔喊道，用一只手把海沃德推到自己身前。他觉得有东西“嗖”地飞过，停下脚步，转身拔枪，朝天花板放了一枪。

借着枪口的火焰,他看见十几个人正走出黑暗的隧道,分成几组,准备包围三名警察;他们伏得很低,在黑暗中的行动快得可怕。他转身奔向楼梯。

跑到上一层,钻出挂在半空中的那扇门,他终于停步倾听,一边大口大口呼吸。海沃德握着枪在他身边等待。除了瓦克西的脚步声,听不见其他响动;瓦克西已经跑远,顺着铁路侧线跑向那一汪光线。

听了一会儿,达戈斯塔从窗口退开。“巡佐,你下次建议呼叫后援——或者提出任何建议——记得提醒我千万别掉以轻心。”

海沃德收起枪,“我本以为你会像警长那样哭着跑出去,长官,不过你的处女旅程完成得不错。”

达戈斯塔看着她,意识到这是海沃德第一次认可他的长官身份。他想问她刚才的呼吸方式变得很古怪是在搞什么名堂,一转念还是放弃了,而是开口问道,“还拎着?”

海沃德举起毛巾包裹。

“咱们快离开吧。改天再勘察其他几个案发现场。”

返回地面的路上,不停闪现在达戈斯塔脑海的画面不是被暴徒包围,也不是漫无尽头的漆黑隧道,而是隧道里发现的那些被最近使用过的婴儿尿布。

12

玛戈在法医人类学实验室的金属深水槽里洗净双手,用粗布诊疗服擦干。她望向轮床上帕梅拉·威许盖着罩单的遗骸。详细检测已经结束,样本也已取好,尸体将在今天上午晚些时候还给家属。房间的另一头,布朗贝尔和佛洛克正在研究身份不明的第二副骨架,他们伏在角度离奇的髋骨上,精确地测量着尺寸。

“能让我观察一下吗?”布朗贝尔博士说,把振动着的电力锯按在骨头的一侧上。

“请便。”佛洛克用低沉而油滑的声音答道，顺便宽宏大量地挥挥手。

他们互相厌恶。

玛戈戴上乳胶手套，扭头掩饰笑容。这大概是她第一次见到佛洛克碰到智力和自负都旗鼓相当的对手，能做出任何成绩就算老天开眼了。不过，过去这几天，他们已经完成了抗体测试、骨学分析、残留毒物与致畸剂检测和其他几十项工作。现在只剩下DNA测序和齿痕的法医分析了。但那具不知名的尸体仍旧是个谜，拒绝向他们揭开面纱。玛戈明白，这一点使得实验室本已紧张的气氛愈加难耐。

“哪怕最愚鲁的头脑也该看得一清二楚，”布朗贝尔操着爱尔兰口音说，恼怒得有些发颤，“穿刺不能从脊背一侧开始，否则就会截断脊椎横突。”

“可惜我没能看出截断能造成什么危害。”佛洛克嘟囔道。

玛戈抛开他们的争论，反正大部分内容对她而言都毫无意义。她的专长是民族药物学和遗传学，而非人体解剖学。还有其他问题等待她去解决。

她俯身查看新鲜出炉的凝胶电泳结果，样本取自无名尸的身体组织。她伸出手臂，感觉到斜方肌在大声抗议。昨晚她做了五组直立上拉，而非平时的三组。过去这几天她疯狂地增加每日的运动量——必须当心，不能过头。

十分钟的详细查看证实了她的猜测：代表各种蛋白质的黑色条带说明这不过是普通的人类肌肉蛋白质。她直起腰，叹了口气。只有灵敏得多的DNA测序仪才能得出更详细的遗传学信息，然而还得等好几天才拿得到可靠的结果。

她把凝胶条带放到旁边，一边思考一边按摩肩膀，她看见

SPARC－10工作站旁边有个牛皮纸信封。X光片，她心想。肯定今天一大早就送来了。布朗贝尔和佛洛克肯定在忙着拌嘴，因此没看结果。不难理解：尸体几乎完全变成骨架，X光片恐怕不会带来更多信息。

“玛戈？”佛洛克喊道。

她走到检验台前。

“我亲爱的，”佛洛克推着轮椅退开，朝显微镜打个手势，“请看右股骨上的纵向凹槽。”

电子显微镜设置在最低一挡上，望进去仍旧像在注视另一个世界。棕色骨头跃入视线，景象犹如缩微荒漠风光，有山脊，有深谷。

“你怎么认为？”他问。

这不是玛戈第一次被叫来询问她对争论议题的看法，她并不喜欢这个角色。“像是骨骼上的自然裂纹。”她尽量不偏不倚道，“有一组骨头的突起部分对骨架造成了影响。不用多说，肯定是牙齿留下的印痕。”

佛洛克靠回轮椅里，掩饰不住胜利的笑容。

布朗贝尔讶异道，“很抱歉？格林博士，我不想唱反调，但怎么会有纵向的牙印呢？”

“我也不想唱反调，布朗贝尔博士，”她把电子显微镜打到更高一挡，微小的裂痕立刻变成宽大的峡谷。“但我在内侧边缘看见了自然产生的细孔，就在这儿。”

布朗贝尔匆忙走过来，把古旧的角质框眼镜推到一边，望进目镜。他盯着画面看了好几秒钟，走开时比来时慢了许多。

“唔，”他戴上眼镜，“我不得不痛苦地承认，佛洛克，你说得有道理。”

“应该是玛戈说得有道理。”佛洛克说。

“啊,当然。干得好,格林博士。”

电话铃忽然响起,省去了玛戈答话的麻烦。佛洛克摇着轮椅过去接听,动作充满活力。玛戈看着他,意识到自从一周前达戈斯塔的电话让他们再次聚首以来,这是她第一次仔细打量年迈的导师。尽管还那么魁梧,但佛洛克似乎比他们在博物馆共事时瘦了不少。轮椅也不一样了:旧,磨损得厉害。她忽然很同情老教授,心想导师是不是过得不太顺利。不过即便真是这样,逆境好像也没有击败他,他反而比担任人类学部门主任时显得更警醒、更有活力了。

佛洛克听着电话,显然被什么事情惹恼了。玛戈别开视线,望向实验室的窗户和窗外中央公园的美妙景致。时值夏日,树木披着繁茂的深绿色叶子,灿烂的阳光照得蓄水池波光粼粼。南部有几艘小艇懒洋洋地划过池塘。她心想要是能坐在其中一艘上,沐浴着阳光,而不是在博物馆拆解腐朽的骨骼,那将是多么美妙啊。

“达戈斯塔,”佛洛克叹了口气,挂断电话,“他说咱们这位朋友要有伴儿了。请拉上百叶窗,谢谢。人工光线更适合显微镜观察。”

“伴儿是什么意思?”玛戈急切问道。

“他就是这么说的。听起来,他们昨天下午搜查什么地铁隧道时发现了一颗高度腐烂的人头,要送过来请我们分析。”

布朗贝尔用盖尔语激烈地嘟囔了两句。

“那颗人头属于……”玛戈说,朝尸体的方向点点头。

佛洛克摇摇头,面色阴郁。“看起来并无关联。”

寂静暂时笼罩了实验室。接着,像是受到了什么暗示,两位先生慢慢恢复过来,继续检查那具身份不明的骨架,很快又开始嘀嘀咕咕地互相质疑。玛戈深深叹息,转身走向电泳仪。还有至少一上午才做得完的编目工作等着她呢。

眼神落在X光片上。那天上午为了拍照,他们把实验室弄得臭不可闻。还是先看一眼再开始编目吧。

她抽出第一组照片,夹在阅读架上。无名尸躯干上部的三张片子。如她所料,还是肉眼检查看到的那些内容,而且还不如肉眼检查清晰:一副严重畸形的骨架,几乎每个骨节都有变厚和增生的问题。

她取下照片,换上第二组。这组仍旧是三张片子,拍的是腰椎区域。

玛戈马上看见了:四个白色小点,清清楚楚。她好奇地移近放大镜看个仔细。四个小点是边缘分明的三角形,在脊骨根部构成正方形,被融合的增生骨组织完全包在中间。肯定是金属物,玛戈知道:只有金属能这么阻挡X射线。

她直起腰。两位先生还伏在尸体上,咕哝声在安静的房间里飘向她。

"有些东西你们应该看一眼。"她说。

布朗贝尔先走到阅读架前,仔细端详片刻,后退半步,扶了扶角质框眼镜,再次审视照片。

佛洛克晚了几秒钟赶到,他很好奇,匆忙中碰到了法医的双腿。"不好意思。"他说,用笨重的轮椅挤开布朗贝尔,凑到近处,眼镜离阅读架只有几英寸。

房间陷入寂静,只有轮床上方的排气管发出"咝咝"声响。玛戈心想:这次布朗贝尔和佛洛克都被完全难住了。

13

这是霍洛克上任后达戈斯塔第一次走进局长办公室,他环顾四周,不敢相信自己的眼睛。简直是冒充高档场所的市郊牛排屋。笨重的仿红木家具,昏黄的光线,厚实的窗帘,廉价的地中海风格铸铁吊灯,居然还镶着黄色毛玻璃。太完美了,他都想请侍者来杯吉普森鸡尾酒了。

雷德蒙·霍洛克局长坐在半点纸星都看不见的宽大办公桌前,瓦克西肥大的身躯舒舒服服地瘫在最近的一把靠背椅里,正在讲述前一天的行动,这会儿刚说到三个人如何遭到愤怒游民的攻击,他——瓦克西如何英勇地挡住他们,掩护达戈斯塔和海沃德逃跑。霍洛克不动声色地听着。

达戈斯塔紧盯着越说越激动的瓦克西。他也想自己开口,但多年经验告诉他那样无济于事。瓦克西是分局警长,不太有机会来总部向老板邀功。说不定结果也能皆大欢喜,让这个案子分配到更多的警力。再者说,脑海里有个细小的声音说这案子很可能将引来格外猛烈的狗屎暴雨。尽管他才是正式的负责人,但分瓦克西一杯羹也没什么坏处——你在一开始越显眼,最后就有可能挨刀子。

瓦克西说完故事,三个人陷入沉默,霍洛克让房间里积蓄起凝重的气氛,最后他清清喉咙,转向达戈斯塔,"你的看法,副队长?"

达戈斯塔坐直身体,"呃,长官,现在说是否有联系还太早,但值得深入调查,要是能再分配给我几个人——"

古董电话机丁零零响起,霍洛克拿起听筒,听了几秒钟。"等下再说。"他答道,挂断电话,重新望向达戈斯塔。

"读《邮报》吗?"他问。

"偶尔。"达戈斯塔答道,他知道局长要说什么了。

"认识这个满口胡言的史密斯贝克?"

"认识,长官。"达戈斯塔说。

"他是你朋友?"

达戈斯塔想了想,"不算是,长官。"

"不算是。"局长重复道,"在博物馆怪兽的那本书里,史密斯贝克把你们说得像是一对密友。按照他的描述,你俩在自然史博物馆的小事件里一力拯救了整个世界。”

达戈斯塔没有吭声。他在迷信大展的开幕晚会酿成的那起大灾难里出演重要角色的事情已是上古历史。新管理层谁也不想因此赞扬他。

“好吧,你的不算是朋友的伙计史密斯贝克逼得我们发疯,要追查悬赏引来的每一通疯子电话,拖走了你想要的警力。你比任何人都该清楚才对。”警长在宽大的皮革宝座上恼怒地动了动。“所以,你们想说游民凶杀案和威许谋杀案拥有相同的犯罪模式?”

达戈斯塔点点头。

“好吧。我们不喜欢纽约的游民遭到杀害。这是个问题。让我们丢面子。但社交名流被谋杀就是个大问题了。明白我的意思?”

“绝对明白。”瓦克西说。

达戈斯塔没有说话。

“我想说的是,我们当然关心游民被杀害,我们会尽量处理。但是你看,达戈斯塔,每天都有游民丧命。咱们私下里说说,他们一文不值,你我都清楚。但另外一方面,断头名媛惹得全城追着我屁股跑。市长要我尽快破案。”他俯身把手肘摆在办公桌上,露出宽宏大量的表情,“你看,我知道你需要帮手。那就让瓦克西警长留在案子里吧。我派别人暂管分局,好让他腾出时间。”

“是,长官!”瓦克西直起腰。

他这么一说,达戈斯塔的心都要碎了。他最不想要的就是瓦克西这么一个会走路的灾星。他没要来更多的警力,却得搀扶瓦克西走好每一级台阶。还是派他去办什么绝对不会搞砸的外围任务吧。可是,这样就有一个指挥链的问题了:让分局警长参与办理凶杀科副队长带队的案件。天晓得会搞出什么烂摊子。

“达戈斯塔！”局长喝道。

达戈斯塔抬起头，“什么？”

“我问你问题呢。博物馆那边进展如何？”

“他们检验完了威许的尸体，尸体已经发还家属。”达戈斯塔答道。

“另一具骨架呢？”

“还在辨认身份。”

“齿痕怎么说？”

“他们似乎对来源有所争议。”

霍洛克摇摇头。“老天，达戈斯塔。记得你说过这些人很在行来着。别让我后悔采纳了你的建议，把尸体运出停尸房。”

“我们请了首席法医和博物馆最顶尖的专家在研究。我和他们有私交，不可能有更优秀——”

霍洛克大声叹息，挥挥手。“我不在乎他们的功绩。我只看结果。现在你有瓦克西帮忙了，事情应该会快起来。明天下班前给我看成绩。达戈斯塔，听懂了吗？”

达戈斯塔点点头，“懂了长官。”

“很好，”局长挥挥手，“二位，那就赶紧行动吧。”

14

史密斯贝克心想，这无疑是他定居纽约十年间目睹的最怪异的示威活动了。标牌出自行家之手，音响系统是顶级设备。史密斯贝克觉得自己的衣着很不得体。

人群里倒是什么角色都有：有来自中央公园南路和第五大道的贵妇们，她们身穿唐娜凯伦礼服，珠光宝气；有银行家、债券卖家和期货商人等各种急于以非暴力方式表达意见的年轻人们；甚至还有几个打扮时髦的大学预科生们。史密斯贝克对集会游行的人群规模大吃一惊。他周围聚集了至少两千人。活动的组织者显然很有政治影响力,所获许可允许他们在上班日的高峰时段封锁纽约的大军广场。五步一岗的警方路障和密密麻麻的电视摄像机背后,愤怒的车队排得一眼望不到头。

史密斯贝克知道这群人代表着纽约市的无尽财富和权力。他们的示威可不是开玩笑,无论市长、警察局长还是纽约政治的任何一分子都不敢掉以轻心。这些人不会随便上街示威,但现在却出现在了这里。

中央公园南路和第五大道路口的镏金胜利女神雕像脚下,贺瑞斯·威许夫人站在宽大的红木平台上,对着麦克风讲话,大功率广播系统将她细若游丝的声线放大成无法抵御的雷音。她身后是一张巨幅全彩照片:那张已经家喻户晓的帕梅拉儿时的照片。

“多久?”她问集结的人群,“我们要坐视多久,任由我们的城市死去?我们要容忍多久,放任我们的儿女、兄弟、姐妹、父母被杀?我们还想心惊胆战地在自己的家园、自己的地域龟缩多久?”

她凝视人群,听着赞成的声音越来越响。

她再次开口,音调放缓。“我的祖辈在三百年前来到新阿姆斯特丹。这里从此就成了我们的家,一个很好的家。我还小的时候,祖母经常在晚上带我去中央公园散步。我们当年经常在天黑后步行从学校回家。甚至不锁自家别墅的大门。

“但后来,犯罪、毒品和凶杀出现并包围了我们,为什么没有人出手制止?还要等多少个母亲失去孩子,我们才愿意大声说‘够了’?”

她从麦克风前后退,尽量把持住自己。愤怒的喃喃低语在人群中蔓延。这位女士天生就是演讲家,拥有那种言简意赅和身居高位者的气度。史密斯贝克举高录音机,觉得又是一篇头版新闻即将出炉。

“夺回我们城市的时刻到了，”威许夫人再次提高嗓门，“为了我们的儿孙夺回这个城市。如果这意味着处决毒贩，如果意味着拨款十亿美元建造新监狱，那也在所不惜。这是战争。各位要是不相信我，请看看统计数字吧。敌人每天都在杀害我们。纽约市去年有一千九百起凶杀案。每天四起。战争已经打响，朋友们，而且我们正在失败。现在我们必须以一切力量反击。一条街道接着一条街道，一个街区接着一个街区，从炮台公园到修道院，从东区大道到河畔公路，我们必须夺回我们的城市！”

台下愤怒的嗡嗡声越来越响。史密斯贝克注意到由于被演讲和人群吸引，越来越多的年轻人加入了集会。随身酒壶和野火鸡酒瓶传来传去。去他妈的绅士银行家，他心想。

威许夫人忽然转身一指，史密斯贝克扭头张望，见到路障外起了骚动：一辆锃亮的黑色加长轿车停下，身穿黑色西装的小个子光头男人带着几个侍从下车：市长来了。史密斯贝克心急火燎地想知道事态将会如何发展。集会的规模显然也吓了市长一跳，他连忙想要参与其中，以显示他的关注。

“纽约市长！”威许夫人喊道，市长在几名警员的帮助下挤向讲坛。“市长来了，他要向大家讲话！”

人群的嗡嗡声愈加响亮。

“但他没什么可说的！”威许夫人喊道，“我们要的是行动，市长先生，不是讲话！”

人群咆哮起来。

“要行动！”她喊道，“不要讲话！”

“要行动！”人群吼叫道。年轻人开始叫嚣唿哨。

市长终于爬上讲坛，微笑挥手。在史密斯贝克眼中，市长正在向威许夫人请求说话的机会。她后退一步。“我们不想听你演讲！”她喊道，“不想听你们扯淡！”说着她扯掉麦克风的插头，走下讲坛,留下市长孤零零地面对人群,假笑凝固在脸上,无论他说什么,都不可能压过底下的咆哮声。

威许夫人最后的斥责终于惹得人群爆发。毫无意义的吼声响彻天际,人群冲向讲坛。史密斯贝克看着集会人群就在眼前变成危险的怪物,怪异的感觉顺着脊骨悚然而起。几个空酒瓶飞向台上,其中一个在离市长不过五英尺的地方砸碎。三五成群的年轻人融合成一个整体,咒骂着,叫嚣着,左冲右突挤向讲坛。史密斯贝克听清了几个字眼:屁眼,基佬,自由派人渣。垃圾继续从四面八方的人群中飞出,意识到场面失控的侍从们赶紧催着市长逃下讲坛,跑回车上。

好吧,史密斯贝克心想,真有意思,暴民心态果然不分社会阶层。他不记得有谁能像威许夫人这样,在短短几分钟内如此完美地煽动人群。威吓感渐渐消退,人群散开,变成沸腾的几小撮,史密斯贝克挤到公园的一张长椅前,趁着印象还深刻,开始奋笔疾书。写完,他看看手表:五点半。他起身小跑穿过公园。尽快抢占阵地为妙,以防万一。

15

玛戈把便携式收音机调在全天新闻台上。她刚慢跑绕过六十五街的转角就停了下来,惊讶地看见一个熟悉的瘦长身影靠在公寓楼门口的围栏上,一张长脸上方,竖起的乱发像是深黑色的鹿角。

"哦,"她气喘吁吁地关掉收音机,摘下耳机,"是你。"

史密斯贝克向后一缩,露出满脸不敢相信的神色。"怎么?老话说得好哇,不知感恩的朋友比毒牙更加伤人。我们一起经历了那么多,有那么多共同的记忆,却只配得到一声'哦,是你'?"

"我一直在努力忘掉那么多共同的记忆,"玛戈说着把收音机塞进拎包，俯身按摩小腿。“再说，我们最近遇见了也只有一个话题，就是你踏上了多么了不起的职业生涯。”

“‘中了，很明显的一剑。’”史密斯贝克耸耸肩，“说得好。就当我是来赔罪的吧，小莲花。我请你喝一杯。”他赞赏地打量她，“哎呀呀，你可真漂亮。准备参选宇宙小姐？”

玛戈直起腰，“我还有事。”

玛戈从他身边走向大门，他挽起玛戈的手臂。“艺术家餐厅。”他故作正经道。

玛戈停下脚步，叹了口气。“好吧，”她微微一笑，抽出手臂，“我可没那么廉价，就当给你个面子吧。等我几分钟，让我冲澡换衣服。”

两人穿过艺术家饭店的大堂，走进富丽堂皇的餐厅。史密斯贝克对领班点点头，走向安静的古老酒吧。

“看着不赖。”玛戈朝准备送上餐桌的蛋挞托盘点点头。

“喂，我只说喝一杯，没说八道菜的大餐。”史密斯贝克选了一张桌子，在霍华德·钱德勒·克里斯蒂的风流裸女花园嬉戏图下落座。

“我觉得那个红发妞儿喜欢我。”他说着使个眼色，用大拇指指了指油画。被皱纹和常年微笑弄得满脸褶子的年迈侍者过来接单。

侍者拖着步子走开。“我喜欢这地方，”史密斯贝克说着打量了一圈，“他们对你很和善，最讨厌侍者待你犹如对待烂狗屎的地方。”他迎上玛戈的询问视线，“好吧。问答时间。你读了上次见面以后我写的全部文章吗？”

“允许我援引第五修正案。”玛戈答道，“但我确实读了你写帕梅拉·威许的这几篇，觉得第二篇尤其好。我喜欢你把她描述成一个活生生的人类,而不是被你剥削的对象。怎么,换新路数了?"

"这才是我的玛戈。"史密斯贝克说。侍者带着他们的酒和一碗榛子回来,放下后走开。"其实我刚从集会现场回来,"史密斯贝克接着说,"那位威许夫人真是够厉害的。"

玛戈点点头,"刚听 NPR[①] 里说了。听起来闹得很凶。不知道威许夫人明不明白她释放出了什么怪物。"

"到最后相当吓人。有钱有势的人忽然发现了暴民政治的力量。"

玛戈哈哈大笑,但还是小心翼翼,不愿解除戒备。和史密斯贝克说话必须提高警惕。要她说,两人说话的时候,史密斯贝克口袋里的录音机肯定开着。

"很怪异。"史密斯贝克继续道。

"什么意思?"

他耸耸肩,"不需要多少力气——几瓶酒,也许还有身为暴民之一的刺激感——就能扯掉上等人的假面具,让场面变得丑陋而暴力。"

"你要是了解人类学,"玛戈答道,"肯定就不会这么吃惊了。另外,按照新闻里说的,和某些媒体人士想象中的不同,人群并非清一色的上等人。"她喝口酒,向后一靠,"总而言之,我猜这不只是朋友小聚吧? 你这家伙掏钱请客,总有不可告人的目的。"

史密斯贝克放下酒杯,满脸心灵受创的表情。"我很吃惊,真的很吃惊。这话不像是我认识的那个玛戈说的。我最近很少见到你,见到了你却说得这么难听。看看你:肌肉结实得像头小鹿。我喜爱的那个溜肩膀自闭的玛戈去哪儿了? 你到底是怎么了?"

玛戈刚张嘴就闭上了。要是让史密斯贝克知道她的拎包里还

① NPR 为美国国家公共电台的缩写。

有手枪,天晓得他会说出什么话来。我到底是怎么了?她心想。但问题才浮现在脑海里,她就知道了答案。没错,她很少和史密斯贝克碰面。她很少碰面的人还有老导师佛洛克博士、川北、调查局探员潘德嘉斯特等她当初在博物馆认识的熟人,原因完全相同。他们共同拥有的记忆过于鲜明,过于可怖。噩梦仍旧在纠缠她,这已经够糟糕了;她最不感兴趣的就是被提醒着想起那段可怕的经历。

就在她沉思的时候,史密斯贝克痛心疾首的表情化作微笑。“唉,天哪,我就不装模作样了,”他嘿嘿笑着说,“你太熟悉我了。确实有不可告人的目的。我知道你们在博物馆加班加点是为了什么。”

玛戈目瞪口呆。消息是怎么泄露的?她猛地醒悟过来;史密斯贝克钓鱼很有一套,不过他的鱼线上一般可没足够的饵料。

“我自己也在琢磨呢,”她说,“说说看,我们到底在干什么,还有你是怎么发现的?”

史密斯贝克耸耸肩,“我有我的情报来源。你应该最清楚。我问了几个博物馆的老朋友,得知帕梅拉·威许和那具无名尸上周四被送进博物馆。你和佛洛克协助验尸。”

玛戈一言不发。

“别担心,不会见报的。”史密斯贝克说。

“酒喝完了,”玛戈说,“我该走了。”她站起身。

“等一等。”史密斯贝克抓住她的手腕,“有一点我不清楚。找你们是为了骨头上的齿痕吗?”

玛戈蓦地转身,喝道,“你是怎么知道的?”

史密斯贝克笑得非常得意,玛戈心里一沉,意识到她上了职业钓手的当。史密斯贝克一直在瞎猜,是她的反应证实了他的揣测。

她坐回去,“你可真是个王八蛋,自己知道吗?”

记者耸耸肩，“不全是乱猜。我知道尸体被送进博物馆。你要是读了我和地下社团首领墨菲斯托的访谈，就知道他说过曼哈顿底下住着食人族。”

玛戈摇摇头，“千万别发表，比尔。”

“为什么？谁都不会知道是你说的。”

“我担心的不是这个，”她啐道，“请你在截稿期之前好好想一下。能想象这样的报道会在全城引起什么后果吗？还有你的新朋友威许夫人？她不知道。要是她得知女儿不但遭到谋杀斩首，部分肢体还被啃食过，她会怎么想？”

痛楚的表情在史密斯贝克脸上一闪而过。“这些我都知道。但是，玛戈，这就是新闻。”

“压后一天。”

“为什么？”

玛戈犹豫起来。

“小莲花，你必须给我一个理由。”史密斯贝克催促道。

玛戈叹道，“唉，好吧。因为齿痕有可能来自犬科动物。尸体在地下停留了很长时间，才被暴雨冲进阴沟。也许是流浪狗啃了几口。”

史密斯贝克的脸垮了下来，“你是说没有食人族？”

玛戈摇头道，“很抱歉让你失望了。等实验室检验完毕，我们明天就能知道。然后保证给你独家新闻。明天下午定在博物馆开碰头会。散会后我亲自找佛洛克和达戈斯塔谈谈。”

“但一天能有什么区别呢？”

“我已经说过了。今天刊发新闻就会引发可怕的恐慌。你看见今天那些上等公民都干了什么——你自己说过的。他们要是认为有什么妖怪在地下游荡，例如又一头姆巴旺，或者什么疯狂的食人连环杀手，会有什么反应？结果第二天博物馆宣布是狗的咬痕，你难道不会变成傻瓜吗？你的悬赏已经惹恼了警方。如果你无缘无故搅得全城恐慌，他们非得把你赶出纽约不可。”

史密斯贝克往后一靠，“有道理。”

“就等一天，比尔，”玛戈恳求道，“现在还不能算是一则新闻。”

史密斯贝克沉吟片刻，最后郁闷地说，“好吧。本能正在高喊我疯了。但我再给你一天，而且还得给我独家。不能把消息泄露给任何人。”

玛戈微微一笑，“别担心。”

两人默然呆坐片刻，最后玛戈叹息道，“之前你问我怎么了。我也不知道。大概是这两起凶案勾起了一些不好的回忆吧。”

“你指的是博物馆怪兽吧，”史密斯贝克有条不紊地向榛子发动攻击，“那段时候确实难熬。”

“可以这么说，”玛戈耸耸肩，“事情发生后……唉，我只想统统忘掉。我一晚又一晚地接连做噩梦，浑身冷汗地惊醒。去哥伦比亚大学后情况有所好转，我本以为一切已经结束了。但等我回到博物馆，一切似乎又全都回来了……”她沉默了几秒钟，忽然说，“比尔，你知道格雷戈里·川北的下落吗？”

“格雷戈里？”史密斯贝克问。他吃完榛子，伸手掀起小碗，像是在底下找漏网之鱼。“自从他休假离开博物馆以后就没见过。怎么了？”他狡黠地眯起眼睛，“你和他不会有什么吧？”

玛戈挥挥手表示否定，“当然没有。顶多是一直在佛洛克面前和他争宠罢了。他在几个月前联系过我，但我没给他回电。我觉得他也许生病了什么的。说话声和我记忆中的不一样。总而言之，我有点愧疚，所以在曼哈顿黄页里找过他的号码。不过他的电话没有公开。我想知道他是不是搬走了，也许在其他地方谋到了职位？”

“难住我了，”史密斯贝克说，“但格雷戈里属于气运亨通的那种人。他说不定正在哪个智囊团打工,每年挣三十万呢。"他看看手表,"我得在晚上九点前写完示威集会的报道,所以咱们在那之后还有时间再喝一杯。"

玛戈故作惊讶地看着他,"比尔·史密斯贝克请朋友喝第二杯?我怎么能离开呢?历史在今夜写下了新的篇章。"

16

尼克·彼特曼热切地爬上眺望台城堡的石阶,在女墙边停下,等塔尼亚追上他。落日时分,暗沉沉的中央公园在脚下铺开。隔着腋下的纸袋,冰镇唐培侬酒瓶的冰凉在渐渐扩散,在这炎热的晚上,感觉起来很舒服。他一走动,上衣口袋里的酒杯就碰得叮当作响。他不由自主地去摸装戒指的四方小盒。他在四十七街的蒂凡尼花了四千块买下这枚一克拉白金钻戒。进展顺利。塔尼亚来了,一边咯咯笑一边喘气。她知道有香槟,但不知道还有戒指。

他记得有部电影的男女主角在布鲁克林大桥上喝香槟,然后把酒杯丢进河水。场景不错,但眼下更好。日落时站在眺望台城堡护墙前见到的曼哈顿才无与伦比。只是有一点要注意:必须在天黑前离开公园。

塔尼亚爬上最后几级台阶,他抓住塔尼亚的手,两人走到石头堆砌的女墙边缘。矗立在暮霭中的高塔已变成了黑色。塔顶垛口伸出的气象测量仪器和哥特外饰形成了好玩的对比。他望向来时的道路。他们脚下是城堡的小水池,旁边是大草坪,再过去是成排树木掩映下的水库。水库在落日下化为一片金箔。右手边,第五大道的建筑物不动声色地向北延伸,窗户闪着橘色光芒;左手边乌云投下的阴影之中,是中央公园西路那些堡垒的黑色轮廓。

他从棕色纸袋里拿出香槟,撕掉锡箔和罩网,仔细瞄准,笨拙地拧动瓶塞。随着响亮的砰然声响,他们望着瓶塞飞出视线。几秒过后,瓶塞哗啦一声掉进底下的水塘。

“好啊!”塔尼亚喊道。

他倒满酒杯,递给塔尼亚一杯。

“干杯!”两人叮当碰杯,他一口喝光,看着塔尼亚只是浅尝辄止。“喝掉啊!”他催促道,她皱起鼻子,喝完那杯酒。

“口感不错!”她咯咯笑着说。他斟满酒杯,又几大口喝完自己那杯。

“听着,曼哈顿的市民!”他举起空酒杯,在女墙垛口喊道,叫声在空中消散。“尼克·彼特曼在对你们说话!我宣布八月七日是永远的塔尼亚·舒米特日!”

塔尼亚哈哈大笑,他第三次倒满酒杯,美酒溢过边缘,酒瓶空了。喝完酒,尼克搂住塔尼亚,一本正经地说,“习俗要求我们连酒杯也要扔掉。”

他们把酒杯扔进半空,趴在挡墙上看着闪闪发光的酒杯画出弧线,坠入池塘。这时尼克注意到公园里晒日光浴的、玩滑板的和其他各种休闲者都已经离开,城堡脚下空无一人。赶紧开始吧。他的手伸进上衣口袋,拿出小盒子递给塔尼亚。他后退一步,自豪地看着塔尼亚打开盒子。

“尼克,我的天!”她叫道,“肯定很值钱吧!”

“而你价值连城。”尼克露出微笑,看着她戴上戒指,把她拉进怀里,使劲亲了她一口。他问,“明白这是什么意思?”

她看着尼克,眼睛闪亮。她肩膀后面,树林里光线越来越暗。

“嗯?”他催促道。

她回吻尼克,在他耳边轻声说了句什么。

“至死不渝,亲爱的。”他答道,再次亲吻塔尼亚,这次吻得更久,一只手抓住了她的乳房。

“尼克!”她笑着抽开身子。

“这儿又没人。”他的另一只手从塔尼亚背后一使劲，两人的大腿紧贴在一起。

“全城都在看。”她说。

“由他们看吧，兴许还能让他们学到点什么呢。”他的手滑进塔尼亚的衬衫，拨弄着她发硬的小小乳头，他环顾四周，注意到暗影正在聚拢，于是对着塔尼亚的耳朵轻声说，“还是去我家继续吧。”

她笑着从尼克身边走向石阶。尼克欣赏着她优雅的步态，感觉到昂贵的香槟在血管里涌动。没什么比得上香槟带来的微醺。他心想。感觉直接钻进脑袋。

也直接冲入膀胱。“等一等，”他大声说，“我得清一下存货。”

她转身看着尼克走向塔楼。尼克记得塔楼背后的隐蔽处有卫生间，就在维修人员用的金属楼梯旁边，金属楼梯上通气象设备，下至池塘。他在塔楼的黑影中准确地找到了卫生间；东边公路的车声发闷而遥远。他辨出男厕所后径直推门而入，忙不迭地拉开拉链，走在磨损的瓷砖地上，经过黑洞洞的隔间，冲着一排小便器而去。不出所料，厕所里只有他一个人。他面对着凉丝丝的瓷砖墙面，闭上眼睛。

轻微的响动打破了他的香槟美梦，他马上睁开眼睛。不，他意识到，什么也没有。他笑了笑，摇摇头：就连最迟钝的纽约客也总有疑心病在内心发酵。

声音再次传来，这次更响了，他在惊讶和恐惧中转身，阴茎还抓在手里。他看见一个隔间里居然有人，而且那人飞快地跳了出来……

塔尼亚站在女墙旁等待尼克，晚风吹拂面颊。她摸了摸订婚戒指，沉甸甸地戴在手上，感觉很陌生。尼克正在享受美好时光。公园已经全暗了，大草坪空无一人，第五大道的亮光照得池塘明灭闪烁。

她等得不耐烦了,走向塔楼,绕到暗沉沉的高塔的背后。男厕所的门关着。她敲敲门,刚开始很轻,接着用上了力气。

“尼克? 喂,尼克! 在里面吗?”

里面很安静,只听得见风吹树林的瑟瑟声。风带来一股奇怪的味道:很刺鼻,像是塔尼亚很不喜欢的羊奶干酪。

“尼克? 别闹了。”

她推开门,走了进去。

寂静暂时笼罩了眺望台城堡。尖叫声随即响起:哀嚎,越来越响,劈开了这个温柔的秋日夜晚。

17

史密斯贝克走进他最喜欢的希腊咖啡馆,在角落里坐下,对厨子点点头,要了他每天吃的早餐:两个荷包蛋,两份土豆甜菜焖碎牛肉。他喝着摆在面前的咖啡,心满意足地叹了口气,拿出夹在胳膊底下的报纸。他先看《邮报》,见到头版是汉克·麦克洛斯凯写的眺望台城堡谋杀案,不禁微蹙眉头。他写的关于大军广场示威集会的文章挪到了第四版。要是写了博物馆和齿痕,头版肯定属于自己。但他答应了玛戈,明天事情将有所不同。再者说,忍耐一下说不定能让他得到更多的好处。

早餐上桌,他胃口大开,狼吞虎咽,一边放下《邮报》,打开《纽约时报》。他轻蔑地扫视头条新闻——雅致而不惹眼,排版简洁。视线顺着中缝向下走,落在一个通栏标题上,标题只有几个字:博物馆怪兽回归? 署名布莱斯·哈里曼,时报特约撰稿人。

史密斯贝克读了下去,嘴里的炖牛肉变成了墙纸糨糊。

八月八日——纽约自然史博物馆的科学家仍在分析

帕梅拉·威许和一位无名氏的无头尸体，试图确定骨头上的齿痕究竟是出于死后动物啃食，抑或就是死亡原因。

昨天晚间，尼古拉斯·彼特曼在中央公园的眺望台城堡遭到残忍杀害并被切去头部，增加了法医队伍寻找答案的压力。过去数月间有多名游民遇害，手法如出一辙。尚不知这些尸体是否会送往博物馆分析。帕梅拉·威许的遗体已还给家属，将于今天下午三点在布朗克斯维尔的圣十字公墓落葬。

在博物馆进行的尸检被笼罩于保密气氛之下。据线报称，“他们不想引起恐慌，但‘姆巴旺’三字心照不宣。”

姆巴旺，科学家所熟知的博物馆怪兽，是一种非同寻常的野生动物，在一次失败的亚马逊实地考察中被不小心带回博物馆。去年四月，怪兽杀死了多名博物馆参观者和警卫，外界因此得知它栖身于博物馆的下层地下室。它还在博物馆的一次大型展览的开幕式上袭击了大批观众，引发恐慌，误触保安系统。结果导致四十六人丧生，近三百人受伤，酿成纽约近年来最可怕的灾难。

将怪物命名为姆巴旺的是现已灭绝的科索加部落，他们居住在这种动物的原产地：亚马逊盆地的上欣古河流域。过去几十年间，人类学家和割胶工多次听说上欣古河流域有一种疑似爬行类的大型动物。1987 年，博物馆的人类学家朱利安·惠特塞组织考察队，远赴上欣古河流域寻找科索加部落和姆巴旺怪物的线索。惠特塞在雨林中失踪，考察队的其他成员亦遭厄运，在返回美国途中不幸死于空难。

几个装有考察所获文物的板条箱辗转运回纽约。包裹器物的植物纤维含有姆巴旺怪兽必须摄入的化学成分。怪兽抵达博物馆的过程虽然无从得知,但是研究员推测它和所获文物一起被关进了集装箱。怪物一直在博物馆巨大的下层地下室隐秘地生活,直到天然食物耗尽,转而袭击参观者和警卫。

后来怪兽在混战中被击毙,当局迅速运走尸体并销毁,因此没来得及进行详细的分类学研究。尽管围绕怪兽还有许多疑问,但可以确定的是它曾居住于亚马逊地区中一处与世隔绝的台地。近年来由于上欣古河流域的水力掘金工业严重地破坏了当地生态,导致这种物种在当地灭绝。博物馆人类学部的惠特尼·卡德瓦拉德·佛洛克教授,《分形演化》一书的作者,认为怪物是与世隔绝的雨林生态环境导致的进化畸变。

线报推测说近期血案的凶手有可能是第二头姆巴旺怪物,或许是前一头的配偶。这似乎也是纽约市警察局秘而不宣的担忧。因此,警方才请博物馆实验室确定齿痕究竟出自流浪犬还是某种更强壮的动物——比方说,姆巴旺。

史密斯贝克用愤怒得颤抖的手推开没碰过的荷包蛋。他不知道究竟哪一样更让他生气:被混球哈里曼抢了新闻,还是得知他虽已知道情况,却被说服按下不发。

不会再有第二次了,史密斯贝克暗自发誓。绝对不会。

警察总部的十五楼,达戈斯塔放下相同的报纸后,嘴里吐出了最难听的骂人话。纽约警局公关科的谎言专家这下得加班研究如何避免群众发疯了。泄露消息的人不管是谁,达戈斯塔心想,都得把这家伙的屁股串在钎子上烧烤了装盘。还好这次写文章的不是他的讨厌朋友史密斯贝克。

他拿起话筒,拨通局长的号码。说到屁股,他得想办法趁自己还没倒霉前保住自己的屁股。在霍洛克手底下,打电话报告永远比接到电话好得多。

电话转到了局长秘书的语音信箱。

达戈斯塔又拿起报纸,接着一把推开,挫折感油然而生。瓦克西马上就到,毫无疑问会嚷嚷眺望台城堡的血案如何如何,局长给的期限如何如何。想到要看见瓦克西,达戈斯塔不由自主闭上眼睛,他睡了两个小时。但忽然涌起的强烈压迫感使他马上睁开了眼睛。他从骨子里厌烦在彼特曼血案之后还要去眺望台城堡爬上爬下。

他起身走到窗口。脚下,蔓生的灰色都市之中,他能分辨出一小方黑色:PS 362 的操场。孩子的小小人影跑来跑去,捉迷藏,跳房子,这会儿是上午的课间休息时间,他们肯定玩得兴高采烈。天哪,他心想,如果能让他成为其中之一,他愿意付出任何代价。

视线放回办公桌上,他注意到报纸的边缘碰倒了十岁儿子小维尼的相框。他小心翼翼地扶起照片,看见那张对他微笑的脸,自己也不由得笑了起来。感觉稍微好了些,他从上衣口袋里掏出雪茄——去他妈的霍洛克,该来的迟早要来。

他点燃雪茄,把火柴扔进烟灰缸,走到钉在公告牌上的大幅曼哈顿西区地图前。分局的公告牌上插满了红色和白色的大头针,说明文字贴在一角:白色大头针代表过去半年间的失踪案件,红色则是手法一致的凶杀案。达戈斯塔从塑料小碟里拿起一枚红色大头针,在地图上找到中央公园水库,小心翼翼地把大头针插在水库西岸。他后退两步,盯着地图,想在纷乱的画面中找到模式。

白色大头针和红色大头针的比例约为十比一。当然了,很多案件不能作数。纽约人总会因为各种各样的理由失踪。但是,案件数量还是高得不寻常,比正常半年期超出三倍有余。另外,有相当多案件发生在中央公园区域内。他盯着地图。这些小点似乎不完全呈随机排列。大脑告诉他其中必然有什么模式,但他暂时不清楚到底是什么。

"做白日梦呢,副队长?"背后传来熟悉的阴沉嗓音。达戈斯塔吓了一跳,转过身。来者是海沃德,她和瓦克西一起正式调入了专案组。

"不知道有敲门这回事?"达戈斯塔喝道。

"唔,听说过。可你说你要尽快拿到这东西。"海沃德的小手举起厚厚一沓电脑打印件。达戈斯塔接过文件,开始翻看:过去半年间发生过更多的游民凶杀案,大部分案发地址都位于瓦克西的中央公园和西区辖区。当然,都没有经过调查。

"老天,"他摇着头嘟囔道,"唉,还是先标地图吧。"他念出地点,海沃德把红色大头针钉在公告牌上。他暂停片刻,瞥了一眼她雪白的皮肤和散开的一缕黑发。尽管他不想让海沃德知道,但达戈斯塔私下里很高兴能有海沃德帮忙。她的沉着和自信犹如呼啸暴风中的清静避难所。另外,不得不承认,她还是很养眼的。

走廊里传来跑步声和叫喊声。有什么东西被重重撞倒。达戈斯塔皱起眉头,点头示意海沃德去看看。叫喊声越来越响,达戈斯塔听见有人呜咽着尖声呼叫他的名字。

他好奇地探头张望。凶杀科大堂里站着一个脏得难以想象的男人,正在和两名试图制服他的警察搏斗。海沃德站在他们斜对面,紧绷着瘦削的身躯,像是想瞅准机会出手。达戈斯塔看清了那人尘土纠结的头发、黄疸色的皮肤、饿得发慌的细柳身材和装着世俗财产的黑色垃圾袋。

"我要见副队长!"游民用尖细的声音喊道,"我有情报!我要求——"

“哥们，”一名警官满脸厌恶地揪住男人油腻腻的外套，“有话要说就对我说，副队长忙得很。”

“我看见他了！”男人颤巍巍地指着达戈斯塔，“看，他根本不忙！给我松手，否则我就投诉你，听见了吗？我要叫律师！”

达戈斯塔退回办公室，关上门，接着端详地图。吵闹声还在继续，游民的尖声哀诉格外刺耳，海沃德的语气越来越恼火。这家伙怎么都不肯走。

门忽然被撞开，游民半跌半闯地冲进房间，被激怒的海沃德紧随其后。男人缩进办公室的一角，把垃圾袋举在身前充当保护。

“副队长，你必须听我说！”他喊道。

“王八蛋滑溜得很，”海沃德气呼呼地说，在苗条的大腿上擦拭双手，“真的很滑溜。”

“别过来！”游民对海沃德嚷道。

达戈斯塔疲惫长叹，“算了，巡佐。”他转向游民，“好吧，五分钟，但那东西给我拿出去。”他朝垃圾袋打个手势，腐烂的臭味已经飘进鼻孔。

“会被偷走的！”男人嘶哑地说。

“这是警察局，”达戈斯塔喝道，“没人偷你那狗屎玩意儿。”

“才不是狗屎呢。”男人哀叫道，但还是把油腻腻的口袋递给了海沃德，海沃德连忙拿到门外放下，转身关门挡住臭气。

游民的举止忽然有了翻天覆地的变化。他蹒跚着走到一张访客椅前坐下，跷起腿，仿佛他就是这地方的主人。臭味愈加浓烈。达戈斯塔不由得想起地铁隧道的气味，心情有点不安。

“希望你坐舒服了，”达戈斯塔把雪茄放在鼻孔下，抵抗臭味，“你还有四分钟。”

“其实呢，文森特，”游民说，“考虑到你我见面的境况，我已经舒服得不能再舒服了。”

达戈斯塔慢吞吞地把雪茄放在桌上，震惊得无以复加。

“看见你还在吸烟，真是遗憾，”游民看了一眼雪茄，“不过，我注意到你的雪茄品味有所提升。多米尼加共和国的烟叶，我想我不会弄错，包的是康涅狄格遮叶。要是非抽不可，丘吉尔雪茄确实比你当初沉迷的下脚料强得多。”

达戈斯塔完全说不出话。他认得这个声音，认得这个悦耳的南方口音，只是没法和坐在对面的恶臭肮脏流浪汉联系在一起。

“潘德嘉斯特？”他哑着嗓子说。

游民点点头。

“这是——？”

“希望你能原谅我戏剧般的出场，”潘德嘉斯特答道，“我想测试一下这身打扮是否有效。”

“哦。”达戈斯塔说。

海沃德走上前来，看着达戈斯塔，第一次露出茫然表情，开口道，“副队长——？”

达戈斯塔深吸一口气，“巡佐，这位是”——他朝那个浑身泥污的男人打个手势，男人此刻安坐如山，双手叠放在膝头，跷着二郎腿——“联邦调查局的特别探员，潘德嘉斯特先生。”

海沃德看看达戈斯塔，看看游民，只说了两个字，“胡扯。”

潘德嘉斯特笑得非常开心。他用手肘撑住椅子扶手，双手搭成帐篷，把下巴搁在指尖上，看着海沃德，“很高兴见到你，巡佐。本来应该握个手的，不过……”

“免了。”海沃德慌忙道，脸上还残存着一丝狐疑。

达戈斯塔忽然上前，紧紧握住来访者污秽不堪的瘦长双手，“天哪，潘德嘉斯特，见到你可真是太开心啦。我还在想你的骨头屁股别是被谁踹了吧。听说你没接受纽约分部的主任职位，真是好久不见，自从——”

“自从著名的博物馆谋杀案之后就没见过,”潘德嘉斯特点点头,“我看见案子又上了头版。”

达戈斯塔重新坐下,满脸愁容地点点头。

潘德嘉斯特抬头打量地图。“你手上有好大一个难题,文森特。凶残的连环杀人案,同时危害地上和地下,城市精英忧心忡忡,现在又风传说姆巴旺回来了。”

“潘德嘉斯特啊,你都没法想象。”

“这点我却不敢苟同,因为清楚得很。事实上,我就是来问你是否需要帮助的。”

达戈斯塔脸色一亮,旋即露出戒备神色,问,“官方性质的?”

潘德嘉斯特笑了笑,“很抱歉,顶多只能半官方。过去一年我在忙几个技术方案,最近我大体而言能选择自己的临时职务,有空不妨聊一聊。就这么说吧,我得到了在这个案件上协助纽约警局的许可。当然啦,我还必须坚守所谓‘可抵赖’这个微妙词汇。目前尚无证据能说明这是一起联邦案件,”他挥挥手,“我的问题非常简单,就是离不开有意思的案件。非常坏的习惯,但很难改掉。”

达戈斯塔好奇地看着他,“那我为什么快两年没见到你呢?纽约似乎最不缺有意思的案件了。”

潘德嘉斯特侧一侧头,答道,“对我来说不够。”

达戈斯塔扭头对海沃德说,“从案发首日到今天,这是第一件好事。”

潘德嘉斯特看看达戈斯塔,看看海沃德,又望向达戈斯塔,淡蓝色的双眼和黝黑的皮肤对比鲜明。“您太抬举我了,文森特。咱们还是开始工作吧。既然我的打扮蒙住了二位,我希望能尽快去地下试试看。能跟我说说最新进展吗?”

“那么,你同意威许谋杀案和游民系列凶案有联系了?”海沃德仍旧有点不放心。

“完全同意，巡佐——海沃德，对不对？”潘德嘉斯特说，他突然直起腰，“不会凑巧是劳拉·海沃德吧？”

“怎么了？”海沃德警觉起来。

潘德嘉斯特重新坐下去，用低沉的嗓音说，“了不起。请允许我祝贺你在上个月的《异常行为社会学杂志》上发表文章，揭示了地下游民部落的层级结构，非常有见地。”

从达戈斯塔认识海沃德到现在，这还是海沃德第一次露出局促不安的表情。她涨红了脸，别开视线，显然不习惯接受恭维。

“巡佐？”他问。

“我正在读纽约大学的硕士，”她还是看着别处。接着忽然扭过头，目光灼灼地盯着达戈斯塔，像是看他敢不敢嘲笑她。“我的论文题目是地下社会的等级制度。”

“厉害。”达戈斯塔惊讶于她的防备态度，但自己也有点不服气。她为什么一直不告诉我？以为我很愚蠢不成？

“但为什么要发表在这么不起眼的杂志上呢？”潘德嘉斯特继续道，“我觉得应该选择《执法公报》才对。”

海沃德低低地笑了一声，恢复了原有的姿态，问，“你不是开玩笑吧？”

达戈斯塔立刻明白了。身材娇小的漂亮女警官担任运输警察的清扫工就够困难了，虎背熊腰的粗汉子尚且不堪重任。但以研究她的清理对象获得高等学位……他摇摇头，心想这会让她成为警队里无数笑话的主人公。

“唉，对，我明白了，”潘德嘉斯特点头道，“唔，总而言之，很高兴认识你。咱们先谈正经事。我需要阅读犯罪现场的分析报告。越了解嫌犯，就越有可能抓住他——或者他们。他没有强奸受害者，对吧？”

“对。”

“有可能是恋物癖。他——或者他们——似乎喜欢拿走纪念品。我们必须查看潜伏连环杀手和狂热型凶手的档案。另外,不知道你们有没有让资料处理科交叉检索各名受害者的已知资料。还应该重新调查全部失踪人口,查看是否存在共同之处——不管有多么不明显。”

“交给我吧。”海沃德说。

“好极了,”潘德嘉斯特起身走向办公桌,“现在能让我看看案件资料——”

“请坐,”达戈斯塔马上说,他皱起鼻子,“你的伪装实在太有说服力了,你明白我的意思吗?”

“当然,”潘德嘉斯特轻快地说,重新落座,“都有点过分了。海沃德巡佐,能劳烦您递给我吗?”

18

玛戈在宽敞的林奈大厅找个位置坐下,此处位于自然史博物馆的原始建筑最深处,她好奇地打量四周。大厅布置得很雅致,修建于一八八二年。深色橡木镶板上方是高耸的拱顶。长形穹隆四周的檐壁上雕着精美的图案,尽显演化的庄严伟大:从一头精雕细琢的微生物到另一头人类的傲岸身影。

她望着人类的图案:身穿长礼服,戴大礼帽,手持拐杖。这是早期达尔文主义演化观的非凡纪念碑:从简单到复杂稳步攀升,人类位于辉煌顶点。玛戈知道当代演化观与其大相径庭。事实证明演化是随机而偶然的事件,充满了死胡同和怪异弯折。身旁过道里坐在轮椅上的佛洛克博士提出的分形演化理论,对这个观点贡献良多。现在的演化生物学家不再认为人类是演化的完美典型,哺乳动物一个演化程度较低但适应性较强的亚群有个小侧枝,而尽头的死胡同就是人类。玛戈暗自微笑,心想连"人类"(Man)[①]这个字眼都已过时——多么显著的成就。

她扭头去看后墙高处狭小的放映室。堂皇的古老殿堂如今是个现代化的演讲厅,装备有隐蔽式机械黑板、可伸缩的电影银幕和最新式的电脑多媒体设施。

她无数次思索,究竟是谁泄露了博物馆参与办案的消息。不管是谁,那人肯定不清楚全部案情,因为报道没有提及第二具骨架的怪异畸形;但即便如此,他知道得也不少。她已经清楚了尸体上的齿痕由来,虽然明白史密斯贝克保住了他的利益,但她的心情并没有变得轻松。她很害怕见到彼特曼的尸体,尤其恐惧尸体将会揭示什么确定性的证据。

响亮的嗡嗡声让玛戈重新望向前方。大厅前部,舞台及其两翼正在后退,巨幅银幕降向地面。

两千个座位的大厅里只坐着七个精神紧张的人。

佛洛克在身边哼着瓦格纳歌剧的选段,粗重的手指在轮椅破旧的扶手上打着拍子。他面无表情,但玛戈知道他心底里肯定风起云涌。规程要求担任首席法医的布朗贝尔主持演示,但佛洛克显然非常讨厌这样的安排。向前几排,玛戈能看见达戈斯塔副队长身边坐着一位制服皱皱巴巴的肥胖警长和两个满脸厌倦的凶杀科警探。

主灯完全暗了下来,玛戈看见讲台灯光从下方照亮了布朗贝尔的瘦长脸孔和秃顶。他的一只手握着个模样古怪的塑料短棍,那是光笔兼幻灯机的无线遥控器。他脸色惨白,玛戈心想:简直是

① Man 兼有"男人"和"人类"的意思。

身穿白大褂的鲍里斯·卡洛夫[1]。

“咱们这就看证据吧。”布朗贝尔尖细轻快的声音在两面墙上的无数个扬声器里隆隆响起。玛戈能感觉到旁边的佛洛克气得绷紧了身子。

银幕上出现了一根骨头放大后的巨幅照片，向大厅和听众洒去阴森森的灰色光芒。

“这是帕梅拉·威许第三节颈椎的照片，请注意清晰可见的齿痕印记。”

他换上一张幻灯片。

“这是放大两百倍的其中一段齿痕。这是按此复原的横截面。请看，牙齿显然属于哺乳动物。”

接下来一组幻灯片展示了两具尸体多处骨骼的实验结果，记录了分别需要多少压强才能制造出各处齿痕。

“我们在两名受害者的骨骼上识别出 21 处明显由牙齿制造出的咬痕和刮痕，”布朗贝尔继续道，“同时还有一些印痕看似出自钝器伤害，因为对牙齿来说过于规则，对利刃来说又过于粗糙。如各位所见，有可能出自原始的石斧或石刀。颈椎上明显有大量这种伤痕，很可能说明了斩首的方式。总而言之，制造这些齿痕所需的压强”——布朗贝尔用光笔指着实验结果说——“介于 500 到 900 磅每平方英寸，比我们最初估计的 1 200 磅每平方英寸小了很多。”

比你最初估计的小很多，玛戈心想，瞥了一眼佛洛克。

银幕上又出现了一张新的照片。“详细研究齿痕周围的小骨截面表明，有血液渗入骨骼空隙和骨髓部分，说明它们是在死前造

---

① 鲍里斯·卡洛夫，真名为 William Henry Pratt，英国演员。因参与恐怖片的演出而出名，尤其在 1931 年的《科学怪人》、1935 年的《弗兰肯斯坦的新娘》和 1939 年的《科学怪人之子》中饰演弗兰肯斯坦的怪物角色最为出名。

成的。”大厅陷入死寂。

“换句话说,啃咬和死亡同时发生,”布朗贝尔清清喉咙,“由于尸体高度腐烂,因此无法确定死亡原因。但我认为可以肯定受害者死于齿痕造成时的严重受伤和大量失血。”

他像表演似的转身面对听众,“我知道,诸位的脑海里都有一个问题。至关重要的问题。是谁留下了这些齿痕?我们都知道,报纸猜测凶手也许是另一头姆巴旺。”

他乐在其中,玛戈心想,她能感觉到房间的紧张气氛越来越浓厚。尤其是达戈斯塔,他都快坐不住了。

“我们彻底分析了这些齿痕,对比十八个月前那只姆巴旺留下的齿痕数据——当然啦,全世界就数我们博物馆拥有的数据最多。最终得到两个确定性的结论。”

他深吸一口气,环顾四周。

“第一,这些齿痕不符合姆巴旺的齿痕。横截面、尺寸和长度都对不上。”

玛戈看见达戈斯塔松了口气,肩膀放了下来,几乎跌坐回去。

“第二,制造出这些齿痕的压强均低于900磅每平方英寸,确切地说,来自犬齿,更确切地说,这是人类的犬齿。而不是姆巴旺的。”

几张幻灯片一闪而过,显示出齿痕和牙印的显微照片。“一个习惯嚼口香糖的健康男性使劲一咬,能施加850到900每平方英寸的压强,”布朗贝尔说,“这些齿痕与人类犬齿完全一致。另外一方面,也有可能是一群野狗在隧道里漫游,袭击杀死并分解尸体。但要我说,我们见到的牙印更像人类,而非犬类或栖息于地下的其他虚构猛兽。”

“地下居民的种类,布朗贝尔博士,可比你做梦能想到的都要多呐。”

这是个南方口音,也许来自阿拉巴马或路易斯安那,嗓音清晰而柔和,带着一丁点优雅和讥讽。玛戈转过身,看见特别探员潘德嘉斯特那熟悉的瘦长身影斜躺在大厅顶层的一个座位里。她既没看见也没听见他进来。潘德嘉斯特见到她在看他,点头致意,淡蓝色的眼睛在黑暗中闪闪发亮。"格林小姐,"他说,"请原谅,现在是格林博士了,对不对?"

玛戈笑着点头回应。自从佛洛克在博物馆的告别酒会后,她就没再见过这位探员。不过话也说回来,那也是她最后一次见到博物馆怪兽谋杀案的多位相关人员,比方说佛洛克博士和格雷戈里·川北。

佛洛克费了不少力气才在轮椅里转过身,点头打招呼,然后回身面对银幕。

布朗贝尔看着新来的人,开口道,"你是——?"

"潘德嘉斯特,联邦调查局的特别探员,"达戈斯塔答道,"他将协助我们办理此案。"

"明白了,"布朗贝尔说,"很荣幸。"接着兴致勃勃地转向银幕,"下面换个问题讨论:无名尸的身份。这方面我有一些非常好的消息。很抱歉,也许会让我的同事"——他朝佛洛克和玛戈点点头——"吃上一惊,因为我也是不久前才注意到的。"

佛洛克在轮椅里坐了起来,脸上露出深不可测的表情。

玛戈前后打量两位科学家。难道布朗贝尔一直在瞒着他们,打算将功劳据为己有?

"请仔细看下面这张幻灯片,"银幕上换了一幅画面:玛戈首先注意到存在四个白色三角形的那张X光片。

"有四个三角形金属小物体嵌在无名尸的腰椎骨上。它们是格林博士首先发现的,完全难住了我们。就在昨天夜里,我忽然灵光一现,猜到了它们的来源。我今天花了很长时间联络整形外科医生。我要是没弄错，到本周末甚至更早就能搞清楚这位受害者的身份了。”

他咧嘴一笑，得意洋洋地望着大厅，视线特地在佛洛克身上逗留片刻。

“相信你认为这些三角形物体来自——”潘德嘉斯特开口道。

“就目前而言，”布朗贝尔存心不让他说完，“我不想继续讨论这个问题了。”他挥动遥控器，银幕上换了画面，出现一个严重腐烂的人头，缺少眼珠，没有嘴唇，咧着嘴露出牙齿。玛戈见到这个人头就不舒服，感觉和人头刚被推进实验室的时候一样。

“各位都知道，这颗人头昨天送到我们这里检验。最近在游民人群中发生多起凶杀案，达戈斯塔副队长在调查时发现了这颗人头。尽管完整的报告要过几天才能出来，但可以确定人头属于一名贫弱男子，他在约两个月前遭到杀害。人头被辨认出多处伤痕，有些出自牙齿，有些显然出自粗糙武器——残留颈椎上的尤为明显。我们打算从波特墓地掘出尸体，进行更详尽的检查。”

天哪，不要，玛戈心想。

他又出示了几张幻灯片。“我们仔细查看了颈部的擦伤，再次得出结论：所用力量符合人类袭击者，绝对不是姆巴旺。”

屏幕变成白色，布朗贝尔把光笔遥控器放在旁边的桌上。灯光亮起，达戈斯塔站起身。“谢天谢地，你可不知道我松了多大一口气，”他说，“请允许我问个明白，你认为咬痕出自人类之口？”

布朗贝尔点点头。

“不是狗或有可能住在下水道里的其他动物？”

“考虑到齿痕的外观和保存情况，很难完全排除犬类。但我认为更符合特征的是一个或几个人类。要是能取到清晰的完整咬痕，那就可以确定了，但另外一方面……”他摊开双手，“要是能确定其他印痕出自某种原始武器，那无疑就可以排除犬类了。”

“你呢，佛洛克博士？你怎么认为？”达戈斯塔转身问道。

“我同意布朗贝尔博士的看法，”佛洛克淡然道，在轮椅上换了个姿势。“如果你还记得，”他嗓音低沉，“我从一开始就认为齿痕不属于姆巴旺之类的野兽。能够证明这一点，我很高兴。然而，我必须反对布朗贝尔在辨别无名尸身份时的单独行动。”

“下次注意。”布朗贝尔露出一丝浅笑。

“模仿杀手。”胖警察得意洋洋地宣布。

众人陷入沉默。

他站起身，环顾四周，大声说，“有个疯子从博物馆怪兽得到灵感，四处乱串，杀人，割掉受害者头部，说不定还吃了肉。”

布朗贝尔说，“这倒是符合分析结果，但是——”

胖警察打断他的发言：“这个连环杀手本身就是游民。”

“我说，瓦克西警长，”达戈斯塔开口道，“这并不能解释——”

“解释了所有问题！”叫瓦克西的男人顽固地说。

大厅顶上的一扇门忽然被撞开，一个恼怒的声音扯着嗓子向众人叫道，“为什么没人通知我开会？”

玛戈扭过头，立刻认出了麻脸、无瑕的制服和沉甸甸的星杠徽章。警察局长霍洛克快步走下过道，两个跟班紧随其后。

厌倦的表情在达戈斯塔脸上一闪而过，接着立刻换上不动声色的假面具。“局长，我发了——”

“什么？备忘录？”霍洛克怒目而视，走近达戈斯塔和瓦克西所在的那排座位。“维尼，我听说你在办博物馆案件的时候也犯了同样错误。你从一开始就抛开高层。你和那个科菲混球坚持认为凶手是连环杀人狂，你们能控制住局面。等你意识到实际上是什么，博物馆里已经堆满了尸体。”

“恕我冒昧，霍洛克局长，这是对实际状况的非常不准确的描述。”潘德嘉斯特蜜糖般的声音清晰地响彻大厅。

玛戈看着霍洛克望向那个声音,他吆喝道,“你是谁?”

达戈斯塔正要说话,但潘德嘉斯特抬起手,让他安静。“让我来,文森特。霍洛克局长,我叫潘德嘉斯特,是联邦调查局的特别探员。”

霍洛克皱起眉头,“听说过你的名字,博物馆那档屌事你也有份。”

“非常高调的褒奖啊。”潘德嘉斯特答道。

“你要干什么,潘德嘉斯特?”霍洛克不耐烦道,“这不是你的管辖范围。”

“我以顾问身份协助达戈斯塔副队长。”

霍洛克皱起眉头,“达戈斯塔不需要帮助。”

“恕我不敢苟同,”潘德嘉斯特说,“但我认为他——还有你——需要能得到的一切帮助。”他的视线从霍洛克移向瓦克西,又回到霍洛克身上。“别担心,局长,我不会抢功劳。我只想帮助惩罚罪犯,不想拿走您的案子。”

“很让人放心,”霍洛克喝道,他转向达戈斯塔,问,“如何?有什么进展?”

“法医相信他到周五就能搞清楚无名尸的身份,”达戈斯塔说,“他认为齿痕很可能来自一个人——或者几个人。”

“几个人?”霍洛克问。

“局长,要我说,证据趋向于显示有不止一名嫌犯。”达戈斯塔说。布朗贝尔点头赞同。

霍洛克露出头疼的表情,“怎么,你认为有两个食人变态在到处活动?老天在上,维尼,用用脑子。我们要抓的是个游民连环杀手,正在猎杀他的同类。偶尔有正经人在错误的时间走进错误的场所——比方说帕梅拉·威许和那个叫彼特曼的——就跟着倒了大霉。”

“正经人?”潘德嘉斯特嘟囔道。

“你知道我的意思。对社会有益的人。有家庭住址的人。”霍洛克皱起眉头,又对达戈斯塔说,“我给了你一个期限,本以为会得到更多结果。”

瓦克西撑起身体,“我认为这个案子只有一名罪犯。”

“正是如此。”霍洛克环顾四周,等待有人顶嘴。“我们要抓的是个游民,脑子有问题,很可能住在中央公园某处,认为自己是博物馆怪兽。《时报》登了那篇该死的文章,半个城市炸开了锅。”他扭头对达戈斯塔说,“你打算怎么办案?”

“别急,局长,别急。”潘德嘉斯特用安抚的语气说,“我时常发现,一个人说话声音越响,就越不该开口。”

霍洛克不敢相信他的耳朵,盯着潘德嘉斯特说,“你不能这么跟我说话!”

“恰恰相反,整个房间里只有我可以这么跟你说话,”潘德嘉斯特拖着调子说,“因此我有责任指出你作了一连串耸人听闻但毫无根据的假设。首先,凶手是游民。其次,他住在中央公园。第三,他患有精神疾病。第四,他单独作案。”潘德嘉斯特的眼神简直称得上仁慈,仿佛耐心很好的父亲在哄暴躁儿童。“你很厉害,霍洛克局长,能把这么多猜测压缩成一句话。”

霍洛克瞪着潘德嘉斯特,张开嘴,又合上。他向前走了一步,又停下。最后,他用能杀人的目光瞥了达戈斯塔一眼,转过身,大步流星地走出房间,跟班小跑着追上他。

大门砰然关闭,室内陷入寂静。“打什么该死的哑谜。”玛戈听见佛洛克嘟囔道,佛洛克不耐烦地在轮椅里动了动。

达戈斯塔叹了口气,转身对布朗贝尔说,“你还是送一份报告给警长吧。裁剪一下,谢谢,只留下最重要的内容。加上许多照片,能一眼就看得懂。四年级水平那样。”

布朗贝尔尖着嗓子开心大笑。“好的，没问题，副队长。”他嘿嘿笑道，秃头在放映机的光束下闪闪放光。“我会在文字上下功夫的。”

玛戈看着瓦克西向两人投去责难的目光，接着起身出门，边走边说，“我不认为拿局长开玩笑符合我们的职业规范，比起说说笑笑，我还有更重要的事情要做。”

达戈斯塔望着瓦克西的背影，慢吞吞地说，“转念一想，还是三年级水平吧，免得瓦克西警长看不懂。”

后墙高处，放映员的小房间里，史密斯贝克从窄窗口退开，心满意足地关掉录音机。他竖起耳朵，等待最后一名与会者离开林奈大厅。

放映员从控制室过来，看见史密斯贝克，皱起了眉头。“你说——”

记者挥挥手，“我知道我说了什么。看你这么紧张，我可不想再刺激你。拿着。”史密斯贝克从钱包里抽出二十块递给他。

“要不是博物馆的薪水低得可笑，我才不会收下呢；住在纽约简直……”放映员神情紧张地把钞票塞进衣袋。

“是啊，”史密斯贝克朝窄窗外瞥了最后一眼，“我说，你不用跟我解释。你为新闻自由贡献了一份力量。去吃顿好饭吧。别担心。就算他们送我进监狱，我也不会泄露我的消息来源。”

“监狱？”放映员惊叫道。史密斯贝克拍拍他的后背，安慰他，接着弯腰钻出了小房间，穿过控制室。把笔记簿和录音机捏在手里，他走进那条他非常熟悉的满地灰尘的旧走廊。他运气不错——在北面出入口把守的是老波卡洪塔斯[①],绰号源于她总在宽阔的面颊上拼命涂抹胭脂。史密斯贝克对她又是微笑又是抛媚眼,大拇指悄悄盖住博物馆出入证上的到期日。

19

玛戈穿过二十七分局的旋转门,左转,小跑着走下了通向地下室的陡峭长楼梯。墙壁旧得发黄。因为扶手几十年前就被卸掉了,她不得不走得格外小心,免得在水泥台阶上滑跤。尽管周围的石质地基很厚实,但还没等她走到楼梯尽头,就已经听见了发闷的噗噗声。

她拉开沉重的隔音门,发闷的噗噗声忽然变成轰然巨响,震得她缩起身子,走向前方的值班台。警官认出了她,挥挥手,示意她不用掏出拎包里的所有证和持枪证。“十七号。”警官盖过枪声喊道,递给她一打标靶和一副旧耳罩。

玛戈在登记册上签名,写下时间,转身顺着过道走向十七号,边走边戴上耳罩。轰然枪声立刻又变得可以忍耐。左手边,连绵排列到对面墙边的一个个隔间里站满了警察,他们有的在重新装弹,有的在换标靶,有的在看结果。傍晚是靶场最繁忙的时间段。在纽约警局各分局的十几个二十五码室内射击场中,二十七分局的场地面积最大,设施也最精良。

她来到十七号射击位,从拎包里取出手枪、一盒每颗 120 格令重的全金属破甲弹和几个空弹夹。她把子弹放在身边的搁架上,检查小型自动手枪。一年前刚买枪时还很陌生的动作已经习惯成自然。检查完毕,她扣上装满子弹的弹夹,把一张标准靶夹在导轨

---

① 波瓦坦人部落的公主,与詹姆斯敦的英国殖民者交好,据说搭救了约翰·史密斯上尉,使其未被她的族人处死。

上,送到十码之外停下。她立刻摆出受训时学到的韦弗式射击姿势:右手扣扳机,左手抓住右手,右手向前推,左手向后收。她瞄准正前方,扣动扳机,让弯曲的手肘吸收后坐力。她暂停片刻,眯眼打量标靶,接着清空了能装十颗子弹的弹夹。

她近乎于机械地又打空了几个弹夹,进入标准的射击场程序:装弹,重置标靶,开火。打完半盒子弹之后,她把侧影标靶移到二十五码之外。打完最后一个弹夹,她转身清理手枪,惊讶地发现达戈斯塔副队长正抱着胳膊在背后看她。

“嗨。”她摘掉耳罩,盖过枪声喊道。

达戈斯塔朝标靶点点头,“看看你枪法如何,”他比着嘴形说,等着她把侧影标靶拉回来。他赞叹道,“打出一朵花了。”

玛戈笑着答道,“谢谢。全是你的功劳。和持枪证一样,都得多谢你了。”她把几个空弹夹扔进拎包,心想达戈斯塔当时肯定觉得很奇怪:博物馆凶杀案结案后三个月,她冲进达戈斯塔的办公室,求他帮忙弄一份手枪持枪证。她告诉达戈斯塔说是为了保护自己。她该怎么解释那些冷汗淋漓的噩梦,萦绕不去的恐惧和侵蚀内心的无助感呢?

“布莱德说你是个好学生,”达戈斯塔说,“我猜你很快就能上手,所以才推荐了他。不过说到持枪证,谢我就谢错人了。那是潘德嘉斯特亲自处理的。呐,给我看看,布莱德帮你挑的是什么枪。”

玛戈把枪递给达戈斯塔,“微型格洛克。二十六型,带工厂改装的所谓‘纽约扳机’。”

达戈斯塔掂量着枪,“不错,很轻。但瞄准半径太短。”

“你的朋友布莱德帮了大忙。他教我肯塔基风力修正法,帮我安装可调式瞄准器。我训练时一直在用。离了它估计就什么也打不中了。”

“这我不同意。”达戈斯塔把枪还给玛戈,“有这样的成绩,什么枪你都用得好。”他朝出口点点头，“来，这儿太吵了。我陪你出去。”

玛戈在值班台停下，登记签出，并且交还了耳罩。她惊讶地发现达戈斯塔也在日志上签名，她问，“你是来练习的？”

“有什么好奇怪？”达戈斯塔对她说，“我这种老油条也会生锈。”两人走出射击场，爬上陡峭的长楼梯。“说实话，这次的案件弄得人人心情紧张，”他说，“练习一下是个好主意。特别是开过简报会之后。”

玛戈没有费神回答。爬到楼梯顶上，她停下等待副队长。副队长上来的时候微微喘息，两人穿过旋转门，走上三十一街。这是个凉爽的傍晚，车流稀少。玛戈看看手表：快八点了。她可以慢跑回家，做一顿低热量晚餐，然后补几个钟头的觉。

“我敢说这段该死的楼梯引发的心脏病比全纽约的酥皮点心都多。”达戈斯塔说，“可你似乎完全不当回事嘛。”

玛戈耸耸肩，“我最近在锻炼。”

“注意到了。你已经不是十八个月前我认识的那个玛戈了。至少外表不是。你怎么练？”

“大部分是力量练习。你知道的，大重量，低次数。”

达戈斯塔点点头，“一周几次？”

“每天，上半身和下半身轮换。有时候还做无氧间歇运动。”

“你现在推举多少？一百二？”

玛戈摇摇头，“其实是一百三十五。挺好的，因为我总算不用每次都换杠铃上的小重量铃片了，现在只用四十五一片的就行。”

达戈斯塔又点点头，“不错嘛，”两人走向第六大道，“有用吗？”

“什么？”

“我问有用吗？”

玛戈皱起眉头。“我不懂你的意思。”她答道，但话一出口她就明白了。

“没用,”隔了几分钟,她低声说,“至少不完全有用。”

“我没想打探隐私。”达戈斯塔答道,拍着口袋,心不在焉地找雪茄。“我这人比较迟钝——万一你还没看出来的话。”他找到雪茄,用指甲剥掉标签,看着包装纸,“要我说?博物馆的那档烂事影响了我们所有人。”

两人走到第六大道,玛戈迟疑片刻,她望向北方,最后说,“抱歉,我实在不想谈论这件事。”

“我知道,”达戈斯塔说,“特别是现在。”他点燃雪茄,两人陷入了短暂的沉默,“好好保重,格林博士。”

玛戈微笑道,“你也是。另外,还是得谢谢你。”她拍拍拎包,开始小跑,向北穿过车流,跑向西区的住处。

20

达戈斯塔看看手表:晚上十点,他们的努力还是没有换来半点收获。派出的大量巡警分组检查了庇护所、救济站和施粥所,打听有没有谁对姆巴旺表现出过极大的兴趣,但都一无所获。非常熟悉地下游民的海沃德成了极有价值的信息源,她带队执行了几次特别的清扫任务。不幸的是,结果同样令人失望:“鼹鼠”在他们扫荡前就逃得无影无踪,消失在了更加黑暗和隐蔽的地下深处。另外,正如海沃德所解释的,街道之下的隧道网络堪称浩瀚,扫荡只能触及最顶层。不过还好,《邮报》悬赏引来的疯子电话逐渐减少到寥寥无几。也许大家现在更关注《时报》的文章和彼特曼谋杀案吧。

他低头看着埋在文件里的办公桌,扫荡的结果报告只整理到一半。这是他今晚无数次抬头望向公告牌,死死地盯着地图,像是能用视线逼着地图吐出答案。模式在哪里?模式肯定存在,这是侦察工作的第一准则。

他根本不在乎霍洛克说什么，直觉告诉他凶手不止一个人——不单是直觉，还因为案件的数量实在太多；另外，犯罪手法尽管接近，但还不够相似：有些死者被斩去头部，有些被压碎颅骨，有些只是受到毁伤。或许是个极度癫狂的邪教。但无论结果如何，霍洛克拿期限威胁他都是在浪费时间，反而让大家分神。真正需要的是耐着性子、有条不紊、动脑子的侦察工作。

达戈斯塔对自己嘿嘿一笑。老天，我怎么越来越像潘德嘉斯特。

隔壁储藏室关着的门里传来奇怪的拖曳声。海沃德几分钟前到里面去喝咖啡休息。他盯着门看了几秒钟，奇怪的声音还在继续。他忍不住站起身，走到门口，转动把手，推门进去。海沃德站在储藏室的正中央，蹲伏着摆出动物般的姿势，左手如箭，直指前方，右手弯曲，搁在脑袋一侧。她紧握双拳，两手微曲，突出的大拇指对着上方。就在他的注视之下，她娇小的身躯转了九十度，悄无声息地挥拳，双臂交换姿势，紧接着她又转了九十度。这像是什么危险的芭蕾舞步。

动作中点缀着剧烈的吐气声，与她在隧道里和游民对峙时颇为相似。正看得起劲，她再次转动身躯，面对达戈斯塔停下，双手缓慢而悠然地收拢到身前。

“有事吗，副队长？”她问。

“只是想知道你到底在干什么。”他答道。

海沃德缓缓直起腰，深呼吸一次，抬头望向他。“这是平安形之一。”

“那又是什么？”

“松涛馆流空手道的套路，”她注意到达戈斯塔的眼神，解释道，“能帮助我放松身体。再说现在是我的休息时间，副队长。”

“那就继续吧，”达戈斯塔转身出门，忽然停下，扭头问，“你是什么颜色的腰带？”

她盯着达戈斯塔看了几秒钟，最后答道，“白。”

“明白了。”

海沃德微微一笑，“松涛馆流是日本最早教习空手道的道场。他们可没有五颜六色的腰带，副队长，白腰带有六个等级，然后是茶带，三个等级，再往上就是黑带了。”

达戈斯塔点点头，好奇地问，“你是什么等级？”

“下个月看能不能拿到茶带三级。”

达戈斯塔听见隔壁办公室传来转动门把手的声音。他走出储藏室，随手关上门，迎面看见瓦克西警长肥硕的身躯。瓦克西一言不发，走到公告牌前，背着手端详红色和白色大头针构成的纷乱图案。

“有个模式。”他最后说。

“真的？”达戈斯塔尽量不动声色道。

瓦克西一本正经地点点头，没有转过身。

达戈斯塔没有说话，他知道自己到死都会后悔他居然把瓦克西带进了这个案子。

“起始地是这里。”瓦克西抬起手臂，臃肿的手指砰地猛戳到地图上的一块绿斑。达戈斯塔看见他手指下是漫步区，中央公园最无法无天的地方。

“你怎么想到的？”

“很简单，”瓦克西说，“局长找人力资源部的头号精算师聊了聊。精算师看着凶案的发生地点，做了最佳线性拟合分析，说各个地点以这里为中心向外辐射。看见了吗？案件绕着这个点形成半圆形。眺望台城堡是关键。”他转过身，“漫步区有岩石、山洞和茂密的树林。还有很多游民，是个完美的藏身之处。我们将在这里找到凶手。”

达戈斯塔终于掩饰不住惊讶了，“让我问个清楚。人事处一个保险账房给了你灵感？他有没有顺便卖你一套储蓄计划？”

瓦克西皱起眉头，多肉的面颊涨成猩红色。“我不喜欢你的语气，维尼，今天下午开会的时候已经很不适当，现在也一样。”

“我说，杰克。”达戈斯塔尽量保持耐心，“一个精算师——哪怕他是警局的精算师——对谋杀模式能有什么了解？地点远远不够。还必须考虑进入通道、离开通道等等因素。另外，眺望台城堡谋杀案最不符合这个模式。”说到这里，他放弃了。说服瓦克西毫无意义。霍洛克属于热爱专家、行家和顾问的那种局长。瓦克西只是他的跟屁虫……

“我需要这张地图。”瓦克西说。

达戈斯塔望着公告牌的背面。脑海里忽然灵光一闪：他明白发生什么事了。

他站起身，说，“请请请。案情的原始记录在这些文件柜里，海沃德巡佐有一些很有价值的——”

“我不需要她，”瓦克西说，“我只要地图和文件。明天上午八点送到我的办公室。2403号房。我要搬进总部了。”

他慢慢转身，望着达戈斯塔，“抱歉，维尼。我认为事情到头来还是要看关系。我和霍洛克。他需要能够依靠的人，一个管得住媒体的人。无关个人，你明白的。你还在这个案子里，总有派得上用场的地方嘛。我们即将有所进展，你的心情也该好起来了。我们将在漫步区设岗监视，很快就能逮住罪犯。”

“当然。”达戈斯塔说道。他提醒自己这个案件前途渺茫，而且他从一开始就不想参与。可惜用处不大。

瓦克西伸出手，“还好吧，维尼？”

达戈斯塔握住肉乎乎的大手，听见自己在说：“哪儿的话，杰克。”

瓦克西又扫视一圈办公室，像是在找其他值得据为己有的物品，最后说，“好吧，我得走了，只是想亲口通知你。”

“谢谢。”

尴尬的沉默越拖越长，两人呆站片刻，瓦克西笨拙地拍拍他的肩膀，走出房间。

耳边传来轻柔的窸窣声响，海沃德走到他身边。两人谁也不说话，听着脚步声在毛毡铺就的走廊里渐行渐远，最终被打印的嗡嗡声和远处的说话声淹没。海沃德转向达戈斯塔。

“副队长，你怎么能随便放过他？”她苦涩地问，“我是说，咱们在隧道里贴墙抵抗，那龟孙子跑得倒快。”

达戈斯塔重新坐下，拉开最顶上的抽屉找雪茄。“尊重上级似乎不是你的强项，巡佐，对不对？”他问，“再说，你怎么知道这不是件好事呢？”他摸到雪茄，用铅笔在顶部戳个窟窿，点燃。

两小时后，达戈斯塔正在整理最后的一些文件，准备搬到楼上去，这时潘德嘉斯特踱进了房间。潘德嘉斯特还是达戈斯塔记忆中的老样子：无懈可击的黑色正装，裁剪得体，衬出他的瘦削身材，白金色的头发向后梳，露出高高的额头，深红色的英式便鞋擦得锃亮。还是更像时髦的殡仪馆老板，而非联邦调查局探员。

潘德嘉斯特朝访客椅微微点头，“可以吗？”

达戈斯塔挂断电话，点点头。潘德嘉斯特以猫科动物般的流畅动作坐下，环顾四周，看见几箱档案和原先挂地图的空位，他转向达戈斯塔，疑惑地挑起眉毛。

“现在归瓦克西头疼了，”达戈斯塔回答他没说出口的问题，“我被调到其他任务上去了。”

“真的啊，”潘德嘉斯特答道，“副队长，事态转变似乎并不让你沮丧。”

“沮丧?”达戈斯塔说,“你自己看啊。地图没了,文件装箱了,海沃德回家了,咖啡很烫,我在抽雪茄。心情好得一塌糊涂。”

“很难相信。不过,今晚你肯定比瓦克西老爷睡得踏实。‘戴王冠的头不能安于枕席。’”他饶有兴味地看着达戈斯塔,“接下来呢?”

“哦,我还在这个案子里,”达戈斯塔答道,“具体干什么? 瓦克西懒得告诉我。”

“他多半自己也不知道。但我认为可以确定的是你不会坐在一边无所事事。”潘德嘉斯特陷入沉默,达戈斯塔往后一躺,享受他的雪茄,满足于让沉默渐渐充满房间。

“我去过一趟佛罗伦萨。”潘德嘉斯特最后说。

“哦,真的? 我刚去过意大利。去年秋天带我儿子探望他曾祖母。”

潘德嘉斯特点点头,“有没有参观碧提宫?”

“那什么?”

“其实是一家艺术博物馆。非常有格调。有一面墙上的壁画年代久远,那是中世纪的地图,绘制于哥伦布发现美洲的前一年。”

“了不起。”

“地图上未来将会发现美洲大陆的地方是一片空白,只写了几个字:Cui ci sono del mostri。”

达戈斯塔皱起脸,“这里有……mostri。那是什么?”

“意思是说,‘这里有怪物。’”

“怪物,对。老天,我的意大利语都忘光了。我以前常和祖父母说意大利语。”

潘德嘉斯特点点头,“副队长,有个问题,你愿不愿意猜一猜答案?”

“请说。”

“地球上最大一块尚未绘制地图的有人定居的地方。”

达戈斯塔耸耸肩,“不知道。密尔沃基?”

潘德嘉斯特冷冷一笑,“不是,也不是外蒙古和大洋洲,而是地下纽约。”

“乱盖的吧?”

“我没‘乱盖’——你的说法倒是多姿多彩。”潘德嘉斯特换个坐姿,“文森特,地下纽约让我想起碧提宫的那幅地图。这是真正未经勘探的地区,而且显然宽广得难以想象。举例来说,中央车站底下有十一二层建筑物,这还不算排水道和风暴渠。佩恩车站底下的楼层还要更多。”

“这么说,你下去过了。”达戈斯塔说。

“是的。见过你和海沃德巡佐之后。这一趟我可开了眼界。我想感受一下环境,检验我的行动能力,尽量搜集一些情报。于是我和几名地下居民聊了聊。他们说了很多,暗示我还有更多的没说。”

达戈斯塔坐了起来,“有什么谋杀案的线索吗?”

潘德嘉斯特点点头,“一些间接线索。但知道得比较多的人住得更深。我毕竟是第一次下去,不敢太冒险。我花了不少工夫,才赢得他们的信任,还有很长的路要走呢。特别是现在。你要明白,地下游民被吓坏了。”潘德嘉斯特淡蓝色的眼睛紧盯着达戈斯塔,“我和他们悄悄地谈了几次,拼凑起的信息告诉我,有一群神秘人正移居地下。很多传闻甚至不用‘人’这个字眼称呼他们。据说这帮家伙性情凶猛,食人肉,比人类低等。他们就是杀戮事件的罪魁祸首。”

他停了下来。达戈斯塔起身走到窗口,望着曼哈顿的都市夜景,隔了半晌开口道,“你相信?”

“不知道，”潘德嘉斯特答道，“我想找哥伦布圆环地下的社团首领墨非斯托聊聊。在《邮报》最近的那篇文章里，他讲述的很多内容真实得令人不安。虽然很难联系这个人。因为他不信任所有的外来者，激烈地仇恨执法当局。但我认为只有他能带我去我想去的地方。”

达戈斯塔的嘴唇一扭，问，“需要搭档吗？”

笑容在潘德嘉斯特脸上一闪而过，“那个地方极度危险，不受法律管辖。但是，我愿意考虑一下。可以吗？”

达戈斯塔点点头。

“很好。那么现在，我建议你回家睡觉，”潘德嘉斯特站起身，“尽管他自己还不知道，但我们的朋友瓦克西很快就会需要他能得到的所有帮助了。”

21

西蒙·布朗贝尔拉上公文包的拉链，自得其乐地哼着《马卡什拉》。他带着爱意扫了一眼实验室：角落里的安全淋浴房，玻璃后排列整齐的镀铬和不锈钢设备。它们在柔和的灯光下对他眨眼。他的心情好得无法形容。他在脑海里重播突然袭击的那一幕，特别是佛洛克被问倒时的冷漠表情。冷漠，但心里肯定怒火万丈。佛洛克在咬痕力量的判定上确实小胜一把，不过这次他总算扳回一城。尽管布朗贝尔在为市政厅工作，但还是很享受学术界互别苗头的风气。

他夹起软皮公文包，再次放眼扫视实验室。这间实验室堪称完美，设计得很漂亮，设施非常完善。要是法医部门的实验室能这么全面而先进就好了。可惜做不到，他心知肚明；市政府永远缺钱。要不是他觉得法医的侦察工作这么有意思，早就想也不想就投奔资金充裕的象牙塔去了。

他轻手轻脚关上门,再次惊讶于走廊的空旷。他从没见过比博物馆员工更不喜欢加班熬夜的。不过嘛,这份寂静他倒是不介意。感觉很清爽,与众不同,正如博物馆散发着灰尘和旧木头的气味,法医部门到处都能闻到福尔马林和腐臭味。他决定还是像以往一样,穿过非洲厅走较远的路线出博物馆。他觉得非洲厅的立体布景是真正的艺术杰作,深夜时尤其美丽:照明大灯已经关闭,立体布景亮着各自的小灯,仿佛通往另一个世界的窗户。

他走过漫长的走廊,没搭电梯,一步两级地下了三段楼梯。他穿过一道金属拱门,发现自己来到了海洋生物厅。这里只开着夜灯,展厅显得黑暗而神秘,寂静中只听得见博物馆发出的只有古老建筑里常能听到的咔哒声和吱嘎声。多美啊,他心想。就该这么欣赏博物馆,不能有可怕的尖叫孩童和不停吆喝的老师。他从巨乌贼的复制品底下走过,穿过一对泛黄的象牙,进了非洲厅。

午夜时分。他慢慢穿过大厅。非洲厅中央的象群在黑暗中勉强可见,左右贴墙以内外两层的方式摆放着象群栖息地的动物群落。他在最喜欢的大猩猩群落前停下脚步,努起双唇,融入布景。实在太真实了,他愿意多花点时间欣赏。这儿的事情很快就会结束,他的任务即将完成。如果他没猜错,可怜的彼特曼老兄和萨珊·沃克的遗骸都会符合这个模式。

最后,他叹了口气,在一道矮门下转弯,顺着石砌廊道走向塔楼。他知道著名的塔楼的故事:1870 年,铁路大亨因多伦斯·S. 福莱特,纽约自然史博物馆的第三任馆长,下令在博物馆的原始建筑上增建一个巨型堡垒,外形仿照威尔士的卡那封城堡——福莱特试图购买那处城堡,但未能遂愿。更健全的神智最终获胜,福莱特被赶下宝座,堡垒只完成了中央塔楼。博物馆现在的西南外立面就是这个六边形塔楼,主要用于储藏博物馆的无数藏品。布朗贝尔还听说,那是最猎奇的博物馆员工喜欢的幽会地点。

塔楼底层，昏暗的教堂式大厅不见人影，布朗贝尔踏着大理石地面走向员工出入口，脚步声空洞地回响。他对警卫点点头，迎着潮湿的夜风走上博物馆车道。午夜时分，但外面的马路依然人来车往。

他走了几步，转身欣赏。无论见过多少次，塔楼永远不会让他厌倦。它拔地而起，向天空伸展了几百英尺，顶端的垛口状如毒牙，在晴天能把影子投到南边的五十九街去。今晚，在上弦月的白光之下，塔楼显得杀机四伏，鬼气森森。

最后，他叹了口气，继续向前走去，转弯上了八十一街，向西走向坐落于哈德逊大道上的他简朴的公寓，又一次哼起小调。走着走着，街道渐渐不那么体面了，行人也越来越少。但布朗贝尔并不理会，他呼吸着夜晚的空气，步履轻快。宜人微风迎面而来，清爽而干净，太适合仲夏的夜晚了。吃几口夜宵，洗漱一下，来一口绿点威士忌，一小时后他就能躺下了。和平时一样，他将在五点起床，他属于不怎么需要睡觉的那种幸运儿。法医不需要睡觉实在是个大优势，对于想成为顶尖法医的人来说尤其如此。布朗贝尔首先赶到重案现场的次数多得数不胜数，原因只有一个：其他人睡得踏实的时候，他总是醒着。

环境显得愈加脏乱，不过一个街区之外就是百老汇大街，那儿满是熙熙攘攘的甜甜圈店铺、书店和餐厅。布朗贝尔走过一排破旧的褐石房屋，它们被分割成了单间宿舍和狭小的公寓。几个无家可归的醉鬼在对面街角游荡。

这个街区走到一半，他从眼角瞥见了动静：一幢废弃的无电梯公寓楼黑洞洞的地下室入口有什么东西。他加快步伐。黑乎乎的门洞飘来不寻常的恶臭，甚至在纽约都显得刺鼻。他听见背后的人行道上有什么东西在奔跑，他本能地伸手去拿总是装在公文包里的手术刀，握住冰冷的人体工学手柄，抿紧嘴唇。他并不觉得特别危险;他被枪指着抢过一次,被刀指着两次,现在很清楚该怎么应对。他抽出手术刀,同时转身,但什么也没看见;他惊讶地环顾四周,忽然有一条胳膊扣住他的脖子,将他拽进暗处。他以超脱得奇怪的心态想着那是一条胳膊——肯定是条胳膊,但这东西却滑溜溜的,异常强壮。紧接着,喉结之下传来怪异的挖掘感。没错,这种体验确实怪异。

22

玛戈打开法医人类学实验室的门锁,发觉房间没有开灯,空无一人,不禁有点得意。这是她第一次赶在布朗贝尔博士之前上班。大多数早晨,她总是一推门就看见医生坐在高脚凳上,喝着博物馆的员工咖啡,两条窄眉毛挑得高出了角质框的眼镜,算是向她打招呼。接下来他总要指出,博物馆的咖啡肯定加了动物标本部用过的甲醛。其他一些时候,她会发现佛洛克也已经来了,两位科学家或者趴在台子上分析,或者在读报告,彬彬有礼地低声吵个不停。

她把拎包扔进抽屉,一边换工作服,一边走向窗口。太阳从第五大道的建筑物背后爬上天空,临街的庄严楼面被染上了金色和黄铜色。脚下的公园正在苏醒:母亲带着孩童走向动物园,锻炼者沿着水库周围的椭圆步道慢跑。视线移向南方,最后落在眺望台城堡的紫色身影上,看见城堡背后尼古拉斯·彼特曼遭到残酷杀害的黑暗树林,她打了个寒战。她知道彼特曼的无头尸体今天上午晚些时候将会送来检验。

门开了,佛洛克博士转动轮椅进来,实验室里灯光昏暗,他只是一个剪影。他来到阳光底下,玛戈转身想问他早上好。看见佛洛克的表情,她连忙停下。

“佛洛克博士?”她问,“你没事吧?”

佛洛克缓缓接近,平时红润的面颊今天枯槁而苍白。

“有个坏消息，”他低声说，“今天凌晨接到电话。西蒙·布朗贝尔昨夜在从博物馆回家的途中遭到谋杀。”

玛戈皱起眉头，深深吸气。“西蒙·布朗贝尔？”她重复道，一时无法理解。

佛洛克移近，握住她的手，说，“很抱歉通知你这个消息，亲爱的，事情发生得太突然了。”

“怎么发生的？”玛戈问。

“看起来他是在八十一街遭到袭击的，”佛洛克说，“喉咙被割，除此之外……”佛洛克摊开双手，玛戈注意到他的手因为激动而微微颤抖。

太不真实了，仿佛噩梦；她不敢相信，布朗贝尔昨天下午还站在巨幅银幕前，像挥舞武士刀似的操纵光笔，今天却死了。

佛洛克叹息道，“你大概还不知道，玛戈，西蒙和我并不总是针锋相对。专业意见确实时有分歧，但我一直很敬佩他。这是法医部门的重大损失。对我们的工作来说也是，事情正在紧要关头。”

“我们的工作，”玛戈不由重复道，她顿了顿，“凶手是谁？”

“没有目击证人。”

两人一动不动地站了很久，佛洛克温暖的大手按着她的手，轻轻抚摸安慰。接着，他摇着轮椅慢慢转开。“不知道法医部门会派谁来顶替，甚至不知道会不会再派人来，”他说，“但我认为西蒙会希望我们接过他开拓的局面。”他摇到对面墙壁，打开无影灯，房间中央沐浴在强光之中。“我始终认为工作是悲痛的最佳解药，”他沉默了很久，最后叹口气，像是在逼着自己说下去，“能把无名尸从冰柜里取出来吗？我有个猜想，他的畸形也许来自某种基因变异。还是说你更愿意休息一天？”他挑起眉毛。

“不用。”玛戈摇摇头。佛洛克说得对。布朗贝尔也会希望他们继续调查。她缓缓起身，穿过房间，跪下，拉开柜门，抽出里面的金属长托盘,上面躺着身份不明的尸体,尸体已被分解,在蓝色罩单下摆成几堆不规则的形状。她把托盘滑上轮床,推到无影灯下。

佛洛克小心翼翼地掀开罩单,用电子测径器测量畸形骨架的腕骨,这是个辛苦的精细活儿。玛戈带着怪异的不真实感开始查看又一组的核磁共振扫描片。实验室陷入了长久的寂静。

"知道昨天西蒙提到的线索是什么吗?"佛洛克忽然问。

"什么?"玛戈抬起头,"哦,不,不知道。他从来不和我讨论。我和你一样惊讶。"

"可惜,"佛洛克说,"据我所知,他也没有留下笔记。"他又沉默了好一会儿,最后静静地说,"实在是个大挫折,玛戈,我们永远也不会知道他到底发现了什么。"

"谁能预知死期,早早做好准备呢?"

佛洛克摇摇头,"西蒙和我认识的大部分法医一样。这么激动人心的轰动案件很罕见,要是遇到了……唉,他们总抵挡不住演一出好戏的冲动。"他突然看看手表,"天哪,亲爱的,险些忘了,我约好要去一趟骨骼学部的。玛戈,能不能先放下手里的事情,替我做一会儿?也许是因为忽然听见坏消息,也有可能是盯着骨头看得太久了。总之我觉得换双眼睛应该对咱们的工作很有好处。"

"当然,"玛戈说,"你具体在找什么?"

"我也想知道。可以确定的是死者患有先天疾病。我想量化形变,看是否存在基因漂变。不幸的是,这意味着要测量全身上下的每一根骨头。我打算从腕骨和指骨开始,你也知道,它们对基因变化最为敏感。"

玛戈低头看着检验台,说,"需要好几天。"

佛洛克恼怒地耸耸肩,"我非常清楚,亲爱的。"他抓住轮椅的扶手,使劲一推,向大门驶去。

玛戈做起了乏味的工作,用电子测径器测量每一根骨头,用键盘把结果输入工作站。连最小的骨头也需要测量十几次,屏幕上的一长列数字很快就开始向上滚动了。这件事情很单调,实验室死寂如坟墓,她尽量按捺住不耐烦的情绪。要是佛洛克的猜想正确,畸形来自先天疾病,这就能极大地缩小搜索范围。就目前而言,任何线索都有价值:从体质人类学实验室调来的几具骨架没能提供帮助。她一边测量,一边不知不觉琢磨起了布朗贝尔会有什么意见。但一想到布朗贝尔她就难过,想到他被人伏击和杀害……玛戈摇摇头,逼着自己去想其他事情。

电话铃突然响起,她正在做一套特别复杂的测量,不想去接。铃声再次响起——两次短促的哔哔声——她意识到是外线电话。多半是达戈斯塔,通知布朗贝尔的死讯。

她拿起听筒,"法医。"

"请找布朗贝尔博士。"话筒里传来一个爽朗的年轻声音。

"布朗贝尔博士?"玛戈的大脑转得飞快。万一是亲戚怎么办?她该怎么说?

"还在吗?"对方说。

"在,在,"玛戈说,"布朗贝尔博士不在。有什么事情吗?"

"这我就说不准了。需要保密的。请问您是哪位?"

"我是格林博士。"玛戈说,"我是他的助手。"

"啊哈!那就好了。我是巴尔第摩圣路加医院的卡瓦列里医生。我查到了他问的那名患者的身份。"

"患者?"

"就是患有椎体滑脱的那位患者,"玛戈听见对面传来了翻动纸页的声音,"你们送来的那套X光片够怪异的。刚开始我还以为是开玩笑呢。险些漏掉。"

玛戈随手抓过纸笔,"从开头说好吗?"

"好的,"对方答道,"我是巴尔第摩的整形外科医生。巴尔第摩一共只有三个医生能做减轻椎体滑脱症状的矫正手术。布朗贝尔医生当然最清楚。”

“椎体滑脱?”

卡瓦列里沉默片刻,语气忽然变得充满怀疑,“你不是医生?”

玛戈深吸一口气,“卡瓦列里医生,我不得不告诉你,布朗贝尔博士……唉,他昨夜过世了。我是一名演化生物学博士,正在帮助他分析几名谋杀案受害者的遗骨。布朗贝尔博士已经不在了,所以请你把事情全告诉我。”

“过世了?怎么会,我昨天才和他通过电话!”

“事情来得突然。”玛戈说,她不想过多泄露细节。

“真是可怕。布朗贝尔博士在全国都很有名,更别说英国……”

声音小了下去。玛戈把静悄悄的话筒压在耳朵上,再次想起最后一次见到布朗贝尔时的情形:他站在林奈大厅的最前面,一脸狡猾的笑容,角质框后的双眼闪闪发亮。

电话里传来一声叹息,叫醒了她,卡瓦列里说,“椎体滑脱指腰椎骨折并滑脱。我们的矫正手段是用螺钉将一块金属板固定在脊骨上,拧紧螺钉,骨折的椎骨就会被逼回原处。”

“这和我们的案子有什么关系?”玛戈问。

“还记得布朗贝尔博士寄给我的X光片上有四个白色三角形吗?那就是固定金属板的螺钉头。这个人做过椎体滑脱手术。没几个医生能做这个手术,因此很容易追查。”

“我懂了。”玛戈说。

“我知道这张X光片拍的是我的一名病人,原因非常简单,”卡瓦列里说,“很明显,这些特制螺栓的生产商是明尼阿波利斯医用钢材公司,他们在1989年退出了市场。我用医用钢材公司的螺栓做过三四十次手术,我有一套自己的特别技法,将螺栓放置在第二节腰椎的横突背后。实话实说,很了不起。要是感兴趣的话,可以看 1987 年秋季出刊的《美国整形外科杂志》。这个技法能更好地固定腰椎,较少要求脊椎融合。只有我和我指导的两名驻院医生能做这个手术。当然了,在施泰因曼疗法普及之后,被学界认为已经过时。总而言之,现在只有我还采用这套技法。”玛戈听得出他声音里的自豪。

“可是,问题来了:我不知道有哪位医生会取掉椎体滑脱手术植入的钢板。完全不可能。可是,X 光片却清楚显示出这名患者的钢板和螺栓都取掉了,天晓得为什么,只留下了螺钉。螺钉插在骨头里,所以当然取不掉。但这位老兄为什么要取掉钢板呢……”他的声音小了下去。

玛戈拼命记录,“接着说。”

“如我所说,一看见 X 光片,我就知道这肯定是我的病人。可是,骨架的样子却吓坏了我。骨骼的生长完全乱了套。我肯定没给这样的病人动过手术。”

“所以骨骼生长是在手术后发生的?”

“百分之百。总而言之,我回去翻查了记录,根据 X 光片查到患者的身份。我在 1988 年 10 月 2 日上午给他动了手术。”

“这名患者是谁?”玛戈问,举着铅笔准备记录。她的眼角余光看见佛洛克进了实验室,摇着轮椅驶近,专注地听着她的话。

“就在这儿。”她听见对面翻动纸张的声音,“我马上把记录都传真给你,但我相信你会需要……找到了,患者叫格雷戈里 · S. 川北。”

玛戈觉得血液结冰了,嗓音嘶哑地说,“格雷戈里 · 川北?”

“对,格雷戈里 · S. 川北,医学博士。毫无疑问。有意思,上面说他也是演化生物学家。你不会认识他吧?”

玛戈挂断电话,说不出话。先是布朗贝尔博士,现在又——她望向佛洛克,惊慌地看到他面色灰白,瘫软在轮椅的一侧,一只手压着胸口,呼吸困难。

"格雷戈里·川北?"佛洛克低声说,"这是格雷戈里?天,我的上帝啊。"

他的呼吸慢下来,他闭上眼睛,慢慢垂下头颅。玛戈转身跑向窗口,努力不哭出声来。

她的思绪开始不受控制,闪回到十八个月前那地狱般的一周,那是博物馆凶杀案刚开始的时候。接下来,就是迷信大展的开幕式,然后是屠杀,最终消灭了姆巴旺。格雷戈里·川北当时是博物馆的助理研究员,是佛洛克的学生、她的同事。不止如此,格雷戈里帮助他们识别出并阻止了怪兽。正是他的基因外推法程序找到关键,揭开了姆巴旺的真面目,让他们知道该如何杀死它。但接踵而至的恐惧情绪感染了每一个人,尤其是格雷戈里。他在事后没多久就撇下前途无量的事业,离开了博物馆。从此谁也没再得到过他的消息。

除了她。格雷戈里尝试过联系她,几个月前在答录机上留言。当时他说他需要什么东西,需要她的帮助。但她甚至都懒得回电话。

现在她知道他为什么必须离开博物馆了:他患上了某种导致骨骼变形的可怕疾病,将他慢慢变成了轮床上那具扭曲的骷髅。他当然会觉得难堪,多半还很害怕。也许他在寻求治疗。也许到最后他沦为了游民。接着,曾经充满期许的人生遭到了最强烈的羞辱:谋杀、斩首、黑暗中被疯子啃食骨肉。

她望向窗外,在温暖的阳光下颤抖。格雷戈里遭遇的结局一定很可怕吧。要是早些知道,她或许能帮助他。但她在运动和工作中迷失了自我,忙着忘掉那段往事。因此什么也没做。

"佛洛克博士?"她喊道。

她听见背后传来轮椅的辘辘声。

“佛洛克博士——”她轻声说,无以为继。

她感觉到一只手轻轻触碰她的手肘。这只手因为情绪激动而颤抖着。

“让我想想看,”佛洛克说,“请让我稍微想一想。怎么可能呢?这堆可怜的骨头,被我们研究、穿刺、分解的骨头,怎么可能是格雷戈里……”他哽咽了。一束光穿过窗户,照亮了他的手,他松开玛戈的胳膊。

玛戈一动不动地站在那里,迎着阳光闭上眼睛,感觉着氧气流入流出肺部。最后,她终于能从窗口转身了,但无法转向检验台——她不确定是否还能面对检验台上的那堆骨头。她转向佛洛克,佛洛克坐在她背后,一动不动,两眼干涸而遥远。

“打电话给达戈斯塔吧。”她说。

佛洛克有好长时间没说话,最后默默地点头同意。

2

渠城猎手

出于明显的原因，曼哈顿的地下人口缺乏可靠的普查数据。不过，拉辛和邦顿在1994年的研究中指出，仅仅是以佩恩车站为西南边界、中央车站为东北边界的一小块区域内，就居住了2 750人，在冬季更是增至4 500人。但就笔者的经验而言，这个估计还过于保守。

同样的，纽约地下社群的出生与死亡也缺乏准确记录。不过，考虑到在被吸引走入地下的人群中，药品滥用者、罪犯、出狱囚犯、精神残疾者和精神状况不稳定者的比例偏高，因此地下的环境无疑异常艰难险恶。有许多原因迫使人们从地上社会走进黑暗的地铁隧道和其他地下空间：隐私、安全感、深度疏远社会。据估计，一个人进入地下后，其预期寿命约为22个月。

——L.海沃德《曼哈顿地下的等级制度与社会》

23

在西六十三街向哈德逊街伸展的这一段路上，富丽堂皇的合作公寓逐渐让位给雅致的褐石房屋。达戈斯塔步伐坚定，视线下垂，觉得特别难为情。衣衫褴褛、浑身臭气的潘德嘉斯特领先他半个身子，拖着脚步和他走在一起。

“这么消磨一个下午真是太愉快了。”达戈斯塔嘟囔道。

他有好些个难挠的地方都在发痒，但他决定还是不动手为妙。抓挠意味着要碰到身上这件油腻腻的伦敦雾牌雨衣，或者是下面污秽不堪的凯玛特花格化纤衬衣，或者是那条磨得发亮的长裤。天晓得潘德嘉斯特是从哪儿找到这些鬼东西的。

最糟糕的一点，他脸上的灰尘和油脂是真的，而不是来自化妆包。连脚上的鞋都令人作呕。但他只要一抱怨，潘德嘉斯特就会淡然道“文森特,你的小命全靠这个”。

潘德嘉斯特甚至不让他带枪和徽章。“他们要是发现你有警徽,”潘德嘉斯特说,“你都没法想象他们会怎么对你。”达戈斯塔愁眉苦脸地想着:说实话,这趟探险本身就严重违反了警局的规定。

他抬起头瞥了一眼,见到一个女人走近,女人身穿清爽夏装,脚蹬高跟鞋,牵着一条吉娃娃。她突然停下,向侧面走了几步,厌恶地别开视线。潘德嘉斯特经过时,狗忽然扑了上来,汪汪汪尖声叫个不停。潘德嘉斯特蹒跚躲避,狗变得愈发歇斯底里,拼命拉扯着皮带。

尽管浑身不舒服,也可能就因为这个,达戈斯塔发觉女人的嫌恶神情惹得他很不开心。她凭什么判断我们?他心想。经过女人身边时,他忽然停下,转身面对她,高高抬起下巴,吼叫道,“祝你快乐。”

女人使劲往后缩,冲着达戈斯塔嘶喊道,“恶心!啾啾,别理他!”

潘德嘉斯特抓住达戈斯塔,拖着他拐弯上了哥伦布大道。他压着嗓门说,“你疯了吗?”两人加快步伐,达戈斯塔听见女人在喊,“救命!他们威胁我!”

潘德嘉斯特向南奔跑,达戈斯塔尽量追赶。来到街区中央一条宽大车道的阴影处,潘德嘉斯特到嵌在人行道上的钢板前跪下,钢板上标着这里是地铁的紧急出口。他用带钩爪的小工具撬起钢板,赶着达戈斯塔爬下铸铁楼梯。进去之后,他回身把钢板拉回原处,跟着达戈斯塔走进黑暗。楼梯的尽头是两条铁轨,光线昏暗。他们穿过铁道,钻进一条拱道,又一步两级地走了一段向下的楼梯。

来到最底下一级台阶,潘德嘉斯特停下脚步。达戈斯塔在黑暗中来了个急刹车,努力调整呼吸。过了几秒钟,潘德嘉斯特拧亮小手电,吃吃笑着说,“‘祝你快乐’……文森特,你那是在发什么疯啊?”

“只是想表现得友善些。”达戈斯塔恶狠狠地答道。

“你险些让咱们的冒险还没出港就触礁。记住,你的角色只是补充我的伪装。想面见墨菲斯托,我认为我只能扮成另一个社团的首领,而首领出门总得有个副手。”他转动小手电,指着一条狭窄的支线隧道说,“这条路向东,进入他的领地。”

达戈斯塔点点头。

“记住我的指令。我负责交涉。你必须忘记自己是警察。无论发生什么,千万别插手。”他从肮脏的战壕雨衣口袋里掏出两顶松垮垮的羊毛帽,递给达戈斯塔一顶,说,“戴上。”

“为什么?”

“帽子能挡住头部的真实轮廓。另外一方面,要是不得不快速撤离,我们可以用‘改变外形’这招甩掉他们。记住,我们不习惯黑暗,我们处于劣势。”他从口袋里又掏出个圆乎乎的小东西塞进嘴里。

“那是什么玩意儿?”达戈斯塔戴上帽子。

“橡胶做的假上颚,用来改变舌头的位置,进而修正喉咙的共鸣结构。我们要和罪犯打交道,对吧?去年我在莱克岛待了很长时间,为匡蒂科做谋杀犯的侧写。难说会不会在地下遇到其中的一两个。要是遇到了,决不能让他们认出我的长相和声音。”他挥挥手,“当然啦,乔装打扮本身并不足够。我必须改变姿态、步态甚至仪态。你的任务比较简单:保持安静,混入人群,遵从我的指示。我们绝对不能引来注意。明白了?”

达戈斯塔点点头。

“要是运气好,这位墨菲斯托能给我们指条明路。说不定能带着他向《邮报》描述过的那些杀人案的证据回去。我们现在最缺少的莫过于法医物证了。”他顿了顿,问,“布朗贝尔的案子有线索了吗?”他向前走了一步,用手电照向前方。

“没有,”达戈斯塔说,“瓦克西和高层认为只是一桩普通的随机凶案。但我怀疑事情和他的工作有关系。”

潘德嘉斯特点点头，“很有意思的推测。”

“要我说，这些杀人案——至少其中的一部分——肯定不是随机犯罪。我是说，布朗贝尔马上就要发现第二具骨架属于谁了。也许有人不想让我们知道。”

潘德嘉斯特再次点头，“不得不承认，副队长，得知第二具骨架属于川北，我惊讶得目瞪口呆。这开启了一扇”——他停了一下——“通往复杂和丑恶的门。意味着佛洛克博士、格林博士和其他办案人员应该受到保护。”

达戈斯塔恶狠狠道，“我也这么想，今天上午我去了趟霍洛克的办公室。他拒绝向格林和佛洛克提供保护。说他估计川北和帕梅拉·威许肯定有关系，凑巧在错误的时间来到了错误的地点。和布朗贝尔的案子一样，也是被定性为随机杀人案件。他只关心一点：我们不能向媒体透露消息，至少在找到并通知川北的家人之前不行——说不定根本没人需要通知，我记得有人说过川北是孤儿。瓦克西也在场，趾高气扬，打扮得像只毛茸火鸡。他命令我要捂住这件事，不能再像威许那次一样。”

“然后？”

“我请他亲自去拿块膏药捂上。当然，说得很客气。我本来觉得最好别让佛洛克和格林提心吊胆，但散会后我改变了主意，找他们聊了聊，给了些建议。他们答应我会倍加小心，至少到他们的工作结束为止。”

“他们有没有发现是什么导致川北的骨骼变形？”

“还没有。”达戈斯塔心不在焉地点点头。

潘德嘉斯特转向他，问，“怎么了？”

达戈斯塔踌躇道，“我有点担心格林博士能不能接受得了。明白吗？请她和佛洛克帮忙是我的主意，但现在我不太拿得准了。佛洛克似乎还是原先那位坏脾气老先生，可玛戈……”他顿了顿，“你知道她对博物馆谋杀案的反应吧？拼命健身，每天跑步，随身带枪。”

潘德嘉斯特点点头，“这是很常见的创伤后应激反应。有过可怖经历的人总会想办法获取控制，以遏制脆弱感。事实上，在巨大的压力面前，这是比较健康的应对方式。”他凄凉一笑，“比起我和她在那条黑暗的博物馆走廊里的遭遇，恐怕很难碰到更让人提心吊胆的事情了。”

“话虽如此，但她有点做过头了。现在又碰到这些烂事……唉，天晓得我那么拉她入伙到底明不明智。”

“这个决定完全正确。我们需要她的专业意见。特别是知道川北遭遇不测之后。你应该正在调查他最后的行踪，对吧？”

达戈斯塔点点头。

“不妨考虑请格林博士搭把手，”潘德嘉斯特继续探查隧道，板着涂黑的脸向幽深处张望。“啊哈，有了。文森特，准备好了吗？”

“应该吧。要是遇到有敌意人怎么办？”

潘德嘉斯特微微一笑，“这里的商业活动使得本地原住民更爱好和平。”

“毒品？”达戈斯塔怀疑道。

潘德嘉斯特点点头，拉开大衣。借着小手电的光束，潘德嘉斯特看清脏兮兮的衬里上缝着几个小口袋。“下面每个人都有这样那样的毒瘾。”他的手指摸着一个个口袋，“东西很齐全：快克、哌甲酯、戊巴比妥钠、速可眠、军用蓝 88。也许能救咱们的命，文森特。我上次下来的时候这些已经救过我的命。”

潘德嘉斯特从一个小口袋里掏出一个黑色小胶囊。“联苯丙胺，”他说，“地下王国管这东西叫黑美人。”

他盯着胶囊看了几秒钟，手腕一翻，把胶囊扔进了嘴里。

“这是——”达戈斯塔说，但调查局探员举起手，不让他说下去。

“光靠表演对我来说可不够，”潘德嘉斯特嘶声说，“我必须变成这个角色。墨菲斯托肯定是个多疑、偏执的人物，凭借善于觉察欺诈的本事行走江湖。千万记住这一点。”

达戈斯塔没有说话。他们已经走出了社会，走出了法律，走出了整个世界。

两人走进一条支线隧道，顺着废弃铁轨前进。潘德嘉斯特每隔几分钟停下看一眼笔记。达戈斯塔跟着探员走向黑暗深处，惊讶地发现他没多久就丧失了方向感和时间感。

潘德嘉斯特忽然抬起手，指着前方一百码左右似乎悬在黑暗中的一团明灭红光。“火四周有人，”他悄声说，“多半是个小型‘楼上’社团，住在墨菲斯托领土边缘的流浪汉。”他端详了几秒钟那团红光，扭头问达戈斯塔，“咱们去客厅歇歇脚？”没等达戈斯塔回答，他就抬脚走向火光。

到了近处，达戈斯塔辨认出十几个人影，他们盯着火光，有的坐在地上，有的蹲在牛奶箱上。木炭上摆着个正在沸腾的黑色咖啡壶。潘德嘉斯特走到亮处，在篝火旁蹲下。谁也没多看他一眼。他从许多层衣服里掏出一瓶英国爵爷陈年芳香葡萄酒，达戈斯塔看着所有人的视线都落在了酒瓶上。

潘德嘉斯特拧开瓶盖，喝了好大一口，心满意足地叹口气，问，“谁想来一口？”对着火光转动瓶标，让大家看个分明。达戈斯塔吃了一惊：探员的声音彻底变了样，听起来浑浊而昏昏然，带着明显的布鲁克林口音。跃动的火光下，潘德嘉斯特苍白的皮肤、淡色的眼睛和头发显得陌生而险恶。

一只手伸了出来，有人说，“好啊。”牛奶箱上的男人之一接过酒瓶，拿到嘴边。长长的吮吸声过后，还给潘德嘉斯特的酒瓶空了四分之一。潘德嘉斯特把酒瓶递给另一个人，传了一圈，酒瓶空了。大家嘟囔着说了一声谢谢。

达戈斯塔试探着走到烟气最浓的地方，希望浓烟能盖住劣酒、很久不洗澡的体臭和陈年旧尿的味道。

“我在找墨菲斯托。”潘德嘉斯特隔了几分钟说。

篝火四周骚动片刻。游民忽然警觉起来。首先接过酒瓶的男人挑衅道，“谁找他？”

“老子找他。”潘德嘉斯特也恶狠狠地答道。

男人打量着潘德嘉斯特，片刻寂静过后，他坐回原处，说，“去你妈的，小白脸。”

潘德嘉斯特的动作实在太快，达戈斯塔吓得跳了起来。等他再看过去，男人已经脸朝下趴在了地上，潘德嘉斯特站在他身前，一只脚踩着他的脖子。

“妈的！”男人叫道。

潘德嘉斯特脚上一使劲，他从齿缝里说，“敢嘲笑我白鬼子？”

“我没别的意思，哥们，饶命！”

潘德嘉斯特稍微松了松脚。

“墨菲斯托在666号公路混。”

“那是哪儿？”

“别踩了，哥们，疼死人！我告诉你，顺着100号轨道找旧发电站。爬竖梯下去就到那条甬道了。”

潘德嘉斯特松开脚，男人坐起来，揉着脖子说，“墨菲斯托不喜欢外来者。”

“我和他有事情要谈。”

“真的？什么事情？”

“皱皮人。”

即便在黑暗中，达戈斯塔也感觉到众人紧张起来，另一个声音尖声问，“他们怎么了？”

“我只和墨菲斯托谈。”潘德嘉斯特朝达戈斯塔点点头，两人从篝火旁走开，继续深入黑暗的隧道。等火光重新变成一个摇曳光点，潘德嘉斯特再次拧亮小手电。

“在下面不能容忍别人不尊重你，”潘德嘉斯特平静地说，“哪怕是这么一个边缘群体。他们只要觉察到软弱，你就死定了。”

“你的动作倒是滑溜得很。”达戈斯塔说。

“打倒醉鬼并不困难。上次下来我搞清楚了一点，在比较接近地面的地方，人们更愿意选择酒精麻醉自己。除了离篝火最远的那个瘦子。我敢打赌，副队长，他是皮下注射的毒虫。注意到从头到尾他怎么无意识地抓挠身体了吗？芬太奴的副作用，很难认错。”

隧道分岔，潘德嘉斯特掏出口袋里的站场地图查看，选择了左手边的通道。“这条路通往 100 号轨道。”他说。

达戈斯塔拖着步子跟上。天晓得走了多远，潘德嘉斯特再次停下，指给达戈斯塔看一台生锈的大机器，机器上有几个直径超过十二英尺的大号传动齿轮。皮带在地上烂成一堆。机器的另一面有一道金属楼梯，下面的甬道悬在一条古老的隧道上方。达戈斯塔弯下腰，跟着潘德嘉斯特从被钟乳石覆盖的，标有“H. P. ST.”字样的管道底下钻过去，走下楼梯，沿着摇摇欲坠的栅格走到甬道尽头；掀开地上带铰链的钢板，一条金属竖梯出现在了眼前，竖梯通往一条未完工的宽大隧道，墙壁边乱七八糟地堆着岩石和生锈的工字梁。达戈斯塔看见几处篝火的灰烬，但这里似乎空无一人。

“看起来，咱们得翻过那块石头。”潘德嘉斯特说着用小手电照亮隧道尽头的开阔区域。那块石头的边缘被无数只手脚摩擦得光秃秃的。一股腐蚀性的酸味泛了起来。

达戈斯塔先爬了过去，他拼命抓住潮湿而锋利的玄武岩断面。他心惊胆战地爬了五分钟才到最底下，觉得自己被埋进了曼哈顿岛的岩床中心。

“我倒是想看看嗑药的哥们爬上爬下。”他对掉在旁边地上的潘德嘉斯特说。他胳膊上的肌肉累得还在颤抖。

“底下的人不出来,”潘德嘉斯特说,“信使除外。”

“信使?”

“就我所知,信使是社团里唯一和地面联系的成员。他们收取和兑现社保支票,寻找食物,捡可回收的垃圾换零钱,取药物和牛奶,买毒品。”

潘德嘉斯特用手电照了一圈,发现这里是个怪石嶙峋的深坑。对面墙上,一块五英尺见方的波纹铁皮盖住了一条废弃隧道的入口。洞口墙边涂着一句话:仅限亲友,闲人免进。

潘德嘉斯特拉开铁皮,摩擦声尖利而刺耳,他解释道,“门铃。”

他们走进隧道,一个衣衫褴褛的人影忽然出现在前方,手里拿着个大火炬。他个子很高,憔悴得可怕。他挡住潘德嘉斯特的去路,喝问道,“你是谁?”

“你是尾炮手?”潘德嘉斯特问。

“出去。”男人说着把他们推向铁皮门,半秒钟不到,两人就又回到了石坑里。“我叫燧石,你们要干什么?”

“我要见墨菲斯托。”潘德嘉斯特答道。

“什么事?”

“我是格兰特陵墓的领袖。我们是个小社团,住在哥伦比亚大学底下,我想和他谈谈最近的杀戮。”

对方沉默了很久。燧石指着达戈斯塔问,“他呢?”

“我的信使。”潘德嘉斯特答道。

燧石又问潘德嘉斯特,“身上有武器和毒品吗?”

“没有武器。”潘德嘉斯特答道。火炬闪烁的光芒下,他忽然显得有点尴尬,“但我带了点存货——”

“这儿不许有毒品,”燧石答道,“我们社团禁用毒品。”

狗屁,达戈斯塔心想,看着男人燃烧的双眼。

“抱歉,”潘德嘉斯特答道,“我可不想随便扔掉。这如果是个问题——”

“你带了什么?”燧石问。

“不关你事。”

“可卡因?”他问,达戈斯塔觉得他从对方的声音里觉察到了一丝淡淡的希望。

“猜得很准。”潘德嘉斯特隔了几秒钟说。

“我必须没收。”

“就当是我的礼物吧。”潘德嘉斯特拿出一个锡纸叠成的小包交给燧石,马上被燧石揣进了外套口袋。

“跟我走。”他说。

达戈斯塔随手拉上铁皮,燧石带着两人爬下一道金属楼梯。楼梯尽头的狭窄过道通往一个水泥平台,水泥平台悬在一个圆柱形大房间的半空中。燧石转身走上顺着墙边盘旋而下的水泥坡道。达戈斯塔边走边看,注意到岩石上凿出了好些个小房间,每个小房间都住着一个或一家人。蜡烛和煤油灯的闪烁火光照亮了肮脏的脸孔和污秽的床铺。望向开阔空间的另一头,达戈斯塔看见墙上伸出一根断裂的管道。水从管道里流出来,落进岩洞地面上开凿出的泥泞水塘。水塘四周有几个人影,看样子正在洗衣服。脏水汇成小溪,淌进一条隧道的参差入口。

他们来到最底下,踏着年代久远的石板跨过小溪。岩洞的地面上有几群地下居住者,有的在睡觉,有的在打牌。远处角落里躺着一个男人,睁着一双浑浊的眼睛,达戈斯塔意识到他正在等待埋葬,转开了脸。

燧石领着两人走过一条低矮而漫长的通道,这条通道似乎分出无数条隧道。有几条廊道的尽头亮着昏暗的灯光,达戈斯塔能看见人们在工作:储存罐装食物、修补衣物、蒸馏酒精。最后,燧石带着两人走进一块由电灯照亮的空间。达戈斯塔抬起头,看见一个电灯泡吊在一根磨损了的电缆上,电缆的另一头是角落里的旧继电器。

达戈斯塔的视线顺着灯泡移向墙边遍布裂纹的砖块,他忽然定住了,不敢相信自己的眼睛,惊讶得合不拢嘴。房间中央是个古老而破旧的乘务车厢,以怪异的角度倾斜着,后轮离地至少两英尺。这东西怎么会出现在这个疯狂的地方?他甚至都没法想象。他在锈红色的金属车厢上勉强辨认出几个褪色的黑字:纽约中央。

燧石示意他们稍等,自己钻进车厢。几分钟后,他探出头来招呼两人上去。

走进车厢,达戈斯塔发现自己站在一个小会客室里,会客室的另一头挂着厚实的黑色帘幕。燧石不见踪影。车厢里暗沉沉的,闷热得难受。

"什么事?"帘幕背后传来一个怪异的说话声。

潘德嘉斯特清清喉咙,"本人诨号白鬼子,是格兰特陵墓的首领。我们听说你呼吁地下居民联合起来,阻止杀戮。"

沉吟片刻。达戈斯塔心想帘幕后面天晓得是什么。也许什么也没有,他对自己说:也许就像《绿野仙踪》的剧情,也许那篇文章有一半是史密斯贝克编造的。记者嘛,很难说……

"请进。"那声音说。

帘幕拉开。达戈斯塔不情愿地跟着潘德嘉斯特走进里屋。

房间很暗,只靠外面那个灯泡的反射光和屋角排风口闷烧的火苗提供照明。两人前方,一个男人坐在房间中央犹如王座的巨大椅子上。他个子很高,四肢粗壮,浓密的银发留得很长。他身穿茶色灯芯绒的老式束身西装,头戴磨旧了的宽沿礼帽,脖子上挂着镶绿松石的纳瓦霍压花项链。

墨菲斯托用罕见的敏锐眼神盯着两人。"白鬼子首领,名字不稀奇,很难赢得尊重,但倒是很适合你的白化病。"对方的齿音带上了正式而缓慢的语气。

达戈斯塔感觉到视线转向他。天晓得这家伙是什么人,达戈斯塔心想,但肯定不疯。至少没有全疯。他有点不安;墨菲斯托的眼睛闪出怀疑的火苗。

“这位呢?”他问。

“雪茄。我的信使。”

墨菲斯托盯着达戈斯塔看了很久,扭头对潘德嘉斯特说,“没听说过格兰特陵墓这个社团。”声音里带着不信任的味道。

“哥伦比亚大学及其附属建筑物底下有错综复杂的维修隧道网络,”潘德嘉斯特说,“我们很小,不掺和别人的事情。而且学生很慷慨。”

墨菲斯托边听边点头。怀疑的表情渐渐褪去,取而代之的眼神究竟带着恶意还是笑意,达戈斯塔实在拿不准。“有道理。在这黑暗的日子里,能多认识一个盟友终归是好事。咱们吃顿好饭,算是接风洗尘,然后再谈正经事。”

他拍拍手,“上座!点火!尾炮手,拿肉来。”黑暗里钻出一个达戈斯塔没见过的瘦小男人,他走出车厢。另一个盘腿坐在地上的男人挣扎起身,往火里添了些木头,拨起火苗,动作沉静而缓慢。这里已经热得吓人了,达戈斯塔心想,感觉到油腻腻的衬衫里汗出如浆。

一个肌肉发达的大块头拎着两个板条箱进来,放在墨菲斯托的座位前。墨菲斯托朝板条箱打个手势,带着戏谑的庄重说,“二位先生,请坐。”

达戈斯塔小心翼翼地坐下,叫尾炮手的男人用旧报纸包着什么滴滴答答的湿乎乎东西回来。他把那东西扔在火旁,达戈斯塔不由觉得胃里一阵翻腾:里面是只硕大无朋的老鼠,脑袋被砸碎了,爪子还随着某种内在拍子有节奏地抽搐着。

“好极了!”墨非斯托叫道,“刚抓住的,你看见了。”他锐利的视线落在潘德嘉斯特身上,“你吃隧道兔子,对吧?”

“当然。”潘德嘉斯特答道。

达戈斯塔注意到肌肉发达的壮汉就站在背后。他意识到即将到来的是一场测试,他们可千万不能演砸了。

墨非斯托一只手抓起老鼠的尸体,另一只手拿起金属烤肉钎。他抓住老鼠的前腰,灵巧地把钎子从肛门到脑袋捅个对穿,然后放在火上燎烤。达戈斯塔吓得转不开视线,看着皮毛立刻开始嗞嗞燃烧,老鼠最后痉挛了一次。没几秒钟,整只老鼠都着了火,刺鼻的烟气涌向车厢天花板。火很快熄灭,尾巴被烧成了发黑的螺丝圈。

墨非斯托盯着老鼠看了几秒钟,从火里拿出来,从上衣里抽出匕首,刮掉鼠皮上剩下的毛,划开腹部,释放烧烤产生的气体,然后把老鼠放回火上,这次举得比较高。

“做烤鼠大餐[①]呢,”他说,“是个技术活儿。”

达戈斯塔静静等待,很清楚所有人都盯着他和潘德嘉斯特。他不敢想象要是流露出半分厌恶会引发什么事情。

几分钟在沉默中过去,老鼠嗞嗞冒油。墨非斯托转动钎子,看着潘德嘉斯特说,“你要几分的? 我喜欢三分熟。”

“挺好。”潘德嘉斯特平静地说,仿佛面前是格林客栈[②]的烤肉架。

不过是一只动物嘛,达戈斯塔绝望地心想,吃两口又死不了。否则谁知道会有什么下场。

墨非斯托带着难以掩饰的期待叹了口气,“你觉得可以了吗?”

“咱们吃吧。”潘德嘉斯特搓着手说。

---

① 法语,意为烤鼠大餐。

② 纽约的著名餐厅,位于中央公园。

达戈斯塔一言不发。

“拿酒来!”墨菲斯托喊道。半瓶午夜列车随即送上。墨菲斯托厌恶地看着酒瓶。

“这些是贵客!”他把酒瓶扔到一边,“上好酒!”一瓶陈年勃艮第香槟和三个塑料杯很快摆在了面前。墨菲斯托去掉铁钎,把烤好的老鼠放在报纸上。

“客人先请。”他递给潘德嘉斯特。

达戈斯塔拼命按捺住内心的惊恐。潘德嘉斯特该怎么办?他半是畏惧半是放心地看着潘德嘉斯特毫不犹豫地拿起老鼠,张嘴咬向腰窝的开口。他吱溜一声吃掉了老鼠的内脏。达戈斯塔嘴里直泛酸水。

潘德嘉斯特舔舔嘴唇,把报纸和老鼠放在主人面前。

“没得说。”他淡然道。

墨菲斯托点点头,“吃法很有意思。”

“就那样。”潘德嘉斯特耸耸肩,“哥伦比亚大学的维修隧道里撒了很多鼠药。咬一口肝脏才分辨得出能不能吃。”

墨菲斯托脸上泛起真诚而愉悦的笑容,他说,“我会记住的。”他用匕首从一条后腿上切了几条肉,递给达戈斯塔。

这一刻终究还是来了。达戈斯塔从眼角看见背后的庞然身影绷紧了肌肉。他一闭眼睛,假装兴致勃勃地拿起肉,一口气全塞到嘴里,使劲嚼几口就吞了下去,不给自己品尝的机会。他拼命压住一阵可怕的反胃,在痛苦中龇牙一笑。

“太好了!”墨菲斯托看着他说,“真正的美食家!”

紧张的气氛明显消退。达戈斯塔坐回板条箱上,一只手按住胃部,房间里的沉默换成了低声嗤笑和轻声交谈。

“请原谅我的疑心病,”墨菲斯托说,“地下的生活曾经很开放,人们互相信任。如果你们真是你们自称的身份,肯定早就知道了。

但现在时日艰难。”

墨菲斯托给两人各倒一杯酒，举起自己的杯子祝酒。他又切了几条肉递给潘德嘉斯特，然后享用了剩下的老鼠。

“我介绍一下我的副手，”墨菲斯托说，他朝他们背后的庞然身影说，“这位是小哈利。年纪轻轻就染上了海洛因，靠小偷小摸维持毒瘾。倒霉事一桩连一桩，最后进了阿提卡。在监狱里倒是学了很多，只是出来后找不到工作。还好运气不错，溜达到地下，在回去干坏事前加入了我们。”

墨菲斯托指着火旁行动缓慢的人影说，“那是爱丽丝小子。以前在康涅狄格一家预科学校教书。后来事情出了点差错。他丢了工作，离了婚，钱用完了，开始酗酒。最后流落到收容所和施餐点。在那儿听说了我们。至于尾炮手，他从越南回来却发现他保卫的国家对他没了兴趣。”

墨菲斯托用报纸擦擦嘴，他说，“说的比你该知道的更多。我们已经抛下过去，你应该也是。那么，你是为了最近的杀戮而来？”

潘德嘉斯特点点头，“我们从上周起有三个人失踪，剩下的人很担心。我们听说你呼吁联手抵抗皱皮人——取头杀手。”

“流言四起。两天前我听说了哲学家的传话。认识他吗？”

潘德嘉斯特只迟疑了半秒钟，答道，“不认识。”

墨菲斯托眯起眼睛，“怪事，他和我差不多，领导中央公园地下的几个社团。”

“也许以后该见见他，”潘德嘉斯特说，“现在我只想打听些消息，安抚我的人。关于那些血案和凶手，你有什么能告诉我的？”

“他们近一年前开始杀人，”墨菲斯托用优雅的齿音答道，“第一个是乔·亚特西蒂。我们在碉堡地界外找到他被遗弃的尸体，头部不见了。紧接着，黑安妮失踪。然后是军士长。周而复始。有些后来找到了尸体，有些没有。最近，螈人传话说他们发现更深处有活动。”

潘德嘉斯特皱眉道，“螈人？”

墨菲斯托又向他投去怀疑的视线，“没听说过螈人？”他咯咯一笑，“白鬼子市长，你该多动动腿，出门走走，见见邻居。螈人住在我们下面，从不上来，从不点灯。就是蝾螈的那个螈。懂不？[1] 螈人说他们下面有活动迹象。”他的声音变成耳语，“他们说有人在恶魔阁楼定居。”

达戈斯塔疑惑地看着潘德嘉斯特，探员点点头，像是自言自语道，“城市的最底层。”

“最底下的最底层。”墨菲斯托答道。

“你下去过吗？”潘德嘉斯特假装随口问道。

墨菲斯托的眼神像是在说他还没那么疯狂。

“你认为那些人就是凶手？”

“不是认为，而是知道。他们就在我们底下，此时此刻。”墨菲斯托狰狞一笑，“但我恐怕不会用‘人’这个字。”

“什么意思？”潘德嘉斯特说，假装随意的语气不见了。

“风传，”墨菲斯托静静地说，“据说他们得名皱皮人是有原因的。”

“因为——？”

墨菲斯托没有回答。

潘德嘉斯特向后坐了坐，“我们该怎么办？”

“我们该怎么办？”墨菲斯托的脸上没了笑容，“我们该唤醒市政府，我们就该这么做！告诉他们死者不止‘鼹鼠’人，不止隐形人！”

“这点要是能做到呢？”潘德嘉斯特问，“市政府能拿皱皮人怎

---

① 德语，懂了？

么办?”

墨非斯托思考片刻,“像消灭害虫一样,去老巢扑灭它们。”

“说起来容易做起来难。”

墨非斯托的灼人视线落在探员身上,咬牙切齿道,“白鬼子,你有更好的点子吗?”

潘德嘉斯特沉默下去,最后说,“暂时还没有。”

24

纽约历史学会,图书馆员罗伯特·威尔逊恼怒地看着地图室里的另一个人。这家伙仪表不凡:肃穆的黑色西装,一双浅色猫眼,白金色的头发向后梳,露出高高的额头。很烦人。烦人极了。他待了一个下午,发号施令,乱扔地图。威尔逊每次回到电脑前忙他钟爱的课题——祖尼物神的权威专著——这家伙就会跑过来问更多的问题。

仿佛受到了提示,男人从椅子上起身,悄无声息地走向威尔逊。“不好意思?”他彬彬有礼但理直气壮地说,南方口音清爽得犹如薄荷漱口水。

威尔逊从屏幕前抬起头,没好气地说,“什么?”

“真是不得不再麻烦你一下,但据我所知,沃克斯和欧姆斯蒂德在规划中央公园的时候,请求修建运河排空中央公园的沼泽地。我该去哪儿寻找这部分规划?”

威尔逊抿紧嘴唇。“公园管委会否决了这部分规划,”他答道,“档案遗失。真是悲剧。”他扭头看着屏幕,希望男人能理解他的暗示。要是不能继续写他的专著,那才是真正的悲剧呢。

“我懂了,”来访者完全置若罔闻,“那么请告诉我,沼泽后来是怎么排空的?”

威尔逊恼怒地往后一靠,“还以为众所周知呢。用的是 86 街的旧排水渠。”

“施工应该有规划图吧?”

“当然。”威尔逊答道。

“能让我看看吗?”

威尔逊叹了口气,起身推开通往堆存室的厚重房门。堆存室和平时一样乱得吓人,金属书架伸向两层楼的幽深高处,摆满了地图卷和日渐褪色的蓝图,显得既开阔又逼仄。威尔逊扫视着难懂的编号列表,能感觉到灰尘落在了光秃的头顶上,鼻子也开始发痒。他终于找到地方,抽出了老旧的地图,抱着它们回到了狭窄的阅览室。在走出堆存室的时候,他心想为什么大家要查的地图总是最有分量。

“给你。”威尔逊说着把地图放在红木柜台上,看着男人抱着地图回到他的阅览桌前,一边仔细查看,一边在皮面笔记簿上抄录和画图。有钱人,威尔逊酸溜溜地想,教授可穿不起他那身衣服。

天堂般的寂静笼罩了地图室。他终于可以做正经事了。威尔逊从书桌抽屉里取出几张泛黄的参考照片,开始修改关于部落象征的章节。

没过几分钟,他听见背后的来访者又站了起来。威尔逊默默地抬起头。

男人朝威尔逊的一张照片点点头。照片上是块普通石头,雕刻成动物的抽象图案,背后有一小块筋腱扣着一个燧石尖头。“你标为美洲狮的那尊物神,我认为实际上属于灰熊部落。”男人说。

威尔逊看着他苍白的面颊和一丝浅笑,心想这不是开玩笑吧。“这尊物神是库欣于1883年搜集到的,特别标注它属于美洲狮部落,”他答道,“你可以自己查参考文献。”这年头人人都成了专家。

“灰熊,”男人不为所动,“背后总是扣着矛头,就像这个。美洲狮部落的物神则是箭头。”

威尔逊坐了起来，“能问一下区别在哪儿吗？”

“杀美洲狮用的是弓箭，杀灰熊必须用长矛。”

威尔逊沉默下去。

“库欣偶尔也犯错。”男人很有礼貌地说。

威尔逊收起手稿，放在一边。“说实话，我更愿意相信库欣，这毕竟是……”他没有说完这句话，然后又说，“图书馆还有一小时关门。”

“这样的话，”男人说，“我想查阅1956年上西区天然气管道的勘测图纸。”

威尔逊抿紧嘴唇，“哪些？”

“全部，谢谢。”

太过分了。“很抱歉，”威尔逊干净利落地说，“违反规定。读者每次只能调阅一套图纸中的十张。”他得意洋洋地盯着来访者。

但对方似乎毫不在意，陷入了自己的思绪。他忽然抬起头，看着图书馆员。

“罗伯特·威尔逊，”他指着姓名牌说，“我就觉得这个名字很熟。”

“真的？”威尔逊突然不知如何是好。

“真的。去年在窗岩镇纳瓦霍文化研讨会后的刊物上就幻石发表了精彩论文的不就是你吗？”

“咦，对，是我。”威尔逊答道。

“我就说嘛。我没赶上那次研讨会，但读了论文汇编。我本人对西南地区部落宗教象征小有研究，”来访者顿了顿，“不过当然不如您这么精到。”

威尔逊清清喉咙，尽量谦逊地说，“研究这方面的主题，不下三十年苦工夫是出不了名的。”

来访者微笑道，“能认识你可真是荣幸。我叫潘德嘉斯特。”

威尔逊伸出手，对方握得有气无力，有点煞风景。他对自己握得那么带劲很自豪。

“发现你还在继续做研究，我太高兴了，”叫潘德嘉斯特的男人说，“学界严重忽略了西南文化。”

“没错。”威尔逊打心眼里赞同，骄傲感油然而生。以前很少有人对他的工作产生兴趣，更别说像行家那样谈两句了。当然，这位潘德嘉斯特对印第安文化的物神是还了解不足，但是……

“我很愿意和你深入交流一下，”潘德嘉斯特说，“但我恐怕已经占用了你太多时间。”

“哪儿的话？”威尔逊答道，“你刚才说要看什么来着？1956 年的勘测？”

潘德嘉斯特点点头，“如果不麻烦的话，还有另外一样。我记得二十年代为了跨区快速交通系统的提案，曾勘测过当时存在的各条隧道。没错吧。”

威尔逊脸色大变。“但那套图纸有六十张……”他的声音小了下去。

“我明白，”潘德嘉斯特说，“唉，违反规定。”他像是很受打击。

威尔逊忽然笑了。“天知地知，你知我知。”偶尔鲁莽让他自己也挺高兴，“别担心闭馆时间。我反正走得很晚，要写我的专著。规定不就是用来打破的吗？”

十分钟后，他走出昏暗的堆存室，推着满满一小车地图走上磨旧的地板。

25

史密斯贝克走进四季饭店空旷的门厅，急于甩掉炎热与公园大道上的臭味和噪声。他踱着方步走向四方吧台。他曾无数次坐在毕加索壁画的这一边，嫉妒地望着房间另一头那遥不可及的天堂。但这次他没有在酒吧停下，而是径直走向领班。只需要轻声报上名字，他史密斯贝克本人就可以穿过梦幻的走廊，走向闲人免进的餐厅了。

撞球室的每一张桌子都有人，但宽敞的房间吸收了杂音，这里仍旧清净。他穿行于产业巨子、出版巨头和橡胶大王之间，走向喷泉旁最尊贵的饭桌之一。威许夫人已经等在了那儿。

“史密斯贝克先生，”她说，“谢谢你肯跑一趟。请坐。”

她朝桌子对面的座位打个手势，史密斯贝克一边落座一边环顾四周。这顿饭肯定很有意思，他希望能有足够的时间好好享受。他了不起的文章还没动笔，而截稿时间是下午六点。

“来杯阿马罗内如何？”威许夫人指着桌边的酒瓶问。她身穿藏红花色的衬衫和百褶裙，打扮得很利落。

“谢谢。”史密斯贝克和她对视。比起上次交谈——他直着腰坐在阴暗的公寓里，她手边的《邮报》仿佛无声的控诉——他放松了很多。《中央公园南路的天使》讣告、《邮报》的悬赏和他对大军广场抗议集会的得意报道，让他有信心能受到更热诚的待遇。

威许夫人朝酒侍点点头，等他给史密斯贝克斟完酒离开后，这才微微欠身。

“史密斯贝克先生，你无疑在想我为什么要请你吃午饭吧？”

“确实如此。”史密斯贝克尝了一口红酒：绝妙。

“那我就不浪费时间跟你打哑谜了。本市即将发生一些事情，我希望能由你记录下来。”

史密斯贝克放下酒杯，“我？”

威许夫人的嘴角稍许一提，估计是在微笑。“嗯。就知道你会吃惊。但你要明白，史密斯贝克先生，上次会面后我调查了一下你，还读了你写的关于博物馆杀人案的书。”

“你买了一本？”史密斯贝克满怀期待地问。

“大众图书馆的阿姆斯特丹大道分馆有一本。我读得很愉快。

你居然在各个方面都直接参与了那件事,算我孤陋寡闻了。"

史密斯贝克的视线马上扫向她的脸孔,但没有觉察到一丝一毫的讥讽表情。

"我也读了你写的关于我们的抗议集会的文章,"威许夫人继续道,"写出了另外几份报纸没能表达出的积极气氛。"她挥挥手,"再说,我必须感谢你做的事情。"

"真的?"史密斯贝克有点紧张。

威许夫人点点头,"正是你说服了我,要博得纽约市的注意,只能挥起皮鞭从后面抽打它。记得你的说法吗?'除非被一巴掌扣在脸上,否则这座城市的居民对什么都会视而不见。'要不是你,我只会坐在自家休闲室里给市长写信,而不是化悲痛为力量。"

史密斯贝克点点头。这位忧伤的寡妇说得有道理。

"抗议活动过后,我们的理念传播得非常迅速,"威许夫人说,"我们击中了大众的神经。人们正在齐心协力——都是有权有势的人。但我们想要传递的信息也属于普通人,属于街上的每一个人,而他们正是你能用报纸接触到的人。"

尽管史密斯贝克不喜欢被提醒他的读者群是普通人,但脸上仍旧不动声色。另外,他自己也看见了:抗议活动结束后,有很多这种人迟迟不肯散去,喝酒叫骂,希望能做点什么。

"我的打算是这样的,"威许夫人把修剪整齐的指甲压在亚麻桌布上,"给你独家采访权,报道'夺回我们的城市'策划的每一场行动。我们的许多行动将事先不透风声,媒体和警察知道的时候都将为时已晚。但你不同,我要把你带进我的圈子。你会知道即将在什么时候发生什么事情。愿意的话,可以陪在我身边。这样你就可以一巴掌扣在读者的脸上了。"

史密斯贝克拼命不泄露他的兴奋。他心想,这太美好了,不可能是真的。

“你肯定愿意出版一本新书，”威许夫人继续道，“等‘夺回我们的城市’活动成功结束，你就可以带着我的祝福开始写书了。我会安排时间接受访问。西格诺斯出版社的总编海勒姆·本内特是我的密友。我认为他会很有兴趣阅读你的手稿。”

老天，史密斯贝克心想。海勒姆·本内特，伟大的出版先锋人。他能想象西格诺斯出版社和出版博物馆那本书的斯托克布里奇出版社展开竞价大战。他要让经纪人安排拍卖，起价25，不，25万，每次加价不低于百分之十，还有——

“但我有一个条件，”威许夫人冷酷地打断了他的白日梦，“从现在开始，你要全心全力报道‘夺回我们的城市’。你的文章只要见报，就只能围绕这一个主题。”

“什么？”史密斯贝克叫道，“威许夫人，我是犯罪记者。老板要求我定期按时交货。”成为传奇畅销书作者的幻梦顿时破灭，取而代之的是编辑阿诺德·莫瑞催稿的愤怒脸色。

威许夫人点点头，“我明白。我认为几天内我就能交出你需要的全部‘货’。我们一完成计划，就完完整整告诉你。请相信我，这段关系对你我都有好处。”

史密斯贝克的脑筋转得飞快。几个小时后，他必须交出他在博物馆偷听到的会议内容的稿件。他已经推迟了一次，希望能获得更多的情报，可惜未能如愿。这篇报道能帮他挣到加薪，扇布莱斯·哈里曼那个混球一耳光。

但真的可以吗？悬赏正在过气，而且没能引来线索。墨菲斯托的报道没有激起他想象中的轩然大波。法医之死虽然巧合得很蹊跷，但没有证据表明与案件有关。另外，还必须考虑擅闯博物馆带来的不愉快后果。

然而，威许夫人的行动却将是他苦苦寻觅的爆炸性新闻。记者的本能告诉他这里有成功的味道。他可以打电话请病假，拖延莫瑞一两天。等最后拿出成果，他肯定会受到宽恕。

他抬起头，“威许夫人，我们说定了。”

“叫我安内特，”她说，视线离开他的脸孔，游移片刻后落在肘边的菜单上。“咱们点菜吧。我建议你试试柠檬面皮包冷水扇贝配鱼子酱。大厨最擅长这道菜。”

26

海沃德拐过路口走上七十二街，停下脚步，皱起眉头，难以置信地看着矗立前方的沙色楼房。她从衣袋里摸出记地址的字条，看了看，再次抬头望去——没有弄错。这不像曼哈顿的公寓楼，简直是《亚当斯一家》里的宅邸放大了二十倍。石砌结构层层叠叠，向天空伸展了足足九层。顶上那两层楼高的山墙犹如眉毛般悬在外立面上方。屋顶铺着黄铜镶边的石板，之间点缀着烟囱、尖顶、角塔和顶饰——就缺瞭望台了。换成垛口也许更合适，海沃德心想。宅邸名叫达科塔。奇怪的地方，奇怪的名字。她听说过这地方，但从没亲眼见过。话也说回来，她很少有理由来上西区。

她走向大厦南侧的拱廊。门口岗亭里的警卫问她叫什么，然后打了个电话。

“西南门厅。”他挂断电话，给海沃德指点方向。海沃德走过岗亭，进了暗沉沉的廊道。

穿过廊道，另一头是个宽敞的内庭。海沃德伫足片刻，望着青铜喷泉，心想这种上流社会式的几乎称得上隐秘的安静气氛在曼哈顿西区显得多么荒谬，多么格格不入。她右转走向庭院最近的一角，穿过狭窄的门厅，走进电梯，用她细长的手指揿下按钮。

电梯缓缓爬升，最后停下时外面是个四方小房间。她走出电梯，看见对面抛光的深色木墙上有一扇门。电梯门轻轻关上，开始下降，留下海沃德站在黑暗中。她有一瞬间以为自己下错了楼层。

轻轻的窸窣声传进耳朵,她的右手不由自主地伸向佩枪。

“海沃德巡佐,来得正好,快请进。”虽说没有光线,但海沃德还是认得他的口音,这个波旁酒加乳酪的醇厚嗓音。那扇门打开了,站在门口的是潘德嘉斯特探员,房间里的柔和光线勾勒出他瘦削而显眼的身影。

海沃德走了进去,潘德嘉斯特关上门。房间并不特别大,但高屋顶使得气氛庄严而高贵。海沃德好奇地打量四周。三面墙壁刷成深玫瑰红色,上下均有黑色壁带。齐眼高度的贝壳形状黄铜灯架上嵌着极薄的玛瑙,透出灯光。第四面墙壁铺着黑色大理石,墙面水幕仿佛流动的玻璃,从天花板沿着大理石滑向地板,无声无息地淌进基部的格栅。房间里放着几张皮革小沙发,厚实的地毯盖住了沙发底部。仅有的装饰是几幅画和零落摆在各处漆器小台上的几株植物。房间干净得无可挑剔,没有一丝污渍或一颗尘埃。虽说她知道还有门通往公寓的其他部分,但门框藏得非常好,单凭肉眼根本找不到。

“请随便坐,海沃德巡佐,”潘德嘉斯特说,“要喝点什么提提神吗?”

“不了,谢谢。”海沃德答道,挑了离房门最近的沙发坐下,柔软的黑色皮革慢慢地包裹住她的身体。她望着身边墙上的画,这幅描绘干草堆和粉色阳光的印象派风景画似乎很眼熟。“地方不错,可这幢楼挺古怪。”

“我们房客更愿意说它趣致,”潘德嘉斯特说,“但过去这些年肯定有很多人赞同你的看法。这楼修建于 1884 年,那会儿这片地区偏僻得像是印第安保留地,所以有了达科塔的名字。不过它很结实,有那种永不改变的感觉,我很喜欢。它建在河床上,底层的墙壁足有三十英寸厚。不过,你今天来肯定不是为了听我讲建筑学。实话实说,你愿意跑这一趟,我非常感激。”

“开玩笑吗?”海沃德说,“怎么能错过参观潘德嘉斯特探员老巢的机会? 你近来成了警队内的传奇人物——别说你不知道。”

“太让我安心了。”潘德嘉斯特答道,轻快地坐下,“但很抱歉,参观只能到此为止了。我极少接待访客,不过似乎只有这里才适合我们谈话。”

“怎么说?”海沃德边问边左右张望,看见最近一张漆器小台上的东西,她眼睛一亮。“嘿!”她说,“这是盆景啊,缩微树木。我在空手道道场的师傅也有几盆。”

“银杏科的,”潘德嘉斯特说,“名字叫鸭脚树。这一科的树木在史前时期很常见,但现在只剩下这一种了。你的右手边是一丛矮三角枫,天然的外观让我格外自豪。那一盆枫树在秋天的各个时段会变换不同颜色。从第一棵到最后一棵,培植花了我九年时间。你的师傅肯定会告诉你,群植的秘诀是每次都以奇数增加植物,到你必须集中精神才数得清树干的时候,就算是完工了。”

“九年?”海沃德重复道,“你一定有很多闲暇时间可供支配吧。”

“也不尽然。盆景是我的狂热爱好之一。这是一种永远不可能完美的艺术,结合了自然和人工美学,让我非常着迷。”他跷起腿,黑色皮革衬着他的黑色西装,几乎让他成了隐身人,他随便挥挥手,“你可别再鼓励我了。刚才你问我为什么认为这里最适合谈话。原因很简单,我想深入了解地下游民的情况。”

海沃德没有吭声。

“你和他们生活过,”潘德嘉斯特继续道,“你在研究他们。你是这方面的专家。”

“其他人并不这么想。”

“他们要是稍微思考一下这个问题就会了。总而言之,我能理解你为什么不愿多谈你的论文课题。我以为下班后找个远离总部和分局的地方聊聊会让你更安心。”

他说得对，海沃德心想。这个房间奇怪而舒适，拥有悄无声息的水瀑和空旷的美感，总部遥远得堪比月球。躺在软得让人迷醉的沙发椅上，她感觉到天生的警觉心在渐渐松弛。她甚至想解下臃肿的佩枪皮带，却因为舒服而懒得动手。

“我下去了两次，”潘德嘉斯特说，“第一次只是为了测试我的伪装，勘测一下环境；第二次是去找游民领袖墨菲斯托。我找到他以后，发现自己低估了两件事情。首先是他的信念有多坚定。其次是他的追随者有多少人。”

“谁也不知道地下究竟住了多少人，”海沃德说，“唯一能确定的就是肯定比你想象中的更多。至于墨菲斯托，他大概是地下最著名的首领了。他的社团最为壮大。实际上，我听说他管辖着好几个社团：核心社团由倒霉的越战老兵和六十年代老古董构成，其他人是在无头连环血案开始后加入的。他和他的伙伴占领了中央公园地下较深处的隧道。”

“我遇到的人多种多样，这一点让我很惊讶，”潘德嘉斯特又说，“本来以为占主导地位的会是某种缺陷人格，或许两种。结果却发现了人类社会的一整个横截面。”

“不是所有游民都会去地下，”海沃德说，“但有些人害怕收容所，有些人厌恶施餐点和刺耳的地铁刹车声，还有生性孤独的，信邪教的疯子——他们喜欢往下走。先是地铁隧道，然后继续向下钻。相信我，地下有数不尽的藏身之处。”

潘德嘉斯特点点头，“第一次下去的时候，见到底下有多么广袤，我吃了一惊。我觉得自己是刘易斯和克拉克[1]，刚踏上勘探未

---

① 发生于1804—1806年间美国的一段著名考察性远征事件，此处提到的两人为当时的两位领队。

知地域的旅程。"

"你知道的还很少。纽约地下有两千英里废弃或停工的隧道，另有五千英里正在使用的。还有无数功能室被封存遗忘。"海沃德耸耸肩，"你会听到各种传闻。比方说五角大楼在五十年代为华尔街大人物秘密修建的炸弹掩体，有些地方仍旧通水通电，储存了罐头食物。比方说放满了废弃机械的引擎室，木质管道搭建的古老排水系统。整整一个该死的失落世界。"

潘德嘉斯特坐了起来，平静地说，"海沃德巡佐，听说过恶魔阁楼吗？"

海沃德点点头，"嗯，听说过。"

"知道具体位置吗？我该怎么去？"

她默默地思索了很长时间，"不知道。有一两个游民在接受盘问的时候提到过。但你在地下成天听人胡扯，大部分都是听过就算。我一直以为恶魔阁楼是扯淡。"

"有什么知情人我能和他聊聊吗？"

海沃德稍微动了动，"艾尔·戴蒙德也许可以。"她说，视线飘向那幅干草堆的油画。真是了不起，她心想，那么粗略的几笔就能这么清楚地捕捉下这一幕。"他是航港局[①]的工程专家，地下建筑的权威。每次地下深处的主管道破裂或者要修建新的煤气管道了，上面总会找他帮忙。"她顿了顿，"不过有段时间没见到他了。说不定已经回老家了。"

"嗯？"

"我指的是过世了。"

寂静中只听得见水流轻柔的嘶嘶声。潘德嘉斯特最后说，"假

---

① 纽约与新泽西港口事务管理局，简称 PA，成立于 1921 年，旨在发展并经营大纽约地区的商业及运输设施。

如凶手已经定居在了地下的某个秘密地点，可观数量的游民将让我们极难展开工作。”

海沃德把视线从油画上拿开，紧盯着探员的眼睛，说，“事情还会变得更加糟糕。”

“什么意思？”

“再过几周就是秋天。游民将大量涌入地下，准备过冬。如果凶手真是你说的那样，你就该明白我的意思。”

“不，我不明白，”潘德嘉斯特说，“你就直说吧。”

“狩猎季节。”海沃德说着又望向那幅油画。

27

这条肮脏的工业街道的尽头是一片乱石堤岸，有一半已经沉进了浑浊的东河。抬起头，罗斯福岛和五十九街大桥一览无余。河对面，罗斯福公路犹如一条灰色细绳，蜿蜒经过联合国大厦和奢华的萨顿宫合作公寓。达戈斯塔走下无明显标记的警车，心想：风景不错，可惜地段太差。

八月的阳光斜照在大道上，晒软了沥青，照得路面热气蒸腾。达戈斯塔松开领带，再次查看博物馆人事处给他的地址：长岛市九十四大道 11－46 号。他看着附近的几幢楼，心想别是弄错了吧。这地方怎么看怎么不像居住区。街道两边都是旧仓库和废弃厂房。尽管时值中午，街上仍旧空空荡荡，只有一辆破旧的厢式货车正从街区另一头的装卸台开出来，这就是唯一的生命迹象了。达戈斯塔摇摇头。又是一个天杀的死胡同。瓦克西显然把他眼中最不紧要的任务分配给了达戈斯塔。

11－46 号有一扇厚实的铁门，门上坑坑洼洼、伤痕累累，覆盖着至少十层黑漆。和这个街区的其他门一样，里面多半也是一间空空如也的仓库。达戈斯塔揿下古老的门铃，但没有等来铃声，他使劲砸门,回应却是寂静。

他等了几分钟,钻进旁边的窄巷。他从几卷崩裂的沥青纸之间走过去,来到一扇镶着嵌丝玻璃的窗户前,玻璃上遍布裂纹,灰尘厚得几乎不透光了。他站上一卷沥青纸,用领带擦净一小块地方,向内张望。

眼睛适应了昏暗的室内光线,他看清里面空空荡荡。模糊的几条光带横在脏兮兮的水泥地面上。对面墙边有道楼梯,通往以前的管理员办公室。除此之外,什么也没有。

巷子里忽然有响动,达戈斯塔一转身,看见一个男人跑向他,手里的长刃厨刀闪着凶光。达戈斯塔本能地跳回地面,抽出佩枪。男人惊讶地看着枪口,停下脚步,定了定神,抽身逃跑。

"站住!"达戈斯塔喝道,"警察!"

男人转过身,天晓得为什么,脸上露出了好笑的神色。

"警察!"他讽刺地叫道,"老天开眼,这地方居然有警察!"

他站在那儿,咧嘴微笑。达戈斯塔从没见过比他打扮得更奇怪的人:脑袋刮得精光,涂成绿色;细长的山羊胡;托洛茨基式的小眼镜;衬衫是毛茸茸的粗麻布质地;脚蹬古老的红色凯兹运动鞋。

"放下刀。"达戈斯塔说。

"嗨,没事的。"男人说,"还以为你是窃贼。"

"我说了,他妈的放下刀。"

笑容消失得无影无踪,男人把刀扔在两人之间的地面上。

达戈斯塔踢开刀,"转过去,动作慢点儿,双手扶墙,两腿张开。"

"这是搞什么?"男人不依道。

"别啰嗦。"达戈斯塔说。

男人嘟嘟囔囔地照着做了,达戈斯塔搜了他的身,只找到一个钱包。他打开钱包,驾驶执照说他住在隔壁。

达戈斯塔收起枪，把钱包还给男人。“知道吗，科茨玛先生，我刚才险些崩了你。”

“我又不知道你是警察，还以为你想闯空门呢，”男人搓着手从墙边走开，“你都不知道我被抢过多少次。你们现在都懒得出警了。这是几个月来我第一次在附近看见警察，再说——”

达戈斯塔挥手叫他别说了，“当心点儿吧。另外，你根本不会用刀。我如果真是窃贼，你这会儿多半已经死了。”

男人揉揉鼻子，嘟囔了两句什么他听不清的。

“你住隔壁？”达戈斯塔问，他实在没法接受这家伙把脑袋涂成绿色这件事情，只好尽量不去看。

男人点点头。

“住了多久？”

“快三年了。我以前在苏荷区有个阁楼工作室，后来被赶出来了。这儿是我能找到的唯一不受打扰的工作地点。”

“请问你做什么工作？”

“很难解释，”男人忽然警觉起来，“我凭什么要告诉你？”

达戈斯塔掏出警徽和证件亮了亮。

男人看着警徽，“凶杀科？附近有人被杀了？”

“没有。咱们进去聊聊？”

男人怀疑地打量着他，“是要搜查吗？你怎么不出示搜查令？”

达戈斯塔按捺住厌烦，“非正式的。我只想问你几个关于这间仓库的住户的问题。川北。”

“他叫川北？这家伙才叫怪。不折不扣的怪人。”科茨玛领着达戈斯塔走出小巷，打开自家的黑色铁门。达戈斯塔走进去，发现这又是一间空旷的仓库，墙壁漆成骨白色。墙边有几个奇形怪状的铁桶，装满了垃圾。屋角放着一棵枯死的棕榈树。房间中央有不计其数的黑色细线，一簇簇从天花板垂落地面。简直是噩梦中的月光森林。对面角落里有行军床、水槽、不带门的卫生间和轻便电炉。看不到其他的生活设施。

“这是什么?”达戈斯塔拨着细线问。

“老天,千万别缠上了!”科茨玛冲过来修补损害,险些撞翻达戈斯塔。

“绝对不能碰的。”他一边摆弄细线,一边用受到伤害的语气说。

达戈斯塔退了一步,“这是什么试验吗?”

“不,这是一个人造环境,复制人类演化的原始森林,将其转译为纽约市。”

达戈斯塔怀疑地看着细线,“所以这是艺术?给谁看的?”

“这是概念艺术,”科茨玛不耐烦地解释道,“不给谁看,不必给任何人看,存在就是它的价值。细线从不互相接触,和我们人类一样,从没有真正的互动。我们是孤独的。这个世界是不可见的,正如我们不可见地飘荡于宇宙之间。德里达说过,‘不是艺术的事物就是艺术。’这意味着——”

“你知道他叫格雷戈里吗?”

“雅克。雅克·德里达。不叫格雷戈里。”

“我说的是你的邻居。”

“我说过了,我不知道他叫什么。我像躲瘟疫似的躲他。你大概是因为有人投诉所以来查看的吧。”

“投诉?”

“对。我打电话投诉了一遍又一遍。警察来过几次,后来就不理不问了。”他忽然惊觉,“不,不对,你是凶杀科的。他杀人了?”

达戈斯塔没有回答,从上衣口袋里掏出记事簿,“给我说说他这个人。”

“他两年前搬进来,也许差一点不到两年。刚开始,他似乎挺安静。然后卡车一辆接一辆地开来,各种纸箱板条箱被搬进仓库。接着就开始闹腾了。总是半夜三更。嗡嗡嗡。轰轰轰。噼里啪啦。还有那味道……”科茨玛厌恶地皱起鼻子,“非常刺鼻。他把窗户从里面涂成黑色,但有一扇玻璃碎了,我在修好前瞥了几眼。”他咧嘴一笑,“设施很古怪。我看见了显微镜,大烧杯在煮东西,灰色金属箱里面亮着灯,水族缸。”

“水族缸?”

“一个连一个,一排接一排。很大,全是水草。他显然是什么科学家。”科茨玛饱含嫌恶地吐出最后三个字,“解剖家,还原论者。我不喜欢他们看待世界的方式。巡佐,我是一名整体论者。”

“我明白了。”

“然后有一天,电厂的人来了,说要给他那儿接什么高压供电线路,断了我两天电。两天!但你试试找联合爱迪生公司投诉。没人性的官僚!”

“他有访客吗?”达戈斯塔说,“朋友?”

“访客!”科茨玛嗤之以鼻,“这是最后一根稻草。客人接二连三,都是大半夜来。他们敲门像在打暗号。然后我第一次打电话报警。我知道隔壁真的不对劲了。我认为多半是贩毒。警察来了,说没发现任何违法的就走了。”回忆到这里,他苦闷地摇摇头。

“事情就这么继续下去。我不停打电话投诉噪声和怪味,但两次以后警察就不肯来了。接着有一天,大概一年前吧,这家伙出现在我家门口。忽然冒出来的,毫无预兆,夜里十一点钟左右。”

“找你干什么?”达戈斯塔问。

“不知道!我以为他要问是不是我报警举报他。我只知道他让我毛骨悚然。当时是九月,和现在一样热,但他穿着带大兜帽的厚外套。他站在暗处,我看不见他的脸。他就那么站在黑暗里,他问能不能进来。我当然说不行。巡佐啊,我拼了老命才没把门摔在他脸上。”

“副队长。”达戈斯塔心不在焉地更正道，一边拼命记笔记。

“随便你。我可不相信贴标签这回事。唯一值得贴的标签就是人类二字。”绿色光头上下起伏，加重语气。

达戈斯塔还在记录。迷信大展开幕式酿成的惨剧过后，他在佛洛克的办公室见过一次格雷戈里·川北，现在听到的这个人很不像他。他搜肠刮肚回想他对那位科学家的模糊记忆。

“能描述一下他的说话声吗？”他问。

“能。非常低沉，有点口齿不清。”

达戈斯塔皱起眉头，“口音呢？”

“不记得有。但他的齿音很严重，我有点说不清楚。听起来像是卡斯蒂利亚语的发音，但说的不是西班牙语，而是英语。”

达戈斯塔记下回头要请教潘德嘉斯特什么是“卡斯蒂利亚语”。他问，“他是何时离开的，为什么离开？”

“他敲开我家门后的几周。大概是十月。一天夜里我听见两辆十八轮大卡车开来。不稀奇。但这次是搬走东西，而不是搬进仓库。第二天中午我起床，隔壁已经空了。甚至洗掉了窗户内侧的黑漆。”

“中午？”达戈斯塔问。

“我一般从凌晨五点睡到中午，巡佐，我不是地月日系统公自转的奴隶。”

“注意到卡车有什么特征吗？标记？或者公司名称？”

科茨玛沉吟片刻，最后说，“有的，精密科学搬场公司。”

达戈斯塔看着绿脑袋的中年男人说，“确定？”

“百分之百。”

达戈斯塔相信他。他这个长相上了证人席一钱不值，但观察能力委实不错——也可能只是好管闲事。他说，“还有什么补充的吗?”

绿色光头再次上下起伏。“有,就在他住进来之后,路灯全都坏了,而且怎么也修不好。到现在还是坏的。我估计和他有关系,虽说不知道是什么关系。我也向联合爱迪生公司报修过,但和平时一样,那帮面目模糊的大公司机器人毫无动作。当然了,你要是忘了付账单,那——”

“谢谢你的帮助,科茨玛先生,”达戈斯塔打断道,“要是再想起什么,打电话给我。”他合上笔记簿,塞回衣袋里,转身离开。

走到门口,他停下了,“你说你被抢过好几次。抢了什么?你这儿似乎没什么值得偷的。”他再次扫视仓库。

“点子,巡佐!”科茨玛仰着脑袋,抬起下巴说,“物品毫无意义,点子是无价之宝。看看你的周围,见过这么多伟大的点子吗?”

28

十二号通风竖管矗立于林肯隧道的三十八街入口上方,砖石和生锈铁架筑起的尖塔足有两百英尺高,犹如噩梦中的烟囱。

巨大竖管的顶端底下附着一个小小的金属瞭望室,藤壶似的贴在橙色外壁上。潘德嘉斯特站在狭窄的通行竖梯上,望着远在上方高处的瞭望室。竖梯固定在通风竖管面对河流的那一侧上,有几个地方的螺钉已经脱出了螺栓。透过金属梯级之间的缝隙,他能看见车流蜿蜒驶入脚下三十英尺处的隧道。

爬到瞭望室的底下,瞭望室的阴影遮蔽了竖梯。潘德嘉斯特抬起头,注意到瞭望室的底部有一道舱门。门上有个圆形把手,样子像潜水艇上的防水门,还刻着“纽约市政部门专用”这几个字。通风竖管的隆隆声堪比喷气发动机的尖啸,潘德嘉斯特不得不砸了好几下,里面的人这才给他开门。

潘德嘉斯特爬进狭小的金属房间,抚平西装的褶皱,看着房间里的那位先生——他身材瘦削，个头很小，身穿格子呢衬衫和工作服——关上舱门。瞭望室三面分别俯瞰哈德逊河、林肯隧道的出入口和吸走隧道废气并送进通风竖管的大型供电设备。抻长脖子，潘德嘉斯特看见隧道的涡轮排气装置在正下方转动。

男人从舱门口走开，到绘图桌前的高脚凳坐下。狭小的房间里没有其他座椅。潘德嘉斯特望着男人看着他，嘴唇动了动，像是在说什么。但通风竖管的尖啸盖过了其他一切声音。

"什么？"潘德嘉斯特喊道，走近对方。地板上的舱门既挡不住噪声，也没把飘上来的车辆尾气拒之门外。

"证件，"男人答道，"上头规定你必须出示证件。"

潘德嘉斯特从上衣口袋里掏出联邦调查局的证件递过去，男人仔细查看。

"艾尔伯特·戴蒙德，对吗？"潘德嘉斯特问。

"叫我艾尔，"男人满不在乎地说，"有何贵干？"

"听说你是纽约地下建筑的权威专家，"潘德嘉斯特说，"工程部门不管是要修建新地铁隧道，还是要修理煤气主管线，都得请教你的意见。"

戴蒙德盯着潘德嘉斯特。一侧面颊鼓了起来，他的舌头慢慢舔过下排大牙。末了，他答道，"应该是吧。"

"你最后一次去地下是什么时候？"

戴蒙德举起一只拳头，张开一次——两次，又握紧。

"十？"潘德嘉斯特说，"十个月？"

戴蒙德摇摇头。

"十年？"

戴蒙德点点头。

"为什么？"

"累了。请调到了这个岗位上。"

“请调？多有意思的选择。除了上天飞翔，这大概就是离地下最远的工作岗位了。存心的？”

戴蒙德耸耸肩，不置可否。

“我需要一些信息。”潘德嘉斯特喊道。瞭望室实在太吵闹，不可能继续寒暄。

戴蒙德点点头，面颊上的凸起缓缓上移，他的舌头在舔上排大牙。

“跟我说说恶魔阁楼。”

隔了几秒钟，戴蒙德换了个坐姿，但一言不发。

潘德嘉斯特又说，“据说中央公园底下有一层隧道，深得很不寻常。听说那块地方人称‘恶魔阁楼’。但我找不到说它存在的官方记录，至少用这个名字找不到。”

过了很久，戴蒙德垂下视线。“恶魔阁楼？”他重复道，像是非常不情愿。

“你知道这么一个地方吗？”

戴蒙德从工作服里掏出一个小酒壶，里面装的肯定不是清水。他喝了一大口，把酒壶放回去，没有请潘德嘉斯特也尝尝。他说了句什么，但被排气竖管的尖啸吞没了。

“什么？”潘德嘉斯特凑近他，喊道。

“我说，对，我知道。”

“能跟我说说吗？”

戴蒙德别开视线，隔着哈德逊河眺望新泽西那一侧的岸边。

“有钱的杂种。”他说。

“什么？”

“有钱的杂种。不想和工人阶级摩肩接踵。”

“有钱的杂种？”潘德嘉斯特问。

“你知道的，阿斯托，洛克菲勒，摩根，等等等等。一个世纪前修建了那部分隧道。”

“我不明白。”

“地铁隧道。”戴蒙德忽然光火起来，“他们修建了一条私人地铁线路。从佩勒姆下去，穿过中央公园底下，经过纽约人饭店和第五大道面对公园的那些豪宅。有奢华的私人地铁站和候车室。一整套齐全得很。”

“但为什么要挖那么深呢？”

戴蒙德第一次露出笑容，“地质学。首先，必须比已有的铁路和更早的地铁隧道更深，这是自然，但它们底下是一层屎岩。”

“不好意思，没听清楚。”潘德嘉斯特吼道。

“稀烂的前寒武纪粉砂岩。我们管它叫屎岩。水管和排污管可以穿过去，但地铁隧道不行。所以他们必须往更深处挖。你的恶魔阁楼比地表深三十层楼。”

“可为什么呢？”

戴蒙德看着探员，像是不敢相信他的愚蠢。“为什么？还用得着想吗？有钱人不愿意和一般的地铁线路共用支线轨道和信号灯。有了更深的隧道，他们可以径直穿过全城，到克罗顿附近回到地面，然后想去哪儿就去哪儿。既不浪费时间，也不需要和普通人混在一起。”

“但还是没法解释找不到记录啊。”

“花了好大一笔钱建造，钞票不完全来自石油大亨的腰包，也请市政厅还了些人情。”戴蒙德敲敲鼻梁，“这种工程可不能留下记录。”

“为什么废弃呢？”

“无法维护呗。头顶上有那么多排污管和风暴渠，隧道内不可能保持干燥。后来又有沼气累积的问题，有一氧化碳累积的问题，你自己想吧。”

潘德嘉斯特点点头,“较重的气体流向较低的层级。”

“他们花了几百万美元修建那些该死的隧道。整条线路一直没有完工。只使用了两年,1998 年大洪水就没过了排水泵,污物淹到了隧道半中腰。于是他们砌墙封闭了那一整层。甚至懒得拉走设备和材料。”

戴蒙德沉默下去,通风竖管的呼啸声再次充满小房间。

隔了几秒钟,潘德嘉斯特问,“这些隧道有地图吗?”

戴蒙德翻个白眼,“地图?我找了二十年。根本不存在。我是靠找几个老家伙谈话才了解到情况的。”

“你自己下去过吗?”潘德嘉斯特问。

戴蒙德明显地打了个哆嗦。过了好一会儿,他默然点头。

“能给我画个示意图吗?”

戴蒙德没有吭声。

潘德嘉斯特凑得更近了,“若是能帮个小忙,我将感激不尽。”他只是理了理衣领,手指间就忽然多了一张百元大钞,朝着工程师的方向展开。

戴蒙德盯着钞票,仿佛在思考什么。最后,他接了过去,卷成一团塞进衣袋。他转向制图桌,拿过一张黄色绘图纸,熟练地画了起来。错综复杂的隧道网络逐渐成形。

画了几分钟,他直起腰,说,“我尽力了。我就是走这条路进去的。公园以南的很多地方灌满了水泥,以北的几条隧道许多年前塌方了。你必须先找到去瓶颈的路。走二十四号主供水管,见到十八号支线隧道拐进去。”

“瓶颈?”潘德嘉斯特问。

戴蒙德点点头,用脏兮兮的手指挠挠鼻子。“公园下有一条花岗石岩脉穿过河床。硬极了。为了节约时间和炸药,当时挖管道的弟兄只炸了一个大窟窿,所有隧道都从这儿走。阿斯托隧道就在瓶颈的正下方。据我所知,这是从南边进去的唯一一条路,除非你有湿式潜水服。”

潘德嘉斯特接过绘图纸,仔细查看。“谢谢你,戴蒙德先生。你有没有可能愿意再去恶魔阁楼走一趟,做一次更详尽的实地勘测呢?当然啦,会得到适当的报酬。”

戴蒙德掏出酒壶,喝了一大口。“就算把全世界所有的钱都堆给我,我也不会再下去了。”

潘德嘉斯特侧了侧头。

“还有一点,”戴蒙德说,“别叫它恶魔阁楼了好吗?那是‘鼹鼠’人的叫法。正式名称是阿斯托隧道。”

“阿斯托隧道?”

“对。隧道是阿斯托夫人的主意。据说她逼着丈夫在他们第五大道的豪宅底下修了第一个私人地铁站。事情就是这么开始的。”

“‘恶魔阁楼’这个名字是怎么来的?”潘德嘉斯特问。

戴蒙德阴森森地笑了笑,“不知道。但你想想看好了。想象一下地表以下三十层楼深处的隧道,墙上有大幅壁画装饰。想象一下候车室,满是镜子、沙发和漂亮的磨花玻璃。想象一下有镶木地板和天鹅绒帘幕的液压电梯。然后再想想看,这些东西泡在未经处理的污水里封存了一百年,现在会是什么样子。”他往后一靠,盯着潘德嘉斯特,“不知道你怎么想。但要我说,看起来肯定很像地狱的阁楼。”

29

西区车场位于曼哈顿最西端的一片宽阔洼地里,虽然附近居住和工作的数百万纽约人对其视而不见,但它占地七十四英亩,是除中央公园之外曼哈顿最大一块未经开发的土地。车场在二十世纪初曾经是个熙熙攘攘的商业中心,现在却死气沉沉:生锈的轨道被牛蒡和椿树包围,古老的岔轨在朽烂中被忘却,废弃的仓库屋顶凹陷,外墙画满了涂鸦。

二十年来,这个地块一直是开发计划、法律诉讼、政治迷局和银行破产的主题。仓库的租户逐渐放弃租约离开,取而代之的是破坏狂、纵火犯和游民。车场一角是个破败的小棚户区,建筑材料不外乎三合板、硬纸板和铁皮。旁边还有一溜可怜兮兮的菜园,杂乱无章地种着疯长的豌豆和南瓜。

玛戈站在一片被火烧过的瓦砾堆上,左右各是一幢废弃的车场建筑。这里原先的仓库在四个月前失火,大火烧得既猛又透。楼房烧得只剩下熏黑的工字梁框架和底层的几面煤渣砖矮墙。水泥地基埋在齐腰深的瓦砾和烧过的木瓦底下。几张金属长台的残骸放在场地一角,上面摆着破碎的仪器和烧融的玻璃。她环顾四周,傍晚的阴影在凹陷的地面上交织。她看见了几个曾经是大型机器的庞然巨物,外面的金属壳已经融化,内部结构裸露在外,全是盘绕的线缆和已经损坏的电路板。到处都仍旧散发着塑料和沥青燃烧后的刺鼻气味。

达戈斯塔出现在她身旁,问,“你怎么看?”

她摇摇头,“你确定这里是格雷戈里最后的已知地址?”

“搬场公司确认了。仓库失火时间和他遇难的时间差不多,因此他当时应该没有搬走。但他跟联合爱迪生公司和纽约电话公司打交道时用的都是假名,所以没法确定。”

“假名?”玛戈继续环顾四周,“不知道他死在这地方是失火之前还是之后。”

“我也想知道。”达戈斯塔答道。

“这儿像是个实验室。”

达戈斯塔点点头,“连我都猜得到。川北是位科学家,和你一样。”

“不完全一样。格雷戈里研究的是遗传学和演化生物学。我的专业是民族药物学。”

“随便你，”达戈斯塔提提裤子，“问题在于，这是个什么实验室？”

“难说。我得弄清楚角落里的仪器都是干什么的，还得复原台子上融化的玻璃，然后才有可能推测这套东西的用途。”

达戈斯塔看着她，“所以？”

“所以什么？”

“愿意接手吗？”

玛戈看着副队长的眼睛，“为什么找我？警察局肯定有专家——”

“他们不感兴趣，”达戈斯塔打断道，“在他们眼中，这摊子的优先级比乱穿马路还要低。”

玛戈惊讶地皱起眉头。

“上头既不在乎川北，也不关心他死前在干什么。他们认为川北只是随机杀人的受害者。就像他们认为布朗贝尔只是随机杀人的受害者。”

“但你不这么认为？你认为他和这些谋杀案有牵连？”

达戈斯塔从衣袋里掏出手帕，擦着额头说，“唉，我也不知道。我只觉得这位川北肯定有什么计划，我很想弄清楚。你认识他，对吧？”

“对。”玛戈答道。

“我只见过他一次，就是佛洛克为潘德嘉斯特举办告别酒会的那次。他是个什么样的人？”

玛戈想了几秒钟，“非常聪明。一流的科学家。”

“个性呢？”

“他不是博物馆里最好相处的人,”玛戈字斟句酌地答道,“他——怎么说呢?——可以说有点无情吧。我觉得他宁可越界也要在职业上出人头地。他和我们来往不多,似乎不信任有的人……”她停了下来。

“怎么了?”

“有这个必要吗?我不想说没法为自己辩护的人的坏话。”

“通常来说这才最方便。他属于有可能卷入犯罪活动的那种人吗?”

“绝对不属于。我和他的伦理观时有冲突——他认为科学高于普世价值——但他肯定不是罪犯。”她犹豫片刻,“先前他试过联系我。大概在他死前一个月。”

达戈斯塔好奇地看着她,“知道原因吗?你们似乎不像有交情。”

“我和他不是好朋友,但毕竟是同事。他要是有了什么麻烦——”阴影掠过玛戈的脸庞,“也许我应该帮他一把,而不是忽略他的来电。”

“这恐怕就天晓得了。总而言之,如果你愿意花点时间四处看看,搞清楚他究竟在这儿研究什么,我会感激不尽的。”

玛戈没有回答,达戈斯塔仔细打量着她,然后换上更平静的语气说,“谁知道呢?也许能平息内心的魔鬼。”

用词倒是很有意思,玛戈心想。不过,她知道达戈斯塔没有恶意。达戈斯塔副队长,大众心理学家。搞不好接下来他要说勘察这里能帮我了结心事了。

她盯着瓦砾堆看了足足一分钟,最后说,“好吧,副队长。”

“要我派个照相师过来吗?拍些照片?”

“也许晚些时候吧。现在我更愿意自己画些草图。”

“好的。”达戈斯塔看起来很不安。

“你去忙吧,”玛戈说,“用不着留在这儿。”

“没门,”达戈斯塔说,“要记住布朗贝尔的教训。”

“副队长——”

“我反正还得采集灰烬样本,拿去检测助燃剂的成分。我不会碍你事的。”他凶巴巴地站在那里,不肯走开。

玛戈叹了口气,从拎包里掏出速记本,视线重新投向焚毁的实验室。阴沉的火场包围着她,默默控诉她的过错。你为什么袖手旁观?格雷戈里试过联系你。也许事情不必非得这么结束。

她摇摇头,推开愧疚的念头。愧疚毫无用处。另外,若是存在什么线索能解释格雷戈里遇到的事情,线索只可能在这里找到。摆脱噩梦的唯一办法也许就是低头硬闯。再说勘测火场能让她远离法医人类学实验室,那里越来越像藏骸所了。纽约法医所周三下午送来了彼特曼的尸体,随之而来的还有一系列新问题。尸体还很新鲜,颈骨上的刮痕说明斩首工具是某种粗糙的原始匕首。凶手或凶手们匆匆忙忙地完成了这个血淋淋的任务。

她很快画出了实验室的粗略轮廓,勾勒出墙壁的长宽高、金属台的位置和几堆损毁仪器的摆放方式。实验室各有各的前后顺序,取决于需要完成的工作类型。仪器或许能指出研究门类,通过其摆放顺序能推测出特定的应用类型。

草图画完,玛戈走到台子前。由于是金属质地,所以台子大体上承受住了烈火焚烧。她画了几个矩形,一个矩形代表一张台面,然后开始记录烧融的大口杯、滴定管、容量瓶和其他还能被辨认得出的物品。这是一个复杂的多层工作台,显然在从事某种高等级的生物化学研究。但到底是什么内容呢?

她暂停片刻,闻着电线绝缘胶皮燃烧的焦味和哈德逊河飘来的咸味。视线转向融毁的设备。从拉毛不锈钢外壳与平板式操纵按钮和真空荧光显示灯的残骸看,这些东西很昂贵。

玛戈先走到最大的一台机器前。烈火烧塌了金属外壳,内部部件与外壳分了家。她轻轻踢了一脚,机器轰然倒下,她连忙后退。玛戈忽然意识到她和达戈斯塔在这里是多么孤单。车场旁边是哈德逊河,太阳就快落到对岸的新泽西帕利瑟得悬崖下面去了。她能听见海鸥尖叫着在哈德逊河岸边那旧栈桥上的腐朽木桩上空盘旋。车场之外,愉快的夏日下午正在终结。但愉快无论如何也来不了这片荒弃的凹地。她看了一眼达戈斯塔,达戈斯塔已经采集完样本,抱着胳膊站在傍晚的阳光下眺望哈德逊河。还好达戈斯塔坚持留下陪她。

她俯身端详机器,暗暗嘲笑自己大惊小怪。她在烧得发黑的金属残片里翻来翻去,终于找到了她在寻找的面板。她擦掉烟灰,辨认出了"韦斯特利遗传学实验仪器公司"的字样,旁边是公司的徽标。下面的边框上有钢戳的系列编号和"DNA 综合分析测序仪"这几个字。她把信息记在速写本上。

对面屋角有一小堆破损烧融的仪器,模样与其他设备很不相同。玛戈过去检查,她小心翼翼地翻开每一块残片铺平,想弄清楚这到底是什么。似乎是一套非常复杂的有机化学合成设备,有分馏和蒸馏器,有梯度扩散器,有低电压电路节点。设备底部的损坏程度较低,她发现了几块锥形烧瓶的碎片。从磨砂贴标上看,大部分都是普通的实验室化学物质。但有一块残缺不全的贴标她没能立刻辨认出来:活性 7 – 脱氢胆……

她翻过这块碎片。该死的,这个化学物品名称有点耳熟。最后,她把碎片扔进拎包。实验室的有机化学百科全书里肯定收录了这个名字。

机器旁边是一本很薄的笔记簿的余烬,烧得只剩下了几张完全炭化的纸页。她有点好奇,伸手去拿,纸页却开始崩裂。她小心翼翼地捡起来,更加小心翼翼地放进一个密封袋,轻轻放进拎包。

她继续鉴别了十五分钟其他的仪器,最后确定了一件事情:这里曾经是个世界一流的遗传学实验室。玛戈每天都要和类似的设备打交道,按照她所知道的情况,这个烧毁的实验室至少价值五十万美元。

她后退几步。川北从哪儿搞到钞票建起这么一个实验室?还有,他到底在从事什么研究?

玛戈一边穿过水泥地基,一边在速写本上记录,忽然瞄见了一件不寻常的东西。在瓦砾和融化的玻璃之间,有五大团看似淤泥的东西,被烈火烘烤得坚实犹如水泥,周围撒着些细砂石。

她好奇地俯身查看这堆东西。离她最近的一团淤泥里有个拳头大小的金属物。她从拎包里取出小折刀,抠出那个金属物,刮掉水泥一般的硬壳,勉强辨认出"明尼水族用品"这几个字。翻看片刻,她认出了这东西:水族缸的空气泵。

她直起腰,望向墙脚那五团形状相似的淤泥。细砂石、碎玻璃……以前肯定是水族缸。从淤泥的大小来看,水族缸的尺寸相当巨大。水族缸里为什么要盛满淤泥?说不通啊。

她跪下去,用小折刀戳离她最近的一团淤泥,几块水泥般的碎片应手崩落。她捡起最大的一块,翻过来,惊讶地发现里面裹着一株植物的根系和部分茎秆,淤泥保护了它,没有被大火焚毁。玛戈一边埋怨小折刀太不顺手,一边小心翼翼地剥出那株植物,拿到越来越暗的天光底下端详。

她突然扔掉那株植物,像是被烫了一下似的猛地缩回手。过了几秒钟,她再次捡起那东西,更加仔细地查看起来,心脏越跳越快。她心想:不可能。

她认得这种植物——太认得了。结实的纤维茎秆,怪异的球根,唤醒了炽热的记忆:坐在博物馆空无一人的基因学实验室里,脸贴在显微镜的目镜上,仅仅再过几个钟头就是迷信大展的灾难开幕式。这正是怪兽姆巴旺渴求的那种罕见亚马逊植物。差不多十年前,惠特塞在不经意间用它充当了填充材料,宿命般地放进运送文物的板条箱,从上欣古河流域送到了博物馆。这东西按理说早该绝迹:原产地已经夷为平地,在博物馆怪兽姆巴旺被杀死之后,权威部门销毁了博物馆剩下的样本。

玛戈站起来,拍掉膝头的烟灰。格雷戈里·川北不知怎的拿到这种植物,并在这几个巨型水族缸里培植了出来。

可是,为什么呢?

一个可怕的念头突然闪现。念头才冒头,就被玛戈扫到了一边。格雷戈里当然不可能在喂养第二头姆巴旺怪兽。

还是说,有这个可能?

"副队长,"她问,"知道这是什么吗?"

达戈斯塔走过来,看了看,答道,"完全不知道。"

"姆巴旺莲。姆巴旺草。"

"少胡扯了。"

玛戈摇摇头,"真希望我在胡扯。"

两人站在那里,动弹不得,太阳落到了悬崖背后,给河对岸的楼宇蒙上夕照光晕。她低头看着手里的植物,正要收进拎包的时候,她发现了一个刚才没注意到的细节。

在微弱的光线下,她看到球根顺着木质部有一道很长的双V形嫁接疤痕。玛戈知道得很清楚,这种嫁接疤痕只有两个可能性:或者是普通的杂交试验。或者,是非常精密的遗传工程试验。

30

海沃德粗鲁地推开门,嘴里还含着一口饭菜。

"瓦克西警长刚打电话,"她边咽金枪鱼边说,"叫你马上去审讯室。抓住他了。"

达戈斯塔正拿着大头针在失踪人口地图上做标记,用来替代瓦克西抢走的那张地图，听见海沃德的话，他抬起头，“抓住谁了？”

“他。当然是那个模仿杀手了。”她挑起眉毛。

“扯淡吧。”不出一秒钟，达戈斯塔就走到门口，随手从衣帽架拿起西装上衣穿好。

两人穿过大间办公室走向电梯，海沃德说，“在漫步区抓住的。一名监视的警察听见喧闹声，过去查看。发现这家伙刚捅死一个游民，正打算割掉死者的脑袋。”

“他们是怎么知道的？”

海沃德耸耸肩，“问瓦克西警长。”

“凶器呢？”

“自制刀具。很粗糙。正是他们要找的东西。”话虽这么说，但海沃德听起来并不信服。

电梯门打开了，潘德嘉斯特出现在眼前。看见达戈斯塔和海沃德要进电梯，潘德嘉斯特疑惑地挑起眉毛。

“凶手在审讯室，”达戈斯塔说，“瓦克西要我过去。”

“真的？”探员退了回去，揿下二楼的按钮，“唔，非得去开开眼界不可。我很好奇，不知道瓦克西钓了一条什么大鱼。”

警察总部的审讯室是一排冷酷的灰色房间，煤渣砖墙壁，厚实的金属门。值班警察打开电子门放他们进去，指点他们去九号房间的观察室。观察室里，瓦克西瘫在一张椅子里，隔着单向玻璃看审讯房间里的情形。听见他们进来，他抬起头，见到潘德嘉斯特时皱起眉头，见到达戈斯塔后哼了一声，对海沃德则假装没看见。

“他开口了？”达戈斯塔问。

瓦克西又哼了一声，“哈，当然。嘴都不带停的。可惜到现在为止尽在胡扯。自称他叫杰弗里，其他就不肯说了。不过我们很快就能问出个究竟。估计你们也想问几个问题吧？”瓦克西意气风发，因此慷慨起来，满脸沾沾自喜和自信。

隔着玻璃,达戈斯塔见到那男人仪容不整,眼神狂乱。嫌犯的嘴巴动得飞快,但没有发出声音,但僵硬的身躯一动不动,使得场面几乎有点滑稽。

“就是他?”达戈斯塔困惑道。

“正是他。”

达戈斯塔继续隔着玻璃打量那人,“个头有点小,不像有多少杀伤力。”

瓦克西的嘴巴一拧,辩护道,“说不定是被人欺负得狗急跳墙了。”

达戈斯塔俯身揿下麦克风按钮。单向玻璃上方的扬声器里顿时传出连串叫骂。达戈斯塔听了几秒钟,关掉麦克风。

“凶器呢?”他问。

瓦克西耸耸肩,“自制工具,一段钢片嵌在一截木杆上。手柄用布包裹——医用纱布之类的东西。血太多,很难说清;得等法医告诉我们结果。”

“钢。”潘德嘉斯特说。

“钢。”瓦克西答道。

“不是石头。”

“我说了,是钢。你自己看呗。”

“好的,”达戈斯塔从窗口退开,“不过先听听这家伙有什么要说的。”他走向房门,潘德嘉斯特悄无声息地跟上去,仿佛一条沉默的幽魂。

九号审讯室和全国无数个警察局里的无数个审讯室毫无区别。空荡荡的房间,正中央摆着一张伤痕累累的木桌。犯人坐在桌子对面的直背椅上,双手铐在身后。桌子另一面有几把椅子,但此刻只坐了一名警探,他玩着磁带录音机,兴味索然地承受着污言秽语的攻击。另外几名佩带武器的制服警察隔着房间面面相觑。

左右两边墙上挂着巨幅黑白照片。一张是尼古拉斯·彼特曼支离破碎的尸体，躺在眺望台城堡男厕所的地上。另一张是帕梅拉·威许那张著名照片。天花板一角的摄像机不动声色地记录着审讯过程。

达戈斯塔在桌边坐下，闻着熟悉的汗水、臭袜子和恐惧的混合气味。瓦克西跟着他走进来，小心翼翼地把庞大的身躯放进他旁边的座位。海沃德走到离她最近的制服警察身边站住。身穿崭新西服的潘德嘉斯特关上门，靠在门上，抱起双臂。

门一打开，犯人就停下了喊叫。他从油腻腻的头发缝里瞪着新来的几个人，见到海沃德他眼睛一亮，看了好一会儿才转开视线。

“你他妈看什么看？”他最后对达戈斯塔说。

“不知道，”达戈斯塔答道，“想跟我说说？”

“滚。”

达戈斯塔叹了口气，“你知道自己的权利吧？”

犯人咧嘴一笑，露出一嘴肮脏的小牙齿。“你旁边那个肥婆念给我听过了。我可不需要律师抓着我的手。”

“嘴巴当心点儿。”瓦克西喝道，脸色涨得血红。

“不，肥仔，你才需要当心。你的肥屁股也当心点儿。”他嘿嘿一笑。海沃德忍俊不禁。

达戈斯塔心想在此之前他们估计已经吵了很久。他问，“公园里到底发生了什么？”

“要我开个单子给你吗？首先，他侵入了我的睡觉点。其次，他冲我嘶嘶叫，好像他是埃及来的大蛇。第三，上帝没有保佑他。第四，他——”

瓦克西挥挥手，“我们明白了。跟我说说其他人。”

杰弗里没有搭腔。

“说吧，”瓦克西逼问道，“还有谁？”

“有得是，”杰弗里隔了半晌答道，“敢不尊敬我的人都没好果子吃，”他俯身道，“你当心点儿，肥仔，老子迟早要割你一块猪油。”

达戈斯塔伸手按住瓦克西，抢先问道，“你还做过什么事情？”

“噢，大家都认得我。谁不认得‘天使猫’杰弗里？老子混得可好了。”

“帕梅拉·威许呢？”瓦克西插嘴道，“杰弗里，别否认。”

犯人浑浊双眼的眼角皱纹忽然变深，“我没有否认。那些龟孙子不尊重我，都不尊重我，他们活该。”

“你是怎么处理他们的脑袋的？”瓦克西屏住呼吸。

“脑袋？”杰弗里问。达戈斯塔觉得他稍微有点动摇。

“你已经没法脱身了，千万别抵赖。”

“脑袋？被老子吃掉了。”

瓦克西得意洋洋地横了达戈斯塔一眼，“眺望台城堡的那个男人呢，尼克·彼特曼？跟我说说他。”

“那家伙尤其来劲。王八蛋不尊重我。伪君子，吝啬鬼。他是魔鬼。”杰弗里前后摇晃。

“魔鬼？”达戈斯塔蹙眉道。

“魔鬼的君王。”

“太对了，”潘德嘉斯特同情地说，“你在对抗黑暗的力量。”这是他进屋后说的第一句话。

犯人摇晃得更加剧烈了。“对，对。”

“用你通电的皮肤。”

晃动忽然停下。

“还有你喷火的眼睛，”潘德嘉斯特继续道，他从门上起身，缓步向前，直勾勾地盯着疑犯。

杰弗里瞪着潘德嘉斯特，咬牙低声道，“你是谁？”

潘德嘉斯特沉默片刻。“吉特·斯玛特，”他最后答道，仍旧死死盯着杰弗里。

在达戈斯塔看来，犯人的转变剧烈得可怕。脸上刹那间没了血色。他看着潘德嘉斯特，嘴唇颤动，但发不出声音。最后，他尖叫一声，猛地向后躲避，用力之大甚至推翻了椅子，他重重摔在地上。海沃德和两名警察扑上去按住拼命挣扎的犯人。

瓦克西好不容易站起身，在尖叫声中说道，“天哪，潘德嘉斯特，你到底跟他说了什么？”

“显然是正确的话，”潘德嘉斯特看着海沃德，“别难为这位朋友了。接下来还是交给瓦克西警长吧。”

电梯带着他们返回凶杀科，达戈斯塔问，“那家伙到底是谁？”

“我不清楚他的真名，”潘德嘉斯特抚平领带，“但肯定不是杰弗里。他也不是我们要找的凶手。”

“怎么不告诉瓦克西？”

潘德嘉斯特心平气和地看着达戈斯塔，“副队长，我们见到的是个妄想型精神分裂症的典型病例，多重人格更是让他雪上加霜。你应该也注意到了，他在两个人格之间不停切换。一个是愤怒硬汉，对你对我无疑都欠缺说服力。另一个是幻觉杀手——这个危险得多。你听见了吧？‘其次，他冲我嘶嘶叫，好像他是埃及来的大蛇。’还有‘天使猫杰弗里。’”

“当然听见了。这家伙说话像是刚被人传授了《十诫》什么的。”

“或者其他东西。你说得对，他的胡言乱语拥有书面用词的结构和抑扬顿挫。我也发现了。他说到那里，我认出他在引用古诗《羔羊的喜悦》，作者是克里斯托弗·斯玛特。”

“没听说过。”

潘德嘉斯特微微一笑,“这位作者不太有名,这篇作品同样如此。但这首诗创造出的怪异图景却无可辩驳地有力,你该读一读。作者斯玛特当时在负债人监狱里被关得半疯半傻。总而言之,斯玛特在这首诗里花了很长一段描写他的猫杰弗里,斯玛特认为它是某种处于肉体蜕变之中的半成生物。”

“随你怎么说。这和刚才那位满嘴脏话的朋友有什么关系?”

“这个可怜人显然把自己当成了诗里的那只猫。”

“那只猫?”达戈斯塔怀疑道。

“正是如此。吉特·斯玛特——真正的吉特·斯玛特——当然就是这样。这是一个极其有力的变形幻觉。我确定那位可怜人曾经是学者或失败的诗人,后来逐渐沦落疯癫深渊。他杀了人,这点无可辩驳——但只是因为有人在错误的时候招惹了他。至于其他的……”潘德嘉斯特挥挥手,“有太多证据说明他不是我们真正的目标。”

“比方说照片,”达戈斯塔说。有经验的审问者都知道,凶手不可能不盯着受害者照片或来自犯罪现场的物品看。可是,就达戈斯塔所见,杰弗里对那两张照片连一眼都没看过。

“正确。”电梯门呜呜打开,两人穿过喧闹的大间走向达戈斯塔的办公室。“另外,根据瓦克西的描述,这起凶案缺少其他受害者遇袭时的突然性质。总而言之,我辨认出了他对这首诗的病态认同,接下来要诱导他发疯简直易如反掌。”

潘德嘉斯特关上办公室的门,等达戈斯塔坐下,他继续道,“先不谈这件烦人的小事。我请你做的交叉关联调查有结果了吗?”

“DP今天上午刚送来,”达戈斯塔翻着厚厚一摞打印件说,“且让我先看一看。受害者中有百分之八十五是男性,百分之九十二是包括短期居住在内的曼哈顿居民。”

“我主要关心的是受害者的共同之处。”

“明白。”达戈斯塔顿了顿，“没有以I、S、U、V、X和Z开头的姓氏。”

潘德嘉斯特的嘴角抽了一下，估计也有点忍俊不禁。

“年龄都在十二到五十六之间。没有在十一月出生的受害者。”

“接着说。”

“好像就这些了。”达戈斯塔边看边说，“哦，还有。我们做了SMUD检索，对比与连环杀人案有关的各种特性。找到的共同点只有一个：没有一起谋杀案是在满月期间发生的。”

潘德嘉斯特坐了起来，“真的？这一点值得关注。还有吗？”

“没了，就这些。”

“谢谢，”潘德嘉斯特靠了回去，“但这一点已经很珍贵了。文森特，我们缺的就是信息，靠得住的事实。这也是我不能继续坐等的原因。”

达戈斯塔看着他，一时间不明所以，但随即皱起了眉头，“你不会又要下去了吧？”

“正是如此。要是瓦克西警长仍旧坚持认为他抓住了凶手，额外增加的警力就会被撤回去。大家将放松警惕。制造出的气氛只会让杀人变得更容易。”

“你打算去哪儿？”达戈斯塔问。

“恶魔阁楼。”

达戈斯塔哼了一声，“别犯傻，潘德嘉斯特。你甚至不知道那地方存不存在，更别说怎么下去了。除了那个流浪汉的话，你没有任何证据。”

“我认为墨菲斯托的话相当可信。”潘德嘉斯特答道，“另外，我拥有的可不止是他的叙述。我和市政厅一位叫艾尔·戴蒙德的工程师谈过。他说所谓的‘恶魔阁楼’其实是一组隧道，在十九世纪末由纽约最富裕的几个家族建造。原本计划修建的是私人地铁线路,但仅仅过了几年就被废弃。我甚至想办法复原出了这些隧道的大致走向。"潘德嘉斯特拿起桌上的马克笔,走到失踪人口分布图前,从公园大道和四十五街路口开始,画线到第五大道,再向北到大军广场,然后对角横穿中央公园,向北到中央公园西路。他退了一步,看着目瞪口呆的达戈斯塔。

达戈斯塔盯着地图。除了公园里的几个地点,所有红色和白色大头针都聚集在潘德嘉斯特画出的线路左右。

"乖乖。"他低声道。

"一点不假,"潘德嘉斯特说,"戴蒙德还说公园之南和之北的隧道被封死了,所以我要去的是公园底下。"

达戈斯塔伸手去拿办公桌里的雪茄,"我跟你去。"

"抱歉,文森特,你必须留在上面,因为警队的其他人都即将放松警惕。我需要你配合玛戈·格林搞清楚川北到底在研究什么。我们完全不清楚他和这些案件究竟有什么关系。再者说,我要达到目的就必须悄悄潜入。这一趟将非常危险。两个人下去,被发现的概率就会加倍。"他手指一动,盖上马克笔的笔帽。"不过,如果能借用经验丰富的海沃德巡佐几个小时的话,我倒很希望她能帮我准备一下。"

达戈斯塔怒视着他,放下雪茄。"天哪,潘德嘉斯特——去恶魔阁楼的路很远。你要在下面过夜了。"

"恐怕不止如此,"探员把马克笔放回桌上,"要是七十二个小时之内没有我的消息……"他顿了顿,忽然笑着抓住达戈斯塔的手,"组织搜救队可就太愚蠢了。"

"食物呢?"

潘德嘉斯特假装惊讶,"你忘了美味的明火叉烤隧道兔子吗?"

达戈斯塔做个鬼脸,潘德嘉斯特笑着安慰他,"别担心,副队长,我会带足装备的。食物、地图,应有尽有。”

“简直像是地心旅行。”达戈斯塔摇着头说。

“是啊。我也觉得自己有点像是要去探索未知部族居住的未知世界。难以想象,那地方就在我们脚下。这里有怪物,我的朋友。希望我能躲过怪物。我们的朋友海沃德将给我送行。”

潘德嘉斯特一动不动地站了几秒钟,似乎陷入了沉思。接着,他最后朝达戈斯塔点点头,走出办公室,进了外面的走廊,黑色丝绒西装在日光灯下闪着黯淡的光华,最后一位伟大探险家踏上征程。

31

潘德嘉斯特单手拎着皮革帆布旅行包,轻快地爬上纽约公共图书馆门前的宽阔石阶。海沃德在他背后停下脚步,打量把守楼梯口的巨大石狮。

“别担心,巡佐,”潘德嘉斯特说,“下午已经喂过了。”尽管天气很热,他身上长及膝部的橄榄色风衣却扣得紧紧的。

进到室内,大理石地面的门厅光线昏暗,凉爽宜人。潘德嘉斯特低声和警卫交谈,亮出徽章,问了几个问题。他朝海沃德点点头,示意海沃德跟上,两人走进双折楼梯下的门洞。

两人走进镶嵌皮革的电梯,潘德嘉斯特说,“海沃德巡佐,你比任何人都了解曼哈顿的地下。你已经给了我几个价值连城的建议。最后还有什么要叮嘱的吗?”

电梯开始下降,海沃德答道,“有,别去。”

潘德嘉斯特微微一笑,“很抱歉,这个没得选。只有亲自侦察才能证明阿斯托隧道是不是血案源头。”

“那就带上我。”海沃德马上接话道。

潘德嘉斯特摇摇头,“相信我,我也很想。但我这次的目标就是偷偷潜入。两个人制造出的响动瞒不过敌人耳目。”

电梯在最底下的3－B层停下，两人走进黑洞洞的走廊。海沃德说，“那就自己当心吧。大部分‘鼹鼠’入地是为了逃避争斗，而非寻找争斗。但还有很多掠食者。毒品和酒精让情况变得更糟。记住他们的视觉和听觉比你强，也更加了解隧道。无论怎么看，你都处于劣势。”

“这是真的。”潘德嘉斯特说，“所以我必须扳平局面。”他在一扇老旧的门前停下，用钥匙打开，领着海沃德进去。房间里全是从天到地的金属架，上面摆满了古老的书籍。架子之间的过道还不足二十英寸。灰尘和霉菌的味道扑面而来。

海沃德跟着潘德嘉斯特穿过书架，她问，“来这儿干什么？”

“在我查看过的所有大楼里，”潘德嘉斯特说，“图书馆的结构图最明确，通往阿斯托隧道的路也最清楚。我要向下走很长一段路，最终目标在这儿北面的什么地方，但谨慎一点，尽量减少风险总归没坏处。”他停下扫视四周，朝一条狭窄的过道点点头，“啊哈，应该就是这儿了。”

他在里面墙上打开一扇小得多的门，领着海沃德爬下一段楼梯，走进一个没铺地板的狭小房间。“我们正下方是一条通行隧道，”他说，“始建于1925年，是将书籍运往储存地点的气动系统的一部分。项目在大萧条时期中途停工，废弃至今。不过嘛，倒是方便我从这里进入主供水隧道。”

潘德嘉斯特放下旅行包，用手电筒查看地面，扫开灰尘，露出一扇古老的翻板活门。他在海沃德的帮助下掀起活门，一条铺着瓷砖的漆黑小隧道出现在眼前。他把手电筒伸进黑暗的隧道，前后左右看了几秒钟。见到的东西显然让他很满意，潘德嘉斯特直起身，解开风雨衣的纽扣。

海沃德惊讶地眯起了眼睛。探员在风雨衣底下穿着一身灰黑花纹的军用迷彩服。拉链和搭扣都是塑料的,涂成亚光的黑色。

潘德嘉斯特笑着说,“迷彩花纹很不寻常吧？灰色替代了平时用的褐色,专用于黑灯环境。”他跪下打开旅行包,从一格里取出军用黑色油彩,涂在脸上和手上。接下来,他取出一卷毛毡查看,海沃德注意到这块毛毡的内侧缝着好几个口袋。

“便携变装套件,”潘德嘉斯特说,“安全剃刀、小毛巾、镜子、酒味口香糖。我这次下去希望能避人耳目,不和其他人或东西打交道。但这个还是要带上,以防万一嘛。”他把黑色油膏塞进其中一个口袋,卷起毛毡,放进衬衣内侧。他从旅行包里抽出短管手枪,亚光外壳让海沃德觉得它更像塑料而非金属。

“这是什么?”她好奇道。

潘德嘉斯特把枪翻过来给她看,“实验性的九毫米手枪,由德奥公司制造,发射陶瓷和特氟龙的复合子弹。”

“你难道要去打猎?”

“你应该听说过我和姆巴旺怪兽的遭遇战,”潘德嘉斯特答道,“那次经验告诉我,一个人应该时刻做好准备。这把小枪能打穿大象的脑壳——纵向打穿。”

“攻击性武器,”海沃德答道,“怎么看都是。”

“你这么说我就当你批准了,”潘德嘉斯特说,“防御当然至少和攻击同样重要。我也有我的装甲。”他撩起迷彩服,露出防弹背心。他从旅行包里拿出克维拉质地的黑色头盔戴上。海沃德看着潘德嘉斯特掏出净水套件和另外几件东西,分别装进不同的衣袋。最后,他取出两个封得严严实实的塑料袋,里面是几条看似黑色皮革的东西。

“印第安干肉饼。”他说。

“什么?”

“里脊肉,切成条晒干,与浆果、水果和坚果一起捣碎压实,含有身体所需的全部维生素、矿物质和蛋白质，而且非常好吃。美洲原住民发明了最优秀的探险食物。刘易斯和克拉克靠这东西活了几个月。”

“好吧，看来你不愁吃喝了，”海沃德摇着头说，“前提是不迷路。”

潘德嘉斯特拉开迷彩服顶上的拉链，露出衬里。“这大概是我身上最重要的东西了：地图。就这么说吧，我学习‘二战’时的飞行员，也把地图画在了飞行夹克上。”他朝米色衬里点点头，他用精确的笔法把复杂的管线、隧道和层面画在了衬里上。

潘德嘉斯特拉上迷彩服，像是忽然想起了什么，从口袋里掏出一串钥匙交给海沃德。“本来想用胶带粘住，以免叮当乱响。还是交给你保管吧。”他从另一个口袋里掏出钱包和调查局徽章递给海沃德，“放在达戈斯塔副队长那儿。在底下用不上。”

他用双手摸了一遍全身上下，像是在确定所有东西都齐全了。最后，他转向翻板活门，小心翼翼地钻进通道。“帮我保管一下，谢谢。”他朝旅行包点点头。

“没问题，”海沃德答道，“记得寄明信片给我。”

翻板活门盖住了潮湿阴暗的通道，海沃德手腕一转，关紧了活门。

32

玛戈盯着滴定管，好久才眨一下眼睛。每次有一滴液体颤抖着落进溶液，她就期待着溶液变色。背后传来佛洛克低沉的呼吸声——他也目不转睛地盯着仪器——她发现自己情不自禁地屏住了呼吸。

溶液突然变成亮黄色。玛戈转动玻璃旋塞阀，止住液流，记下量筒上的刻度。

她后退一步,觉察到大难临头的熟悉感觉再次袭来:不安,接近恐惧。她站在原处,回想起十八个月前在一百英尺开外的另一个实验室里上演的那一幕。当时也是她和佛洛克两人,聚在格雷戈里·川北的基因外推器前,看着程序列出一只动物的体态特征,这只动物就是所谓的博物馆怪兽姆巴旺。

她记得自己险些诅咒朱利安·惠特塞,这位科学家在探险时迷失于亚马逊丛林深处。惠特塞随手捡了些水生植物,充当填充纤维来包裹那些送回博物馆的样品。但惠特塞和所有人都不知道的是,姆巴旺怪兽对这种植物上瘾,离了植物里的某些荷尔蒙就活不下去。怪兽的原始栖息地被摧毁后,它外出搜寻这种植物剩下的仅有样本:板条箱里的填充纤维。非常讽刺的是,板条箱在开展前被锁进了博物馆的安全保管区,迫使怪兽转向它能找到的最接近植物荷尔蒙的物质:人类的下丘脑。

玛戈盯着黄色溶液,意识到除了恐惧她还有另外一种感觉:不满足。事情有蹊跷之处,有难以解释的地方。上次有这种感觉是在迷信大展开幕之夜的屠戮之后,姆巴旺怪兽的尸体迅速被装进挂政府车牌的厢式货车拉走,从此消失得无影无踪。尽管不愿意承认,但她始终觉得他们远没有看清真相,再也没法搞清楚姆巴旺到底是什么了。她曾寄希望于搞到解剖结果和法医报告,解释清楚怪兽最初究竟是如何来到博物馆的,还有怪兽为何拥有那么高比例的人类基因。什么材料都行,只要能给这桩惨剧画上句号——她的噩梦或许也会随之平息。

她醒悟过来,佛洛克关于姆巴旺是演化失常的产物的推测从一开始就没有说服她。她强迫自己回想亲眼看到怪兽的那几个瞬间:怪兽在黑洞洞的走廊里冲向她和潘德嘉斯特,凶猛的眼睛里透着狂喜。她认为怪兽更像杂交产物,而非失常畸变。可是,是什么和什么杂交呢?

佛洛克在轮椅里更换坐姿,声音打断了她的思绪,他说,“咱们再试一次,免得弄错。”

“我已经很确定了。”玛戈答道。

“亲爱的,”佛洛克微笑着说,“你还太年轻,不能说这种话。请记住,实验结果必须是可重复的。我不想让你失望,但万一到头来只是在浪费时间怎么办？还不如检查彼特曼的尸体呢。”

玛戈按下恼怒,重新架起滴定管。依照目前的进度,几个星期也分析不完她在川北那个被毁坏的实验室取到的样本。佛洛克的科学实验做得谨慎而精确,这是出了名的,他似乎和从前一样,仍旧完全不明白时间有多么重要。但话也说回来,和许多伟大的科学家一样,他以自我为中心,更关心他自己的研究和自己提出的理论。玛戈回想起佛洛克担任她的论文导师的那会儿,他在研讨会上一个接一个讲述他腿脚还方便时在非洲、南美和澳大利亚的冒险故事,花在讲故事上的时间比讨论研究上的多得多。

两人已经在滴定管和线性回归程序上耗费了几个钟头,试图从玛戈在现场找到植物纤维里算出什么结果。玛戈盯着溶液,伸手按摩自己的腰窝。达戈斯塔确信纤维里有某种精神药物,可到现在他们也没找到能支持这个推测的证据。玛戈心想:要是植物纤维的原始样本还在就好了,我们可以做交叉对比研究。但 CDC 下令销毁那种植物的全部存货,甚至坚持要烧掉玛戈曾经装过几根纤维的拎包。

这又引出了另一个问题。要是博物馆里的纤维都已销毁,格雷戈里·川北是从哪儿弄到样本的？他是怎么自行培育的？以及,更重要的问题:为什么？

还有川北实验室里标有“活性 7 - 脱氢胆甾醇”的烧瓶,那又是一个谜。缺的那几个字肯定是“甾醇”:她查过参考书,被自己的愚蠢弄得哭笑不得。她立刻就明白了当时为何觉得眼熟——这是维

生素 D_3 最常见的存在形式。搞清楚这一点,她没用多久就看明白了:川北实验室里的有机化学仪器是临时搭建的维生素 D 合成装置。但是,为什么呢?

溶液变黄,她记下刻度:不出所料,和上次相同。佛洛克正在实验室的另一边摆弄什么仪器,没有注意到。玛戈犹豫起来,想着接下来该做什么。她走到电子显微镜前,小心翼翼地从数量急剧减少的样本上撕下一小段纤维。

玛戈开始调整镜台,佛洛克摇着轮椅过来,用柔和的声音说,"玛戈,七点了。很抱歉,但我认为你工作得太卖力了。今晚咱们休息一下如何?"

玛戈笑着答道,"我马上就好,佛洛克博士。再做最后一项,今天的任务就算结束了。"

"啊哈。最后一项是什么?"

"我打算冰冻断裂一份样本,然后做十埃电子成像。"

佛洛克皱起眉头,"为了什么目的呢?"

玛戈盯着玻璃镜台上的小点,那是她的样本,"我也不完全确定。刚开始研究这种植物的时候,我们知道它携带某种呼肠孤病毒,其编码能同时影响人类和动物的蛋白质。我想知道这种病毒是不是毒物来源。"

佛洛克宽阔的胸膛里发出低沉的笑声,最后忍不住笑出了声。他说,"玛戈,我得说你必须休息了,这完全是胡思乱想。"

"也许吧,"玛戈答道,"但我更愿意叫它直觉。"

佛洛克看了她几秒钟,喟然长叹道,"随你便。但我必须要休息了。明天要去莫里森镇纪念医院,接受退休后不得不忍耐的年度体检。亲爱的,星期三上午见。"

玛戈说声再见,目送佛洛克摇着轮椅进了走廊。她逐渐意识到这位著名科学家不喜欢被人顶撞。在他手下当研究生的时候,玛戈胆小而顺从,佛洛克永远那么富有魅力,处处表现得温文尔雅。但现在佛洛克已经荣誉退休,她成了独当一面的研究员,可以时而表达自己的看法,虽然佛洛克有时候对她的见解很不以为然。

她把微小的样本扫进样本箱,拿到冰冻断裂机前。机器将把样本放进塑料格,把温度降到接近绝对零度,然后把样本一切为二。扫描电子显微镜将得出断面的极高精度照片。佛洛克说的当然有道理:换了其他时候,这项试验对他们的研究毫无用处。她说这是直觉,但其实只是走投无路罢了。

低温断裂机很快亮起绿色指示灯。玛戈用电子支架端起塑料格,放上切断架。钻石刀头缓缓下落,随着咔哒一声轻响,塑料格断成两截。她把一截装进电子显微镜,小心翼翼地调整接口、扫描控制器和电子束发射器。过了几分钟,一张清晰的黑白照片出现在屏幕上。

玛戈望着照片,觉得血液都要结冰了。

如她所料,她能辨认出六边形微粒:呼肠孤病毒,十八个月前,川北的外推器程序在植物纤维里侦测到了它的存在。可是,照片上的病毒浓度高得惊人,完全充满了植物细胞器。微粒四周的空泡内含有某种结晶分泌物:只可能来自呼肠孤病毒本身。

她吐出一口长气。高浓度,结晶分泌物,只能说明一点:姆巴旺这种植物只是载体。病毒制造毒物。之所以找不到毒物的踪迹,是因为毒物被包裹在空泡之内。

好吧,她心想:答案很简单。隔离呼肠孤病毒,在媒介内培植,看它产生什么毒物。

川北肯定也想到了这一点。

如果是这样,那么川北也许并不是在对植物做基因工程操作,他的研究对象也许是这种病毒。

玛戈坐了下去,头脑转得飞快。事情终于接上了:先前的研究和新的研究;病毒产生的物质和病毒的宿主植物;姆巴旺,植物纤维。但还是无法解释川北为何离开博物馆去研究这东西。也无法解释姆巴旺如何从亚马逊雨林长途跋涉,来博物馆寻找惠特塞探险队送来的……

惠特塞。

玛戈跳了起来,一只手捂住嘴巴,高脚凳倒在了油毡地板上。

突然之间,一切谜团都解开了——但真相是那么可怕。

33

史密斯贝克被领进中央公园南路九号十八楼门厅,他立刻注意到会客室的大观景窗拉开了窗帘。阳光洒进房间,把沙发和红木桌台镀成金色。上次来的时候,这里仿佛殡仪馆,今天却笼罩着温暖灿烂的气氛。

阳台上,安内特·威许坐在玻璃台面的圆桌前,戴着墨镜和时髦的遮阳草帽。她转过头,对史密斯贝克微微一笑,示意他坐下。史密斯贝克一边落座,一边羡慕地望着犹如绿色地毯般向北延伸至一百一十街的中央公园。

"给史密斯贝克先生倒茶。"威许夫人对领史密斯贝克进来的女仆说。

威许夫人伸出手,史密斯贝克抓住握了握,说,"请叫我比尔。"他不禁注意到,尽管夏日艳阳投来不留情面的光线,但威许夫人的皮肤却很少有岁月留下的痕迹。她肤如凝脂,光滑而有弹性,完全没有因为年龄而松弛。

"感谢你表现出的耐心,"她收回手,"相信你也认为应该得到一点奖赏了。我们已经确立了行动路线,正如我答应过的,你将首先得到通知。当然了,还请暂时保密。"

史密斯贝克接过茶杯,就着昂贵的茉莉花香喝了一口。坐在这套高档公寓里,和这位全纽约每个记者都想采访的女士喝茶,曼哈顿被他踩在脚下,他觉得很受老天眷顾。甚至弥补了被混球人渣布莱斯·哈里曼抢走新闻的损失。

“大军广场的示威集会非常成功,因此我们决定将‘夺回我们的城市’运动推向新阶段。”威许夫人说。

史密斯贝克使劲点头。

“计划其实很简单。我们未来的全部行动都将是突然袭击。规模一次比一次宏大。只要有谋杀案发生,我们的人就会冲进警察总部,命令他们必须中止暴行。”她抬手抚平一缕银发,“另外一方面,我相信用不了多久,我们就能看见真正的改变。”

“为什么?”史密斯贝克迫不及待地问道。

“明天早晨六点,我们会在圣帕特里克大教堂门前集合。告诉你,相比之下,大军广场的人群数量将变得不值一提。我们打算告诉纽约市,我们已经下定决心。游行队伍将沿第五大道北上,穿过中央公园南路,顺着中央公园西路向北,在各次谋杀案发生的地点停下,点蜡烛追思。最后,我们将在中央公园的大草坪集合,举行午夜祈祷仪式。”

她摇摇头,“真是可惜,市政当局似乎还没有领会我们的意图。等他们看到曼哈顿中城陷入瘫痪,无数选民上街呼吁采取行动——我向你保证,他们将幡然醒悟。”

“市长呢?”史密斯贝克问。

“市长肯定又会露面。他这种政客抗拒不了人群的诱惑。等他露面,我要告诉他这是他最后的机会。要是再让我们失望,我们就提出罢免议案。被我们收拾过了,他去俄亥俄的阿克伦都找不到捕狗员的工作。”一丝冷笑爬上她的双唇,“若是时机恰当,你可以引用这句话。”

史密斯贝克也忍不住笑了。前途真是无比光明。

34

就快完成了。

他走进潮湿而幽暗的神庙，手指划过墙上冰凉的圆球，爱抚有机质的表面，低陷处，隆起处。确实应该建在这里：和它来的地方是那么相似，但另一方面又是那么不相似。他转身坐进他们为他制作的王座，感觉着粗糙的皮革表面和捆扎架构的细微变形，听着肌肉和骨骼发出的嘎吱轻响，他的感官前所未有地敏锐。很快就要完成了。至于他？现在已经完成了。

他们为他长时间地艰苦工作，他是他们的领袖和主宰。他们爱他，也畏惧他——这是他应得的——他们将要崇拜他。他闭上眼睛，吸着在四周如雾气般涌动的醇厚芬芳。神庙的臭味曾经令他厌恶，但当时他的感官还没有变得敏锐。这是那种植物赐给他的诸多礼物之一。现在一切都不同了。气味犹如景色，不停变化，呈现出你能想象的所有颜色，此处明亮清晰，彼处黑暗神秘。气味有山峰、峡谷和沙漠，有海洋和天空，有河流和牧场，气味是无与伦比的全景图，难以用人类语言描绘。相比之下，眼睛看到的世界是那么单调、丑陋和贫瘠。

他享受着无上荣光。他在另外一个人跌倒的地方爬了起来，在另外一个人因为恐惧和怀疑而退缩的地方获得了力量和勇气。另外一个人不可能发现方程式里隐藏的缺陷。他不但找到了缺陷，甚至更进一步，完善了这种神奇的植物及其蕴含的秘密。另外一个人低估了僮仆对仪式和典礼的渴求。但他没有犯错。只有他明白其中最基本的寓意。

这是他毕生工作的真正成就——太可笑了，他以前怎么没有意识到！正是他，只有他，拥有实现目标的力量、智慧和决心。只有他能清理世界，引领世界走向未来。

世界！他大声念诵这个词语，他能感觉到高处那个可悲的世界，重重地压在他圣洁的神庙上。现在他看得异常透彻。这个世界过于拥挤，虫豸一般的人类活得毫无目标、毫无意义、毫无价值，丑陋而卑微，像是什么蠢笨机器上的癫狂活塞。他们永远骑在他头上，拉屎、交配、出生、死亡，受缚于人类生命的轮回桎梏。扫除他们——全部扫除干净——是多么容易，又是多么不可避免，就像踢开蚁丘，碾碎柔软的白色虫蛹。新世界即将来临：那么新鲜，那么多姿多彩，那么充满美梦。

35

达戈斯塔走进人类学部的小会议室，玛戈问，"其他人呢？"

"他们不来了，"达戈斯塔揪起裤腿坐下，"另有安排。"他看到玛戈的眼神，厌恶地摇摇头，"唉，管他的。想听实话？他们不感兴趣。记得那个叫瓦克西的？你在布朗贝尔的报告会上见过他。案件现在由他负责调查。他认为他已经抓住了犯人。"

"已经抓住了犯人是什么意思？"玛戈问。

"他们在公园里逮住一个疯子。确实杀了人不假，但不是我们要抓的犯人。至少潘德嘉斯特认为不是。"

"潘德嘉斯特呢？"

"出差去了，"达戈斯塔笑了笑，像是说了个只有他懂的笑话，"你有什么结果？"

"我从头说，"玛戈深吸一口气，"从十年前开始说。博物馆组织了前往亚马逊盆地的探险队，带队的科学家名叫朱利安·惠特塞。队员内讧，队伍分裂。谁也没有活着回来，原因各自不同。但是，有几箱文物装船运到了博物馆。其中一件文物是个可怕的小雕像，用植物纤维包裹。"

达戈斯塔点点头。都是他早就知道的老黄历。

“他们并不知道,小雕像的原型是一种凶残的本土野兽。填充材料是这种野兽的必需食物。没过多久,野兽的栖息地由于当地政府挖矿而被摧毁。这只怪物,所谓的姆巴旺,跟着仅存的一些植物纤维从亚马逊盆地找到贝伦,又来到纽约城。怪物在博物馆的地下室定居,靠吃啮齿类和这种它似乎上瘾的植物过活。”

达戈斯塔继续点头。

“好吧,”玛戈说,“我不认为这是实情。过去认为,但现在不了。”

达戈斯塔挑起一侧眉毛,“那你现在认为实情是什么呢?”

“副队长,你想一想。一只野生动物——就算它非常聪明好了——怎么可能跟着几箱植物纤维从亚马逊盆地一路找到纽约城呢? 纽约城和它的栖息地远隔万里。”

“你说的这些,全是怪物被杀那会儿我们已经知道了的。没有其他的解释,我看现在好像也不会有。姆巴旺来到了纽约。老天在上,我都能感觉到它在对我呼吸。它如果不是从亚马逊来的,又能是哪儿呢?”

“好问题,”玛戈说,“假如姆巴旺原本就来自纽约,只是回到了家里呢?”

达戈斯塔沉默片刻,大惑不解道,“回家?”

“对。假如姆巴旺根本不是动物,而是人类呢? 假如姆巴旺就是惠特塞呢?”

这次达戈斯塔沉默得更久了,他看着玛戈。身体锻炼得好不好另当别论,她一连多日研究这些尸体,累都快累死了。又有布朗贝尔被谋杀的噩耗,她接着发现正在检验的一具尸体居然属于前同事。她和那位同事断了联系,本就有所愧疚……唉,你怎能这么愚蠢,这么自私,逼着玛戈参与这种工作,你明明知道博物馆谋杀案对她有什么影响啊! 他开口道,“我说,格林博士,你似乎——”

玛戈举起手,“我知道,我知道,听起来很疯狂。但我敢发誓,我没有发疯。我的助手这会儿正在进行另外几项测试,以验证我的发现。先让我说完。姆巴旺拥有的人类DNA多得诡异。还记得吗?我们对一枚钩爪做了基因测序,发现了好几段完整的人类DNA,长达几千对之多。这绝对不是演化畸变。另一方面,潘德嘉斯特在怪兽的巢穴找到了惠特塞的几件物品,没错吧?别忘了怪兽杀死了它遇到的所有人,但有一个除外:伊恩·库斯伯特。为什么?库斯伯特曾经是惠特塞很要好的朋友。还没完呢,惠特塞的尸体始终没有找到……”

达戈斯塔无话可说。简直是精神错乱。他推开椅子,开始起身。

“让我说完。”玛戈静静地说。

达戈斯塔看着她直率的双眼,眼神中的某种东西让他坐了回去。

“副队长,”她继续道,“我知道听起来很疯狂。但你务必听下去。我们犯了个可怕的错误。我和其他人一样有责任。我们没能拼上最后一块拼图,但有人想通了。格雷戈里·川北。”

她把显微图像的十英寸放大照放在桌上,“这种植物含有一种呼肠孤病毒。”

“早就知道了。”

“但有一点我们没注意到:这种病毒有个独特的能力,可将外来DNA注入宿主细胞内;同时能产生一种毒素。我今晚对植物纤维另外做了几项试验,发现了这件事情。这种病毒携带有遗传物质——爬行类的DNA,被人类吃下后,能将爬行类DNA注入人类宿主的细胞内。这种DNA触发肉体变形。惠特塞肯定在探险时吃下了这种植物,原因和过程不得而知,结果产生了形态剧变。他成了姆巴旺。变形结束后,他需要持续摄入植物内的毒素。亚马逊的植物供给遭到摧毁后,惠特塞知道能在博物馆找到。之所以知道,因为正是他把植物当填充纤维送回纽约的。于是,他回到板条箱的存放地。要是没有切断他的纤维供应,他也不会开始猎杀人类。你知道的,人类下丘脑含有一种荷尔蒙,与植物——”

“等一等。你难道要说,吃这种植物会把人变成怪兽?”达戈斯塔不肯轻信。

玛戈点点头,“现在我明白格雷戈里与案件的关系了。他猜到了前后经过,隐姓埋名,去实现他自己的什么计划。”玛戈铺开会议桌上的一大幅示意图,“这是我尽可能复原出的实验室平面图,右下角的列表是我认得出的全部仪器。就算以批发价计算,这些东西的总价也超过了八十万美元。”

达戈斯塔忍不住吹了声口哨,“毒资。”

“正是如此,副队长。这种实验室只可能有一个目的:高度精密的产品级基因工程。请注意,重点是‘产品’二字。”

“去年年底,有传闻说街上出现一种新毒品,”达戈斯塔说,“叫‘釉光’。很罕见,非常昂贵,带来的快感无与伦比。不过近来很少听说了。”

玛戈用手指点着平面图说,“基因工程分三个阶段。首先,制作有机体的DNA图谱。北墙边那排仪器就是干这个的。它们组合起来就能产生一大串的连锁反应。第一台控制聚合酶链式反应,复制DNA供测序使用。这一台对DNA测序。接下来这一台是剑桥系统NAD－1。我们楼下也有一台,高度特化的超级计算机,用砷化镓CPU和矢量计算方法分析测序结果。接着看,南墙边是一排被烧融的水族缸。川北在大量养殖姆巴旺草,为他的活动提供原材料。实验室里还有Ap－Gel病毒制备设备,可培育和养殖病毒。”

死寂之中,达戈斯塔擦擦额头,在口袋里东翻西找,想抓着雪茄定定神。尽管一千个不愿意,但他开始相信了。

“川北用这台设备去除植物病毒内的遗传物质。”玛戈又拿出几张照片放在桌上,“这是扫描电镜的照片,显示出他正在去除爬行类基因。为什么?答案很明显:他在试图消除毒素对身体的影响。”

“佛洛克怎么看?”

问出这个问题,达戈斯塔觉得玛戈有一瞬间变了脸色。玛戈答道,“我还没来得及告诉他呢,但我知道他肯定会非常怀疑。他依然执着于他的分形演化理论。我的推测听起来很疯狂,副队长,但自然界本来就有很多物质——比方说,荷尔蒙——能导致这种难以想象的变形,实际上并没有听起来这么怪诞离奇。有一种叫BSTH的荷尔蒙能促使毛毛虫变成蝴蝶。还有一种叫resotropin-x的荷尔蒙,蝌蚪摄入后能在几天内变成青蛙。我敢确定姆巴旺也是这样。唯一的区别在于这次的变形主体是人类。”

她停了下来,“还有一点。”

“还没说完吗?”

玛戈从拎包里抽出夹在透明塑料里的几小块纸灰。“我在被烧毁的实验室里找到了这个,似乎是川北的试验日志,但只有这几小块还能辨认出字迹,”她又取出几张照片,“这是放大照片。第一张来自笔记簿的中间部分,是个清单。”

达戈斯塔盯着照片,烧黑的纸页左边缘有几个勉强可辨的字词:瓦梭卡恩、嗜粪蓝足。接近底部的地方几个字:绿云、枪药、莲心。

“知道意思吗?”达戈斯塔把这几个词记在记事簿上。

“只认识枪药,”玛戈答道,“但不知为何,我觉得我应该更熟悉才对。”她又递给达戈斯塔另一张照片,“另一小块,似乎是外推器程序的代码片段。再看这个,这段文字比较长。”

达戈斯塔读着玛戈给他的照片：

……不能原谅，我做的事情……我怎么会这样，只关注……忽视了心理效应……但另一位变得越来越贪婪。我需要时间……

“听起来像是死到临头，他良心发现了。”达戈斯塔说着把照片还给玛戈，“但他到底做了什么？”

“我正要说，”玛戈答道，“你看，他提到釉光有某种他始料未及的心理效应。还有，注意到他说的‘另一位’吗？那部分我还没想通。”她又拿出另一张照片，“最后是这个。估计来自日志的最后一页。你看，除了许多数字和算式，还有三个非常清晰的单词，之间用句号隔开：‘不可逆转。塞奥欣也许……’”

达戈斯塔疑惑地看着玛戈。

“我查过了。塞奥欣是一种毒性很强的除草剂，还在试验阶段，用于消灭湖泊内的水藻。格雷戈里既然在培育这种植物，他为什么需要塞奥欣？还有维生素D？他无疑在人工合成维生素D。有很多地方我还没想明白。”

“我会转告潘德嘉斯特的，听听他的看法。”达戈斯塔盯着照片看了好一会儿，然后收起来放到旁边，开口说道，“格林博士，我还是有点糊涂。请告诉我，川北到底在用这些设备干什么？”

“多半想驯服这种毒物，除掉姆巴旺植物病毒内的爬行类基因。”

“驯服？”

“我认为他想制造一种药物，不会导致可怕的肉体变异，但能让使用者在黑暗中更加警觉和强壮，动作更敏捷，视力更好。明白吗？就是拥有姆巴旺的超级感官，但毫无副作用。”

玛戈卷起平面图，“我要从川北的尸体上取几个样本做试验，确定我的推测。我估计会找到姆巴旺毒素的痕迹，也许是有了本质性改变的毒素。另外，我认为会发现这种毒素的副作用具备麻醉品的功效。”

“你是说川北自己在用这东西?”

“我很确定,但他肯定在什么地方犯了错。估计是没有经过精炼或提纯。我们看到的骨架变形就是结果。”

达戈斯塔又擦擦眉头。天哪,他非得抽一口雪茄不可。“等一等,”他说,“川北很精明。不可能眼睛一闭,随便服下危险药物等着看结果。绝对不可能。”

“你说得对,副队长。他的负罪感也许就是这么来的。他不可能自己马上服用,肯定要先找几个试验品。”

“哦,”达戈斯塔说。他闷了半晌,最后又说,“哦,妈的。”

36

比尔·特隆布尔感觉好极了。股价今天上涨了十六个点,本周加起来快到一百点,而且还远远没有到头。他今年二十五岁,年薪已经超过十万美元。下周是巴布森大学的同学会,他们要是知道了他的现状,肯定会羡慕得眼珠发绿。大部分同学都在混管理岗位,能挣五万就很不错了。

特隆布尔和几个朋友有说有笑,推动转门走进富尔顿街地铁站。时间已经过了午夜,他们在海港餐厅吃了顿好饭,灌下许多精酿啤酒,没完没了地谈论他们将变得多么富裕。这会儿几个人精神亢奋,正在嘲笑刚加入培训计划的一个白痴绝不可能熬过一个月。

一股闷乎乎的风吹来,远远传来熟悉的隆隆车声,两盏车头灯出现在轨道上。半个小时他就能到家了。他忽然有点恼火,他住在北边九十八街和第三大道路口的住宅区,从华尔街回家总要浪费很长时间。也该搬家了,在商业区找个跃层小套房,或者六十街附近的双卧室公寓。苏荷区地方不错,但东区就更好了。高层住宅,有阳台,超大码的软床,米色地毯,镀铬合金和玻璃的家具。

“……可她说,‘亲爱的,能借给我七十块钱吗?’”听见最后的笑点,大家笑得前仰后合,特隆布尔不由自主地跟着笑了起来。

隆隆声变成震耳欲聋的啸叫,快速列车停进车站。一个朋友闹着玩,把特隆布尔推向月台边缘,他向后仰身,让开接近的地铁。随着刺耳的刹车声,列车停下了,他们涌进一节车厢。

列车缓缓开动,特隆布尔找了个位置坐下,恼怒地环顾四周。车厢没开空调,敞着所有窗户,隧道里陈腐而潮湿的空气和震耳欲聋的噪声长驱直入。热得好像地狱。他松开领带。他觉得有点发木,脑袋疼了起来,不严重,但也很顽固。他看看手表,六小时后就得回到办公室。他叹了口气,向后一靠。列车火箭似的穿过隧道,左右摇晃,噪声响得没法交谈。特隆布尔闭上眼睛。

车到十四街,几个伙伴转车去佩恩车站。他们和特隆布尔握手,捶打他的肩膀,下车离开。车到中央车站,又有几个人下车,只剩下了特隆布尔和吉姆·科伯,科伯是债券交易员,办公室比他低一层,特隆布尔不怎么喜欢他。他重新闭上眼睛,疲惫地吞云吐雾,地铁沿着快速交通轨道驶入地下更深的深处。

特隆布尔模糊地意识到列车停进五十九街车站,车门打开又关上,列车重新钻进黑暗,穿过三十个街区直奔八十六街。还有一站,他睡意朦胧地想。

列车忽然一抖,放慢速度,尖啸着停下。漫长的几秒钟过去了。特隆布尔被拽出梦乡,坐在一动不动的车厢里,听着吱吱嘎嘎的声音,越来越烦躁。

“我操。”科伯大声说,“操他妈的莱克星顿大道四号。”他环顾四周,等待喝彩,但另外两个半梦半醒的乘客毫无反应。他用胳膊肘推了推特隆布尔,特隆布尔勉强挤出笑容,心想科伯这家伙真是个窝囊废。

特隆布尔顺着车厢望过去，看见一个漂亮的女招待和一个黑人小伙子。尽管车厢里足有一百度，但小伙子仍旧穿着厚外套，头戴针织帽，虽说他似乎睡着了，可特隆布尔还是警惕地盯着他。搞不好是结结实实打了一晚上的劫回家，他心想。他摸了摸口袋里的小折刀。谁也不能抢我的钱包，哪怕根本没装现金也一样。

公共广播系统传来噼啪一声静电噪声，紧接着一个嘶哑的男声说，“乘客请注意，由于信号故障，我们将稍作停留。”

“喂，哥们，换个新鲜说法不行吗？”科伯厌恶地说。

“嗯？”

“他们总这么说。信号故障。很快就将恢复运行。放什么屁。”

特隆布尔抱起胳膊，重新闭上眼睛。头疼越来越厉害，酷热仿佛令人窒息的厚毛毯。

“收我们一块五，却让我们坐进汗蒸包房，”科伯说，“下次咱们租辆加长豪车吧。”

特隆布尔无可无不可地点点头，看看手表：十二点四十五分。

“怪不得有人要逃票呢。”科伯说。

特隆布尔又点点头，想着该怎么让科伯闭嘴。他听见车厢外传来响动，心不在焉地朝窗外看了一眼。潮湿的黑暗中有个人影，沿着相邻的轨道慢慢走近。运输署[①]的维修工，毫无疑问，多半在趁着深夜修理铁轨，特隆布尔望着人影走近，希望涌起，随即消散。要是列车出了故障，妈的，我们会被困到天亮——

忽然，一个身穿白衣的人影无声无息地经过窗外。特隆布尔猛地坐直。不是维修工，而是一个女人：一个身穿长裙的女人，跌

---

① 大都会运输署，成立于1967年，管理大纽约地区（包含纽约市五大区、纽约州12个县、新泽西州及康乃狄克州部分地区）内的交通运输。

跌撞撞地顺着轨道奔跑。他隔着敞开的车窗望着女人越跑越远。就在女人消失在朦胧暗影中的那一刻，他注意到女人的后背洒满了某种暗色液体，液体在列车反光的映照下闪闪发亮。

“你看见了吗？”他问科伯。

科伯抬起头，“看见什么？”

“一个女人顺着轨道跑。”

科伯咧嘴一笑，“喝多了吧，比利小哥。”

特隆布尔站起身，把头探出车窗，眯着眼睛望向女人消失的方向。什么也没有。他缩回车厢里，意识到其他人都没有注意到发生了什么。

怎么一回事？抢劫？他又望向窗外，但女人早已消失，隧道重新变得静悄悄、空荡荡。

“‘很快’好像不怎么快嘛，”科伯抱怨道，手指敲打着手腕上的双色劳力士。

特隆布尔头痛欲裂。他喝得太多了，难说不会出现幻觉。这是本周第三次醉酒。也许他不该每晚狂喝滥饮的。他看见的多半是个轨道维修工，背上扛着什么东西——也许是女工，最近也有女维修工了。他隔着连接门望向隔壁车厢，那儿同样风平浪静，只有一个呆望虚空的乘客。要是真的发生了什么，公共广播系统肯定会通知的。

他坐回原处，闭上眼睛，集中精神驱赶头痛。大部分时间，他并不在意搭乘地铁。节省时间，咔哒咔哒的行车声和闪烁灯光能让他分神。但遇到这种时候——在酷热和黑暗中临时停车，而且连一句解释也没有——你很难不去思考快速轨道距离地面有多远，你和下一站之间隔着多少英里的黑暗。

那声音刚开始像是远处有列车吱嘎进站，但当特隆布尔竖起耳朵仔细去听，却意识到那根本不是车声，而是远处传来的连声惨叫,在空洞的隧道里扭曲变形,偷偷飘进车窗。

“怎么回事——?”科伯说着坐了起来。黑人猛地睁开眼睛,深夜下班的女招待突然警觉起来。

众人在寂静中等待着,聆听着,空气紧张得都能擦出火花了。但再没有传来其他的声音。

“天哪,比尔,你听见了吗?”科伯问。

特隆布尔没有说话。也许发生了抢劫案,说不定有人被杀。或者更糟糕的,一伙强盗正悄悄摸向停下的列车。这是每一个地铁搭乘者最可怕的噩梦。

“他们从来什么都不说,”科伯紧张地瞥了一眼扬声器,“也许应该去看看。”

“您请便。”特隆布尔说。

“男人的惨叫声,”科伯补充道,“惨叫的是个男人,我敢发誓。”

特隆布尔再次望向窗外。他看见又有一个人影沿着对面的轨道越走越近,步态起伏不定,甚至像是残疾人。

“有人来了。”他说。

“问他发生了什么。”

特隆布尔凑到窗口,“喂!喂,哥们!”

他看见人影在列车外的幽暗深处停下了。

“怎么啦?”特隆布尔喊道,“有人受伤了吗?”

人影继续向前移动。特隆布尔望着人影走向前一节车厢的头部,爬上挂钩,消失了。

“最讨厌运输部门的龟孙子,”科伯说,“王八蛋一年工资四万,屁也不做。”

特隆布尔走向车头,隔着窗户望向前一节车厢。那位孤零零的乘客还在原处,捧着平装本小说读得津津有味。一切都恢复了平静。

“你看见了什么？”科伯郁闷地说。

特隆布尔坐回座位上，答道，“什么也没看见。大概是维修工在招呼工友。”

“怎么还不开车？”女招待忽然吼道，声音透着焦虑。穿厚外套的年轻人双手插在口袋里，瘫坐在位置上一动不动。他肯定握着枪呢，特隆布尔心想，但不确定他是应该紧张还是应该放心。

前一节车厢的灯闪了闪，熄灭了。

“唉，妈的。”科伯说。

黑洞洞的车厢里传来砰的一声巨响，像是有什么重东西砸在车身上，整列地铁为之一抖。紧接着传来的是怪异的出气声。特隆布尔觉得那像是一个湿乎乎的气球在放气。

“怎么了？”女招待问。

“我受不了了，”科伯说，“跟我走吧，特隆布尔。顶多走几个街区就能到五十九街车站。”

“我还是待在这儿吧。”

“你要犯傻就随便你，”科伯说，“我可不愿意坐在这儿等匪徒撞破那扇门。”

特隆布尔摇了摇剧痛的脑袋。此刻最正确的是原地不动，保持冷静。乱走乱叫反而容易引来关注，把自己变成靶子。

黑洞洞的车厢里又传来一阵声音，像是雨点噼里啪啦打在铁皮上。

特隆布尔战战兢兢地凑向小窗，望向暗沉沉的前一节车厢。他发现小窗那头被泼洒了某种像是油漆的东西。浓稠的油漆，黑乎乎一团一团顺着小窗向下淌。

“怎么啦？”科伯喊道。

有几个小崽子在破坏车厢，胡乱泼洒油漆。至少看着像是油漆——红色的油漆。也许是该逃跑了。还没等脑袋转过弯来，他就已经跳起来,奔向车厢尾部的隔离门了。

"比尔!"科伯跟了上来。

特隆布尔听见背后有什么东西砸在车厢前部的隔离门上,接着是许多只脚在嗒嗒跑动,最后是女招待的尖叫声。他没有停下,也没有扭头张望,抓住门把转动,拉开滑动门。他跳过车厢挂钩,拉开后一节车厢的隔离门,科伯紧随其后,用单调的声音嘟囔,"妈的,妈的,妈的。"

特隆布尔刚注意到最后一节车厢里没有人,整列地铁的灯光就全都熄灭了。他疯狂地左右张望。唯一的亮光是隧道里断断续续的黯淡小灯和远处五十九街车站的一团黄光。

他停下来,转身对科伯说,"咱们撬开后车门。"

话音刚落,他们才离开的前一节车厢就响起了枪声。枪声消散,特隆布尔觉得他听见女招待的啜泣声突然停止。

"他们割了他的喉咙!"科伯扭头望去,失声喊道。

"闭嘴。"特隆布尔咬牙喝道。无论听见什么,他都不打算回头。他跑到后车门前,抓住橡胶凸缘,拼命想分开车门。他喊道,"帮我一把!"

科伯抓住另一边的凸缘,泪水沿着面颊滚滚而下。

"用力拉啊!"

嘶的一声,车门打开了,令人窒息的土腥味涌入车厢。还没等特隆布尔有所动作,科伯就一把推开他,冲出去跳上轨道。特隆布尔绷紧肌肉,正要跟着跳下去,却突然动弹不得。前方暗沉沉的隧道里,有几条黑影走了出来,摇摇晃晃地走向科伯。特隆布尔张开嘴,但马上闭上了,他不敢相信自己的眼睛,身体无力地前后摇摆。那些黑影的行动方式非常不对劲,完全不像人类。他看着科伯被团团包围。一条黑影抓住科伯的头发,把科伯的脑袋向后扳,第二条黑影扭住科伯的双臂。科伯无声无息地挣扎,像是在表演哑剧。

第三条黑影走出暗处,一只手划过科伯的喉咙,动作精确而怪异。一股鲜血顿时喷向列车。

特隆布尔吓得猛往回缩,摔倒在地,手忙脚乱地跪起来,有一瞬间没了方向。他绝望地扭头看着刚才离开的车厢。黑暗中,他见到有两个人影伏在女招待俯卧的尸体上,围着女招待的头部在做什么……

难以形容的绝望刺穿了特隆布尔的肚肠。他转过身,蹿出紧急门,跌跌撞撞地落地,跑过趴在科伯身上的三条黑影,冲向远处车站那模糊的亮光。晚餐和啤酒一股脑地涌了上来,被他吐在奔跑的双腿上。背后传来起步追赶的声音,沉重的大脚嘎吱嘎吱地踩着碎石。他忍不住呜咽起来。

前方的轨道上又冒出两条黑影,黑影穿着罩住脑袋的袍子,远处车站的灯光勾勒出他们的轮廓。见到他们以可怕的速度扑了过来,特隆布尔停下脚步。背后追赶的脚步声越来越近。怪异的倦怠感将手脚拽向地面,他觉得自己开始失去理性。用不了几秒钟他就会被抓住,下场就像科伯……

就在这时,有一盏信号灯一闪而灭,他借着光亮看清了其中一条黑影的面容。

夜晚突然变成噩梦,一个清晰无比的念头划破混沌。他明白了自己应该怎么做。特隆布尔扫视脚下的轨道,找到黄色警戒条带和晶亮的铁轨,把脚插到挡板底下,宇宙顿时爆发出不可思议的璀璨光明。

37

达戈斯塔努力想象扬基体育场:牛皮小球在七月的蓝天上划出一道白色弧线,剪草机新近修整过的草坪散发着清香,手砰的一声撞在护墙上,手套举在半空中。这是他的出神冥想手段,用这个办法切断他和外部世界的联系,归纳心中的万千思绪。当所有事情都一团糟的时候这个方法格外有用。

他又闭了几秒钟眼睛,尽量忘记电话铃声、砰砰摔门声,秘书们发狂般的说话声。他知道瓦克西正在某处左冲右突,活像得了热病的火鸡。感谢上帝,他听不见那家伙的聒噪。估计瓦克西不会再抓着杰弗里老哥不放了吧,他心想——不过这个想法也没带来半点安慰。

达戈斯塔叹了口气,逼着自己重新想起阿尔芭塔·穆尼奥兹怪异的样子,她是地铁大屠杀的唯一幸存者。

达戈斯塔赶到的时候,正巧碰见急救人员用担架抬着她走出六十六街的紧急通道:她双手叠放在大腿上,脸上挂着愉悦而空洞的表情,身材丰满,有母性气质,光滑的棕色皮肤与身上的白色罩单形成鲜明对比。天晓得她是怎么藏起来的:她没有发出任何声音。列车变成了临时停尸房:死了七个平民和两名运输署的工人,其中五人被砸碎颅骨,喉咙割得深至颈椎,另外三人的头部消失不见,一人被输电轨电死。

穆尼奥兹太太被送进了圣路加医院的精神病隔离区。瓦克西又是吼又是跳,威逼利诱,但主治医师就是不肯松口:最早今天上午六点以后才能探视。

少了三颗脑袋。血迹很容易追踪,但荧光寻踪小队在湿漉漉的隧道迷宫里犯了难。达戈斯塔重新想了一遍前后经过:有人切断了五十九街车站外的信号灯线缆,造成东区十四街到一百二十五街之间的所有捷运暂时停摆,一列地铁被困在从五十几街到八十六街的漫长隧道里。凶手就埋伏在那儿,静静等待。

整个过程需要智慧和策划能力,说不定还须有对地铁内部系统的了解。虽说尚未找到清晰的脚印,但达戈斯塔估计凶手一共有六个人。至少六个,至多十个。袭击的组织和协调都很好。

可是,为什么呢?

现场鉴证小组认为被电死的男子很有可能是故意踩上导电轨的。达戈斯塔想知道见到了什么能逼得一个人做出这种事情。不管是什么,阿尔芭塔·穆尼奥兹肯定也见到了。他必须赶在整个案件被瓦克西毁掉之前和穆尼奥兹太太谈谈。

像是听见了召唤,一个熟悉的声音吼叫道,“达戈斯塔!怎么,你他妈难道睡着了?”

他缓缓睁开眼睛,默然打量涨得通红的颤抖脸庞。

“原谅我搅了你的好梦,”瓦克西继续道,“但我们手上有个小得微不足道的危机需——”

达戈斯塔坐起来,环顾四周,看见上衣搭在旁边椅子的椅背上,伸手抓过来,抬起胳膊就往身上套。

“达戈斯塔,你听见我说话吗?”瓦克西喊道。

他推开瓦克西警长,走进走廊。海沃德站在调度台前,正在看刚收到的传真。达戈斯塔见到她投来的视线,示意她往电梯走。

“你他妈这是要去哪儿?”瓦克西跟着两人走到电梯口,“你聋了不成?我说,我们有危机——”

“你的危机,”达戈斯塔喝道,“你自己处理。我还有事。”

电梯门徐徐关上,达戈斯塔把雪茄塞进嘴里,转身面对海沃德。

“圣路加?”她问。达戈斯塔点点头。

半分钟后,电梯叮咚一声在底楼大堂开了门。达戈斯塔正要出去,马上停下。玻璃门外有一群举着拳头的人。从他凌晨两点赶到总部以来,人群的数量已经增加了两倍。姓威许的贵妇人站在一辆巡逻车的车头盖上,拿着大喇叭说得唾沫四溅。媒体群也是大军压境:闪光灯此起彼伏,电视台的报道小组已经搭起设备。

海沃德按住他的胳膊,问,“去地下室车库开辆黑白警车如何?”

达戈斯塔看看她,说,“好主意。”退回电梯轿厢。

两人在内部餐厅的塑料椅上等了四十五分钟,主治医师这才出现,他很年轻,脸色铁青,累得半死。

“我跟警长说过了,六点之前不准探视,”他用愤怒的尖细声音吼道。

达戈斯塔起身握住医生的手,“我是达戈斯塔副队长,这位是海沃德巡佐。很高兴认识你,瓦瑟曼医生。”

医生哼了一声,抽回手。

“医生,我把话说在前头,我们绝对不想给穆尼奥兹太太造成任何伤害。”

医生点点头。

“行不行只有你说了算。”达戈斯塔补充道。

医生没有答话。

“我知道瓦克西警长肯定在这儿闹得鸡飞狗跳,说不定还威胁了你。”

瓦瑟曼突然爆发,“我在急诊室做了这么多年,就没遇到过比那个龟孙子更没礼貌的。”

海沃德扑哧一笑,说,“欢迎加入俱乐部。”

医生惊讶地看了她一眼,略微放松下来。

“医生,这场大屠杀至少有六个——也许十个凶手,”达戈斯塔说,“我认为就是他们杀害了帕梅拉·威许、尼古拉斯·彼特曼和其他很多人。我还认为就在咱们说话这会儿,他们仍然出没于地铁隧道里。穆尼奥兹太太也许是唯一能指认他们的活人。假如你确实觉得我问穆尼奥兹几个问题会伤害她,那我也能接受。但我希望你能考虑一下天平另一边的所有人。”

医生盯着他看了好一会儿，最后挤出一个疲惫的笑容，“好吧，副队长。三个条件。第一，我必须在场；第二，你问话时必须好声好气；第三，只要我说停，你就必须立刻结束问话。”

达戈斯塔点点头。

“很抱歉，你多半是在浪费时间。她遭受了巨大的惊吓，表现出创伤后压力综合征的早期症状。”

“我明白，医生。”

“好。就我们所知，穆尼奥兹来自墨西哥中部的一个小镇。在上东区给一户人家带孩子。我们知道她会说英语。除此之外就没了。”

穆尼奥兹躺在病床上，姿势和她被抬离犯罪现场时一模一样：叠着双臂，空洞的双眼望着远方。房间散发出洗衣皂和消毒酒精的味道。海沃德守在门外，以防瓦克西提早出现，达戈斯塔和医生在病床两边落座，一动不动地坐了半分钟。

达戈斯塔摸出钱包，拿起钱包里的照片放在穆尼奥兹面前。

“这是我的女儿伊莎贝拉，”达戈斯塔说，“两岁，漂亮吧？”

他耐心地举着照片，直到穆尼奥兹视线一闪，望向照片。医生皱起眉头。

“你有孩子吗？”达戈斯塔收起照片。穆尼奥兹太太看着他。房间陷入长久的沉默。

“穆尼奥兹太太，”达戈斯塔说，“我知道你是非法入境的。”

妇人马上扭过头去，医生瞪了达戈斯塔一眼，以示警告。

“我还知道有很多人答应过要帮你，但都没办成。我要向你保证一件事情，我在我女儿的照片面前发誓，我说到做到。你要是肯帮我，我就保证你能拿到绿卡。”

妇人没有吭声。达戈斯塔取出又一张照片举起来，“穆尼奥兹太太？”

妇人有好长一段时间毫无动静。接着，她的视线滑向照片。达戈斯塔稍微有点放心了。

“这是两岁时的帕梅拉·威许。和我女儿一个年纪。”

穆尼奥兹太太接过照片，悄声说，“小天使。”

“她被杀死了，凶手就是袭击地铁的同一伙人，”他说得很轻柔，但语速很快，“穆尼奥兹太太，请帮助我抓住那些可怕的人。我不希望再有别人遇难了。”

一滴眼泪顺着穆尼奥兹太太的面颊滑落，她的嘴唇抽搐起来。

“Ojos……”

“什么？”达戈斯塔说。

“眼睛……”

穆尼奥兹太太的嘴唇微微翕动，她有好一会儿说不出话，最后呜咽道，“他们来得无声无息……蜥蜴的眼睛，魔鬼的眼睛。”

达戈斯塔正要说话，但被瓦瑟曼的眼神挡了回去。

“眼睛……cuchillos de pedernal……脸也像魔鬼……”

“怎么说？”

“面容衰老，viejos……”

她举起双手遮住脸，呻吟着失声痛哭。

瓦瑟曼站起身，对达戈斯塔打个手势，说，“够了，出去。”

“她说什么——”

“出去，快。”医生说。

回到走廊里，达戈斯塔马上掏出笔记簿，尽量用音节拼出刚才那几个西班牙单词。

“这是什么？”海沃德好奇地挤在他胳膊旁边张望。

“西班牙文。”达戈斯塔说。

海沃德皱眉道，“我可没见过这样的西班牙文。”

达戈斯塔恶狠狠地瞪了她一眼，“你千万别告诉我说你会讲西班牙语。”

海沃德挑起一侧眉毛,看着他说,“只用英语可没法盘问犯人。你这话算是什么意思?”

达戈斯塔把笔记簿塞进她手里,“搞清楚这是什么意思。”

海沃德盯着那几个单词,嘴唇动个不停。过了几秒钟,她走到护士站拿起电话。

瓦瑟曼走出病房,随手关上门。“副队长,你的手段……呃,很不正统——往好里说。不过结果证明挺有效。谢谢你。”

“别谢我,”达戈斯塔答道,“帮她恢复正常就行。接下来我还有很多事情想请教她呢。”

海沃德挂断电话,走了回来,把笔记簿还给达戈斯塔,嘴里说着,“若热和我尽力了。”

达戈斯塔看着她的笔迹,皱起眉头,“燧石匕首?”

海沃德耸耸肩,“不确定她说的是不是这个意思,我们只能尽量猜测。”

“谢谢,”达戈斯塔说着把笔记簿塞进口袋,快步走开,但没几步就又停下,像是想起了什么事情。他说,“医生,瓦克西警长再过个把钟头就会到。”

瓦瑟曼的表情顿时变得阴沉。

“可我觉得穆尼奥兹太太这么疲乏,恐怕没法见客。对吧?要是警长找你麻烦,就叫他打电话给我吧。”

瓦瑟曼第一次露出笑容。

38

上午十点,玛戈走进人类学部会议室,会议显然已经开始了一段时间。实验室中央的小会议桌上乱七八糟堆着咖啡杯、纸巾、吃了一半的羊角面包和食品包装纸。除了佛洛克、瓦克西和达戈斯塔,玛戈惊讶地发现霍洛克局长也在,局长的帽子和衣领上的沉重徽标让他显得与各种实验仪器格格不入。怨恨的气氛凝重得就像棺材罩。

“你难道要我们相信凶手住在你所谓的阿斯托隧道里?”正在对达戈斯塔说话的瓦克西听见她走进房间,皱着眉头转过来嘟囔道,“真是太好了,你总算赶到了。”

听见他这么说,佛洛克抬起头,摇着轮椅后退,给玛戈腾出桌边的空间,脸上露出解脱的表情。“玛戈! 你终于来了。也许你能澄清一下事实。达戈斯塔副队长说了你在格雷戈的实验室发现了不寻常的东西。他说我不在的时候,你又额外做了些……呃……研究。要不是我这么熟悉你,亲爱的,恐怕——”

“不好意思!”达戈斯塔大声说。在突如其来的沉默之中,他轮流看着霍洛克、瓦克西和佛洛克。达戈斯塔换上更温和的语调说,“我想请格林博士介绍一下她的发现。”

玛戈在桌边坐下,惊讶地注意到霍洛克居然毫无反应。出事了——尽管还不确定,事情多半与昨晚的地铁大屠杀有关。她考虑要不要先为迟到道歉,解释说她在实验室忙到凌晨三点才走,但想想还是算了,因为她知道她的助手珍妮佛还在走廊的另一头忙碌。

“等一等,”瓦克西抢过话头,“我得说——”

霍洛克扭头对他说,“瓦克西,闭嘴。格林博士,请你仔细说一说你做了什么和发现了什么。”

玛戈深吸一口气,开口道,“不清楚达戈斯塔副队长说到哪儿了,所以我先简要回顾一下情况。诸位应该都知道吧,警方发现的那具严重畸形骨架属于格雷戈里·川北,他曾经是博物馆的研究员,和我都是正在做博士论文的研究助手。离开博物馆后,格雷戈里接连建立了几个秘密实验室,最后一个位于西区车场。我在实地调查中找到的证据说明，格雷戈里在去世前对姆巴旺莲实施了基因工程改造，并大规模种植了其中一个变种。”

“那不就是博物馆怪兽赖以为生的植物吗?”霍洛克问。玛戈以为他说这话会带着讽刺的味道，实际上却没有听到。

“对，”她答道，“但我现在认为这种植物不仅是怪物的必需食物。要是我没弄错，植物内含有的一种呼肠孤病毒能导致摄入者产生形体变化。”

“什么意思?”瓦克西说。

“导致可怕的肉体变异。惠特塞，也就是将植物送回博物馆的探险队首领，他本人就摄入了这种植物——有可能是在无意之间服下的，也有可能是被迫吃下的。具体情况不得而知，但有一点很明显，博物馆怪兽实际上就是朱利安·惠特塞。”

佛洛克倒吸一口凉气。谁也没有说话。

“我知道很难相信，”玛戈说，“这不是当时在杀死怪兽之后我们得出的结论。我们以为怪兽只是演化畸变的产物，需要这种植物维持生命。我们猜想由于其赖以生存的敬奉龛位被毁，怪兽跟随世间仅存的那些植物回到博物馆，就是被当作填充纤维用来包裹文物的被装进板条箱运回纽约的那些植物。后来，怪物拿不到植物，就开始吃最容易取得的替代物：人类下丘脑，植物含有的许多荷尔蒙也能在下丘脑里找到。

“但现在我认为我们弄错了。怪兽就是严重变异的惠特塞。我认为川北碰巧猜到了正确的答案。他想办法弄到了植物的样本，开始用基因工程手段改造。我估计他希望能去除植物的不良副作用。”

“跟他们说说毒品。”达戈斯塔说。

“川北大量养殖这种植物，”玛戈说，“虽说不能百分之百确定，但我认为那种罕见的定制毒品——你们好像叫它‘釉光’？——就是从植物里提炼出来的。除了传播病毒,这东西还有麻醉或致幻的能力。川北把它卖给一群精挑细选的客户,多半是为了筹集研究资金,同时也为了测试研究是否有效。很明显,他后来自己也开始摄入,因此导致了骨骼结构的怪异变形。”

“既然这种毒品和这种植物有那么可怕的副作用,川北为什么要用在自己身上呢?”霍洛克问。

玛戈皱起眉头,答道,“不知道。他肯定在持续改善品系。我猜他认为他在培育中完全去掉了不良副作用。他肯定还观察到了一些正面影响。我正在分析我在他的实验室里发现的植物,让包括小白鼠和原生动物在内的几种实验动物摄入。我的试验助手珍妮佛·雷克已经在看实验结果了。”

“为什么没人通知我——?”瓦克西忽然说。

达戈斯塔没好声气地骂道,“你要是抽空看看邮件听听留言,就会发现每个阶段都有人通知你。”

霍洛克举起一只手,“别吵了。副队长,我们都知道有人犯了错误,等事情解决了再互相责备不迟。”

达戈斯塔坐了回去。玛戈没见过他这么愤怒。他像是在责备房间里的每一个人——包括他自己——要为地铁里的惨剧负责。

“摆在面前的形势分外严峻,”霍洛克继续道,“市长站在我背后,大喊大叫要我采取行动。惨剧发生后,州长也跳了出来。”他用湿漉漉的手帕擦拭额头,“好吧。根据格林博士刚才说的,那位叫川北的科学家养出了一群瘾君子,我们要对付的就是他们。但现在川北死了。他们用完了存货,或者终于精神失常。他们住在地下深处达戈斯塔说的阿斯托隧道里,那儿多年前被洪水淹没,从此遭到废弃。毒瘾发作让他们疯狂。搞不到毒品,他们只好和姆巴旺怪兽一样吃人脑。因而导致了最近的连环凶杀,”他目光灼灼地环顾众人,“有什么证据支持吗?”

“我们在川北的实验室找到了姆巴旺植物。”玛戈说。

“凶案的分布平行于阿斯托隧道的路线，”达戈斯塔补充道，“潘德嘉斯特画给我看的。”

“间接证据。”瓦克西嗤之以鼻。

“无数游民的证词算不算？他们都说恶魔阁楼已被占领。”玛戈说。

“你难道相信一群流浪汉和瘾君子的话？”瓦克西反问道。

“他们为什么要撒谎？”玛戈寸步不让，“又有谁比他们更了解底下的情况？”

“好了！”局长举起手，“证据摆在面前，我们只能同意。没有其他靠得住的线索。另外，本市的各方力量都要我们立刻采取行动。不是明天，不是后天，而是现在。”

佛洛克清清喉咙。他有好一会儿没发出任何声音了。

“教授？”霍洛克说。

佛洛克摇着轮椅缓缓上前，开口道，“请原谅我的多疑，但我认为这稍微有点想入非非了。怎么看都像是从事实向外放肆推断。当然了，我没有参与刚刚完成的那些试验，所以我说话算不得数。”他带了少许谴责看着玛戈，“但最简单的解释往往最正确。”

“求你别卖关子了，说说你最简单的解释吧。”达戈斯塔插嘴道。

佛洛克的视线移向副队长，冷冰冰地说，“你再说一遍。”

霍洛克扭头对达戈斯塔说，“文森特，别着急。”

“川北也许确实在研究姆巴旺植物。玛戈说我们在十八个月前下的结论过于草率，这一点我并不怀疑。但毒品和有人在传播毒品的证据何在？”佛洛克摊开双手。

“天哪，佛洛克，他的长岛实验室成天有访客上门——”

佛洛克又冷冰冰地瞪了达戈斯塔一眼，“我敢说你皇后区的公寓也有不少访客”——厌恶浓浓地透出他的声音——“但这并不能说明你是毒贩。川北的行为尽管在专业方面应该受到谴责，但和案情并无关系，我认为那多半是一群嗜血少年的破坏活动。川北和其他人一样，只是一名受害者。我实在看不出你们所谓的联系。”

“那你怎么解释川北的骨骼畸形？”

“好吧，就算他在制作这种毒品，兴许自己还吃了些。尊重玛戈的看法，尽管缺乏证据，但我愿意退一万步承认这种毒品能导致使用者产生某些机体变化。但我实在看不到有哪怕一丁点儿事实能证明他在传播这东西，还有——啊哈——他的所谓客户要为最近的杀人事件负责。至于姆巴旺怪兽就是朱利安·惠特塞的看法……说真的，完全和演化理论相抵触啊。”

你坚持的演化理论罢了，玛戈心想。

霍洛克疲倦地擦擦额头，扫开桌面地图上的杂物和文件。“我记下了你的反对意见，佛洛克博士。但这些人的身份其实并不重要，我们知道他们做了什么，也清楚他们的居住地点。现在要做的就是采取行动。”

达戈斯塔摇摇头，“我认为太仓促了。我知道每分每秒都很重要，但还有许多细节没搞清楚。当时我就在自然史博物馆，还记得吧？我亲眼见过姆巴旺怪兽。那些成瘾者若是有一星半点怪物的本领……”他耸耸肩，“你见过川北骨架的幻灯片。我认为在知己知彼之前不能轻举妄动。潘德嘉斯特已经下去侦察了四十八个小时。我认为我们应该等他回来。”

佛洛克惊讶地抬起头，霍洛克嗤之以鼻，“潘德嘉斯特？我不喜欢这家伙，更不喜欢他的手法。他在这儿没有管辖权。实话实说，他要是单独下去的，那就和我们没关系了。搞不好他已经是历史人物了。我们拥有的火力办得成任何事情。”

瓦克西拼命点头。

达戈斯塔还是有些犹豫，“我建议在得到潘德嘉斯特的消息之前以围堵为主，长官，请再给我二十四个小时。”

“围堵，”霍洛克用讥讽的语气重复道，他环顾四周，“不可能两头兼顾，达戈斯塔。没听见我说吗？市长哭着喊着要我们采取行动。他才不想要什么围堵呢。我们就快没时间了。”他扭头吩咐助手，“给市长办公室打电话。找到杰克·马斯特斯。”

“个人看法，”佛洛克说，“我赞同达戈斯塔的意见。我们不能急躁——”

“佛洛克，我已经下决定了。”霍洛克喝道，视线回到地图上。

佛洛克的脸色涨得血红。他把轮椅转了半圈，摇向房门。“我到博物馆去走走，”他对整个房间说，“看来你们用不着我了。”

玛戈正要起身，被达戈斯塔按了回去。她悔恨地看着房门关闭。佛洛克拥有远见卓识，在她选择职业的道路上起到了至关重要的作用。看到这位伟大的科学家如此囿于一己之见，她只觉得他很可怜。要是没去打扰他平静的退休生活，那该有多好啊。

39

潘德嘉斯特站在一条窄小的金属鹰架上，看着黏稠的污水在脚下四英尺处缓缓流动。在 VisnyTek 夜视镜的磷光成像里，污水发着黯淡的绿光，显得离奇梦幻。沼气的味道浓烈得可怕，他每隔几分钟就咬住藏在上衣内侧的送气管吸一口纯氧。

鹰架上满是烂成一条一缕的纸张和各种难以辨认的东西，都是上次暴雨时被金属格栅拦下的垃圾。每次迈步，潘德嘉斯特的脚都会陷入如真菌般包裹鹰架的松软铁锈。他走得很快，眼睛看着黏糊糊的墙壁，寻找通往阿斯托隧道的最后一段路的厚重铁门。每走二十步，他就掏出口袋里的小罐，在墙上喷两个小点：长波光标记,人眼看不见,在 VisnyTek 的红外模式下闪着诡异白光。标记能给他指出回去的道路,遇到需要赶路的时候(原因暂且不论)尤其有用。

潘德嘉斯特在前方辨认出金属门的模糊轮廓,门上镶着铆钉,结了厚厚一层方解石和氧化物的硬壳。面板上挂着巨大的铁锁,时间将铁锁凝成了一个铁疙瘩。潘德嘉斯特掏出口袋里的金属小工具,打开电源,下水道里响起钻石刀头的呜呜声,一簇火花洒进黑暗。没过几秒钟,铁锁就掉在了鹰架上。潘德嘉斯特试了试生锈的铰链,把刀头插进缝隙,切断了三副搭扣插销。

他收起锯子,盯着门打量了好一会儿,接着用双手抓住面板,向自己的方向猛地一拽。黑暗中响起尖锐的金属摩擦声,铁门放弃抵抗,从鹰架上掉了下去,哗啦一声溅起脚下的污水。门里是个黑窟窿,向下通往难测的幽深之处。潘德嘉斯特打开夜视镜的红外液晶屏,一边擦掉乳胶手套上的灰尘,一边顺着洞口向下窥视。什么也看不到。

他取出克维拉细绳垂进黑暗,把一头系在铸铁螺栓上,又取出包里的尼龙网鞍座,小心翼翼地套在脚上,扣上带控速杆的登山扣,踏入洞口,快速下降。

靴子落在松软的地面上。潘德嘉斯特解开鞍座,收起装备,用夜视镜慢慢打量四周。这条隧道的温度很高,使得眼前一片雪白。他调整振幅,真实的房间缓缓落入视野,单调的浅绿色照亮了画面。

他站在一条毫无特色的漫长隧道里。地上的污物厚达六英寸,黏稠如轴承润滑油。勘察完环境,他拉开迷彩服,对照内衬上的示意图。地图若是没画错,这应该是一条维修隧道,离主隧道很近。沿着隧道走大概四分之一英里就是水晶阁的遗址,这个私人候车室上面是第五大道和中央公园南路路口早已被人遗忘的纽约人饭店。这个候车室规模最大,比华道夫和第五大街诸宅邸脚下的各个月台都要大。恶魔阁楼若是有个中央调度室,那就肯定位于水晶阁之内。

潘德嘉斯特轻手轻脚地走下隧道。沼气和腐烂的臭味熏得他头晕,但他还是用鼻子深深吸气,他闻到了那股特殊的膻臭味——经过十八个月前在博物馆下层地下室的事情,他对这股味道记忆犹新。

维修隧道和另一条隧道汇集,缓缓转向主隧道的方向。潘德嘉斯特低头看了一眼,顿时动弹不得。泥污里有一串脚印——赤足,看样子很新。脚印顺着通往主隧道的铁轨向前延伸。

潘德嘉斯特长吸一口氧气,弯腰仔细端详脚印。考虑到烂泥的弹性因素,脚印看起来很正常,但稍微宽了点、短了点。他马上又注意到脚趾如何收缩成粗壮的尖头——更像兽爪,而不是脚趾。脚趾间被压平的痕迹说明有肉蹼。

潘德嘉斯特直起腰。看来是真的了。皱皮人确实存在。

他犹豫片刻,又吸了一口氧气。他紧贴墙壁,顺着维修隧道的铁轨向前走,到维修隧道和主隧道的交界处时停了下来,聆听片刻,接着以最快速度转过拐角,举着枪摆出韦弗姿势。

什么也没有。

脚印汇入主隧道中央一条时常有人走动的小径。潘德嘉斯特跪下查看。小径上有许多脚印,大部分赤足,偶尔有鞋或皮靴。有些脚印宽得离奇,甚至近乎铁铲。其他则很正常。

有很多、很多人曾在这条路上走过。

又仔细勘察一遍之后,他向前走去,经过几条支线隧道。脚印踏出的小径从这些隧道里出来,汇入主线路。潘德嘉斯特心想,这太像在博茨瓦纳和纳米比亚打猎时看到的足印网了:动物汇集起来走向水源或巢穴。

前方隐约出现一幢大屋。要是艾尔·戴蒙德没说错,那就是水晶阁的残骸了。走到近处,他辨认出地铁站台的狭长轮廓,无数次洪水在站台两边留下了一层又一层污泥。他小心翼翼地循着脚印汇成的小径爬上站台,环顾四周,背靠离他最近的一堵墙站定。

一幅怪诞的衰败景象出现在夜视镜冷漠的绿色画面中。曾经精美绝伦的煤气灯座如今只剩空洞骨骸,悬在碎裂的瓷砖墙面上,天花板上是马赛克拼成的黄道十二宫。

站台背后,脚印踏出的小径延伸进一道低矮拱门。潘德嘉斯特走了几步,忽然停下。拱门里吹出一阵热风,带来一股他绝对不会认错的味道。他从包里掏出军用氩闪光灯。这盏灯的光线非常强烈,就算在正午阳光下也足以使人暂时失去视觉;缺点是它充电一次需要七秒钟,而便携电源只够它闪十来次。他吸一口氧气,一只手抓着闪光灯对准前方,另一只手举着枪瞄准黑暗,向前走进拱门。

夜视镜努力解析面前的巨大空洞,画面忽然全是噪点。潘德嘉斯特只知道这是一个圆柱形的大房间。拱形天花板上歪斜着垂下残破而肮脏的大型水晶吊灯,仍旧华丽的轮廓曲线上挂着几块像是海草的东西。镶在天花板上的无数镜子如今或者破碎,或者遍布裂纹,像被毁坏的闪烁星空一般悬在半空中。潘德嘉斯特看不清大房间中央是什么样子,只见到一系列间距不规则的石阶伸向前方的黑暗。石阶上留着泥脚印。房间中央似乎搭着什么东西:也许是问讯亭,或者是往日的小吃部。

房间的墙壁弯曲向两边远处分开,多利安式①廊柱的石膏已经崩裂。离他最近的廊柱之间是巨幅瓷砖壁画:树木,宁静的湖水,河狸堤坝和河狸,远山,暴雨云正在接近——经年毁坏给画面添加

① 古希腊著名廊柱样式之一。

了复杂的花纹。壁画的衰败境况和碎裂的瓷砖让潘德嘉斯特想起了庞培古城,但壁画下沿的干泥和污物破坏了这个印象。墙上横七竖八有许多道泥污,仿佛巨人的手指画。潘德嘉斯特在壁画顶上辨认出繁复花纹拼出的“阿斯托”几个字。他微微一笑;阿斯托就是靠河狸毛皮发家的。这里确实是供少数几个豪富家族使用的私人避难所。

接下来的壁凹里又是一大幅壁画,这幅画的是蒸汽机车头拉着一列槽车和罐车穿过河谷,背景是皑皑雪山。壁画顶上用瓷砖拼出“范德比尔特”——他是靠铁路发财的。壁画前是一把古老的扶手椅,扶手歪斜,靠背已断,防霉填充物从衬垫的裂口漏了出来。再下来的壁凹里,“洛克菲勒”几个字下面是一幅田园画面,农场包围着炼油厂,夕阳照在蒸馏塔上。

潘德嘉斯特朝房间中央走了一步。他望着成排廊柱伸向黑暗深处,镀金时代的一个个伟人姓名在夜视镜里闪烁微光:范德比尔特、摩根、杰萨普,更远处的光芒太微弱,还看不清。他缓缓向前走去,竖着耳朵听有没有响动。对面有一条标着“饭店”的走廊,通往两部装饰华美的电梯,电梯的黄铜大门满是铜锈,敞开着露出已被彻底毁坏的轿厢,线缆像几条铁蛇似的盘在地上。旁边一面墙上有两扇破碎的镜子,镜子之间是一块红木排班表,木头已经扭曲,满是蛀洞。虽说木板的底部已经脱落,但上半截的字迹还清晰可辨:

当令周末

目的地	时间
波坎蒂科山	10:14A
冷泉	10:42
海德公园	11:3

时间表旁是一个小候车室，潘德嘉斯特在已经解体的座椅和沙发之间见到了一架蓓森朵夫三角钢琴的遗体。洪水使得大部分木头朽烂剥落，露出了金属框架、琴键和乱如蛛网的断裂琴弦：乐器的骨骸，如今陷入沉默。

潘德嘉斯特转向房间中央，仔细聆听。唯有轻微的滴水声打破寂静；他环顾四周，见到一小股水流从天花板上滴落。他继续向前走，扫视拱门和站台的方向，希望能在夜视镜里见到一抹白光：比周围环境更温暖的物体。一无所获。

膻臭味越来越浓郁。

房间中央的物体在夜视镜的绿色雾霾里逐渐显形，潘德嘉斯特意识到这东西过于低矮宽阔，不可能是问讯亭。他注意到它搭建得非常粗糙，是个小茅屋，外墙是光滑的白色石块，屋顶还没完成，周围是较矮的平台和基座。他走到近处，发现刚才以为是石块的东西其实是骷髅头。

潘德嘉斯特停下脚步，吸了几口纯氧。整个茅屋都是用人类颅骨搭建的，面部向外，一个个边缘粗糙的黑窟窿在夜视镜里闪着诡异的荧荧绿光。他从地板到天花板数了一遍，粗略估计半径，心算之下他知道茅屋的圆形外墙大概有四百五十个骷髅头。毛发和头皮碎片说明大部分还很新鲜。

潘德嘉斯特绕到茅屋前方，在入口处一动不动地等了几分钟。脚印在这里停下——数以千计的脚印在门前空地踩出纷乱的图案。入口上方有三个用暗色液体涂成的象形文字：

数
奇
家

没有声音,没有动静。他深吸一口气,弯下腰,钻了进去。

茅屋里没有人。内墙边放着至少上百个仪式使用的黏土酒杯。门口有一张石板供桌,高约四英尺,半径两英尺。围着供桌的篱笆似乎是人类腿骨做成的,用人皮充当捆绳。台子上摆着形状怪异的金属物体,上面盖着正在腐烂的鲜花,这仿佛是神祠的一部分。潘德嘉斯特拿起一件物体,越看越是奇怪。这块扁平的金属物有个磨损了的橡胶把手。另一件物体也同样平凡,他毫无头绪。他将最不起眼的几件塞进口袋。

夜视镜里忽然闪过一缕白光。他立刻在台子背后跪下。看起来很平静,他怀疑自己是不是看差了。空气中的温度边界层偶尔会让夜视镜出错。

但他又看见了:一个黑影,人类或近似于人类的黑影,刚刚从站台跑进拱门,白色斑块在红外视野上留下一道轨迹。黑影跑向潘德嘉斯特,胸口似乎抱着什么东西。

潘德嘉斯特在浓稠的黑暗中悄悄举枪,另一只手拿起闪光灯,他静静地等待着。

40

玛戈往单薄的办公椅里一躺,轻轻用指尖按摩太阳穴。佛洛克走后,会议很快变成争论。霍洛克出去和市长通了几分钟电话,带着一位名叫豪斯曼的市政工程师回来。纽约警局战术响应小组的队长杰克·马斯特斯也在电话上了。不过他们到现在也没商量出任何行动路线。

“你们看,”免提电话里传来马斯特斯的声音,显得细弱失真,“我的部下光是确定阿斯托隧道存不存在就花了快半个小时。我们怎么派遣队伍进去?”

“那就同时派几个小组，”霍洛克喝到，“分头从几个入口尝试。波浪式行军，至少有一个小组能成功突破。”

“长官，你甚至说不清对方的数量和情况——随你怎么称呼他们。另外，我们不熟悉地形。曼哈顿底下的隧道系统太复杂了，我的部下会很危险。未知地点那么多，可以伏击的地点数不胜数。”

“我们有瓶颈啊。”市政工程师豪斯曼咬着钢笔说。

“瓶什么？”霍洛克说。

“瓶颈，”工程师答道，“位于地下大约三百英尺，整个地区的所有管道都穿过这个炸出来的洞口。阿斯托隧道还在更下面。”

“办法来了。”霍洛克对免提电话说，“封闭这个洞口，从那里逐步推进。如何？”

马斯特斯沉默片刻，“应该可以，长官。”

“我们可以困死他们。”

“也许吧。”马斯特斯的声音在电话里也显得疑虑重重，“但接下来呢？不可能一直守在那儿，更不可能冲进去扫灭他们。这是个僵局。我们需要时间来厘清路线。”

玛戈瞥了一眼达戈斯塔，达戈斯塔满脸厌烦。这正是他从一开始就建议的手段。

霍洛克猛砸会议桌。“该死的，我们没有时间！州长和市长就趴在我的脖子上。他们授权我采取任何必要行动去阻止杀人事件。我打算就这么办了。”

霍洛克已经下定决心，他的坚决和急躁都达到了顶点。玛戈心想天晓得市长在电话上说了些什么，能吓得局长大人如此战战兢兢。

工程师豪斯曼总算取出嘴里的笔，开口说道，“容我问一句，我们怎么确定那些怪物就住在阿斯托隧道里？明白我的意思吗？曼哈顿的地下大得很。”

霍洛克扭头看着玛戈，玛戈清清喉咙，明白自己被推到了尴尬的位置上。

“就我所知，”她说，“各条隧道里住了很多地下游民。那些怪物如果有个聚居地，游民肯定会知道。我们之前说过了，没有理由怀疑墨菲斯托的话。另外，那些怪物如果也有姆巴旺怪兽的特性，那就必然怕光。巢穴自然越深越好。当然了，”她连忙补充道，“潘德嘉斯特的报告——”

“谢谢你，”霍洛克恶狠狠地截断她的最后半句话，“马斯特斯，如何？你听够汇报了吧。”

门忽然打开，橡胶轮轴的吱嘎声说明佛洛克回来了。玛戈慢慢抬起头，害怕看见老科学家的表情。

“我想我欠大家一个道歉。”他摇着轮椅到会议桌前，淡淡地说，“刚才在博物馆的展厅里转了一圈，我尽量以客观眼光重新审视问题。回想之下，我不得不承认我多半犯了错。很难承认，哪怕对我来说也是一样。但我认为玛戈的推断更加符合事实，”他转向玛戈，“亲爱的，请原谅我。这个疲倦的老家伙过于钟爱他的宠物理论，特别是提到演化的时候。”他没精打采地笑了笑。

“多么高贵的行为，”霍洛克说，“但自我反思什么的还是留到以后吧。”

“我们需要更精确的地图，”马斯特斯又说，“还有敌人习性的更多情报。”

“该死的！”霍洛克吼叫道，“你聋了不成？我们哪儿有时间搞地形勘测！瓦克西，你怎么看？”

众人陷入沉默。

佛洛克瞥了一眼瓦克西，瓦克西望着窗外，像是希望看到他急需的答案被喷涂在中央公园的大草坪上。警长皱起眉头，但没有说话。

“最初的两名受害者,”佛洛克看着瓦克西说,“应该是被暴雨冲出下水道的。”

“所以找到的尸体已经没皮没肉了,”霍洛克怒视着他,“很好,所以呢?”

“尸体身上的咬痕没有匆忙行事的痕迹,”佛洛克继续道,“看起来那些怪物有许多时间供他们不受打扰地享用美食。这说明咬痕产生的地点很接近他们的巢穴,甚至有可能就在巢穴内。大自然中有数不胜数相似的例子。”

“所以?”

“要是受害者的尸体能被暴雨冲出来,不就说明了洪水会经过巢穴吗?”

“太对了!”瓦克西叫道,得意洋洋地从窗口转过身,“淹死那帮龟孙子!”

“太疯狂了。”达戈斯塔说。

“不,不疯狂,”瓦克西兴奋地指着窗外,“水库的排水是走暴雨管网的,对吧?风暴渠要是超过负载,洪水不就会溢入阿斯托隧道吗?所以阿斯托隧道才会遭到废弃啊!”

短暂的沉默过后,霍洛克向工程师投去疑问的眼神,工程师点点头,“没错。水库的水可以直接排入风暴渠和污水管网。”

“可行吗?”霍洛克问。

豪斯曼思忖片刻,“我得向达菲确认一下。不过水库至少有两千英亩英尺[①]存水,也就是九千万立方英尺。只要有一小部分——比方说三成——忽然涌入污水管网,污水管网就会溢出。按照我的理解,溢出的水将经过阿斯托隧道流入哈德逊河。”

---

① 灌溉的水量单位,一英亩英尺的水量可使一英亩的土地水深一英尺,折合1 233.49 立方米。

瓦克西使劲点头，“正是如此！”

“要我说，这办法够极端的。”达戈斯塔说。

“极端？”霍洛克重复道，“不好意思，副队长，昨晚有一列地铁几乎被屠杀得干干净净。那些鬼东西出来狂砍滥杀，事态正在恶化，而且速度很快。你大概很想上去给他们讲讲道德什么的，可惜不会有用处。整个阿尔巴尼[1]都压在我头上，命令我立刻采取行动。这个办法”——他朝窗外的水库一挥手——“能把他们消灭在窝巢里。”

“怎么能确定水放下去了不会乱跑？”达戈斯塔问。

豪斯曼转向达戈斯塔，“这一点倒是很清楚。按照瓶颈的设计原理，水流将被限制在中央公园区域地下的最下层。泄洪渠引导水流穿过瓶颈，进入最深处的风暴渠和阿斯托隧道，进而通过西区横渠汇入哈德逊河。”

“潘德嘉斯特确实说过多年前在市政工程施工中封闭了公园南北两侧的隧道。”达戈斯塔几乎自言自语道。

霍洛克环视众人，脸上浮现出笑容。玛戈觉得他笑得很勉强，霍洛克似乎很少使用这些肌肉。“他们会被洪水困在瓶颈以下，冲走淹死。各位，有异议吗？”

“开闸放水前你必须要确定所有怪物都在底下吧。”玛戈说。

霍洛克的笑容消失了，“妈的，这个怎么做得到？”

达戈斯塔耸耸肩，“我们发现的模式之一是月圆之夜不杀人。”

“有道理，”玛戈答道，“要是这些怪物类似于姆巴旺，就肯定畏惧光线，月圆之夜更愿意留在地下。”

“居住在公园地下的那许多游民呢？”达戈斯塔问。

霍洛克哼了一声，“没听见豪斯曼说吗？洪水直接流向最底

---

① 纽约附近的城市名，位于哈德逊河沿岸。

层。据说游民都尽量远离那片区域,走得太深的早就被皱皮人杀掉了。”

豪斯曼点点头,“我们制订的方案将限制洪水只淹没阿斯托隧道。”

“万一有‘鼹鼠’的宿营地就在水流途径上呢?”达戈斯塔还不放心。

霍洛克叹了口气,“唉,妈的。为了确保万无一失,最好把游民驱赶出中央公园区域,暂时安置在各个收容所。”他站起来,“说起来倒是一石二鸟——说不定还能让那位威许夫人饶过我们。”他转向瓦克西,“这才叫像样的计划。干得好。”

瓦克西脸色绯红,拼命点头。

“底下的地方大着呢,”达戈斯塔说,“游民恐怕不愿意乖乖配合。”

“达戈斯塔?”霍洛克怒喝道,“我不想听你再抱怨这个不行那个不行了。老天在上,中央公园地下能有几个游民啊?一百?”

“比你想象的多——”

“你要是有更好的主意,”霍洛克打断道,“不妨说来听听。否则就给我闭嘴。”他转向瓦克西,“今晚就是月圆之夜。我们浪费不起时间再等一个月了,今晚必须解决问题。”他俯身对免提电话说,“马斯特斯,午夜之前清空中央公园地下所有区域内的全部游民。从五十九街到一百一十街,从中央公园西路到第五大道,清空地下每一条该死的隧道。在收容所过一夜对‘鼹鼠’很有好处。找航港局和运输署,需要谁尽管开口。帮我接市长,我要向他汇报行动计划,橡皮图章还是得敲的。”

“最好带几个做过运输警察的下去,”达戈斯塔说,“他们执行过驱赶任务,知道会遇到什么情况。”

“我反对,”瓦克西立刻说,“‘鼹鼠’很危险。几天前我们险些死在一群‘鼹鼠’手里。我们需要真正的警察。”

“真正的警察,”达戈斯塔重复道,他提高嗓门说,“至少带上海沃德巡佐。”

“算了吧,”瓦克西说,“她该干什么干什么去。”

“恰好暴露了你的无知,”达戈斯塔骂道,“她是你手上最有价值的资源,你却懒得看一眼她有什么本事。她比任何人都了解地下游民。听懂了吗?比任何人。相信我,要执行这种规模的驱赶任务,你需要她的专业知识。”

霍洛克叹了口气,“马斯特斯,出动时请务必带上海沃德巡佐。瓦克西,联络水务署的——叫什么来着?——达菲?午夜开闸放水。”他环顾众人,“咱们去警察总部继续讨论。佛洛克教授,我们需要你的协助。”

玛戈看着佛洛克虽说强自按捺,但还是因为觉得能派上用场而露出了笑容。“谢谢你的信任,但我还是想回家先休息一下了。这个案子耗尽了我的全部体力。”他朝霍洛克笑了笑,对玛戈使个眼色,摇着轮椅出门离开。

玛戈目送他走远,心想:老天才知道佛洛克需要多大的勇气才愿意承认自己犯了错误。

达戈斯塔跟着霍洛克和瓦克西走进走廊,他停下脚步,转身问玛戈,“有什么看法?”

玛戈摇摇头,把思绪带回现实中。“拿不准。我明白不能浪费时间。但我忍不住想起当时的事情……”她犹豫片刻,最后说,“真希望潘德嘉斯特在这儿。”

电话铃响起,她走过去拿起听筒,“我是玛戈·格林。”她听了很长时间,挂断电话。

“你先去吧,”她对达戈斯塔说,“助手找我,叫我立刻下楼去实验室。”

41

史密斯贝克推开一个身穿绉纱西装的男人，用胳膊肘抵住另外一个，想在越来越密集的人群中挤出一条路。他严重低估了赶路需要的时间；第五大道有三个街区那么长的路段被塞得水泄不通，而且每一分钟都有更多人加入队伍。他已经错过了威许夫人在教堂门前的开场演说，这会儿只想在行军开始之前赶到第一场烛光祈福仪式的现场。

"傻逼看着点。"一个年轻人拿开嘴上的银酒壶，腾出半秒钟时间骂道。

"回家喝你的陈年老酒吧。"史密斯贝克一边奋力向前挤，一边扭头还击。他听见警察开始在队伍边缘维持秩序，试图驱散人群，可惜注定徒劳无功。几个新闻报道小组已经赶到，史密斯贝克看见摄像师爬上厢式货车的车顶，抻着脖子寻找拍摄角度。上一次示威游行以有钱有权的为主，但这次的队伍更壮大，队伍里的人也更年轻。他们打了市政当局一个措手不及。

"喂！史密斯贝克！"他扭头看见克拉伦斯·科辛斯基，《邮报》负责报道华尔街新闻的记者。科辛斯基说，"难以置信吧？消息传播得快过光速。"

"我的文章就有这个作用。"史密斯贝克自豪地说。

科辛斯基摇摇头，"很抱歉，哥们，你要失望了，但你的文章半小时前才上街。他们不想冒险过早引来警方注意。消息是今天下午三四点钟通过服务网络传出去的——明白吗？股票经纪人的通讯系统，纽约证券交易所的网络，科特龙证券行情系统，LEXIS数据快报，等等等等。市中心的小伙子们似乎被威许彻底调动起来了，认为她能解决上等白人面临的所有问题。"他嗤笑道，"现在已经不止是犯罪了。别问我事情是怎么发生的，但酒吧里的说法是她的胆量比市长大一倍。他们认为她能削减福利，清除游民，让共和党重新执掌白宫，道奇队回到布鲁克林——一次全都做到。”

史密斯贝克环顾四周，“我以为全世界的金融天才加起来都没这么多，就别提曼哈顿了。”

科辛斯基又嗤笑道，“每个人都以为华尔街精英就是一帮恋旧雅痞工蜂，身穿难看的西装，有两个半孩子，家住市郊大宅，日复一日做些单调乏味的事情。大家忘了华尔街翻过来还有个软塌塌的难看肚皮。有交易所里跑来跑去挣差价的，有层层剥皮买卖债券的，有赚利率差的，有做猪肉期货的，有烧锅炉的，有洗钱的，随你去想好了。华尔街可不只有上层人士，还有很多亚奇·邦克[①]。再说现在已经不止华尔街了。消息通过寻呼机、网络和传真继续传播。银行和保险公司的各处办公室也在加入这场盛会。”

越过两排人头，史密斯贝克瞥见了威许夫人。他连忙对科辛斯基说声再见，分开人群向前挤。威许夫人站在波道夫·古德曼百货公司宏伟的阴影中，背后站着天主教神甫、圣公会牧师和犹太拉比，面前是厚达三英尺的鲜花和卡片。一个面相枯槁的长发年轻人站在她身边，年轻人身穿条纹西装和紫色长袜。史密斯贝克认出那张委屈的脸属于亚戴尔子爵，帕梅拉·威许的男朋友。威许夫人看起来简朴而高贵，淡色头发向后绾起，没有化妆。史密斯贝克打开录音机往前伸，不禁心想她确实是天生的领袖。

威许夫人垂着头默然伫立良久，接着转身面对聚集的人群，试了试无线麦克风，然后夸张地清清嗓子。

“纽约的市民们！”她喊道。人们纷纷停止说话，她的声音的清澈和音量让史密斯贝克吃了一惊，他环顾四周，发现各个关键位置都有人举着带金属杆的便携扬声器。游行看似自发，但威许夫人

① 美国七十年代情景喜剧《一家子》和《亚奇·邦克酒馆》的主角，蓝领工人。

和部下们显然早就制订了详细计划。

等人群完全安静下来，她用更沉静的语气说，“我们来这里是为了缅怀玛丽·安·卡佩莱蒂，三月十四日，她在此处遭到抢劫和枪杀。请让我们为她祈祷。”

史密斯贝克在她说话间歇时听见了喇叭喊话声：警方命令人群解散。骑警抵达现场，发现人群过于密集，他们不可能安全通过，烦闷的马匹只好原地腾跃。史密斯贝克知道威许夫人这次存心不去申请集会许可，目的就是要让市政厅大吃一惊。正如科辛斯基所说，利用业务通讯网络散播消息更加行之有效，而且还可以绕开执法部门、大众媒体和市政当局，等他们听到风声，能够阻止威许夫人的时机早就过去了。

“已经有很长时间，”威许夫人说，“非常长的时间，儿童不能毫无畏惧地在纽约市内行走，现在甚至连成年人也提心吊胆。我们害怕上街，害怕逛公园……害怕乘地铁。”

听见威许夫人提起最近的惨剧，人群中升起了愤怒的嗡嗡声。史密斯贝克跟着大家喊了起来，但他知道威许夫人这辈子恐怕从没挤过地铁。

“今夜！”她忽然喊道，目光灼灼扫视群众。“今夜我们要改变这一切。我们要从夺回中央公园开始。我们要在午夜时分毫无畏惧地站在大草坪上！”

群众吼声震天，越喊越响，压得史密斯贝克几乎无法呼吸。他关掉录音机揣进口袋，录音机录不下这种嘈杂噪声，另外他不需要任何帮助就能记住前后经过。他现在很清楚记者将会成群结队赶到，不但有本市的，全国各地的都少不了。然而，只有他史密斯贝克可以独家采访安内特·威许，了解游行安排的记者只有他一个人。用不了多久，《邮报》的特别下午专刊就会上报摊。专刊插页是游行地图，并标出了将在哪些地方停下悼念受害者。自豪感涌上心头。他看见人群里有许多人拿着那张插页。有些事情科辛斯基还不知道。他,史密斯贝克,帮助散播了游行的消息。报纸销量无疑将创下纪录,这一期发行得非常成功,购买者不但有工人阶层,也有许多有钱有权平时只读《时报》的人。看智障哈里曼怎么向他的老古董屎脑子主编解释。

太阳落到了中央公园西路的大厦和尖塔背后,温暖的夏日晚风渐渐吹起。威许夫人点燃一根小蜡烛,示意几位神职人员也点燃蜡烛。

“各位朋友,”她把蜡烛举过头顶,“让我们微不足道的火苗汇成熊熊烈火,微不足道的声音汇成震天怒吼。我们只有一个目标,一个不能忽视和拒绝的目标:夺回我们的城市!”

人群开始念诵,威许夫人朝大军广场的方向迈开步子。史密斯贝克最后推了一把,终于挤过第一排人墙,加入了威许夫人的随从队伍。感觉就像钻进了暴风眼。

威许夫人转向他,“很高兴你能来,比尔。”她冷静得仿佛这不过是一场茶话会。

“我不胜荣幸。”史密斯贝克笑着答道。

他们缓缓走过广场饭店,拐上中央公园南路。史密斯贝克扭头看着密集的人群转弯,像是一条巨蟒沿着公园边缘盘卷身躯。他看见前方有更多的人涌出第六和第七大道,从西边加入队伍。人群里夹杂着不少世袭贵族,满头银发,气质出众;但史密斯贝克也看见科辛斯基提到的那种年轻人越来越多:债券交易员、银行助理、肌肉发达的期货交易员,他们喝酒唿哨,兴高采烈,像是得到了可以随便动手的许可。他回想起上次的游行多么容易就撩拨得这帮年轻人朝市长扔了酒瓶,心想这次若是事情出了岔子,不知道威许夫人怎么控制局势。

中央公园南路上的司机已经懒得按喇叭了,纷纷下车观望或加入队伍,但哥伦布圆环的方向仍旧在传来震天响的喇叭声。史密斯贝克深深吸气,混乱场面于他而言仿佛陈年美酒。他心想:群体行为拥有无可替代的鼓舞效力。

一个年轻人挤到威许夫人身边,气喘吁吁地举着一部蜂窝电话说,“市长。”

威许夫人把麦克风塞进手袋,接过电话,冷冷地说道,“你好?”脚步分毫不乱。长久的沉默过后,她说,“很抱歉你竟然这么想,但申请许可的时候早就过去了。你似乎还没有意识到纽约正处于非常时刻。我们是在叫你睁开眼睛。这是你最后的机会,你必须让我们的街道变得安全。”她停下听市长说话,抬起手捂住另一只耳朵,“非常抱歉,游行碍了你们警察的事情。听说警察局长也要采取行动,我非常高兴。但允许我问个问题。帕梅拉被谋杀的时候警察在什么地方?警察——”

她不耐烦地听着,“不行,绝对不行。犯罪正在淹没这座城市,你居然引用法律威胁我?你如果没有别的话要说,我就挂电话了。我们这儿忙得很。”

她把电话还给助手,“他再打电话就说我没空。”

威许夫人转向史密斯贝克,挽起他的胳膊,“下一站是我女儿被杀的地方。我需要力量支撑,比尔。你会帮助我的,对吧?”

史密斯贝克舔舔嘴唇,答道,“当然,夫人。”

42

达戈斯塔跟着玛戈走进博物馆底楼一条灯光昏暗的积灰展廊。这条展廊曾经是大展的一部分,后来对公众封闭了许多年,现在成了多出来的哺乳类藏品的存放处。摆出或攻击或防御姿态的各种兽类标本林立于狭窄过道的两旁。一头后腿直立的灰熊险些用爪子勾破达戈斯塔的上衣。他把双臂紧贴在身上,免得碰到其他正在腐烂的标本。

拐过弯，他们走进一个死胡同，硕大无朋的大象标本赫然出现，灰色的皮肤一度修复得很完整，现在却已崩裂剥落。大象腹部底下的阴影里藏着货运电梯的双开铁门。

玛戈揿下电梯按钮。达戈斯塔说，“咱们得快点了。警察总部今天下午全体动员。看着像是准备去扫荡诺曼底沙滩。又碰上‘夺回我们的城市’在第五大道搞突然示威。”空气中飘着的味道让他想起他勘察过的夏季犯罪现场。

“标本剥制室就在走廊那头，”玛戈看着达戈斯塔皱起鼻子，“估计正在浸化动物尸体。”

“好得很，”达戈斯塔抬头看着庞然巨象，“怎么没有长牙？”

“这是江波，P. T. 巴纳姆当年的展品。它被一列货运列车撞死，象牙碎了。巴纳姆把象牙碾成细粉，熬制明胶，在江波的纪念餐会上供来宾享用。”

“有创造力。”达戈斯塔把雪茄塞进嘴里。在这种恶臭环境里，谁也不会抱怨闻闻烟味吧。

“抱歉，”玛戈不好意思地笑了笑，“禁止吸烟。空气中有可能含甲烷。”

达戈斯塔收起雪茄，电梯门徐徐打开。甲烷，这个可得寻思寻思了。

两人走进一条闷热的地下走廊，两边是蒸汽管道和巨大的包装箱。有一个板条箱打开了，露出一根粗如树枝的黑色长骨。肯定是恐龙，达戈斯塔心想。他想起上次在博物馆地下室的遭遇，努力控制住油然而生的畏惧。

“我们在好几种生物身上测试了那种毒素，”玛戈走进一个房间，明亮的氖灯与昏暗的走廊恰好是两个极端。实验室一角有一位工作人员俯身查看示波器。“小白鼠、大肠杆菌、蓝菌和几种单细胞动物。先看小白鼠。”

达戈斯塔往小笼子里一看,吓得向后退了半步。“天哪!”叠层笼的白色墙壁血迹斑斑。死老鼠被扯碎的尸体洒得笼底到处都是,内脏散落四周。

玛戈看着笼子里说,“看见了吧?原先每个笼子里有四只老鼠,现在只活下来一只。”

“为什么不分开放?”达戈斯塔问。

玛戈抬头看着他,“重点就在于关在一起。我想观察的变化不仅包括体态方面,还有行为上的。”

“情况似乎有点失去控制了。”

玛戈点点头,“我们喂所有老鼠吃下姆巴旺草,它们全都严重感染了呼肠孤病毒。一种病毒既能影响人类又能影响老鼠,这一点很不寻常。病毒通常只感染特定的宿主。你看这个。”

玛戈靠近最顶上的笼子,活到最后的老鼠猛扑向她,发出嘶嘶的啸声,爪子攀住铁笼,长而黄的门牙啮咬着空气。玛戈退回原处。

“有意思,”达戈斯塔说,“战斗得不死不休呐。”

玛戈点点头,“最惊人的一点是这只老鼠在打斗中受了重伤,但你看伤口愈合得多么彻底。你会在其他笼子里见到相同的情形。这种毒素有强烈的恢复青春或治疗伤病的能力。光线让老鼠非常暴躁,不过我们已经知道这种毒素会使摄入者对光线很敏感。说到这个,珍妮佛留下一盏灯没关,到了早上,那盏灯底下的原生动物群落全死了。”

她盯着笼子看了几秒钟,最后说,“还有一点我想给你看看的,珍妮佛,过来帮我一下。”

玛戈与助手合力把一块隔板插进最顶上的笼子,把幸存的那只老鼠关在一角。她用长镊子夹起死老鼠的尸体,放进耐热玻璃盆。

“来看一下。”她说着走进主实验室，把尸块放在广角显微镜的镜台上。她伏在目镜上看着，用解剖刀切割尸块。达戈斯塔看着她剖开一个鼠头的后脑，从颅骨上剥掉毛皮，仔细研究片刻，接着又剖开一段脊髓，左右查看脊骨。

“你会发现它看起来很正常，”她直起腰，“除了返老还童之外，变化似乎集中在行为方面，机体并不变形。至少对于这个物种是这样。虽说下结论还为时过早，但川北像是确实驯服了这种毒素。”

“是啊，”达戈斯塔说，“可惜为时已晚。”

“这也是让我困惑的地方。川北摄入毒素肯定是在研究达到这个阶段之前的事情。他为什么要冒险自己试药？就算他用其他人做过试验，也不可能打包票啊。他不是这么匆忙潦草的一个人。”

“自大。”达戈斯塔说。

“自大没法解释为什么拿自己当豚鼠，川北的谨慎几乎成了缺点。这么做实在不符合他的个性。”

“有些最不可能的人也会药物上瘾，”达戈斯塔说，“我见得多了。医生，护士，甚至警察。”

“也许吧，”玛戈并不信服，“总而言之，这里是注入了病毒的细菌和原生动物。很奇怪，结果都是阴性：变形虫、草履虫、轮虫，等等。只有这个除外。”她打开一台孵育器，露出几排装着紫色琼脂的培养皿。琼脂上硬币大小的平滑印痕说明那里生长着原生动物群落。

她拿出一个培养皿，“这是 B. meresgerii，一种海生单细胞动物，长在浅水藻类或海草的表面上。通常以浮游生物为生，相对来说比较温顺，而且对化学物质非常敏感，所以我喜欢用。”

她小心翼翼地用丝网滤过单细胞动物群落，在玻片上蘸了一下，将玻片放在显微镜载物台上，调整焦距，让到一旁，请达戈斯塔自己看。

达戈斯塔望进目镜，刚开始什么也看不清。渐渐地，他分辨出了许多透明的小圆泡，在格栅背景下疯狂挥舞纤毛。

“你不是说它们很温顺吗？”他边看边说。

“通常来说。”

达戈斯塔突然意识到疯狂的动作并非随意为之：这些原生动物在互相攻击，扯破同伴的细胞膜，把自己的身体插进缺口。

“你不是说它们吃浮游生物吗？”

“还是那句话：通常来说。”玛戈看着达戈斯塔说，“很诡异，对吧？”

“这个词用得好。”达戈斯塔退开两步，惊讶地发现这些细小生物的残忍竟然让他想吐。

“我想让你看，”玛戈走到显微镜前，自己凑上去看着说，“是因为假如他们打算——”

她停了下来，像是被粘在了目镜上似的动弹不得。

“怎么了？”达戈斯塔问。

玛戈有好一会儿没有说话。“奇怪，”她终于喃喃说道，扭头对助手说，“珍妮佛，帮我用伊红给它们染色。再帮我用放射性示踪法查一下哪些是群落的原始成员。”

玛戈示意达戈斯塔稍等，和助手一起准备示踪剂，最后把处理后的整个群落放到显微镜下。她盯着目镜看了很久，达戈斯塔等得心焦。最后，她直起腰，在笔记簿上写了几个算式，再次低头望进目镜。达戈斯塔听见她在计数。

“这些原生动物，”她最后说，“生命周期通常约为十六个小时。它们已经在这里三十六个小时了。在三十七摄氏度培育下，B.

meresgerii 每八小时分裂一次,因此”——她指着笔记簿上的另一个算式说——“过了三十六小时,死活比应该是七比九左右。”

“但是——?”达戈斯塔问。

“我大概数了数,比例只有这个数字的一半。”

“说明什么?”

“说明或者 B. meresgerii 的分裂速率变低了,或者……”

她重新望进显微镜,达戈斯塔听见她又在低声计数。她直起腰,这次动作慢得多。

“分裂速率是正常的。”她低声说。

达戈斯塔摸了摸胸袋里的雪茄,“说明什么?”

“它们的寿命延长了百分之五十。”她的声音很单调。

达戈斯塔盯着她看了几秒钟,最后轻声说,“这就是川北的动机。”

有人轻轻敲门。玛戈还没出声,潘德嘉斯特就钻了进来,朝两人点点头。他换回了庄重的黑色西装,脸色尽管稍显憔悴疲惫,但除了左眉上方的一道擦伤,看不出他刚到地下走了一趟。

“潘德嘉斯特!”达戈斯塔说,“来得正好。”

“没错,”探员答道,“我猜到你也在这儿。很抱歉,失去联络那么长时间。这趟行程比我想象中更加险恶。我本该半小时前来汇报我遭遇他们的经过,但觉得很有必要洗澡更衣。”

“遭遇?”玛戈不敢相信地叫道,“你看见他们了?”

潘德嘉斯特点点头,“对,而且不止这么简单。但还是先说说地面上的事态进展。地铁的惨剧我自然听说了,我还看见了警察成群结队,像是要去逼宫。显然我错过了很多事情。”

他仔细听着玛戈和达戈斯塔解释“釉光”的真相,解释惠特塞和川北,还有用洪水冲洗阿斯托隧道的计划。他很少打断他们的话,只在玛戈阐述实验结果时提了几个问题。

“有意思，”他最后说，“有意思，非常令人不安。”他在旁边一张实验桌前坐下，跷起一条瘦削的腿。“恰好印证了我本人的调查。听我说，阿斯托隧道深处有个汇集点，位于已经关闭的纽约人饭店地下，在名叫‘水晶阁’的私家地铁站里。我在水晶阁的正中间发现了一个完全用人类颅骨搭建的藏物茅屋。无数脚印在茅屋汇聚。茅屋里有一张供桌，摆着各式各样的物品。我正在查看，一只怪物从黑暗中摸了过来。”

“它什么样子？”玛戈逼着自己问道。

潘德嘉斯特皱眉道，“很难描述。我靠得不够近，夜视镜的远距解像度很低。看起来就是人类，或者接近人类。但步态……呃，不太对劲。”探员难得一见地没词儿了，“它跑动时以不自然的角度向前蹲伏，怀里抱着东西，我猜是打算存放进茅屋里的。我用闪光灯照它眼睛，开枪射击，但光线太亮，夜视镜瞬间过载，等我恢复视力，它已经不见了。”

“打中它了吗？”达戈斯塔问。

“我认为打中了。地上有明显的血迹。我见到形势不妙，连忙赶回地面了。”他看着玛戈，挑起一侧眉毛，“我猜有些怪物比其他怪物更加畸形。总而言之，有三点可以确定：它们动作很快，夜能视物，意图不良。”

“还有一点，住在阿斯托隧道里，”玛戈打个哆嗦，“它们都受到‘釉光’的影响。川北死了，姆巴旺植物也没了，毒瘾发作让它们发疯。”

“看来确实如此。”潘德嘉斯特说。

“你形容的茅屋多半是川北发放毒品的地点，”玛戈继续道，“至少后来事情开始失控的时候是这样。听起来有仪式性的感觉。”

潘德嘉斯特点点头，“没错。我在茅屋入口看到几个日本汉字,翻译过来大概是‘不对称的房子’。这是日本茶舍的常用名称之一。”

达戈斯塔蹙眉道,“茶舍?我不明白。”

“我刚开始也不明白,但琢磨下去,就渐渐明白川北都做了什么。‘露地’,也就是茅屋前的一串石阶,间距不等。没有装饰。未完成的简朴小屋。这些都是日本茶舍的必要元素。”

“他的分发手段是把姆巴旺草泡在水里,就像泡茶,”玛戈说,“但为什么要弄得这么麻烦呢?除非……”她停了停,“除非仪式本身——”

“我也这么认为,”潘德嘉斯特答道,“随着时间慢慢过去,川北肯定越来越难控制住那些怪物了。到了某个时候,他意识到他必须提供毒品,于是放弃了销售。川北也受过人类学训练,对吧?他无疑明白仪式和典礼的归化和驯服能力。”

“因此他建立了一套分发仪式,”玛戈说,“原始文化的萨满往往通过类似典礼维持秩序,稳固权力。”

“他以茶艺为基础,”潘德嘉斯特说,“出于虔诚还是不敬,我们不得而知,但考虑到他借用的其他元素,我猜讽刺的味道比较重。你在川北实验室找到的笔记残片还在吗?”

“我这儿记着呢。”达戈斯塔掏出笔记簿,翻了几页,递给潘德嘉斯特。

“啊哈,没错。绿云、枪药、莲心。这些绿茶都颇为稀少,”潘德嘉斯特指着笔记簿说,“还有这个‘嗜粪蓝足’,格林博士,有印象吗?”

“应该有,但想不起来。”

潘德嘉斯特露出一丝浅笑,“不是一种东西,而是两种。666号公路社团无疑管它们叫‘蘑菇’。”

“对啊!”玛戈打个响指,“Caerulipes 和 Coprophilia。”

“听不懂。”达戈斯塔说。

“蓝足裸盖菇和嗜粪裸盖菇，”玛戈转向副队长，“两种力量最强的致幻蘑菇。”

“还有这个，瓦梭卡恩，”潘德嘉斯特喃喃道，“要是我没记错，这是阿尔衮琴印第安人成年典礼上的仪式性饮料，含有数量可观的车莨菪碱。曼陀罗，非常强烈的致幻剂，能导致深度昏迷。”

“你认为这是什么清单？”达戈斯塔问。

“也许。川北也许想改进他的产品，让摄入者更加温顺。”

“照你这么说，川北希望控制住‘釉光’服用者，那怎么会有骷髅小舍呢？”玛戈问，“我觉得建造这么一个东西只有刺激性的反效果。”

“说得对，”潘德嘉斯特说，“拼图还缺了很大一块。”

“完全用人类骷髅搭建的茅屋，”玛戈边想边说，“奇怪，我似乎有印象。记得惠特塞在日志里提到过类似的东西。”

潘德嘉斯特好奇地看着她，“真的？有意思。”

“让我查一查档案。用我办公室的终端好了。”

时间临近傍晚，玛戈狭窄的办公室只有一扇小窗，照进来的阳光给纸张和书本镀上一层金色。潘德嘉斯特和达戈斯塔看着玛戈在书桌前坐下，拉过键盘开始输入。

“博物馆获得许可，扫描了馆内所有的田野笔记和类似档案，建立数据库，”她说，“只要不出错，就肯定能找到惠特塞的日志。”

她用三个单词创建搜索：惠特塞、茅屋和颅骨。屏幕上出现了一份档案的名称。玛戈调出档案，向前翻到倒数第二篇日志。读着电脑屏幕上的冷淡文字，她难以遏制地想起了一年半之前的事情：坐在博物馆一间阴暗的办公室里，身旁是比尔·史密斯贝克，记者满怀渴望地翻看发霉的笔记簿，她趴在记者的肩膀上阅读。

……科洛克、卡洛斯和我继续向前。我们几乎立刻停下重新打包板条箱,里面的标本瓶碎了。我打包的时候,科洛克外出散步,偶然发现废弃的茅屋,茅屋位于一小片空地中央,似乎完全由人类颅骨搭建而成,人类长骨以类似泥墙棚屋的方式钉进地面。每颗颅骨的后部都开有边缘粗糙的洞口。茅屋中央是一张用肌腱捆扎长骨搭成的小供桌。我们在桌上找到了那枚小雕像和几片刻有花纹的木头。

我没有过多思考。我们带着装备前去调查,重新打开板条箱,取出工具袋——在我们开始探查茅屋之前,土著老妇蹒跚走出灌木丛——不确定是病了还是醉了——指着板条箱,大声哀嚎……

"足够了。"玛戈的语调生硬得出奇,她清空屏幕。她最不希望的就是被迫想起那个板条箱里装着什么噩梦。

"有意思,"潘德嘉斯特说,"咱们应该总结一下目前掌握的情况了。"他顿了顿,举起手,准备用他修长的手指计数。"川北提炼出名为'釉光'的毒品,拿其他人做实验,然后自己服用了改进后的'釉光'。毒品使用者倒了霉,身体变得畸形,而且越来越怕光,所以潜入地下。他们日益凶残,开始猎杀地下游民。川北的死亡切断了'釉光'的供应,他们的捕猎行为越来越大胆。"

"我们知道川北摄入毒品的动机,"玛戈说,"这种毒品似乎有返老还童的能力,甚至能延长使用者的寿命。地下怪物使用的毒品版本早于他自己使用的。他在开始使用后仍在持续改进药物。我的实验动物没有显示出任何形体异常。然而,他最好的改进版本也还是有副作用:老鼠——连原生动物——都变得非常有攻击性和杀气腾腾。"

"但还有三个问题没得到解答。"达戈斯塔忽然说。

潘德嘉斯特和玛戈转向他。

"第一,那些怪物为什么要杀他?因为我觉得他明显是被他们杀死的。"

"也许怪物最后完全不受控制了。"潘德嘉斯特说。

"或者他们对他产生了敌意,认为他是苦难的源头,"玛戈补充道,"也许他和某个怪物争夺权力。记得他在笔记里的话吗?'另一位变得越来越贪婪。'"

"第二,他在笔记里提到的另一件东西:除草剂塞奥欣?这东西格格不入。还有,你说他在合成维生素 D?"

"别忘了川北在笔记里还写了'不可逆转',"潘德嘉斯特说,"也许他终于意识到事已至此,无法挽回了。"

"或许这能说明笔记为什么流露出懊悔之情,"玛戈说,"他显然更关注怎么去除'釉光'的生理副作用,却没注意到新品系对心理有何影响。"

"最后,第三点,"达戈斯塔继续道,"他到底为什么要重建惠特塞日志里的骷髅茅屋呢?"

这个问题让玛戈和潘德嘉斯特沉默了下来。

潘德嘉斯特沉吟良久,最后叹道,"你说得对,文森特。我无法理解建造茅屋的理由,也不明白为什么要把这些金属物摆在供桌上。"潘德嘉斯特从衣袋里掏出几个小物件,摆在玛戈的工作台上。

达戈斯塔抓起其中一件,翻来覆去仔细端详。"也许只是什么垃圾?"他问。

潘德嘉斯特摇头道,"它们摆放得很整齐,甚至可以说怀有感情。就像圣骨匣里的遗物。"

"圣什么?"

“圣骨匣,用来展示神圣物品的东西。”

“呃,我不觉得这些东西神圣在哪儿。这个怎么看都是仪表盘的一块碎片,或者是什么医疗器械,”达戈斯塔转向玛戈,“你觉得呢?”

玛戈从电脑终端前起身,走到工作台前拿起其中一件,查看片刻又放下。“说是什么都行。”她说着拿起另外一件,这是个金属圆筒,一头包着灰色橡胶。

“什么都行,”潘德嘉斯特赞同道,“但是,格林博士,我感觉只要能搞清它们是什么,为什么被供在纽约城地下三十层的那个石头平台上,我们就将掌握解开谜团的关键。”

43

海沃德背上镇暴装备,调整系在额头上的灯盔,扭头望向五十九街分局中央大厅里的蓝制服海洋。她应该向米勒副队长率领的第五组报到,但房间太大,而且一片混乱,每个人都在找人,却很少有人找到想找的人。

她看见霍洛克局长走进中央大厅,局长刚在博物馆旁的八十一街分局检阅了队伍集结。霍洛克在对面墙边找到战术小组的头儿杰克·马斯特斯,马斯特斯身材瘦削,脸色乖戾,正在对几个副队长训话,不停挥舞平时如猿猴般垂在身旁的两臂,拍打成套地图,勾画出预想中的线路。霍洛克站在一旁,边听边点头,像握警棍似的拿着指挥棒,时而用指挥棒点着地图强调某处特别重要。海沃德看着霍洛克示意那几位副队长解散,马斯特斯举起高音喇叭。

“立正!”他用沙哑的声音吼道,“各小组列队完毕吗?”海沃德不由想起了女童子军夏令营。

大厅里嘟囔“没有”的声音此起彼伏。

“第一组来这儿，”马斯特斯指着前排说，“第二组到商圈区，”他依次给各个小组指定了大厅里的一块区域。海沃德走向第五组的集合地点。在集合地点，她看见米勒副队长铺开一幅地图，地图上第五组负责的地段涂成了蓝色。米勒的浅灰色突击制服很宽松，但也遮不住他肥硕的身躯。

“别逞英雄，别直接对抗，”米勒说，“听懂了？就是个交警任务而已，没什么大不了的。要是遇到抵抗，你们就戴上防毒面具喷催泪瓦斯。不过别乱喷，让他们清楚你是认真的就够了。不过我估计不会遇到麻烦。要是不出岔子，咱们一个钟头就能完事。”

海沃德张开嘴，但想想又闭上了。她觉得在地下隧道里使用催泪瓦斯有点冒险。在运输警察并入纽约警局之前，总部曾有人建议用催泪瓦斯镇压骚乱，弟兄们险些闹翻天。催泪瓦斯在地面上已经够凶残的了，在地下简直就是谋杀；而她看见第五组负责的地区是哥伦布圆环地铁站底下较深处的地铁和维护隧道。

米勒转动脑袋，用荧光绳挂在脖子上的墨镜荡来荡去。“请记住，大部分‘鼹鼠’都有这样那样的毒瘾，常年吸毒多半削弱了他们的体力，”他吼道，“给他们点脸色看看，他们保证乖乖听话。咱们要把他们像赶牛似的赶出地下——明白我的意思吧？只要能逼着他们迈出第一步，他们就不会停下了。押送他们走向中心点，就在二号回车场底下。那里是四五六小组的集合处。等三个小组集合完毕，咱们就押着‘鼹鼠’走向靠近公园的地铁出口——这儿。”

“米勒副队长？”海沃德无法继续沉默下去了。

副队长扭头看着她。

“我扫荡过这些隧道中的一部分，我熟悉那些家伙。他们不会像你想象中那样乖乖听话的。”

米勒瞪大眼睛，像是第一次看见她，语气中透着不相信，“你？你是清扫工？”

“是的,长官。”海沃德说,心想谁要是再敢问她这个问题,她就飞起一脚踢爆他的卵蛋。

“老天。”米勒摇头道。

其他几个警察望向海沃德,众人陷入沉默。

“还有当过运输警察的吗?”米勒环顾四周。另一名警察举起手,海沃德马上注意到了他显而易见的特征:黑皮肤,人高马大,健壮如坦克。

“叫什么?”米勒喝道。

“卡林。”大块头拖着长音答道。

“还有吗?”米勒问,众人沉默。

“很好。”

“我们当过运输警察的,熟悉这些隧道,”卡林不紧不慢地说,“只可惜他们没多叫几个参加这趟远足。长官。”

“卡林?”米勒说,“你带着催泪瓦斯,带着警棍,带着家伙。可别尿了裤子。下次想听你的看法,我会问你的。”米勒环顾众人,“人实在太多了,这次行动应该交给精英小队。不过局长说什么就是什么。”

海沃德看看周围,估计大厅里至少有上百名警察。她淡然道,“单是哥伦布圆环底下就至少有三百个游民。”

“哦?你几时下去数过?”米勒问。

海沃德没有吭声。

“每个小组都有这号人,”米勒嘀咕道。“现在听好了。这是一次战术行动,我们必须严格遵守命令。听懂了吗?”

几个人点点头。卡林瞥见海沃德在看他,于是他朝天花板翻了个白眼——这就是他对米勒的观感。

“好了,两两结伴吧。”米勒喝道,卷起地图。

海沃德走向卡林,卡林点头回应。“好啊。”他打招呼道。海沃德发现她对卡林的第一印象有错，卡林并不超重，而是肌肉发达，体型犹如举重运动员，见不到一丝肥肉。“合并前你负责哪一片？”

“我在佩恩火车站地下巡逻。我叫海沃德。”她从眼角瞥见米勒露出嘲笑的表情：巫婆[①]和少女。

“这可是男人的活儿，”米勒盯着海沃德说，“难说局势不会突然恶化。你要是想退出，我们保证不——”

“有这位卡林巡佐，”海沃德打断道，“他匀我一半也还是个男人。”她先欣赏一番卡林的庞然身躯，接着望向米勒的腹部。

几个警察哈哈大笑，米勒皱起眉头，“我给你俩找个殿后的活儿。”

“各位执法官员！”喇叭里忽然响起霍洛克的声音，“我们只有不到四个小时清理中央公园底下和四周的游民。请记住，午夜十二点，几百万加仑水将从水库泄入风暴渠。我们会精确导引水流，但很难保证不会有一两个迷途游民被洪水冲走。所以诸位必须完成任务，在期限内疏散清理区域内的每一个人。每一个。这不是暂时性的疏散。我们要利用这个绝无仅有的机会彻底清除这些区域的地下游民。各位都领到了任务，我也指派了经验丰富的警官率领队伍。相信完成任务后还能有一两个小时的缓冲时间。

“警方已经做好安排，向游民提供食物和收容所过夜。请务必向他们解释清楚。他们走出标在地图上的出口后，将有大巴把他们运往曼哈顿和其他各区的收容所。估计不会遇到反抗，但如果有人反抗，你们的命令说得很清楚了。”

他盯着大厅里的队伍看了几秒钟，又举起喇叭。

“公园以北各分局的同僚已经得到了通报，将和你们同时展开行动。我希望所有人团结一致。请记住，一旦进入地下，无线电的

---

① 卡林（Carlin）有“巫婆”的意思。

可用范围就很有限了。虽然与小组成员和临近小组的领队联系应该没有问题，但与地面的通话顶多只能断断续续。所以请按照计划和时间表行动，各自做好自己的事情。”

他向前走了一步，“现在，弟兄们，去做善事吧！”

制服警察挺起胸膛，霍洛克在队伍中走动，拍着肩膀鼓励大家。经过海沃德的时候，他停下脚步，皱起眉头，“你叫海沃德对吧？达戈斯塔的妞儿？”

“达戈斯塔的妞儿个屁。”她大声答道，“我是达戈斯塔的同事，长官。”

霍洛克点点头，“嗯，那就好好干吧。”

“呃，长官，我认为你最好……”海沃德刚开口，霍洛克的一名手下就跑了上来，絮絮叨叨地说什么中央公园的示威规模比预想中更大，局长掉头就走。米勒瞪了海沃德一眼警告她。

霍洛克带着一群手下走出大厅，马斯特斯举起喇叭，吼道，“各小组依次出发！”

米勒转身歪嘴一笑，“好了，各位，咱们去收拾‘鼹鼠’。”

44

瓦克西警长走出中央公园分局古老的圆砾岩大楼，气喘吁吁地走上通向北边郁郁林地的小径。他的左手边是警局的一名制服巡警，右手边是斯坦·达菲，市政府的首席水利工程师。达菲跑在前面，不耐烦地回头看着他们。

“慢点儿，”瓦克西喘息道，“又不是马拉松比赛。”

“我不喜欢这么晚还留在公园里，”达菲用高亢尖细的声音说，“特别是最近死了那么多人。你半小时前就该来分局了。”

“四十二街以北乱成了一锅粥，”瓦克西答道，“交通堵塞得难以置信。全怪那个威许婆娘。她无声无息地组织起了一场大游行。”瓦克西摇摇头。示威者塞满了中央公园西路和南路，掉队的人在第五大道闲逛，惹出各种混乱事端。他们甚至没获得该死的许可，威许婆娘也没有事先警告。换了他是市长，非得把他们全关进监狱不可。

户外音乐台出现在前方右手边，空荡荡，静悄悄，台身上下满是涂鸦，早就成了劫匪的窝点。达菲紧张兮兮地看着音乐台，加快步伐走了过去。

三个人转过池塘，沿着东大道前行。远处公园影影绰绰的边界之外传来喊叫声、欢呼声、喇叭声和车声。瓦克西看看手表：八点半。计划要求八点三刻启动排水程序。他也加快步伐。他们就要迟到了。

中央公园水库的闸站位于水库以南四分之一英里的一幢古老石屋内。瓦克西能隐约在树木之间看见那幢石屋，脏兮兮的窗户里只亮着一盏灯，“水库闸站”几个字刻在门梁上。他放慢步伐，等达菲打开厚重的铁门。门向内打开，出现在眼前的古老石室装饰简单，只有几张绘图桌和已经被人遗忘的水文仪器。电脑工作站摆在一个角落里，和其他设备格格不入，旁边是几台显示器、打印件和模样古怪的外设。

三个人走进房间，达菲立刻关门上锁，走到显示器前。“我从没做过这种事情。”他紧张兮兮地说，从桌子底下取出至少重十五磅的操作手册。

“你可别现在掉链子。”瓦克西说。

达菲的黄眼珠朝他转了过来，有一瞬间像是要说什么，但想了想还是低下头，翻了几分钟操作手册，拉开键盘开始输入。较大的一个显示器上出现了一串命令。

“这东西是怎么工作的？”瓦克西不停换脚，房间里的湿气让他关节肿痛。

“非常简单,”达菲说,“下卡兹奇山的水被重力引入中央公园水库。水库看起来很大,但库容只够曼哈顿使用三天。其实主要是个缓冲池,弥补高低峰的差异。”

他敲着键盘说,“这套监控系统的程序能预测到波峰和波谷,据此调整进入水库的流量。控制室能开闭远至一百英里之外暴风王峰的闸门。程序回顾过去二十年的用水情况,结合近期的气象预报,估算用水需求。”

安安全全地待在上锁的房间里,达菲聊起他的行当越说越热络。“当然了,估算时常有误差,需求少于预期,过多流量进入水库,电脑打开主泄水闸,将多余的水量放进风暴渠和下水道。需求高于预期,关闭主泄水闸,打开上游闸门,增加流量。”

“是吗?”瓦克西说,他听完第二句就没了兴趣。

“我要手工超驰控制,意思就是我将同时打开上游闸门和主泄水闸。水涌入水库后立刻流进下水道。这个办法既简单又高效。我只需要修改程序,在午夜放水二千万立方英尺——也就是一亿加仑,结束后切换回自动模式。”

“水库不会放干吧?”瓦克西问。

达菲宽容一笑,“开玩笑吧,警长?我们可不想造成全城缺水。相信我,这么做对供水的影响微乎其微。水面下降恐怕顶多十英尺。这套系统非常优秀。难以想象它是一百多年前设计的,当时的工程师甚至预测到了今天的需求。”笑容消失了,“话虽这么说,但从未以这种规模放过水。你确定非得这样不可吗?同时打开上下游阀门……唔,我敢说那将制造出惊天巨浪。”

“你听见老大的命令了,”瓦克西用大拇指揉着狮子鼻说,“你只需要保证系统运行正常就行。”

“唉,肯定不会出错的。”达菲答道。

瓦克西拍着他的肩膀说,“那是必需的,否则你就只能在下哈德逊污水处理厂当一辈子水闸操作员了。”

达菲紧张地笑了笑，他说，“说真的，警长，用不着威胁我。”他继续敲打键盘，瓦克西在房间里踱来踱去，陪同的制服警官无所事事地站在门口，漠然注视达菲的动作。

“放水需要多长时间？”瓦克西终于打破沉默。

“大约八分钟。”

瓦克西咕哝道，“八分钟就能泄水一亿加仑？”

“要是我没弄错，警方希望以最快速度泄水，淹没中央公园地下最底层的隧道，冲刷干净，对吧？”

瓦克西点点头。

“八分钟意味着系统将以百分之百流量泄水。等待系统就位需要三个小时，然后只需要一方面从水库向外排水，另一方面从北部水渠向水库内放水。这样水库的水平面就不会显著下降了。顺序不能出错，否则要是入库水量多于放出水量……那可就要水淹中央公园了。”

“看来我必须祈祷你确实明白你在做什么了。希望事情照计划进行，别有延误，也别出岔子。”

敲击键盘的声音慢了下来。

“别担心，”达菲的手指悬在一个按钮上方，“不会延误的。但你们千万别改主意，因为只要揿下这个按钮，水闸就会落下。事情将不受我的控制，你得明白——”

“你就揿吧。”瓦克西不耐烦地说。

达菲夸张地揿下按钮，扭头面对瓦克西说，“好了，现在只有奇迹才能阻止水流了。有句老话你听说过吧？纽约市不相信奇迹。”

45

达戈斯塔盯着那一小堆橡胶和镀铬金属物，拿起一个看了看，又厌恶地扔下。“从没见过这么该死的东西。”他说，“不会是偶然放在那儿的吧?”

“我向你保证，文森特，”潘德嘉斯特说，“它们被仔细陈列在祭坛上，像是某种供品。”他一刻不停地踱来踱去，实验室暂时陷入沉默。“还有一点让我很不安。川北再怎么说也是在水缸里养殖姆巴旺莲的人。他们为什么要杀了他并焚毁实验室呢？为什么要毁掉毒品的唯一来源呢？成瘾者最害怕的莫过于失去供应。实验室是被存心焚毁的。玛戈说灰烬里有助燃剂的痕迹。”

“除非他们自己在某处养殖那东西。”达戈斯塔心不在焉地摸着胸袋。

“算了，你点上吧。”玛戈说。

达戈斯塔看着她，“真的?”

玛戈笑着点点头，“下不为例，而且千万别告诉梅利亚姆馆长。”

达戈斯塔笑逐颜开，“天知地知，你知我知。”他抽出雪茄，用铅笔戳破端头，走到窗口，提起窗扇。他点燃雪茄，心满意足地向中央公园上空吐了几口烟。

看着达戈斯塔抽烟，玛戈不由得心想，真希望我也有个坏习惯，能有他一半那么享受就行了。

“我考虑过另有供应的可能性，”潘德嘉斯特说，“我在地下到处搜寻种植园的踪迹，但没有证据说明其存在。养殖姆巴旺莲需要静水和新鲜空气。地下恐怕不存在这种地方。”

达戈斯塔朝窗外又吐了一口烟，把胳膊肘撑在窗台上，他朝南方点点头，说，“看这人群。霍洛克见了非得头疼欲裂。”

玛戈走到窗口，视线越过中央公园，茂盛绿野在粉色落日下显得阴森而神秘。右手边，顺着中央公园南路，隐约传来无数汽车喇叭奏出的交响乐。游行人群浩浩荡荡，像糖蜜似的缓缓流进大军广场。

“这个游行够有气势的。”她说。

“确实如此，”达戈斯塔说，“而且这些人都喜欢投票。”

“希望佛洛克博士叫的车别被堵在回家路上，”她喃喃说道，“他最讨厌人群。”

她的视线飘向北方，越过绵羊草原和毕士达喷泉，落向宁静的椭圆形水库。午夜时分，宁静湖水将向曼哈顿最底层释放出两千万立方英尺的死亡。她忽然有点同情被困在地下深处的皱皮人。这么做并不符合法律，但她又想起了血淋淋的鼠笼和突然变得凶残的 B. meresgerii。这是一种致命毒品，能上千倍增强演化赋予动物的天然侵略性。川北自己也染上了毒瘾，他相信这个过程不可逆转……

“还好咱们在这儿，而不是在底下。”达戈斯塔吐着烟圈，陷入沉思。

玛戈点点头，她从眼角看见潘德嘉斯特在背后踱来踱去，不停拿起放下一件件东西。

等明天太阳在公园升起，玛戈心想：水库就少了两千万立方英尺的蓄水。视线落在水面上，水面反射落日，像是在绽放橙色、红色和绿色的光芒。真是一幅美景，与南边二十个街区之外的游行和疯狂喇叭声形成鲜明对比。

她忽然皱起眉头。我从没见过绿色的日落。

她竭力想看清越来越暗的水面，水面正迅速被阴影吞没。在即将消失的余晖之中，她能清楚地看见水面上有几块墨绿色。一个怪异而可怕的念头难以阻挡地爬进脑海。静水，新鲜空气……

不可能吧，她心想。肯定会有人注意到的。可是，真会注意到吗？

她从窗口转身，望向潘德嘉斯特。潘德嘉斯特见到她的视线，看清她的眼神,停下脚步。

“玛戈?”他挑起一侧眉毛。

玛戈没有说话,潘德嘉斯特跟着她的视线望向水库,凝视片刻,猛地挺起身子。他扭头看着玛戈,玛戈看见他的眼睛里也有同样的明悟神色。

“我想咱们还是去看看吧。”潘德嘉斯特静静地说。

一道铁丝网隔开了中央公园水库和环绕水库的慢跑小径。达戈斯塔抓住铁丝网的根部,一把从地上拽了起来。玛戈跌跌撞撞地顺着供维护人员往来的砾石小道跑向水边,潘德嘉斯特和达戈斯塔紧随其后;玛戈蹚着水走向一丛形状怪异的莲叶,这东西眼熟得令她心惊胆战。她从莲叶丛中扯下离她最近的一片叶子,拿起来细细端详,多肉的根部滴着水。

“姆巴旺莲,”她说,“就种在水库里。川北也打算靠这个办法解决他的供应问题。水族缸毕竟有限。他不但用基因工程制造毒品,还用杂交手段让这种植物适应温带气候。”

“这就是替代的毒品来源。”达戈斯塔抽着雪茄说。

潘德嘉斯特跟着她蹚水过去,用双手从暗沉沉的水里捞出几株植物,借着黄昏余晖查看。几个绕着水库机械奔跑的慢跑者停下脚步,瞪大眼睛望着这幅离奇场景:一个身穿白大褂的年轻女人,一个仪表非凡、身穿昂贵定制黑西装的高个金发男人,站在曼哈顿饮用水库齐胸深的水里。

潘德嘉斯特举起一株植物,巨大的棕色荚果悬在茎秆上。荚果已经卷曲打开。“就快结籽了,”潘德嘉斯特静静地说,“从水库排水会把这种植物和它的致命载物送进哈德逊河,继而流入大海。”

三个人陷入沉默,只听得见远处的喇叭齐鸣。

“但这东西不能在咸水里生长,”潘德嘉斯特继续道,“格林博士,对不对?"

"不,当然不能。盐度……"可怕的念头突然在玛戈脑海里烧出一条去路。"哦,天哪。我太蠢了。"

潘德嘉斯特转向她,挑起眉毛。

"盐度。"她重复道。

"很抱歉,我不明白。"潘德嘉斯特答道。

"在我们测试过的单细胞动物里,"玛戈缓缓开口,"唯一受到病毒毒素影响的是 B. meresgerii。B. meresgerii 和其他单细胞动物有个区别:培养 B. meresgerii 的琼脂皿是盐皿。B. meresgerii 是海洋生物,生活在咸水环境里。"

"所以呢?"达戈斯塔问。

"激活病毒有个常用的办法:向病毒生活的环境加入少许盐水。在较冷的淡水水库里,这种植物处于休眠状态,但等荚果遇到咸水,病毒就会被激活,向生态系统排出毒素。"

"哈德逊河。"潘德嘉斯特说,"潮水能一直涌过曼哈顿。"

玛戈扔下那株植物,后退一步。"我们都看见了毒素对单细胞动物的影响。若是释放进入海洋,天晓得会造成什么后果。海洋生态系统将被彻底颠覆,而地球食物链完全依赖于海洋。"

"等一等,"达戈斯塔说,"海洋大着呢。"

"海洋传播许多淡水和陆生植物的种子,"玛戈说,"天晓得病毒会在什么动物或植物身上寄居增殖。这种植物要是在海里繁衍扩散,或者种子找到办法进入河口和湿地,结果也是一样。"

潘德嘉斯特走出水库,把植物搭在肩膀上,多节球根沾湿了他瘦削的肩膀。

"我们只有三个小时。"他说。

3

骷髅茅屋

要理解纽约地下社会的各个层级，一个直观的例证是地质截面，另一个则是从捕猎者到猎物的食物链逐级展示图。链路顶端的群落居住在地下和地表之间的朦胧地带，他们时常拜访施粥所和福利局，甚至打零工，只在晚间回到隧道里喝酒睡觉。接下来是长期定居者，部分游民更喜欢温暖黑暗的地下环境，而非阳光充足但寒冷的城市街道。再向下（按字面意思）是多种药物滥用者和罪犯，地铁和铁路隧道是他们的避难所和藏身之处。截面最底层是心理机能失常的人群，“顶上”的普通生活对他们来说过于复杂和痛苦，他们逃出游民收容所，躲进自己的黑暗窝巢。当然还有一些难以归类的，他们游离于地下社会的主流群体之外：捕猎者、死硬罪犯、空想家、精神疾病者。最后一类人在游民中的比例越来越大，主要原因是政府近年来强行关闭了多家州立精神病院。

所有人类都倾向于组成社团以求保护、防御和社交。游民，包括最被疏离、住在最深处的所谓“鼹鼠”在内，也不例外。选择定居地下永恒暗处的人们仍会组成自己的社会和社团。当然了，谈到地下人群时，“社会”这个字眼本身就很有误导性。“社会”意味着规则和秩序，但地下生活无疑失序而混乱。联盟、群体、社团如水银般分分合合。地下居民生活在缺少自然光线的环境之中，寿命短暂，时常横死，文明社会的符号和细节遇到少许风吹草动就会分崩离析。

——L. 海沃德《曼哈顿地下的等级制度与社会》

46

一条废弃的地铁隧道里,海沃德望着手电筒的光束如救援信号般扫过低矮的天花板和湿滑的石墙。树脂玻璃质地的镇暴盾牌沉重地压在肩膀上。她在右手边的黑暗中感觉到了警觉而冷静的卡林警员。卡林似乎很熟悉这一套。他知道在地下绝对不能自大。“鼹鼠”不喜欢受到打扰。比起看见一个警察,唯有看见许多警察前来扫荡清理更能惹恼他们。

前排米勒所在的位置不停传来笑声和狠话。第五组已经清理了两群上层游民,没等三十个警察列队走近,那些边缘居住者就吓得逃上地面了。现在他们觉得自己非常了不起。海沃德摇摇头。他们还没遇到真正凶恶的“鼹鼠”呢。不过这点也很奇怪。哥伦布圆环底下的地铁隧道里应该有许多游民才对。海沃德注意到几团闷烧的篝火,都是刚刚被扔下的。这说明“鼹鼠”去地面了。大家闹出那么多响动,这倒也不稀奇。

小组沿着隧道推进,时而停下,米勒命令小队出动,探查凹室和支线隧道。海沃德看着警察大摇大摆地从黑暗中空手而归,他们踢开垃圾,把镇暴盾牌拎在身旁。氨味熏得四周恶臭难当。尽管他们已经超过了普通扫荡队伍会进入的深度,郊游的气氛仍旧没有散去,没有人抱怨。等你们开始呼吸困难再说吧,她心想。

脚下的支线隧道走到了头,小组排成一列,沿着金属楼梯走向下一层。似乎谁也不知道墨菲斯托在何处出没,不知道666号公路位于何方——这是第五组的首要扫荡目标,但似乎谁也不着急。“哎呀,他会逃出洞穴的,”米勒这么说过,“我们要是找不到他,瓦斯总归会的。”

海沃德跟着这群兴高采烈的喧闹警察前进,心里泛起像是自己在步步深入滚烫污水的不快感觉。楼梯出来是一条半完工的隧道。粗峭的岩壁上排列着一根根古老的水管,水管上滴着冷凝水。前方的欢笑变成了耳语和咕哝。

“当心脚下。”海沃德把手电转向下方,隧道地面上满是细小的钻孔。

“最怕被这东西绊跤了。”卡林说,戴上重型头盔后,他的大头显得更大了。他把石块踢进最近的一个钻孔,听着反射上来的微弱咔哒声响,最后说,“至少落了一百英尺。听起来下面是空的。”

“看这个。”海沃德低声说,用手电筒照亮朽烂的木质管道。

“少说也有一百年,”卡林答道,“我估计——”

海沃德按住他的胳膊。漆黑的隧道里响起了柔和的敲击声。

队伍前面传来纷乱的耳语声。海沃德竖起耳朵听着,敲击声越来越快,接着慢了下来,像是循着什么秘密节拍。

“谁在那儿?”米勒喊道。

黑暗中响起第二个微弱的声音,但这个更低沉;接着是第三个,阴森的噪声交响乐很快就充满了整条隧道。“他妈的搞什么?”米勒抽出枪,跟着手电筒的光束指向前方。“我们是警察。立刻出来!”

敲击声回荡在隧道里,像是在嘲笑他,手电筒的光束里没有出现任何人。

“琼斯,麦克马洪,带着你们的小队向前一百码,”米勒喝道,“斯坦尼斯拉夫,弗雷德里克斯,去后面看看。”

海沃德看着两个小队深入黑暗,几分钟后空手而归。

出去的人耸耸肩膀,米勒喊道,“别告诉我什么也没发现!总有人弄出这声音吧?”

敲击声弱了下去,只剩下一个微弱的滴答声。

海沃德上前一步,“是‘鼹鼠’在敲水管——”

米勒皱眉道,“海沃德,闭嘴。”

海沃德看得出其他人都在盯着她。

“他们就是这么互相联系的,长官。”卡林不咸不淡地说。

米勒在黑暗的隧道里转过身,脸色阴沉而不详。

“他们知道我们来了,”海沃德说,“我认为他们在警告附近的社团,传播他们遭到攻击的消息。”

“是啊,”米勒说,“巡佐,你会心灵感应?”

“副队长,你不懂莫尔斯码?”海沃德反问道。

米勒停了下来,有点拿不准,接着哄笑道,“这位海沃德认为土著想闹事。”有人半信半疑地附和着笑了两声。剩下那个敲击声还在继续。

“在说什么呢?”米勒讥讽道。

海沃德听了一会儿,“他们动员起来了。”

众人陷入长久的沉默,米勒最后大声说,“放他娘的狗臭屁。”他对众人说,“跑步前进!我们浪费的时间太多了。”

海沃德张嘴刚想反对,左近就轰地响了一声。前排的一名警察踉跄后退,大声呻吟,扔下盾牌。一块大石头滚到海沃德的脚边。

“列队!”米勒叫道,“举起盾牌!”

十几道手电筒的光束搅动黑暗,照亮一个个凹室和古老的天花板。卡林走向受伤的警察,问,“你怎么样?”

叫麦克马洪的警察点点头,喘着气说,“龟孙子打中我肚子。防弹背心吃掉了大部分力量。”

“给我出来!”米勒喊道。

又是两块石头飞出黑暗,像洞穴蝙蝠似的穿梭于一道道手电光束之间。一块石头落在满是灰尘的地上,另一块擦过米勒的防暴盾牌。副队长扣动霰弹枪的扳机,霹雳一声,橡胶弹丸噼里啪啦打在粗糙的天花板上。

海沃德听着声音在隧道里越传越远,最后归于寂静。众人惶恐四顾,不停换脚,心惊胆战。他们不可能执行这种规模的清除任务。

“鬼东西到底在哪儿?”米勒自言自语道。

海沃德深吸一口气,上前说,“副队长,咱们快走——”

半空中忽然充满了投掷物:前方的黑暗中吐出无数酒瓶、石块和尘土,垃圾如雨点般落下。警察纷纷蹲下,举起盾牌遮挡面部。

“妈的!”有人狂吼道,“龟孙子扔屎!”

“别慌,弟兄们!”米勒叫道,“列队!”

海沃德扭头去看卡林,听见身旁有人像是不敢相信自己眼睛似的轻声说,“哦,我的好老天。”她转过身,见到的画面让她膝盖发软:衣衫褴褛的肮脏游民大军涌出背后的隧道,这场埋伏战显然打得很有准备。手电筒的光束闪来闪去,海沃德看不清对方的人数,但估计至少有几百个,他们挥舞着角铁和钢筋,愤怒地喊着口号。

“后退!”米勒瞄准游民。“撤退,开火!”枪支齐射,逼仄的隧道里枪声震耳欲聋。海沃德觉得她听见了橡皮子弹击中肉体的声音:游民队伍前排倒下了几个人,疼得满地打滚,撕扯着身上的破布,以为被真子弹打中了。

“打倒狗腿子!”一个肮脏的高大“鼹鼠”喊道,他白发蓬乱,眼神狂乱;人群再次发动冲锋。海沃德看见米勒钻进不知所措的警察队伍,喊叫着互相矛盾的命令。警察继续开枪,但手电筒胡乱照亮墙壁和天花板,因此不可能好好瞄准。“鼹鼠”齐声呐喊,狂暴的叫声让海沃德毛骨悚然。

“唉,妈的。”海沃德叹息道,她看着游民冲过光影交错的黑暗,正面撞上警察队伍。

“另一边!”她听见一个警察喊道,“他们从另一边来了!”

传来玻璃破碎的声音,黑暗彻底降临,只有发射橡皮子弹的枪口火光偶然亮起，与怪异的惨叫和嘶喊交相辉映。海沃德站在一片混乱之中，因为缺乏光线而昏头转向，拼命想恢复方向感。

一条油腻腻的胳膊忽然如蟒蛇般搭在她的左右肩胛之间。困惑不翼而飞，她丢下盾牌，将重心向前倾斜，把攻击者摔过头顶，一皮靴踹中对方的腹部。她听见男人的惨叫声盖住了沙哑的嘶喊和枪响。又一条黑影扑向她，她本能地摆出防御姿势：猫腰，体重压在后腿上，左臂竖起护住面门。她挥动左臂佯攻，随即一记回旋踢放倒了敌人。

“厉害。”卡林赞叹道，他摸到了海沃德身边。

周围完全陷入黑暗。要是没有光线，警察即将全军覆没。海沃德解下腰间的紧急火炬，拔出点火弦。隧道沐浴在怪异的橙色光线之下。海沃德惊讶地扫视搏斗的人群。警察被大量“鼹鼠”前后包夹。身边砰的一声亮起光明，至少卡林还没昏头，知道学习她的榜样。

海沃德举起火炬，扫视混战的场面，希望能找到办法组织起队伍。米勒不见踪影。她捡起盾牌，抽出皮套里的警棍，尝试着向前走了几步。两个“鼹鼠”冲上来，吃了她几记警棍，乖乖退开。她看见卡林就在身边，黑暗中这条巨汉显得杀气腾腾，他用警棍和镇暴盾牌护住海沃德的背后。海沃德知道大部分地下游民营养不良或因为滥用药物而身体衰弱。火炬暂时止住了“鼹鼠”的攻势，但游民压倒性的数量才是最大的危险。

其他警察在海沃德和卡林周围聚集起来，贴着一侧墙壁举起盾牌构筑防线。海沃德看见从背后来的“鼹鼠”相对较少，而且正在和大部队纠缠。警察在游民的这一头重新列队，游民正在朝楼梯方向撤退，一边叫嚷一边扔石头。唯一的出路是包抄游民，分而治之并返回上一层。

“跟我来！”她喊道，“把他们往出口赶！”她领着警察冲向游民队伍的右翼,边跑边闪避石块和酒瓶。游民钻回隧道深处,海沃德朝他们的头顶上方开枪,打乱他们的队形。游民跑出投掷范围,雨点般的石块渐渐稀疏。喊叫和咒骂断续飘来,但游民似乎败了士气,海沃德看着游民乱哄哄地退却,松了一口气。

她花了几秒钟喘息和评估局势。两个警察躺在隧道肮脏的地面上,一个抱着脑袋,一个显然被砸得失去了知觉。“卡林!”她喊道,朝受伤的同僚点点头。

撤退的游民队伍里忽然一阵骚动。海沃德举起火炬,抻着脖子寻找混乱的源头——是米勒,他孤零零地站在大群“鼹鼠”的另一边。这家伙肯定在第一次攻击时顺着隧道远远逃窜,结果被第二股攻击人群拦住了。

海沃德听见砰的一声,看见一股烟雾蒸腾而起,在火炬闪烁的光线下透着病态的绿色。米勒在惊恐之中释放了催泪瓦斯。

天哪,最糟糕的事情发生了。“面具!”她大喊道。催泪瓦斯顺着地面滚滚而来,慢吞吞、懒洋洋,犹如一块有毒的地毯徐徐打开。海沃德摸出防毒面具,按紧尼龙搭扣。

米勒钻出人群,戴着面具的他像是妖魔。他用发闷的声音喊道,“用瓦斯熏他们!”

“不行!”海沃德反对道,“别放!有两个警察倒下了!”

她向前走去,米勒没有理睬她,抓起旁边一名警察腰间的圆筒,抽出保险销,扔向游民。几个惊慌的警察有样学样,海沃德看着另外两个圆筒飞了出去。随着噗噗几声,“鼹鼠”人群消失在滚滚浓烟之中。海沃德听见米勒指挥其他警察把圆筒扔进地上的钻孔。“熏死这帮龟孙子,”米勒说,“要是还有躲在底下的,熏也熏出来了。”

卡林在那名趴在地上的警察身边抬头吼道,“他妈的快停下!”

瓦斯烟雾渐渐升起,在整条隧道里扩散。警察在四周跪下,将圆筒扔进钻孔。海沃德看见游民涌上楼梯，拼命想逃离催泪瓦斯。“时间到了！”米勒吼道，大嗓门有点语不成声，“咱们快离开！”大部分警察不需要更多催促，转瞬间就消失在了瓦斯烟雾里。

海沃德挤到卡林身边，卡林和麦克马洪蹲在昏迷的警察身边。另一名伤员坐了起来，抱着肚子不住反胃。瓦斯正在飘向他们。

“咱们往后撤，”海沃德说，“他在呕吐，不能戴防毒面具。”有知觉的伤员缓缓起身，摇摇晃晃抱着脑袋。她拉着伤员走向隧道里比较安全的地方，卡林和麦克马洪扶着昏迷的伤员紧随其后。

“醒醒，哥们。”卡林拍着他的面颊说，他俯身查看伤员额头上的一条凄惨伤口。催泪瓦斯构成的绿色墙壁越来越近。

伤员忽闪着睁开眼睛。

“怎么样？”

“妈的。”伤员试图起身。

“清醒吗？”卡林问，“叫什么名字？”

“毕尔。”伤员用发闷的声音答道。

催泪瓦斯已经飘到头顶。卡林弯腰解下伤员武装带上的防毒面具。“我帮你戴上，能行吗？”

叫毕尔的伤员茫然点头。卡林给他戴上面具，拨动滑阀，然后扶着他站起身。

“我没法走路。”毕尔隔着面具说。

“我们扶你，”卡林说，“咱们快出去吧。”瓦斯已经包裹了他们，行将熄灭的火炬照亮了怪异的绿色烟雾。他们半拖半拽着毕尔缓缓走到海沃德身边，海沃德正在调整另一名受伤警察头上的防毒面具。她说，“咱们走。”

他们小心翼翼地穿过催泪瓦斯。附近已经空无一人；游民被瓦斯赶走，米勒领着大队警察紧随其后。海沃德试了试无线电，但只听得见不间断的静电噪声，找不到任何人。远处传来咳嗽声和咒骂声，瓦斯逼着躲在下层隧道里的流浪汉逃向地面。她看见了楼梯。气流带着催泪瓦斯，慢慢占领了这一层的隧道，此刻顺着楼梯向上扩散，充满了他们的逃生路线。另一方面，海沃德也知道，瓦斯会把剩下的"鼹鼠"赶向地面。等他们出来的时候，她可不想撞个正着。

走到楼梯口，毕尔突然弯下腰，伸手去扯面具。海沃德立刻转身，拿掉毕尔的面具。毕尔垂下头，吸了一口瓦斯，又猛地仰起脸。他四肢一挺，手舞足蹈，从伙伴手中挣脱出来，捂着脸倒在地上。

"咱们快走！"麦克马洪喊道。

"要走你走，"海沃德说，"我是不会丢下他的。"

麦克马洪不知所措地站在那儿，卡林瞪着他。最后，麦克马洪皱着眉头说，"好吧，我留下。"

在麦克马洪的帮助下，海沃德扶着拼命喘气的毕尔站起身。她把戴着面具的嘴巴凑到毕尔耳边，轻声说，"你要么自己走，要么咱们一块儿完蛋。哥们，事情就这么简单。"

47

纽约警局的危机控制中心已经全体动员，准备实施排水行动。玛戈一路小跑，跟着潘德嘉斯特和达戈斯塔进了房间，注意到几套通讯设备还放在小推车上。制服警官站在摆满网格地图的工作台前。裹着绝缘胶带的粗重线缆如黑色小溪般在脚下蜿蜒。

霍洛克和瓦克西坐在一张长台前，背后是通讯器材。玛戈在门口就看见他们满脸油汗。两人身旁的电脑终端前坐着一位留小胡子的小个子男人。

"搞什么？"霍洛克看着他们走近，说，"女士慰问团？"

"长官，"达戈斯塔说，"你不能从水库排水。"

霍洛克歪着头说，"达戈斯塔，我现在没空跟你磨嘴皮。除了这堆烂事,我还得应付威许婆娘的大游行,忙得不可开交。这会儿咱们脚底下正在进行世纪大扫除。警力摊得比煎饼还要薄。有话说就写信给我吧,谢谢。"他停了下来,"怎么,几位去游泳了?"

"水库里种着致命的植物,"潘德嘉斯特上前道,"就是姆巴旺怪兽赖以为生的那种植物。就是川北用来提取毒品的那种植物。而且马上就要结籽。"他卸下肩头沾着淤泥的植物摔在桌上。"就是这个。满载'釉光'。我们知道怪物的毒品供应来自何方了。"

"搞什么?"霍洛克说,"拿开这鬼东西。"

瓦克西插嘴道,"喂,达戈斯塔,你已经说服我们了,下水道里有些绿皮小魔鬼,必须被冲洗干净。现在我们正在这么做,你却想改主意?算了吧。"

达戈斯塔厌恶地看着瓦克西鼓鼓囊囊、淌着汗水的颈圈,"你个下三滥的小瘪三。他妈的从水库排水是你的点子。"

"我说,副队长,你给我当心——"

潘德嘉斯特举起双手,"二位,别吵了。"他转向霍洛克,"日后有的是过错可以互相指责。眼下的问题是,荚果一旦碰到咸水,就将激活携带毒素的呼肠孤病毒。"他的嘴唇微微一抽,"格林博士的试验表明这种毒素能影响多种生物形式,从单细胞有机体顺着食物链向上一直到人。你难道想承担造成全球生态灾难的责任吗?"

"全都是他妈的放狗——"瓦克西咆哮起来。

霍洛克按住他的袖管,看着弄脏了指挥台上各种文件的大株植物,说,"看起来没那么危险嘛。"

"毫无疑问,"玛戈说,"确实是姆巴旺莲,含有经过基因工程改良的姆巴旺呼肠孤病毒。"

霍洛克看看植物,看看玛戈,又低头看着植物。

"我能理解您的犹豫,"潘德嘉斯特冷静地说,"从上午会议到现在,发生了许多事情。我只求你宽限二十四小时,让格林博士做完必要的试验。我们能拿出证据，说明这种植物富含毒素。我们能拿出证据，说明咸水能导致它向生态系统释放呼肠孤病毒。我知道我们是正确的，但如果我们错了，我就永远撤出案件，你可以随意排空水库。”

“你从第一天就该撤出，”瓦克西嗤之以鼻，“你是调查局的，这根本不在你的管辖范围内。”

“既然已经知道有人在制造和传播毒品，那我就能让案件进入我的管辖范围，”潘德嘉斯特说得心平气和，“而且很容易。满意了吗？”

“稍等一下，”霍洛克冷冰冰地瞪了瓦克西一眼，“没这个必要。向水库大量倾倒除草剂不就解决问题了吗？”

“很简单，我想不到有任何除草剂能有效杀死所有姆巴旺植物，同时不危害几百万曼哈顿居民的饮用水安全，”潘德嘉斯特说，“格林博士，你能想到吗？”

“只有塞奥欣，”她停下思考，“但需要二十四到四十八小时。塞奥欣的见效速度很慢。”她皱起眉头。塞奥欣。最近肯定见过这个名词。在哪儿呢？她想了起来：川北被焚毁的笔记簿上，几个零落词语之一。

“唉，不管怎样，还是倒进水库吧，”霍洛克翻个白眼，“我必须通知环保署了。天哪，这堆烂事真是越来越烂。”玛戈看着他瞥了一眼旁边电脑前神色惊恐的男人，那人还趴在显示器前，脸上露出夸张的专注表情。

“斯坦！”

那人猛地直起腰。

“斯坦，看来你只能暂停排水程序了，”霍洛克叹息道，“至少等搞清情况再说。瓦克西，打电话给马斯特斯。告诉他继续清理隧道，但要多拦住游民二十四小时。”

玛戈看着斯坦的脸色越来越白。

霍洛克扭头看着工程师,问,“达菲,听见没有?”

“做不到,长官。”达菲用最细小的声音答道。

众人陷入沉默。

“什么?”潘德嘉斯特追问道。

看见潘德嘉斯特的脸色,玛戈一阵惊恐,她以为他们唯一的难题就是说服霍洛克。

“什么意思?”霍洛克暴怒道,“吩咐电脑停下不就行了?”

“系统不是这么工作的,”达菲说,“我向瓦克西警长解释过了,程序一旦启动,各个环节都是重力自装载的,无数加仑的水在系统内调动。水利设备是全自动的,所以——”

霍洛克猛拍桌面,“你他妈到底在说什么?”

“我没法用电脑停止排水。”他从嗓子眼里挤出回答。

“你可没跟我说过这句话,”瓦克西呜咽道,“我发誓——”

霍洛克用凶恶的眼神让他住嘴。他压低声音,对工程师说,“我不想听你说不能怎样怎样,你就说你能做到什么吧。”

“呃,”达菲不情愿地说,“必须有人到主泄水闸底下去手动关闭阀门,但这个操作非常危险。我记得自从自动控制系统上线后,手动设备就没有再使用过。至少闲置十几年了。停止进入水库的水流是不可能的。八英尺导水管已经从北方调了几百万立方英尺的水。你们就算成功地手动关闭了那些阀门,也没法停止水流。等水流从北方进入水库,水面将高过堤坝。水将泄入中央公园和——”

“你就算造出一个艾德科赫湖我也无所谓。带上瓦克西,找到你需要的人手,给我办成这件事。”

“可是长官,”瓦克西瞪大眼睛,“我觉得还是叫……”他的声音小了下去。

达菲搅着一双潮乎乎的小手，嘟嘟囔囔地说，“下到那儿去很困难。位于水库的正下方，吊在阀瓣的底下，有水流冲刷，说不定会有人受伤——”

“达菲？”霍洛克打断道，“给我滚出去，关闭那些阀门。听懂了？”

“懂了。”达菲说，脸色愈加苍白。

霍洛克转向瓦克西，“你开的头，自己去擦屁股。还有问题吗？”

“是，长官。”瓦克西说。

“什么？”

“我是说，没有，长官。”

一片沉默，没人动弹。

“还愣着干什么！”霍洛克咆哮道。

玛戈让到一旁，瓦克西一跃而起，不情愿地跟着达菲出门了。

48

哀鸣地窖，这种华丽的地下室俱乐部新诞生不久，去年在曼哈顿各处生根发芽。哀鸣地窖的入口位于汉普郡酒店正面的左下角，只是个狭窄的装饰性门洞，像是事后添上去的摆设。史密斯贝克站在门口，看见头部的海洋在马路上向东西两边绵延伸展，中间点缀着中央公园门口林立的银杏古树。很多人低头默哀，其余那些年轻人挽起了白色棉衬衫的袖管，扯掉了领带，有的抱着纸袋喝啤酒，有的击掌相庆。第二排有个女孩举起一张写着“帕梅拉，我们永不忘记”的海报，眼泪缓缓滑下一侧面颊。史密斯贝克不禁注意到女孩的另一只手拿着刊有他最新文章的报纸。最靠近门口的几排人沉默不语，远处传来游行者的呼喊声，夹杂着更远处传来的高音喇叭声、警笛声和汽车喇叭声。

他身旁的威许夫人把蜡烛摆在女儿的大幅肖像边。威许夫人的手很稳定,但晚风吹得烛火飘忽闪烁。她跪下独自祈祷,周围愈加安静。她站起身,走向垒高的花束,让友人轮流上前,把蜡烛放在她的蜡烛旁边。一分钟过去了,接着又是一分钟。威许夫人对已被蜡烛包围的照片望了最后一眼,有一瞬间似乎脚下发软,史密斯贝克马上上前扶住她的手臂。她惊讶地看着史密斯贝克,像是忽然忘记了此行的目标,但眼神随即不再遥远,手上一用劲,险些抓痛史密斯贝克;她放开史密斯贝克的胳膊,转身面对群众。

“犯罪、谋杀、纠缠这个城市和我们国家的疾病夺去了许多母亲的儿女,”她说得很清晰,“我想对她们表达哀悼之情。就这样。”

数不清的电视摄像机拼命向排头挤,威许夫人挑衅地举起一只手,喊道,“去中央公园西路!去大草坪!”

史密斯贝克留在她身边,人群像是被发动机驱使般向西涌去。尽管有些年轻游行者喝个不停,但局势显得井然有序。人群似乎意识到了他们在创造不可磨灭的历史。他们经过第七大道;无数红色刹车灯动也不动地停着,一眼望不到头。警笛和喇叭声汇成连绵不断的哀号,背景噪声不间断地从四面八方飘来。史密斯贝克放慢脚步,查看《邮报》刊登的时间表,不小心踩到了亚戴尔子爵的手制皮鞋。现在差不多九点半。完全符合时间表。沿着中央公园西路再停三次,就转进公园举行守夜仪式。

人群浩浩荡荡转过哥伦布圆环,史密斯贝克望向百老汇大街,大街在成排楼宇之间像一道宽阔的灰色沟壑。警察已经迅速占领了这里。他看见道路上安装了路障,南至时报广场空荡荡的非常怪异,人行道在无数街灯下黑黝黝地闪光。几个警察和巡逻车把守着另外一头,其余警力大概还在机动作战,拼命想控制住交通,同时不让游行愈演愈烈。也许这就是没多少警察露面的原因吧。史密斯贝克摇摇头,惊讶于这么一位娇小女士竟能让整个中心城区陷入瘫痪。经过这次游行,再也没有人敢对她视而不见了。恐怕也不会对他的文章视而不见。他已经勾画出了未来。首先,游行的深度报道,在威许夫人的指点下完成,但少不了他的独特笔法。接下来,一系列概评、专访和马屁文章。最后是他的新书。国内精装本分红五十万美元,平装本至少翻倍,加上国外版税,少说——

陌生的隆隆声打断了他的盘算。声音停了停,再次响起,非常低沉,更像震颤而非声音。周围的喧嚣顿时小了许多,别人显然也听见了。空荡荡的百老汇大街上,两条马路之外,史密斯贝克看见沥青路面上的一个下水道盖子突然被掀开,翻倒在大街上。一股尘雾飘向天空,一个脏得难以想象的男人爬了出来,在路灯下又是打喷嚏又是咳嗽,松垮垮地裹在身上的褴褛破布噼啪飘飞。史密斯贝克有一瞬间以为那是尾炮手——带他去见墨菲斯托的那位老兄,总是满脸惶惑。第二条人影爬出洞口,太阳穴上的伤口鲜血淋漓;第三个紧随其后,第四个。

史密斯贝克身边响起清晰可辨的吸气声。他转过头,看见威许夫人望着那些模样狂野的男人,有些站不稳了。他连忙站到威许夫人的身边。

"这是什么?"她几乎用耳语的声音说。

更靠近游行队伍的一个井盖忽然被推开,瘦弱的人影鱼贯而出,他们昏头转向,咳个不停。史密斯贝克惊讶地望着这群浑身泥污的人,他们头发蓬乱,满脸污垢,看不清年龄和性别。有些人拿着铁管和长短不一的钢筋,有些人拎着棒球棒和折断的警棍。一个人头戴看似崭新的警盔。靠近百老汇大街的游行人群停下脚步,看着这一幕奇景。史密斯贝克听见潜流般的声音:衣着优雅的年长者在担忧嘟囔,年轻白领和办公室工蜂在嘲笑唿哨。圆环下的捷运车站吐出一团绿色烟雾,更多的游民跑上台阶,出现在街面上。游民继续涌出下水道口和地铁口,衣衫褴褛的军队开始集结,迷惑和讶异很快变成了敌意。

一名游民走上前,恶狠狠地瞪着游行者的前排队伍。他张开嘴,发出挫败感和愤怒兼而有之的含糊叫喊,一截钢筋举过头顶,像是一根旗杆。

无数游民齐声大喝,高举手臂回应。史密斯贝克看见每只手里都抓着东西:石块、水泥、铸铁。很多只手有割伤和瘀青。他们像是准备开战,或者刚刚逃离战场。

到底出什么事了? 史密斯贝克心想。这些游民是从哪儿来的? 他有一瞬间以为这是有组织的集体大抢劫。接着他想起了自己蹲在黑暗里听墨菲斯托说的话:我们会找到其他办法,让你们听见我们的声音。可别是现在,他心想:千万别选这个最不恰当的时候。

一股烟雾飘了过来,站得最近的几个游行者哽咽喘息。史密斯贝克的眼睛立刻感到刺痛,他意识到刚才见到的气流其实是催泪瓦斯。百老汇大街的远处,史密斯贝克看见一小群警察——蓝色制服破烂肮脏——踉跄爬上地铁台阶,跌跌撞撞跑向路口的警车。妈的,底下出大事了,他心想。

"墨菲斯托在哪儿?"一名游民高喊。

另一个声音叫道,"听说他被条子逮住了!"

游民变得更加激动,有人喊道,"狗娘养的警察! 他肯定被打死了!"

"这些人渣到底要干什么?"史密斯贝克听见背后有个年轻人说。

"天晓得,"另一个人答道,"这么晚,上哪儿兑现福利支票啊?"周围响起笑声和唿哨。

"墨菲斯托!"前方的褴褛人群齐声高喊,"墨菲斯托在哪里?"

“说不定被龟孙子杀了!”

游行队伍靠近公园的马路那头忽然爆发出一阵骚动,史密斯贝克转过身,看见一大块地铁格栅被强行推开,更多的游民涌上地面。

“死了!”褴褛大军中的一个人嘶喊道,“龟孙子杀了他!”

刚才走到最前面的男人挥舞钢筋,“他们要付出代价!这次一定要付出代价!”

他举起双臂,喊道,“龟孙子用毒气熏我们!”

褴褛人群狂呼回应。

“他们摧毁了我们的家!”

人群中爆发出又一声咆哮。

“现在我们要摧毁他们的家!”他把钢筋抛向附近银行分理所的玻璃外墙。哗啦一声,钢筋打破窗户,落进大堂。警铃响起,但马上被喧嚣淹没。

“喂!”史密斯贝克身旁有人喊道,“看见那王八蛋干了什么吗?”

游民大军嘶喊着朝百老汇大街两边的建筑物投掷石块。史密斯贝克前后张望,看见越来越多的游民爬出下水道口、通风口和地铁出入口,带着无处发泄的愤怒冲上百老汇大街和中央公园西路。他在游民的嚎叫声中听见应急车辆执着但微弱的警笛声。无数碎玻璃洒在暗色的人行道上闪闪发亮。

威许夫人被放大了的声音忽然响起,吓了他一跳。她戴上麦克风,对游行者喊道,“你们看见了吗?”叫声在高大的楼宇之间回荡,滚滚传向前方黑暗宁静的公园。“这些人企图摧毁我们想保护的东西!”

愤怒的叫喊声哄然而起,史密斯贝克环顾四周。他看见大群比较年长的游行者——威许夫人最初的支持者——正在自顾自交谈,指着第五大道或中央公园西路的方向,快步离开看起来即将开始陷入混乱的对抗现场。其他人——比较年轻的、更粗鲁的那些——正在气愤嚎叫,挤向前排。

电视摄像机聚拢过来,有些对准威许夫人,有些对准走向游行者的游民队伍,游民从垃圾桶和垃圾箱里翻出新的投掷物,用喊叫发泄愤怒和藐视。

威许夫人望向游行者的海洋,摊开双手,随即收拢,像是在给麾下将士打气。"看看这群乌合之众!你们难道要坐视这一切?不是任何一天,就在今夜?"她望着人群,半是询问,半是恳求,紧张情绪在沉默中积蓄。前排的游民停下破坏动作,一时间不知所措,因为她的叫声在各处的十几台扩音器里同时隆隆响起。

"没门!"一个年轻的声音大着舌头说。

史密斯贝克带着敬畏和恐惧望着威许夫人缓缓将一条手臂举过头顶。她猛地向下一挥,带着命令的气度,用修剪整齐的手指指着游民越来越壮大的队伍。"这些人将要摧毁我们的城市!"她的声音尽管稳定,但史密斯贝克觉察到了一丝歇斯底里的味道。

"看看这些流浪汉!"一个年轻人喊着挤出游行者的最前排。他背后聚集起闹哄哄的一群人,离沉默下去的游民队伍仅有十英尺之遥。"去找个工作啊,王八蛋!"他朝领头的喊道。

"鼹鼠"队伍陷入不祥的死寂。

"老子累得要死要活,交税就是养活你们这帮懒骨头?"他叫嚣道。

游民人群响起愤怒的嘟囔声。

"你们也该为国家做点事情了,别总想着揩油好不好?"年轻人喊道,向着游民首领走了一步,朝地上啐了一口。"狗屁不如的流浪汉。"

游行者队伍高喊赞同。

一名游民走上前，挥舞着只剩下残桩的左臂。“看看我为国家做了什么！”他叫道，语不成声。“我奉献了一切。”残桩前后甩动，他转向年轻人，愤怒扭曲了他的面容。“周莱，听说过吗？”“鼹鼠”队伍向前逼近，愤慨的嗡嗡声越来越响。

史密斯贝克望向威许夫人。威许夫人瞪着游民，面容冷峻。难以置信，她居然真的认为这些游民是敌人。

“去你妈的，福利吸血鬼！”一个醉醺醺的声音喊道。

“去抢自由派吧！”一个健壮的年轻人叫道，紧接着爆发出沙哑的笑声。

“他们杀了我的兄弟！”一个瘦骨嶙峋的高挑游民怒喝道，“他为国捐躯，蓬玛高地，六九年八月二日。”他走上前，朝健壮男子猛地竖起中指。“傻逼，这样的国家送给你好了。”

“他们怎么没把你一块儿料理掉？”醉汉叫道，“街上就可以少一个人渣了！”

一个酒瓶飞出沸腾的游民队伍，结结实实砸中年轻人的脑门。年轻人踉跄后退，两腿打弯，他抬起手，捂住鲜血横流的额头。

示威队伍像是忽然炸了锅。随着一声含糊咆哮，无数年轻人冲向游民。史密斯贝克疯狂地扫视四周。年长的游行者已经遁去，只留下许多狂野醉汉。年轻的游行者们喊着愤怒的口号冲锋，奔向游民站成的人墙，史密斯贝克觉得他快被人潮吞没了。他转了几圈，有几秒钟不辨方向，他惊恐地寻找威许夫人及其侍从，但他们也已经不见踪影。

他挣扎着被人潮裹着向前跑。除了暴徒的叫嚷，他还听见了木棍敲击骨头、拳头撞上肉体的可怕声音。疼痛和愤怒的喊叫声夹杂着战斗呼号。两肩中央挨了重重一拳，他跪倒在地，本能地护住头部。他从眼角看见录音机滑过人行道，被踢开，随即被奔跑的几只脚踩烂。他想起身，但看见一块水泥飞了过来，连忙再次卧倒。混乱以惊人的速度吞没了暗沉沉的街道。

天晓得是什么人或什么事情逼着游民以如此规模跑上地面；史密斯贝克只知道双方都忽然把对方看成了邪恶的化身。暴徒心理占了上风。

他终于爬起来，跪着疯狂地环顾四周，各个方向都有人推他挤他。游行已经夭折，但他的报道还有挽回余地——要是这场骚乱的规模有他想象中那么大，那就不止是挽回而已。不过他需要逃出人群，找个有利地点观察局势。他望向北边的公园。在拳头和棍棒的海洋之上，他看见莎士比亚铜像心平气和俯瞰纷乱众生。他低着头挤向公园。一个游民瞪着眼睛扑过来，喊叫着举起空酒瓶威胁他。史密斯贝克本能地挥拳，游民抱着肚子倒下。史密斯贝克惊讶地发现那是个女人。“抱歉，女士。”他喃喃说着，抱头鼠窜。

他嘎吱嘎吱地踩着玻璃和垃圾穿过中央公园南路，推开一条醉汉，挤过几个身穿被扯破了的昂贵西装的嘶喊年轻人，总算走上对面的人行道。

这里位于骚乱的边缘地带，比较安静。他找了个没有鸽子屎的地方爬上雕像基座，抓住莎士比亚的衣衫下摆，攀上铜像的胳膊，踩着打开的书本，骑上大文豪的肩膀。

眼前的场景蔚为壮观。百老汇大街和中央公园南路上，整整几个街区的人都在搏斗。游民继续涌出哥伦布圆环地铁站和公园边缘的格栅与通风口。他不知道世上竟有这么多游民，不过话也说回来，他同样不知道世上有这么多醉酒的年轻雅痞。他看见年长的游行者，也就是“夺回我们的城市”的中坚力量，正有条不紊地撤向阿姆斯特丹大道，尽量远离骚乱现场，拼命想拦下计程车。纠缠格斗的小撮人群在周围聚拢又散开。他惊恐却迷恋地望着投掷物飞来飞去、拳头左右挥舞、棍棒你来我往。已经有不少人倒下了——昏迷,甚至更糟糕。血混着玻璃、水泥块和垃圾洒满街道。另一方面,大多数对峙仅仅是喊叫、推搡和摆摆姿势——只叫不咬。总算有警察开始维持秩序,但人数不足,而骚乱战场已经移向公园;进了公园,局面就难以控制了。警察都去哪儿了?史密斯贝克再次想到这个问题。

在惊恐和厌恶之外,史密斯贝克的心灵深处却也涌起了得意:他将写出多么了不起的报道啊!他在黑暗中瞪大双眼,尽量把一幅幅画面烙印在脑海里,他已经在打腹稿了。游民队伍此刻似乎占据上风,他们发泄着正义的怒火,把游行者从南边逼进公园。虽说三餐不继让很多游民身体衰弱,但他们显然比对手更熟悉街头格斗。游民砸烂了好几部电视摄像机,剩下的报道小组缩回后方,用聚光灯照亮黑暗。另有几组人爬上附近的屋顶,换上长焦镜头,给骚乱人群披上诡异的白色灯光。

附近有一小片蓝色吸引了他的注意力。低头望去,他看见一小群警察贴在一起,挥舞警棍,在人群中杀出一条去路。警察小队中央是一个留小胡子的惊恐平民和一个满脸油汗的胖子,史密斯贝克认出胖子是瓦克西警长。

史密斯贝克来了兴趣,望着警察挤过骚乱人群。有蹊跷。他马上意识到这几个警察既不打算阻止打斗,也无意于控制人群,而是在保护中间的瓦克西和那名平民。他望着警察小队上了人行道,小跑穿过石门进入公园。他们显然有什么任务,正急急忙忙地赶往某个地方。

史密斯贝克心想,什么任务能比阻止骚乱更加重要呢?

他直挺挺地在莎士比亚的肩膀上又坐了几秒钟,一时间难以抉择。接着,他飞快爬下雕像,翻过低矮的石墙,跟着警察跑进中央公园的茫茫黑暗。

49

达戈斯塔拿出嘴里没点火的雪茄，捻起舌头上的一小片烟草，厌恶地看着湿透了的雪茄头。玛戈望着他拍打衣袋找火柴，但一无所获，达戈斯塔瞥见玛戈的视线，挑起眉毛露出询问表情。玛戈摇头表示没有。达戈斯塔转向霍洛克，刚张开嘴就连忙闭上。局长把便携对讲机贴在耳朵上，而且脸色很难看。

“米兹纳?”局长喊道，“米兹纳！回话!”

对讲机里响起微弱的嘈杂说话声，一口气说了很久，玛戈估计那就是米兹纳。

“镇压，逮捕——”霍洛克开口道。

又是一阵微弱的嘈杂说话声。

“五百？从地下？我说，米兹纳，少给我胡扯了。他们为什么还没上巴士?”

霍洛克停下听米兹纳说话。玛戈从眼角看见潘德嘉斯特坐在桌角上，靠着便携电台，似乎完全沉浸在了一期《警察公报》的世界里。

“骚乱控制，催泪瓦斯，我他妈的不在乎你怎么……游行者?你什么意思？他们和游行者打起来了?”他放下对讲机，满脸不敢相信，接着把对讲机放到另一只耳朵边。“不，老天在上，千万别在游行队伍附近使用催泪瓦斯。你看，二十和二十二分局的大部分人都去了地下，三十一分局把守各个检查站，曼哈顿上城完全没有防备……唉，算了，告诉佩雷罗，五分钟内召开战地会议，所有副警长都必须参加。借调其他市区的警力，不当班的，交通警，统统叫来。我们要向现场投入更多人力，听懂了?”

他愤怒地掐断通话，抓起面前桌上的另一部对讲机。“柯蒂斯，打电话给州长办公室。疏散失控，我们从公园附近区域清除出的部分游民开始骚乱，和中央公园南路上的大游行队伍正面冲突。我们需要国民警卫队支援。然后联系马斯特斯，我们需要一架战术直升机，以防万一。让他从莱克星敦大道军械库调用装甲车。呃，这个算了，多半开不过来。还是联系公园分局吧。我打电话给市长。”

他挂断通话，这次动作比较慢。一滴汗珠缓缓淌下在几秒钟内由红转白的额头。霍洛克环顾指挥中心，警察来去匆匆，无数个通讯频道传来的信号让对讲机噼啪轻响，他却似乎视而不见。玛戈觉得这个男人的整个世界在一瞬间内崩塌了。

潘德嘉斯特小心翼翼地合上《公报》，放在身旁桌上。他俯身用右手梳理白金色的头发。

“我在想一个问题。”他近乎随意地说。

糟糕，玛戈心想。

潘德嘉斯特向前走去，最后在局长面前站住。“我在想，现在的局势实在过于危险，不能仅仅交给一个人指挥。”

霍洛克闭上眼睛，过了一分钟，像是耗费了无数力气似的，他抬起头望着潘德嘉斯特平静的面容。

“你这话到底是什么意思？”他问。

“现在能不能及时中止排水程序，就全仰仗瓦克西大人能不能手动关闭水库阀门了。”

“所以？”

潘德嘉斯特竖起手指，按住嘴唇，像是打算吐露秘密。“不是我喜欢搬弄是非，但就瓦克西警长的历史来看，他恐怕不是……呃，最靠得住的跑腿小弟。他要是失败了，就会酿成弥天大祸。姆巴旺植物将经过阿斯托隧道排入大海。一旦碰到咸水，植物便会释放呼肠孤病毒，进而严重影响海洋生态环境。”

“不止如此，”玛戈脱口而出，“病毒会自行进入食物链，接下来……”她沉默下去。

“我听你们说过一遍了，”霍洛克说，“第二次听见也没有变得更悦耳。说重点。”

“局里管这个叫冗余方案。”潘德嘉斯特说。

霍洛克张开嘴，正想说话，一位站在联络台前身穿制服的警员举手示意：“长官，瓦克西警长找你。我把他转到空闲线路上了。”

霍洛克再次拿起听筒。“瓦克西，汇报情况。”他停下听着，“大声点儿，我听不清。什么？不确定是什么意思？妈的，给我处理好，该死的！让达菲跟我说话。瓦克西，听见了吗？你那边断断续续的。瓦克西？瓦克西！”

他把听筒拍回座上，哗啦一声像是敲碎了什么。“给我接通瓦克西！”他喊道。

“能让我说下去吗？”潘德嘉斯特问，“我要是没听错意思的话，时间非常紧迫了。那我长话短说。万一瓦克西失败了，水库准时排水，我们必须有个备用计划，防止植物逸入哈德逊河。”

“怎么可能做到？”达戈斯塔问，“快十点了。按照时间表，水库再过两个小时就要开始排水。”

“能不能只是阻止植物逸出水库？”玛戈问，“在出水管口拉上滤网之类的？”

“格林博士，你的想法有点意思，”潘德嘉斯特用浅色双眼望着玛戈，心算片刻，“五微米的滤网就够了，但上哪儿寻找按照恰当尺寸加工的滤网呢？另外，要承受巨大的水流冲压，滤网必须足够坚韧。再有，怎么能确保我们找到了每一个出水口呢？”他摇摇头，“很抱歉，当前唯一的办法是用高爆炸药封死阿斯托隧道的出入口。我研究过地图。十几包C4炸药就足够了，但必须精确安放在适当的位置上。”

霍洛克转向潘德嘉斯特，用就事论事的语气说，“你疯了。”

指挥中心的门口忽然起了骚动,玛戈望过去,看见一小队警察从集合厅踉踉跄跄地跑进指挥中心。他们制服凌乱,浑身烂泥,一个警察的脑门有道割伤深可见骨。他们中间夹着一个肮脏得难以想象的男人,他疯狂挣扎,身穿褴褛的灯芯绒西装,乱蓬蓬的银色长发夹着灰尘和鲜血,脖子上挂着偌大的绿松石吊坠,浓密的大胡子垂到了戴着手铐的手腕上。

“我们抓住了罪魁祸首!”一名警察喘息着说,他们拖着挣扎的游民走向局长。

达戈斯塔惊讶地盯着那个人,叫道,“墨菲斯托!”

“咦?”霍洛克讽刺道,“你朋友?”

“打过交道罢了。”潘德嘉斯特答道。

玛戈望着名叫墨菲斯托的男人。他看看达戈斯塔,又看看潘德嘉斯特,锐利的眼睛里忽然涌上认出他们的神情,脸色变得阴沉。

“你!”他咬牙切齿道,“白鬼子！密探！叛徒！走狗!”他突然来了力气,使劲挣脱抓住他的警察,但立刻就被死死地按在地上。他扭打片刻,随即被制服,举起戴着手铐的双手。“犹大!”他朝潘德嘉斯特啐了一口。

“该死的神经病。”霍洛克看着地上扭成一团的几个人说。

“难说,”潘德嘉斯特答道,“你要是被人用催泪瓦斯熏出住处,行为恐怕也不会有什么区别。”

墨菲斯托又是一挣。

“按住他,老天在上。”霍洛克喝道,走到更安全的地方。他转身对潘德嘉斯特说,“呐,要是我没听错的话,”他用侮辱人的甜蜜语气说,就像父亲在哄傻儿子。“你想炸掉阿斯托隧道,是这个意思吧?”

“不是隧道,而是隧道的出入口,”潘德嘉斯特对冷嘲热讽置若罔闻，“重点在于不让水库排出的水流入海洋，不过也许能够一石二鸟：清除阿斯托隧道的居民，同时防止病毒逸出。我们只需要封闭二十四小时，等水里的除草剂完成任务。”

玛戈从眼角看见墨菲斯托不动了。

“我们可以派一组潜水员从溢洪道逆河而上，”潘德嘉斯特继续道，“相对而言，从阿斯托隧道到哈德逊河的路线很简单。”

霍洛克只是摇头。

“我仔细研究过排水网络。阿斯托隧道灌满后，溢流将被导入西区横渠。我们用炸药封死那里就可以了。”

“难以置信。”霍洛克垂下头，搁在一只手的指节上。

“但话也说回来，这也许还不够，”潘德嘉斯特毫不理睬霍洛克，完全是边想边说。“要万无一失，我们还必须从上方封死恶魔阁楼。图纸显示瓶颈及其排水管道到水库这段是个封闭系统，因此我们只需要放水进去，然后封死其下的所有逸出路线。这同时还能防止那些怪物顺着水流逃到任何有空气的地方。”

霍洛克一脸茫然。潘德嘉斯特找到纸笔，飞快画出示意图。“明白吗？”他问，“水会流经瓶颈——这里。第二组人从地面下去，堵死瓶颈以下的所有出口。恶魔阁楼比瓶颈深好几层，溢洪道通往哈德逊河。突击队可以把炸药安放在溢洪道里。”他抬起头，“水会被封死在阿斯托隧道里。皱皮人无路可逃。完全没有。”

戴着手铐的男人发出低沉的喘息声，玛戈汗毛竖起。

“我将率领第二组人，”潘德嘉斯特冷静地说，“他们需要向导，而我已经下去过了。我有粗略的地图，为了了解紧邻地表那几层的地下市政设施，我研究过市政规划。我更愿意一个人去，但搬运塑胶炸药需要人手。”

“没用的，犹大，”墨菲斯托用嘶哑的声音说，“你不可能及时赶到恶魔阁楼。”

霍洛克突然抬起头，一拳砸在桌上。“我听够了，”他喝道，“过家家的时间结束了。潘德嘉斯特，我手头有危机需要处理。你给我出去。”

“只有我足够熟悉隧道，能帮你在午夜之前进去再出来。”墨菲斯托嘶嘶地说，目不转睛地盯着潘德嘉斯特。

潘德嘉斯特看着他的眼睛，脸上露出盘算的神情。片刻之后，他答道，“似乎有道理。”

“够了，”霍洛克朝着带墨菲斯托进来的那几个警察说，“带他去市局。等事情结束，看我怎么收拾他。”

“你有什么条件？”潘德嘉斯特问墨菲斯托。

“居住空间。不被骚扰。赔偿我的人受到的虐待。”

潘德嘉斯特用近乎冥想的眼神看着墨菲斯托，表情深不可测。

“我说过了，带他出去。”霍洛克咆哮道。

警察拽起墨菲斯托，拖着他走向门口。

“别动。”潘德嘉斯特说。他的声音不响，但斩钉截铁的命令口吻让那几个警察立刻站住了。

霍洛克转过身，太阳穴青筋暴起。“搞什么？”他嘶嘶地说。

“霍洛克局长，以美国政府联邦探员赋予我的权力，这个人由我接管了。”

“放什么屁！”霍洛克答道。

“潘德嘉斯特！”玛戈悄声说，“我们只有不到两个小时了。”

探员点点头，对霍洛克说，“我很想留下和你继续寒暄，但恐怕没时间了。”他扭头道，“文森特，请找这几位先生拿手铐钥匙。”

潘德嘉斯特转向扭成一团的几个警察，“各位，请把这个人转交给我。”

“没门！”霍洛克喊道。

“长官，”一名警察说，“你斗不过调查局，长官。”

潘德嘉斯特走近那条邋遢汉子,墨菲斯托站在达戈斯塔身旁,揉搓戴手铐的手腕。“墨菲斯托先生,”他低声说,“我不知道你在今天的闹剧里扮演了什么角色,所以无法保证你一定能重获自由。但你要是肯帮助我,咱们也许就能为这个城市除掉一群凶手,而他们一直在猎杀你的社团成员。我愿意用个人名誉向你保证,你为游民争取权利的诉求将得到公正裁判。”他伸出一只手。

墨菲斯托眯起眼睛,咬牙道,“你骗过我一次。”

“不用那种办法,我怎么可能联络到你?”潘德嘉斯特的手还伸在半空中,“我们要是失败,大家都会完蛋:公园大道和666号公路都一样。”

长久的沉默过后,墨菲斯托终于默默点头。

“太感人了,”霍洛克说,“祝你们都淹死在屎海里。”

50

史密斯贝克隔着脚下锈迹斑斑的鹰架格栅张望,看着砖砌竖井垂直延伸进令人头晕目眩的黑暗深渊。他听见瓦克西和其他人在底下很远的地方说话,但不知道他们有何打算。他再一次衷心祈祷,希望到头来别是一场空。不过既然他已经跟着瓦克西走了这么远,至少应该留下看看他们到底在干什么。

他小心翼翼地向前挪动,企图瞥见脚下的五个人。朽烂的鹰架悬在一个坑坑洼洼的巨型金属碗底下,画了一道长而舒缓的弧线,伸向像是通向地心的竖井。鹰架随着他的每一步向下沉。走到一道竖梯前,他把脑袋探到凉飕飕的半空中朝下望去。一排汞灯向下照着,但再怎么亮也刺不透阴沉的竖井。拱顶上的裂缝漏出一缕水线,水滴打着转落入虚空,无声地消失在黑暗中。上方传来叮叮咚咚的声音,像是潜水艇船壳承受水压时的呻吟声。竖井向上吹出冰冷的清新空气,弄乱了他的额发。

史密斯贝克在最疯狂的噩梦里也无法想象中央公园水库下是这么一个怪异的古老地方。他知道宽阔的金属拱顶就是水库最底层的排水池,泥土库底在这里变成了风暴渠和输水隧道的复杂网络。他尽量不去想头顶上悬着的巨大水体。

他看见底下光线昏暗之处站着那五个人,他们站在竖梯连接着的小平台上。史密斯贝克勉强分辨出纠结成团的铁管、转盘和阀门,像是出自工业时代梦魇的邪恶机械。冷凝水使得竖梯滑不留手,底下很远的小平台没有栏杆。史密斯贝克顺着竖梯爬了一步,想想还是放弃为妙。趴在鹰架上反而是个更好的观察地点。他在这里能看见所有事情,而且不会暴露自己。

手电筒光束照过脚下深处的砖墙,警察失真的隆隆说话声飘了上来。他认出其中一个最低音属于瓦克西,他在博物馆的放映室听过瓦克西说话。胖警察应该正在对无线电说话。他收起对讲机,转向身穿衬衫、神色紧张的男人。他们似乎在吵什么事情,吵得很凶。

"撒谎精,"瓦克西说,"你可没说过泄洪一开始就停不下来。"

"我说了,真的说了,"一个尖细的声音抱怨道,"你还说那样最好。真希望我有录音机,这样——"

"闭嘴。就是这些阀门?"

"后面那些。"

一阵沉默,五个人改变位置,金属平台发出抗议的吱嘎声。

"这平台安不安全?"瓦克西的声音从深处飘上来。

"我怎么知道?"尖细的声音答道,"系统改为电脑控制之后,就不再维护——"

"好了,好了。做你该做的事情吧,达菲,早点做完早点回去。"

史密斯贝克把脑袋向前伸了几英寸,向下望去。他看见叫达菲的男人正在查看一个连一个的阀门。"必须全关上,"他说,"这样能手动关闭主泄水闸。等电脑控制水库开始排水了,闸门打开归打开,手动阀门能保证水不流出去。虹吸管原理。不过我不敢打包票。我说过了,没人试过这么做。”

“很好。说不定你能赢个诺贝尔奖呢。快动手吧。”

动手干什么?史密斯贝克心想。听起来他们要阻止水库排水。想到几百万立方英尺的水一泻而下,他不由得抬眼望向高处的出入口。但为什么呢?电脑出故障了?天晓得,反正不值得撇下百年难见的大骚乱。史密斯贝克的心沉了下去,这儿肯定诞生不了像样的报道。

“帮我转这个。”达菲说。

“快去。”瓦克西对另外几个警察喝道。高处的史密斯贝克看见两个小人影抓住一个大号铸铁轮盘。微弱的一声抱怨过后,一名警察说,“动不了。”

叫达菲的男人俯身查看。“有人搞破坏!”他指着某处喊道,“你们看!轮轴被铅封死了。还有这儿,这些阀门被砸烂了。看外观就是最近下手的。”

“少跟我胡扯了,达菲。”

“你自己看。这东西没得救了。”

一阵沉默过后,传来瓦克西暴躁的声音:“我操。能修好吗?”

“当然能,但至少要二十四小时,而且得有乙炔喷枪、电焊机、新阀杆和自从本世纪初就不再制造的几十种零部件。”

“这可不妙。要是不能手动阻止泄水闸打开,咱们就死定了。你给我修好,达菲。你得给咱们找条出路。”

“去你的,警长!”达菲尖叫道,“我受够了。你这个人又蠢又没礼貌。啊,不好意思,忘了一点:而且还很胖!”

“达菲,我要把这个写进报告。”

“千万别忘了写我说你很胖,因为——”

底下忽然安静下来。

“你闻到了吗?”竖梯上的一名警察问。

“什么狗屁味道?”另一个警察答道。

史密斯贝克闻了闻凉爽而湿润的空气,但只闻到了砖块受潮和霉菌的味道。瓦克西抓住竖梯,手忙脚乱地向上爬,嘴里说着,“咱们快离开吧。”

“等一等!”达菲说,“阀门怎么办?”

“你不是说修不好吗?”瓦克西头也不回地说。

史密斯贝克听见更深处的黑暗中传来微弱的窸窣声响。

“那是什么?”达菲吓得语不成声。

“你走不走?”瓦克西喊道,拖着笨重的躯体一步一级地爬上竖梯。

史密斯贝克看着达菲望向平台边缘,犹豫片刻。接着,他转过身,跟着瓦克西爬上竖梯,几个制服警察紧随其后。史密斯贝克意识到五分钟后他们就将爬上鹰架,到时候他必须消失,顺着主过道爬上好长一段路,避开他们的视线。浪费时间却一无所获。他转身准备离开,希望他没有错过骚乱的最高潮,心想不知道威许夫人去了哪儿。天哪,他后悔不迭,真是判断失误。难以置信,我的直觉居然让我扑了个空。混球布莱斯·哈里曼搞不好已经……

脚下忽然响起不同寻常的声音:生锈铰链在吱嘎抗议,铸铁格栅遭到重击的轰隆一声。

“那是什么?”史密斯贝克听见瓦克西叫道。

史密斯贝克转身顺着竖梯向下看。他见到下面竖梯上的几个人突然一动不动。瓦克西最后的问话还在竖井里隆隆回荡。一阵沉默。寂静中传来抓扒铸铁梯级的声音,夹杂着怪异的咕哝和喘息声,听得史密斯贝克毛骨悚然。

竖梯上的人用手电筒向下照,但什么也没看到。

“是谁?”瓦克西望着脚下喊道。

“有人在向上爬。”一名警察说。

“我们是警察!”瓦克西突然尖叫起来。

没有人回答他。

“表明身份!”

“他们还在爬。”警察说。

“味道又起来了,”另一个声音说,那股味道突然钻进了史密斯贝克的鼻孔:腐烂的膻臭味,他像是挨了一拳,被送回了十八个月前他在博物馆深处度过的梦魇般的几个小时。

“拔枪!”瓦克西惊恐大喊。

史密斯贝克看见了他们:几条黑影从深处飞快爬上竖梯,黑影身穿带兜帽的黑袍,上升气流吹得黑袍滚滚翻腾。

“下面的人,听见了吗?”瓦克西喊道,“站住,表明身份!”他转动笨重的身躯,低头看着三名警员。“你们守在这里。搞清楚他们是谁。如果是非法闯入者,就逮捕他们。”他转过身,发疯般地向上爬,达菲紧跟着他。

史密斯贝克看着那几条怪异黑影爬过平台,接近了守在底下的警察。场景停顿片刻,双方随即开始搏斗,黯淡的光线使得他们像是在跳诡异而优雅的芭蕾舞。九毫米手枪在封闭空间内的震耳枪声打破了幻觉,枪声犹如惊雷,顺着砖砌竖井上下回荡。惨叫声淹没了回音,史密斯贝克看见最底下的那个警察脱离竖梯,带着一条黑影摔了下去。警察的惨叫从深处飘上来,越来越轻,最终归于寂静。

“拦住他们!”瓦克西扭头喊道,费劲地爬着竖梯。“别让他们上来!”

史密斯贝克吓得无法动弹,看着黑影越爬越快,体重压得金属竖梯吱嘎呻吟。第二名警察朝黑影胡乱开枪,一条黑影抓住他的腿,以可怕的力量扯离竖梯。他掉进深渊,还在一次又一次扣动扳机,伴着枪口的火光翻滚着落进黑暗。第三名警察转过身,在惊恐之下飞速爬上竖梯。

黑影蜂拥而上,一次两个梯级向上爬,动作长而舒缓。一条黑影经过手电筒光束,史密斯贝克瞥见某种结实而闪着潮湿水光的东西。领头的黑影赶上警察,伸展手臂,对着逃命警察的双腿背部使了个劈砍动作。警察惨叫着在竖梯上蠕动。黑影爬到和警察平行的地方,撕开他的脸膛和喉咙,另外几条黑影手脚并用爬了过去。

史密斯贝克想跑,但就是没法不去看脚下的可怕景象。瓦克西在惊恐中滑了一下,抓住竖梯的一侧,脚在半空中乱蹬,想踩回梯级上。达菲很快赶上了他,但几条黑影追得更紧。

"它抓住我的腿了!"达菲尖叫。黑暗中传来清晰的挣扎踢打声。"天哪,救命!"歇斯底里的叫声在阴暗的竖井里疯狂回荡。

史密斯贝克看着达菲以恐惧催生的巨大力气挣脱敌手,从不停扭动的瓦克西身旁爬上竖梯。

"不! 不!"瓦克西绝望大喊,想踢开离他最近一条黑影的手,结果踢开了黑影的兜帽。史密斯贝克本能地缩回脑袋,但还是看见了他最恐怖的噩梦——在昏暗的光线下显得愈加可怕:狭窄的蜥蜴双瞳,湿漉漉的厚嘴唇,松垮皮肤上深深的折纹和褶皱。他忽然明白了,这些东西就是墨菲斯托所谓的"皱皮人",现在他知道原因了。

这一幕让史密斯贝克又能动弹了,他跌跌撞撞地跑上鹰架。背后传来瓦克西开枪的枪声,吃痛的咆哮声让史密斯贝克双腿发软,紧接着又是两枪,瓦克西惊恐的狂呼乱叫突然中断,变成了吐血泡的咯咯声。

史密斯贝克半跑半爬冲上鹰架,努力不让排山倒海而来的恐惧再次夺去行动能力。他听见背后传来达菲——天哪,他希望那确实是达菲——啜泣和攀爬梯级的声音。我领先不少,他心想:那些黑影有至少一百英尺竖梯需要攀爬。他有一瞬间考虑要不要回去帮助达菲,但一转念他就明白自己无能为力。他发狂般地心想:让我活下去悔恨为什么要逃跑吧,上帝,我这辈子再也不求你其他事情了。

他跑近通往地面的石阶,一片圆形的月光照亮的美丽天空出现在上方,但就在这时,他惊恐地看见前方有几个庞然身影遮住了群星。天哪,怪物从上面朝他的方向而来。他跳回鹰架,绝望扫视砖墙,看着通往深渊的弧形坑道。鹰架一侧是一条辅助隧道的入口:古老的石砌拱门,像结霜似的遍布石灰结晶。黑影迅速接近。史密斯贝克奔向拱门,冲了进去,钻进一条低矮的隧道。天花板上隔一段很远的距离有一个灯光微弱的电灯泡。他不顾一切,绝望奔跑,但仍旧意识到隧道通往他最不想去的方向:向下,一直向下。

51

军械室值班的联邦调查局探员躺在椅子里,抱着一本《雇佣兵》读得正起劲,只有两条后腿着地的椅子翘在半空中。玛戈从杂志上方瞥见当这位探员看到他们几个人走近时,惊讶地睁大了眼睛。他大概很少有机会在调查局总部地下室看见一个眼神狂野、胡须蔓生的肮脏男人,背后还跟着一个年轻女人和一个矮胖男人。她看见那人突然眯起眼睛,鼻翼翕张。肯定是闻到了墨菲斯托的味道,玛戈心想。

"请问我有什么能帮助几位先生的吗?"门卫放下杂志,椅子向前缓缓回到原处。

"他们是我的人。"潘德嘉斯特急匆匆地说,上前亮出证件,门卫一看见他就跳了起来,杂志落地,在地板上滑开好长一段距离。

“我要领用一些武器。”潘德嘉斯特说。

“当然，马上就好，长官。”门卫喃喃说着，打开身后铁门高处和低处的两把锁，把门拉得大开。

玛戈走进里面的大房间。一排又一排木柜整整齐齐地伸向低矮的天花板。他们跟着潘德嘉斯特顺着最近一条过道向前走，玛戈问：“这都是什么？”

“紧急物资，”探员答道，“口粮、医药、瓶装水、食物营养剂、毛毯寝具、必需系统的零部件、汽油。”

“这些东西经得起一次围城了。”达戈斯塔嘟囔道。

“正是如此，副队长。”潘德嘉斯特走近对面墙上的金属门，输入密码，拉开门。里面是一条窄走廊，左右两边是一排接一排的不锈钢锁柜，正面镶着有机玻璃标牌。玛戈停下看了几个壁橱标牌：M－16/XM－148、CAR－15/SM－177E2、KEVLAR S－M、KEVLAR L－XXL。

“警察和他的玩具们。”墨菲斯托说。

潘德嘉斯特快步走过通道，在一个锁柜前停下，打开门，取出三副带有小罐氧气的透明塑料防毒面具。他自己留了一副，另外两副扔给达戈斯塔和墨菲斯托。

“以防路上你又想用催泪瓦斯熏几个地下居民出来？”墨菲斯托用他戴着手铐的手笨拙地接住，“听说拿我们当猎物很好玩。”

潘德嘉斯特停下脚步，转向游民首领。“我知道你觉得警察虐待了你的人，”他平静地说，“事实上，我同意你的看法。请你相信我，我和这件事毫无关系。”

“两面神坚纽斯又发话了。格兰特陵墓的首领，是啊。我早该知道那纯粹是放屁。”

“正是你的多疑和孤立逼我不得不出此下策，”潘德嘉斯特打开又一个锁柜，取出头戴式照明器具和几套眼部突出的护目镜——玛戈猜想那是夜视仪，最后是几个她不认得的黄色长筒。“我并没有视你为敌人，从来没有。”

“那就打开我的手铐。”

“别犯傻。”达戈斯塔警告道。

潘德嘉斯特正要从锁柜里取出几把卡巴匕首，他停下来，从黑西装的胸袋里掏出钥匙，上前两步，手腕一转，打开了墨菲斯托的手铐。墨菲斯托厌恶地把手铐扔进狭窄的过道。

“打算下去砍人吗，白鬼子？”他问，“特种部队的匕首对付皱皮人不怎么好使。只能给他们挠痒痒。”

“我只希望咱们不用遭遇阿斯托隧道的居民，”潘德嘉斯特把一对手枪插进腰间，脑袋伸在锁柜里忙个不停。“但我早就得到教训，多作准备没有坏处。”

“唉，祝你打火鸡顺利，探员先生。事后不妨来666号公路喝杯茶吃吃饼干，咱们可以谈天说地，还可以把你的战利品做成标本。”

玛戈看着潘德嘉斯特从锁柜前转开。他缓缓走向墨菲斯托。“请问，我要怎么做才能让你明白形势有多严重？”他隔了几英寸盯着地下首领的脸。他的声音很柔和，但语调却透出一丝威胁。

墨菲斯托后退一步，“你如果真有这个心，那就必须信任我。”

“要是不信任你，”潘德嘉斯特答道，“我为什么要打开你的手铐？”

“证明给我看，”墨菲斯托迅速恢复勇气，“给我枪。刚才我在前面锁柜里看见的斯通纳机枪就不错。至少也得给我霰弹枪。你们要是倒霉了，总得给我一个挣扎求生的机会吧。”

“潘德嘉斯特，别发疯，”达戈斯塔说，“这家伙不正常。老天在上，乔治·布什当总统以来，今天是他第一次见到阳光。”

“你能多快带我们去阿斯托隧道？”潘德嘉斯特问。

“九十分钟左右吧,不过下去的路上你可别害怕弄湿脚。”

潘德嘉斯特沉吟片刻,“你似乎挺熟悉武器。有经验吗?”

“陆军第一集团军七十步兵团。在铁三角为他妈的国家光荣负伤。”

玛戈带着厌恶和兴趣看着墨菲斯托褪下肮脏的裤子,露出一道起皱的伤疤,伤痕斜切腹部,结束于大腿上的一大团疤痕组织。他扯起一边嘴角,笑着说,“他们先把我的肚肠塞回去,否则都抬不上担架。”

潘德嘉斯特有好一会儿没说话。接着,他转身打开另一个锁柜,取出两把自动武器,自己挎起一把,另一把扔给达戈斯塔。他又取出一盒大号铅弹和一把短而粗的泵动式霰弹枪。他关上锁柜,转身将武器递给墨菲斯托。

“士兵,别让我失望。”他抓着枪管说。

墨菲斯托接过枪,一言不发地装弹。

玛戈忽然注意到一件令她不安的事情:潘德嘉斯特取出了大量装备,但一样也没有交给她。“等一等,”她说,“我呢？我的装备呢?”

“很抱歉,你不能去。”潘德嘉斯特从锁柜里取出防弹背心,查看尺寸。

“我凭什么不能去?”玛戈说,“因为我是女人?”

“格林博士,别这样。你很清楚和你是不是女人无关。你对这类警方行动没有经验。”潘德嘉斯特从另一个锁柜里向外掏东西。“给你,文森特,这些交给你保管。”

“M26 碎片手雷,”达戈斯塔小心翼翼地接过来,“哥们,这些火力足够入侵一个国家了。”

“没有经验?”玛戈没有理睬达戈斯塔,“是我在博物馆救了你的瘦屁股,不记得了？要不是我,你早被姆巴旺拉成屎了。”

“这一点我必须承认，格林博士。”潘德嘉斯特背起带有长管和帽状喷嘴的装置。

“你别说那是火焰喷射器。”达戈斯塔说。

“ABT FastFire，我要是没弄错的话，”墨菲斯托说，“我打仗那会儿，大家管它喷出的紫色雾状物叫‘果冻’。道德败坏的国家使用的虐杀武器。”他若有所思地看着一个打开的锁柜。

“我是人类学家，”玛戈说，“我比任何人都了解那些怪物。你需要我的专业知识。”

“但不足以危害你的生命，”潘德嘉斯特答道，“佛洛克博士也是人类学家。我们难道应该推着轮椅带他下去，方便征询他的专业意见？”

“整件事情都是我揭破的，你忘了不成？”玛戈发觉自己抬高了嗓门。

“她说得对，”达戈斯塔说，“要不是因为她，咱们根本不会站在这儿。”

“但我们并不因此有权让她卷入危险，”潘德嘉斯特答道，“再说，她没去过地下，而且不是警察。”

“喂！”玛戈嚷道，“别管我的专业知识，也别管我曾经给过你什么帮助，但我是个好枪手。达戈斯塔能为我作证。而且我也不会拖慢队伍。说不定还是你气喘吁吁追赶我呢。就这么说吧：要是在底下碰到麻烦，多一杆枪终归是好的。”

潘德嘉斯特淡蓝色的双眼望着玛戈，玛戈感觉到了视线里的庞然力量，像是在探查她的脑海。“格林博士，你到底为什么非得下去不可？”他问。

“因为——”玛戈忽然停下，搜肠刮肚寻找原因：她为什么想去那个阴森魔窟？她大可以祝他们一切顺利，然后走出大楼，回家叫路口的泰国餐厅送外卖，翻开从上个月就想读的那本撒克里小说。

她随即意识到这根本不是想不想去的问题。十八个月前，她直视姆巴旺的面孔，看着自己在那双凶恶红眼里的倒影。她和潘德嘉斯特一起杀死了怪兽。她以为事情就这么结束了。大家都这么以为，现在却发现并非如此。

“几个月前，”她说，“格雷戈里·川北试图联系我。我连个电话都懒得回。要是我回了电话，也许就可以避免这场惨剧了，”她顿了顿，“我必须亲手给这件事画上句号。”

潘德嘉斯特以评价的眼神打量着她。

“该死，是你把我拉回来的！”玛戈转而攻击达戈斯塔，“这是我在世界上最不想参与的倒霉事。但既然我已经在这儿了，那就必须看着它结束。”

“这点她也说得对，”达戈斯塔说，“确实是我拽着她参与调查的。”

潘德嘉斯特伸出双手按住玛戈的肩膀，这样的肢体动作很不像他。“玛戈，求你了，”他平静地说，“请理解我。十八个月前在博物馆，那是别无选择。我们被困在姆巴旺身边。现在不一样。我们要有意识地走向危险。你是平民。很抱歉，但事实如此。”

“这次我不得不同意白鬼子首领，”墨菲斯托看着玛戈说，“你看着像个正派人，因此和这个队伍格格不入。两个官差要去找死，你何必凑热闹呢？”

潘德嘉斯特又看了几秒钟玛戈，接着松开手，望向墨菲斯托。“我们怎么走？”他问。

“莱克星敦地铁线，布隆代尔百货公司底下，”墨菲斯托答道，“有一条废弃的竖井，在地铁轨道以北四分之一英里处。径直通往公园，接着转向下方的瓶颈。”

“天哪，”达戈斯塔说，“皱皮人就是这么伏击地铁的。”

“有可能，”潘德嘉斯特沉吟片刻，像是陷入了沉思。“还得去

C区领炸药。"他忽然开口,转身走向房门,"咱们快点。只剩下不到两个小时了。"

达戈斯塔小跑跟上潘德嘉斯特,扭头说,"来吧,玛戈。我们送你出去。"

玛戈一动不动地站在原处,看着三个人快步走向军械库的外门。"妈的!"她带着挫折感和怒气喊道,把挎包扔在地上,使劲踢了一脚身边的锁柜,坐在地上,用双手捂住脸庞。

52

斯诺看了一眼超大号的挂钟。保护性铁笼里的指针指向十点一刻。他的视线掠过空荡荡的集合大厅,掠过备用气瓶和调节器、破旧的脚蹼和过大的呼吸面具。视线最后落在面前桌上堆成小山的文件上,他在内心暗自哀叹。官面上说,他在养病——肺部细菌感染——但他和警局潜水队的所有人都心知肚明,他实际上是被打入了冷宫。潜水队的警司把他拉到一旁,说你干得非常不错,可斯诺根本不信。尽管他发现的两具骨架引出了一起要案,结果却没什么区别。关键的是他第一次下水就失去了控制。连费尔南德斯都懒得再戏弄他了。

他叹了口气,隔着肮脏的窗户望向早已空无一人的码头和码头外的河水,河水黑漆漆、油腻腻,在这个不眠之夜闪闪发光。今晚早些时候有一架直升机坠毁在东河里,潜水队的其他人都去执行任务了。市区也发生了什么大事:警用无线电片刻不停,游行啦骚乱啦紧急动员啦人群控制啦说个没完。似乎到处都有行动,唯有布鲁克林码头的小小角落静如坟墓,而他只能伏案撰写报告。

他叹了口气,把几页纸装订放进文件夹,合上后扔进归档托盘。死狗,发现于格瓦纳斯运河。死亡原因:枪伤;主人不明;结案。他取出另一个文件夹:兰道夫·罗威尔,跳河自杀,三区大桥,二十二岁。衣袋里有遗书。死亡原因:溺水。结案。

他把文件夹扔进托盘,听见柴油发动机的隆隆声:快艇驶入码头。这么早就回来了。不过引擎声听起来不太一样,比较低沉,他心想:大概是需要整修了。

他听见脚步声跑过木质码头,门突然被砰地撞开:几个身穿黑色湿式潜水服的男人,没有证章,脸上涂着黑色和绿色的油彩。脖子上挂着橡皮和乳胶的连体防水包。

"潜水队呢?"领头的彪形大汉用德州口音吼道。

"东河有直升机坠毁,"斯诺说,"你们是二队?"他望向窗外,惊讶地发现那不是蓝白条纹的警方船只,而是马达内置的大马力 V 字底快艇,吃水很深,和这几个人一样涂着黑漆。

"全都去了?"大汉问。

"除了我。你们是谁?"

"反正不是你妈失散多年的表哥,亲爱的,"大汉说,"我们需要一个知道怎么去西区横渠最快的人,现在就需要。"

斯诺不由自主地一阵心痛。"我来呼叫警司——"

"没时间了。你怎么样?"

"呃,我熟悉曼哈顿四周水岸线的流向网络。这是基础教程的一部分,每个警方潜水员都必须——"

"能带我们进去吗?"大汉粗暴地打断他的话。

"你要进西区横渠?大部分管道装有格栅,或者太狭窄,没法过船——"

"回答问题就行:能,还是不能?"

"我想可以。"斯诺的声音有点颤抖。

"叫什么?"

"斯诺。斯诺警员。"

"上船。"

“但我的氧气瓶和潜水服——”

“我们什么都有,你上船再着装。”

斯诺手忙脚乱起身,跟着那几个人走上码头。这个邀请似乎不容他拒绝。“你还没有告诉我你是——”

大汉停下,一只脚踩着快艇的舷缘。“拉克林中校。海豹突击队蓝七组指挥官。赶紧上船。”

舵手驾驶快艇离开泊地。“自己掌舵吧。”中校说,示意斯诺过来。“给你说说行动计划。”他提起坐垫,从储物空间里抽出一卷防水地图。“我们分成四个小组,每组两个人。”他看看周围,“多诺万!”

“长官!”一个男人答道,走了过来。就算穿了鼓鼓囊囊的潜水服,他看起来仍旧瘦削精干。他戴着橡胶头套,脸上涂着油彩,斯诺看不清他的长相。

“多诺万,你和斯诺搭档。”

多诺万陷入沉默,斯诺估计这是因为厌恶。他问,“你们要干什么?”

“执行潜爆任务。”拉克林说。

“什么任务?”

中校瞪着他答道,“潜水爆破。你知道这些就够了。”

“和无头连环杀人案有关系吗?”斯诺问。

中校盯着他,“一个吃奶的没脑子警方潜水员,只会在浴缸里扑腾的蝌蚪,亲爱的,问题倒是很多。”

斯诺没有吭声,甚至不敢看多诺万。

“到了这个地点,我们就有详细的路线图了,”拉克林说着展开一张地图,用大拇指点着一个蓝点。“但新建的处理厂使得入口区域很难走通,所以你必须带我们找到这个地点。”

斯诺俯身查看夜光地图。地图顶端用轮廓分明的清晰字体标着“西区风暴渠和下水道一览图,底层。”说明文字下面是纵横交错的线条迷宫。有人在中央公园的西侧下方画了三组圆点。他看着复杂的网络图,脑袋转得飞快。洪堡水道是最容易的进入路径,但从洪堡水道去西区横渠要走很远一段路,有无数弯道和转折。另外,只要有可能,他这辈子再也不想去洪堡水道了。他努力回想训练课程,小艇在泥泞运河里转来转去的漫长日子。还有哪条水道通往西区横渠呢?

“又不是要你做论文,”拉克林平静地说,“快点。时间紧迫。”

斯诺抬起头。他想到了一条路,一条非常直接的路。唉,他心想,你们自找的。“下哈德逊污水处理厂,”他说,“直接穿过主沉淀池。”

众人陷入沉默,斯诺环顾四周。

“潜他妈的粪池?”一个非常低沉的声音说。

中校转过身,“你们听见他说了。”他把湿式潜水服丢给斯诺,“带着你漂亮的小屁股下去换衣服。我们必须在零点前六分钟完成任务,赶到撤离地点。”

53

玛戈坐在军械库冷冰冰的瓷砖地面上,怒火中烧。她不确定自己究竟为什么生气:因为达戈斯塔把她拖进这堆麻烦事?因为潘德嘉斯特拒绝带她下去?因为她自己就是不肯放手?但是,她实在不可能扭头走开。她现在看清楚了,博物馆凶杀案——特别是地下室那场惊心动魄的殊死搏斗——对她投下了多么深刻的阴影:夺去睡眠,破坏内心平静。而现在又是这种破事,超出了忍耐范围……

她明白潘德嘉斯特是在为她的安全着想,但怎么也按捺不住被抛弃的挫折感。要不是因为我,她心想,你们到现在还两眼一抹黑呢。是我想通了姆巴旺和惠特塞的联系。是我搞清了前因后果。多给一点时间,我甚至还能厘清剩下的几个难题:其余几块密码般的川北日志残片有何深意,川北打算怎么利用塞奥欣,为什么在最后一个实验室合成维生素D?

不过塞奥欣应该说得通。日志记录说明川北在死前改变了心意。他显然意识到最后几个"釉光"品系尽管不让躯体变形,却会扭曲心灵。他也许甚至知道了植物遇到咸水就会造成环境危机。无论如何,他似乎打算纠正自己的错误,除掉水库里的姆巴旺莲。怪物或许觉察到了他的意图。这就能解释他的死亡了:怪物最不希望的莫过于供应被切断。可是,维生素D还是无法解释。难道是基因测序的必备物品? 不,不可能……

玛戈忽然坐了起来,猛吸一口气。川北打算杀灭那些植物,这一点可以肯定,她心想:川北知道这将给他带来巨大的危险,因此维生素D不是为了生产"釉光",而是为了……

她忽然明白了。

她立刻爬了起来。不能浪费半秒钟时间。她有了行动的劲头,拉开几个锁柜抽屉,把东西倒在狭窄的走廊里,匆忙捡起她需要的物品塞进拎包:呼吸面具、夜视仪、她的半自动手枪用的几盒九毫米空心子弹。

她喘着粗气跑到军械库的门口,望着面积更大的储存室。这里肯定有我要的东西,她心想。她沿着成排木柜奔跑,扫视有机玻璃标牌。她突然停下,打开一扇柜门,取出三个配有运动挤压瓶盖的一升容量瓶子。她把瓶子和拎包一起摆在地上,打开另一扇柜门,取出几加仑蒸馏水。她继续顺着过道奔跑,一边喃喃自语一边寻找她要找的东西。终于,她停下脚步,拉开又一扇柜门——里面摆着几排装有药片和药丸的大口瓶。她发狂般地扫视瓶签,找到目标,抓起来跑回放拎包的地方。

她跪倒在地,拧开大口瓶,把白色药丸像小山似的堆在地上。“格雷戈晨,浓度是多少?”她不由得大声说道。天晓得:我只能尽量往高里猜了。她用一个大口瓶的瓶底将药丸碾成粉末,向那三个一升容量瓶子里各抓几把,然后倒满蒸馏水,使劲摇晃,查看悬浮物的情况:颗粒有点粗,但没时间进一步加工了,反正很快会溶解。

她站起身,抓起拎包,稀里哗啦地踢开空瓶。

“是谁?”有人喊道。糟糕,她意识到自己忘了门口值班的警卫。她飞快地把水瓶塞进拎包,往肩上一挎,走向房门。

“抱歉,”她说,“刚才发呆了。”她希望这话听起来不像撒谎。

门卫皱起眉头,放下杂志,开始起身。

“潘德嘉斯特探员往哪儿走了?”她连忙说,“他说C区什么的。”

搬出潘德嘉斯特的名字,玛戈看到了期待中的效果:门卫重新坐下。“四号电梯,向上两层,出来左转。”他答道。

玛戈道声谢,赶往走廊尽头的一排电梯。电梯门关上,她看看手表,暗骂一句:没时间了。她使劲揿下大堂的按钮。门打开了,正准备飞奔而去,她注意到了警卫的人数,只好快步穿过大堂,交出访客证件,走进曼哈顿潮湿的夜晚。

一出大门,她就奔到路边,拦住最近的一辆计程车。“五十九街莱克星敦大道路口。”她跳上车,随手拉上车门。

“好嘞,但提醒你一声,咱们走不快,”司机说,“公园附近在游行还是处于骚乱,交通比狗屁股上的毛还拥挤。”

“想个办法。”玛戈说着把二十块扔在前排座位上。

司机向东猛冲,在第一大道向北拐弯,以危险的速度左闪右躲。来到四十七街,计程车戛然停下。玛戈看见前方成了名副其实的停车场,轿车和卡车的引擎在空转,喇叭声震耳欲聋,六条车道上满是刹车灯，毫不间断地顺着暗沉沉的交通要道向前延伸。她毫不犹豫地抓起拎包，跳出车门，一边闪躲行人，一边跑向北方。

几分钟后，她赶到了布隆代尔地铁站的入口。她一步两级跑下楼梯，尽量避开深夜寻欢作乐的酒鬼。拎包的分量让她肩膀酸痛。除了引擎轰鸣和震天响的喇叭声之外，她觉得还听见远方传来发闷的怪异咆哮声，仿佛成千上万个人同时嚎叫。她很快进入地下，列车的吱嘎摩擦声盖住了所有噪声。她从口袋里摸出代币，穿过转门，顺着台阶跑向地铁轨道。亮着灯的楼梯口聚着一小群人。

"看见那几个家伙了？"身穿哥伦比亚大学T恤的年轻女人说，"他背上到底是什么东西？"

"大概是鼠药吧，"她的同伴说，"地下的老鼠大得很。昨晚在西四街地铁站，我看见一只足有长成的——"

"他们往哪儿去了？"玛戈气喘吁吁地插嘴道。

"他们跳下轨道，跑向上城——"

玛戈冲到站台北侧尽头。地铁轨道在面前伸向无涯黑暗。轨道之间有几个小水坑，在指示灯的映照下闪着黯淡绿光。她扭头张望轨道的另一个方向，确定没有列车正在进站，然后深吸一口气，跳下轨道。

"又一个！"她听见有人在背后叫喊。玛戈把拎包调整到更舒服的角度，拔腿就跑，努力不被砾石路基和坑洼不平的枕木绊倒。她眯起眼睛望向远方，希望能辨认出人影或侧脸，但却一无所获。她张开嘴，正想喊潘德嘉斯特的名字，又忽然停下：就在这条地铁路线上，向北没多远就是不久前发生地铁大屠杀的地点。

这个念头刚进入脑海，她就感觉到一股风吹起了后脖颈的头发。扭头一看，她的心沉了下去：她在背后的黑暗中看见了四号线的红圈标记，还很远，但不会认错。

她跑得更快了,呼吸着潮湿而黏稠的空气。列车靠站上下客仅有短短几十秒,紧接着就会重新启动,以越来越快的速度扑向她。玛戈发狂般地扫视四周,寻找工作人员休息处之类的地方躲避,但隧道光滑的墙壁在黑暗中无限延伸。

背后传来车门关闭的叮咚铃声,接着是气闸闭合的嘶嘶声、引擎的呜呜声——列车正在加速。她拼命跑向唯一的藏身处:北向和南向车道之间的狭窄缝隙。玛戈小心翼翼地跨过第三轨,缩在生锈的钢梁之间,旁边有个仿佛黑色哨兵的转辙器,她尽量让身体不超过那东西的厚度。

列车驶近,汽笛声震耳欲聋。列车经过时的冲击气流掀得玛戈向后倒去,她伸出双臂,拼命抓住钢梁,免得摔在南向的轨道上。一连串明亮的车窗闪烁而过,仿佛电影胶片卷过眼前;列车很快就只剩下了背影,左右微微摇摆,留下一溜火花。

玛戈被蘑菇云般的尘雾呛得使劲咳嗽,两耳嗡鸣;她回到轨道上,左右张望。前方越来越远的车尾射出红光,她辨认出三条人影从隧道远处的一个缺口里钻了出来。

"潘德嘉斯特!"她喊道,"潘德嘉斯特探员,等一等!"

三条人影停下,转身面对她。跑到近处,玛戈看清了探员棱角分明的五官,他一动不动地望着玛戈。

"格林博士?"黑暗中传来熟悉的拖腔。

"我的天,玛戈!"达戈斯塔气咻咻地骂道,"你他妈的犯什么傻?潘德嘉斯特叫你——"

"闭嘴,听我说,"玛戈咬牙怒喝,在他们面前停下,"我搞明白了川北为什么在实验室合成维生素 D,与姆巴旺植物和'釉光'之类的统统没有关系。他在制造武器。"

尽管缺少光线,但玛戈还是看见了达戈斯塔不信任的脸色。墨菲斯托站在达戈斯塔背后,犹如一个黑色鬼影,默不作声看着他们。

“真的，”她喘息道，“我们知道皱皮人憎恶光。对吧？其实不止是憎恶，他们害怕光。光对他们有致命作用。”

“我不太明白你的意思。”潘德嘉斯特说。

“他们害怕的其实不是光本身，而是光制造出的东西。阳光照在皮肤上，就会激活维生素D。对吧？如果维生素D对怪物有毒性，直接光照就会导致剧痛，甚至死亡。我培养的几个生物群落就是这么死的：因为被灯光照了一整夜。这大概也能解释皱皮人名字的由来。缺乏维生素D的皮肤容易起皱纹，表面变得坚韧。缺少维生素D还会导致软骨病，使得部分骨骼软化。还记得布朗贝尔博士怎么形容川北的骨架吗？‘有史以来最可怖的坏血病病例。’唉，事实确实如此。”

“但这只是猜测而已，”达戈斯塔说，“证据呢？”

“否则川北为什么要合成维生素D？”玛戈喊道，“要记住，维生素D对他同样有毒性。他知道如果他摧毁了那些植物，怪物就会追杀他。另外一方面，搞不到‘釉光’，怪物就会屠杀人类。不行，他必须同时杀灭植物和怪物。”

潘德嘉斯特点点头，“这似乎是唯一合理的解释，但你为什么要追上来告诉我们这些呢？”

玛戈猛拍挎包，“因为我有三大瓶一升装的维生素D溶液。”

达戈斯塔嗤之以鼻，“那又怎样？我们并不缺少武器。”

“怪物要是真有我们想象的那么多，你们携带的武器就不可能阻止他们所有人，”玛戈说，“还记得我们花了多大力气杀死姆巴旺吗？”

“我们打算尽量避开他们。”潘德嘉斯特答道。

“但你带了这么多武器，显然是不想冒险，”玛戈答道，“子弹也许能打伤怪物，但这个”——她指了指挎包——“是致命武器。”

潘德嘉斯特叹息道，“很好，格林博士。交给我。我们正好一人一瓶。”

“没门，”玛戈说，“我带着。我也要去。”

“地铁来了。”墨菲斯托突然说。

潘德嘉斯特沉默片刻，“我已经解释过，这不是——”

“我已经到这儿了！”玛戈听见自己的声音里饱含愤怒和决心，“就绝对不可能再回去。别再跟我说这一趟有多危险。要我签一份免责声明以防我挠破自己吗？行啊，那来就是。”

“那就不必了，”潘德嘉斯特长叹一声，“好吧，格林博士。我们不能再浪费时间争论了。墨菲斯托，带我们下去。”

54

史密斯贝克缩在隧道里不敢动弹，侧耳倾听。仍能听到脚步声，但现在比较遥远了。他深呼吸几次，重重吞口唾沫，把跳到嗓子眼的心脏压回胸口。他在漆黑而狭窄的通道里迷了路，甚至不确定有没有走对方向。说不定他还兜了个大圈子，此刻又朝着凶手而去——天晓得他们是什么人或什么东西。不过，本能告诉他，他正在逐渐远离残杀现场。这些滑溜溜的通道似乎都只有一个方向，那就是向下。

他非常确定刚才见到的恐怖怪物是“皱皮人”，也就是让墨菲斯托烦恼不已的家伙，多半还是那起地铁大屠杀的罪魁祸首。皱皮人，仅仅几分钟，他们就至少杀了四个人……瓦克西的惨叫一遍遍在耳畔回荡，他已经分不清那是真实存在的声音还是纯粹的记忆了。

一个非常真实的声音闯入脑海：脚步声再次响起，这次离得很近。他惊恐地左右乱转，寻找可供逃跑的路线。一道明亮的光束忽然照在他眼睛上，一条黑影在光束背后扑向他。史密斯贝克绷紧肌肉,准备战斗——希望老天发善心,别让他挣扎太久。

但黑影缩了回去,吓得哇哇大叫。手电筒落在地上,叮叮当当滚向史密斯贝克。史密斯贝克心头大石落地,认出了达菲浓密的小胡子,这家伙跟着瓦克西拼命爬上竖梯。天晓得他用什么办法甩掉了追击者。

“冷静!”史密斯贝克在手电筒滚远前一把抓住,“我是记者,事情我全看见了。”

不知是因为惊恐还是慌张,反正达菲没问史密斯贝克在中央公园水库底下干什么。他一屁股坐在隧道的砖砌地面上,肩膀起伏,每隔几秒钟就回头扫视一眼背后的黑暗。

“知道怎么出去吗?”史密斯贝克问他。

“不知道,”达菲气喘吁吁地说,“难说。来,拉我一把。”

“我叫比尔·史密斯贝克。”史密斯贝克悄声说,俯身拉起浑身颤抖的工程师。

“斯坦·达菲。”工程师边喘气边说。

“你是怎么逃出来的?”

“我在溢洪闸那儿甩掉了他们。”达菲说,一大滴眼泪缓缓滚下涂满烂泥的面颊。

“这么多隧道怎么都是向下的,就没一条向上?”

达菲用袖子漫不经心地擦擦眼睛,“这是备用水流隧道。碰到紧急情况,水不但走主管道,也走这些备用隧道,一直通往瓶颈。这是个封闭系统。附近所有管网都必须通过瓶颈。”他停下来,忽然瞪大眼睛,像是想起了什么;他看看手表,“咱们快跑!只剩下不到九十分钟了!”

“九十分钟?然后呢?”史密斯贝克用手电筒照亮前方的隧道。

“水库要在十二点放水,现在已经不可能阻止了。排出的水要经过这些隧道。”

“什么?”史密斯贝克惊讶道。

“他们要水淹最底层的阿斯托隧道,除掉那些怪物。至少原来是这么计划的。现在他们改主意了,但已经无可挽回——”

“阿斯托隧道?”史密斯贝克问。肯定是墨菲斯托所说的恶魔阁楼。

达菲忽然夺过手电筒,跑进隧道。

史密斯贝克跟了上去。这条通道汇入更宽大的一条,像巨型开塞钻似的盘旋向下。除了那道疯狂扫射的手电筒光束,没有其他照明。隧道地面向下弯曲,他尽量贴着墙壁跑,避开底下的死水。天晓得他在担心什么,达菲在隧道中央噼里啪啦飞奔,制造出的噪声能吵醒死人。

跑了几分钟,达菲忽然停下。史密斯贝克赶上他,他尖叫道,“我听见他们了!”

“我什么也没听见。”史密斯贝克喘息着前后张望。

达菲又跑了起来,史密斯贝克紧随其后,惊恐就快撕裂他的心脏,抢到独家大新闻的念头早被抛到九霄云外。隧道墙上出现一个黑洞洞的开口,达菲钻了进去。史密斯贝克跟上他,脚下的地面陡然消失。他不受控制地顺着一条湿滑的斜道滑了下去。史密斯贝克翻个身,用手指抓挠湿滑的地面;下方传来达菲的哀嚎。情况像他做过的坠落噩梦,但现实更加可怕,因为这是一条潮湿的黑暗隧道,位于曼哈顿地下不知多深的地方。前方突然响起溅水的声音,片刻之后,他也重重地摔在深度仅有二十英寸左右的水里。

他手忙脚乱地爬起来,全身上下哪儿都疼,但很高兴脚下是坚实的地面。这条隧道的地面很平坦,水闻起来还算新鲜。达菲在旁边难以自制地哀嚎。

“闭嘴,”史密斯贝克咬牙骂道,“你难道想引来怪物?”

“啊,上帝啊,”达菲在黑暗中啜泣道,“我肯定是在做梦,肯定。

它们是什么？什么——”

史密斯贝克在黑暗中摸到达菲的胳膊，粗暴地把达菲拽到身边，凑着工程师的耳朵骂道，“闭嘴！”

啜泣减弱，变成吸鼻子的声音。

“手电筒呢？”史密斯贝克悄声说。

回答他的只有哭声，但附近马上亮起了黯淡的灯光。手电筒奇迹般地还攥在达菲手里。

“我们在哪儿？”

吸鼻子的声音小了下去。

“达菲！我们在哪儿？”

一声被吞回去的抽泣。“不知道。大概是某条溢洪渠吧。”

“知道通往哪儿吗？”

达菲抽着鼻子说，“溢洪渠排走水库的多余流量。我们要是顺着水流去瓶颈，也许能进下一层排水管道。”

“然后呢？我们怎么出去？”史密斯贝克低声问。

达菲哭着说，“不知道。”

史密斯贝克擦擦脸，没有说话，尽量把恐惧、痛苦和惊吓卷成一个能塞在体内某处的小球。他努力去想他的大新闻。天哪，追着博物馆怪兽杀人案的报道，凭这个他将功成名就。要是运气好，威许夫人的文章还是他的囊中之物。但首先……

黑暗中传来溅水声，回声使得他很难判断距离，但声音无疑在接近他们。他向黑暗探出身子，侧耳倾听。

“他们还在追我们！”达菲在他耳边几英寸的地方叫道。

史密斯贝克第二次抓住他的胳膊，“达菲，闭嘴，听我说。我们跑不过他们，只能想办法甩掉他们。你熟悉隧道网络，必须想个办法。”

达菲挣扎起来，发出毫无意义的恐惧哼声。

史密斯贝克使劲一捏,“听着,只要你冷静下来,仔细思考,我们就能活下去。”

达菲似乎平静了一些,史密斯贝克听见他沉重的呼吸声。“好吧,”工程师说,“紧急溢洪渠在下面有水文站。就在瓶颈上方。我们如果在那里,也许可以躲进去——”

“咱们走。”史密斯贝克悄声说。

两人蹚水跑进黑暗,手电筒的光束在墙壁之间弹跳。低矮的隧道拐了个弯,一台巨大的古老机械出现在眼前,形如硕大无朋的空心螺钉,横向放置于花岗岩的台座上。机器两端伸出锈蚀严重的管道,背后许多条盘旋纠结的管道仿佛铸铁肚肠。机器底部有个带栏杆的小站台。大股水流淌过水文站,分出一条小支流蜿蜒伸向左手边的黑暗深处。史密斯贝克拿着手电筒,另一只手抓住栏杆,爬了上去,然后把达菲拽到身旁。

“进水管,”史密斯贝克悄声说。他先把达菲推进去,接着自己也钻了进去,反身把还亮着的手电筒扔进支流,接着退回黑洞洞的水管里。

“你疯了吗?怎么能扔掉——”

“塑料的,”史密斯贝克说,“能漂浮。希望他们跟着灯光去下游。”

两人坐在那里,不敢发出任何声音。水文机械的厚实墙壁挡住了隧道里的大部分声音,但几分钟后,史密斯贝克听见溅水的脚步声越来越清晰。听声音,皱皮人正在接近,而且动作敏捷。他感觉到达菲在背后哆嗦,不禁祈祷工程师能保持冷静。溅水的声音越来越响,史密斯贝克听见了呼吸声——沉重的喘息,仿佛呼吸急促的马匹。溅水声来到水文站的侧面,紧接着停下了。

膻臭味变得浓厚,史密斯贝克紧紧闭上眼睛。达菲在身后的黑暗中剧烈颤抖。

溅水声越来越多，怪物在水文站外聚集。史密斯贝克听见像是嗅闻的低沉声音，吓得无法动弹，他回忆起了姆巴旺怪兽敏锐的嗅觉。溅水声继续传来，但渐渐远去，史密斯贝克放下心来。怪物沿着隧道向前走了。

他慢慢地深呼吸，数着呼吸的次数。数到三十，他扭头对达菲说，"怎么去风暴渠？"

"从另一头出去。"达菲悄声说。

"走。"

两人小心翼翼地在恶臭的狭小空间内转身，爬向管道的另外一头。达菲终于钻出了管道。史密斯贝克听见工程师的一只脚踩进水里，接着是另一只脚，他扭动着向前爬；突然，撕心裂肺的惨叫声划破黑暗，液体洒在他脸上——过于浓稠和温暖，不可能是水。他发疯般地退了回去。

"救命！"达菲忽然喊道，"不，放开我，你要——天哪，我的肚子——天哪，谁——"

叫声蓦地变成湿乎乎的疯狂喘息声，随即消失在溅水声之中。史密斯贝克手脚并用后退，吓得魂不附体，听见大砍刀剁肉的砰然闷响，接着是骨头被扭离关节的咔咔脆响。

史密斯贝克掉出管道的这一头，后背着地摔在水里，他连忙起身，没头苍蝇似的跑进一条支线隧道，除了奔跑，什么也不听，什么也不管，什么也不想。他片刻不停地奔跑，一次次撞在隧道的墙壁上，踩着水跌跌撞撞跑过一个个分岔路口，越来越深入幽暗的地底。这条隧道汇入另一条隧道，接着又汇入第三条，每条都比上一条更宽阔。突然，他感觉到一条强壮得可怕的湿滑手臂勒住他的脖子，一只有力的巨手同时捂住了他的嘴巴。

55

爆发后不到一小时，中央公园南路的骚乱逐渐变成断续发作。晚间十一点之前，大部分最初的骚乱者耗尽了愤怒和能量。伤员被扶到场边休息。喊叫、怒骂和威胁开始取代拳头、棍棒和石块。然而，更加没有底线的暴力行为却在延续。一些人因为受伤和疲惫离开现场，另一些人却赶到了：因为好奇，因为愤怒，因为醉酒，因为就想打架。电视报道越来越耸人听闻和歇斯底里。消息像电火花似的传遍曼哈顿，传到了共和党年轻人聚在单身酒吧里奚落嘲笑自由派总统的第一和第二大道；传到了圣马可街坊和东村的马克思主义者集会地点；通过传真和电话传播。消息在传播，谣言也没闲着。有谣言说游民和试图帮助游民的百姓在警方唆使下遭到血洗。有谣言说左翼极端分子和犯罪团伙在焚烧银行、枪杀平民和劫掠上城商店。闹事者响应号召赶到现场；在地下封闭管道中扩散的催泪瓦斯还在继续逼着游民在中央公园周围各处涌上地面；双方不断冲撞，有时非常惨烈。

“夺回我们的城市”最初的倡导者，那些有钱有势的纽约婆罗门，早已逃离现场。大部分怀着厌恶返回所居住的排屋或联排别墅。剩下的向大草坪聚拢，认为警方很快就会镇压骚乱，希望最后的守夜仪式能如期举行。但随着警察推进防线，包围骚乱人群，打斗也移向公园内部，越来越接近大草坪和草坪背后的水库。公园里很暗，树林茂密，灌木丛生，小径犹如迷宫，骚乱控制困难重重，进度缓慢。

警察小心翼翼地向骚乱者推进。大规模的清除游民行动摊薄了人力，大部分警察赶到骚乱现场的时候都太晚。警方高层过于在意人群里也许还有实权人物，满脑子政治意识的市长想都不敢想用催泪瓦斯或警棍对付纽约精英。另外一方面，还有大批警员被派去巡逻附近地区，因为已接到报案说出现了零星的劫掠和破坏事件。尽管不敢说出口，但每个人的脑海深处都是几年前皇冠高地的骚乱场景①，那场骚乱持续了三天三夜，最后的结局令人非常不安。

海沃德看着紧急医疗小队将毕尔送上守候的救护车。急救员折起担架的后腿，毕尔滑进车厢。随后他呻吟起来，抬手去摸裹着绷带的头部。

"当心，"海沃德对急救员喝道。她扶着一侧后门，探身到车厢内，问，"感觉怎么样？"

"好多了。"毕尔虚弱地笑了笑。

海沃德点点头，"你会没事的。"她转身准备离开。

"巡佐？"毕尔叫住了海沃德，"龟孙子米勒抛下我，让我自寻出路。或者等死。我欠你们几个一条命。"

"别客气，"海沃德说，"应该的。换了你呢？"

"大概吧，"毕尔答道，"总而言之，我不会忘记的。谢谢。"

海沃德把毕尔留给急救员照顾，绕到车前的驾驶座旁，问，"有什么新消息？"

"你想听什么？"司机忙着填写一张长而又长的表格。"黄金期货？国际政局？"

"少说风凉话，"她答道，"我说的是那个。"她朝中央公园西路指指。

怪诞的寂静笼罩着暗沉沉的四周。除了紧急车辆和驻守路口的警车，附近几个街区断了车流。一团团黑暗点缀着街道；没被打破的路灯屈指可数，不少还嗞嗞冒着电火花。宽阔的路面上满是

① 发生在1991年8月19—21日，非裔居民和犹太裔居民的冲突导致多人死伤。

水泥块、碎玻璃和垃圾。向南望去,闪烁的警灯越来越密集。

“你去哪儿了?”司机问,“除非前几个钟头困在地心深处,否则很难错过这件盛事。”

“你猜得差不多,”她说,“我们在驱除公园底下的游民,结果遇到抵抗。这位弟兄受了伤,我们花了很长时间才救他出来。我们从很深的地方上来,不想让他太受罪。懂了吗?我们五分钟前去了七十二街分局,发现附近完全成了鬼城。”

“驱除游民?”司机问,“就是你们惹的祸啊。”

海沃德皱起眉头,“什么意思?”

司机拍拍耳朵,指向东边,像是在说你一听就懂。

海沃德扭头去听。排除救护车电台的嘈杂对话和市区的背景车声,她辨认出了从公园深处飘来的各种声音:扩音喇叭的隆隆吼声、叫嚷、惨呼、警笛。

“知道‘夺回我们的城市’大游行吗?”司机问,“未经通报,沿着中央公园南路游行。”

“听说过一些。”海沃德说。

“哈,是这样的:游民突然涌出地面,而且带有敌意。条子们显然拿他们练了练警棍。流浪汉和游行者吵了起来。还没等大家回过神,两边就噼里啪啦大打出手了。据说人们都跟疯了似的。狂呼乱叫,使劲踩别人。紧接着,人群边缘开始劫掠。警察花了个把钟头控制局势,但现在还没完全控制住,只是把范围限制在了公园内部。”

车厢里的急救员打个信号,司机挂档开动,警灯给石灰石墙面绘上了条纹。海沃德看见中央公园西路上有好奇的人们在窗口张望,朝公园指指点点。几个比较勇敢的站在大堂外的人行道上,但不敢远离身穿制服的门童。她抬头望向庞然的哥特式巨物达科塔,大厦在骚乱中毫发无损,显得超然物外,狭窄而优雅的护壕像是驱散了愤怒的人群。视线不由落向潘德嘉斯特的窗口。不知道他能不能活着从恶魔阁楼回来。

“毕尔处理好了?”她听见卡林喊道。他庞大的身影走出黑暗。

“刚送走,”她转向卡林,“另一位怎么样?”

“拒绝医治,”卡林说,“见到米勒了吗?”

海沃德怒目而视,“估计已经躲进大西洋大道的某个酒吧,正在边灌黄汤边吹嘘丰功伟绩呢。不就是这么回事嘛。他会升职,咱们会因为不服从上司而收到警告信。”

“其他时候也许真会那样,”卡林露出了然于心的笑容,“但这次不同。”

“这话什么意思?”海沃德没等卡林回答就继续说道,“上头怎么知道米勒做了什么,没做什么?说起来,咱们也该归队了。”她打开对讲机,但每个频道都淌出了嘈杂声、静电噪声和惊恐呼号交织而成的溪流。

……向大草坪移动,我们需要更多人手……抓住八个,但快要控制不住了,囚车再不出现,他们就会逃进暗处……我他妈三十分钟前就呼叫了救伤直升机,有弟兄受伤……天哪,必须封住南区;游民一直在涌出地面……

海沃德关掉对讲机,插回腰间,示意卡林跟着她走向下一个路口的警车。警车旁站着一名全副镇暴武装的警员,他握着霰弹枪,警惕地扫视路面。

“行动指挥中心在哪儿?”海沃德问。

警员抬起面部护具,看着海沃德说,“城堡有个前线指挥所。至少调度员这么说。你应该已经看出来了,现在局势有点混乱。”

“眺望台城堡。”海沃德对卡林说,“咱们走。”

两人跑过中央公园西路,海沃德很奇怪地想起了两年前参观好莱坞片场的经历:走在仿造的曼哈顿街道上,这里拍摄过无数音乐片和黑帮片。她看见了假路灯、假店头、假消防栓……什么都有,就是没有人。常识告诉她,仅仅几百码之外就是车水马龙的加州街道。然而,寂静而空旷的片场还是显得那么离奇。

今夜的中央公园西路也带给她这种感觉。尽管能听见远处传来汽车喇叭和警笛声,尽管她知道公园里有大批警察在阻止骚乱,但这条暗沉沉的大道还是那么迷离,那么不真实。要不是偶尔见到警惕的门童、好奇的住户和警方检查站,她真要以为这是一条鬼街了。

"妈的,"卡林在身旁嘟囔道,"快看。"海沃德抬起头,幻觉顿时烟消云散。

感觉就仿佛在穿越秩序和混乱的分界线。南边,隔着六十五街,他们看到了毁坏结果。大堂窗户被砸烂,雅致门口的天棚被撕成碎片,随着晚风飘荡。这里的警力更充足,到处都有涂成蓝色的路障。停在路边的车辆往往缺少车窗和挡风玻璃。几个街区之外,黄灯闪烁的警方拖车正在清除一辆计程车的冒烟骨骸。

"似乎有不少非常生气的'鼹鼠'从这儿经过。"海沃德喃喃道。

两人穿过马路,拐弯上了车道,一头扎进公园。看过了刚才毁坏的废墟,狭窄的沥青小径显得宁静而空旷。然而,被砸烂的长椅、翻覆的垃圾桶和闷烧的垃圾却在无声地控诉着不久前发生了什么。公园深处传来的噪声说明前方是个大战场。

海沃德突然停下,示意卡林别跑了。她看见前方暗处有一群人——人数说不清——正昂首阔步走向大草坪。不可能是警察,她心想。别说防暴头盔了,他们连帽子都没戴。闹哄哄的唿哨和咒骂声证实了猜想。

她快步上前,足尖着地以降低脚步声。离那群人还有十码的时候,她停下脚步,一只手抓住佩枪,喊道,“站住!警察!”

那几个人三三两两停下,转身看着她。四个——不,五个男人,年纪不大,身穿运动夹克和马球衫。她一眼就看到了武器:两根铝合金球棒和一把厨房切肉刀。

五个人盯着她,脸色绯红,年轻的面庞上挂着坏笑。

“啥事?”一个男人说着向前走了一步。

“给我站住,”海沃德说。男人停下了。“呐,小伙子,跟我说说你们这是去哪儿?”

愚蠢的问题逗得这个男人吃吃直笑,他朝公园深处的方向摆了摆脑袋。

“我们是来解决问题的。”小团伙里冒出一个声音。

海沃德摇摇头,“不关你们的事情。”

“去他妈的,”出列的男人骂道,“我们有朋友在里面,被一帮狗娘养的流浪汉揍得屁滚尿流。我们不可能就这么放过他们。”他又向前走了一步。

“这是警方的事情。”海沃德说。

“警察屁也不做,”男人答道,“你自己看,你们放任这种人渣砸烂我们的城市。”

“听说他们已经杀了二三十个人!”一个男人举起蜂窝电话,口齿不清地喊道,“包括威许夫人。他们正在砸烂整个城市,还有东村和苏荷的龟孙子打下手。该死的纽约大学激进分子。我们的朋友需要帮助。”

“听懂了?”出列的男人说,“别挡道,女士。”他又向前走了一步。

“再走一步,我就拿这个给你梳头,”海沃德说着松开枪,抓住警棍,从腰带环扣上抽出来。她感觉到卡林在背后绷紧了身体。

“你倒是敢说大话,”男人轻蔑地说,“腰间有枪,背后还有个人形冰箱。”

“你以为你能一个打五个?”小团伙里有人说。

“她大概想拿那对大奶子闷死我们。”另一个人说。他们哈哈大笑。

海沃德深吸一口气,收起警棍。“卡林警官,”她说,“请后退二十步。”

卡林一动不动。

“后退!”她喝道。

卡林盯着她看了几秒钟,接着也不转身,就顺着来时路倒退了回去,眼睛仍旧盯着那几个人。

海沃德一步一步走到领头的年轻人面前,死死盯着他的眼睛,心平气和地说,“我摘掉警徽和佩枪,还是能把你们倒霉的白屁股一路踢回斯卡斯代尔和格林尼治,或者你妈晚上收留你睡觉的随便什么地方。但我不必那么费神。听着,你们要是不肯照我说的做,你妈今晚就不用收留你了,只需要明早来警察总部排队保释你们。不管你们家里有多少钱有多少影响力,都抹不掉警方记录的重罪袭警指控。在本州,有重罪前科的人永远不能当律师,永远不能当公务员,永远申请不到买卖证券的许可证。你们的老爸可不喜欢这样。一点也不喜欢。”

她顿了顿,最后冷冰冰地说,“所以,请放下武器。”

接下来的几秒钟,谁也没有动弹。

“我说了,放下武器!”她扯着嗓门喊道。

在接踵而至的沉默之中,一根铝合金球棒当啷一声落在沥青地面上,随后是第二根。接着是比较轻柔的一声:不锈钢厨刀掉在泥地上。她等了好一会儿,慢吞吞地后退了一步。

“卡林警官。”海沃德镇定地说。几秒钟后,卡林出现在她身旁。

“要我搜身吗?”他问。

海沃德摇摇头,对小团体说,“驾照也拿出来。扔在地上。”

他们犹豫片刻。领头的年轻人从上衣口袋里取出钱包,那张塑料卡片落在地上。其他几个有样学样。

“明天下午来警察总部取,”她继续道,“找海沃德巡佐。现在请一直向前走,到我背后的中央公园西路后解散。别互相招呼走不走,地上有钱也别捡。直接回家睡觉。听懂了?”

又是一阵沉默。

“回答她!”卡林咆哮道,几个年轻人吓得一哆嗦。

“听懂了。”他们齐声答道。

“那就走吧。”海沃德说。年轻人像是生了根似的站在原处。

“滚!蛋!”她怒喝一声。几个人默默地走向西方,刚开始还比较慢,后来越走越快,没多久就消失在了黑暗中。

“几个小白痴,”卡林说,“真死了二三十个人?”

海沃德俯身捡起武器和驾照,对此嗤之以鼻,“不可能。但谣言要是继续传播,这种人只会越来越多。到时候就没法打破僵局了。”她叹了口气,把球棒递给卡林。“走吧,咱们赶紧归队,看今晚还能不能帮上忙,因为到了明天,咱们都要因为隧道里的事情倒霉。”

“这次不可能。”卡林微微一笑。

“你说过一次了,”海沃德转向他,“卡林,到底什么意思?”

“我说过了,这次正义会得到褒扬,米勒这种人将被挂上耻辱柱。”

“你几时有了预言天赋?”

“因为我刚刚得知,被你送上救护车的毕尔老弟,正是斯蒂芬·毕尔的儿子。”

“斯蒂芬·毕尔参议员?”海沃德瞪大了眼睛。

卡林点点头，“他一般不告诉别人，害怕大家以为他靠走后门搭顺风车什么的。但险些被砸出脑浆的事让他松了口风。”

海沃德一动不动地站了几秒钟。她摇摇头，转身走向大草坪。

“巡佐？”卡林问。

“怎么？”

“你刚才为什么要我后退？”

海沃德犹豫片刻，然后说，“我想让他们知道我不害怕，而且我说到做到。”

“你会吗？”

“会什么？”

“你知道的，”卡林打个手势，“把他们的屁股踢回斯卡斯代尔。”

海沃德看着他，微微抬起下巴，“你说呢？”

“要我说——”卡林想了想，“海沃德女士，我认为你很吓人。”

56

快艇划破哈德逊河黑乎乎的河水，斯诺在船舱里穿上潜水服，听着大马力双体柴油引擎发闷的隆隆运行声，感觉着船体的震颤。远距无线电导航系统、卫星定位系统、声呐设备和武器锁柜占去了大部分空间，他连转身都很困难。斯诺注意到这是一件湿式潜水服，而不是警队常用的干式密封潜水服，立刻开始后悔自己提出的直穿污水处理厂的建议。太迟了，他一边想，一边努力把潜水服往身上套。快艇忽然一抖，他跌向前方，脑袋在舱壁上撞得很疼。

他骂骂咧咧地揉着额头。确实很疼，所以这不是做梦。他真的在一艘满载海军突击队的快艇上，这些武装到牙齿的突击队员天晓得要去执行什么任务。恐惧和兴奋同时涌上心头。他知道这是弥补过错的好机会——或许是他唯一的机会。这次可绝对不能再搞砸了。

他调整头灯罩，戴上最后一只手套，回到甲板上。在船头和舵手交谈的拉克林中校听见响动，转过身，“怎么没涂油彩？为什么这么久？”

“设备和我平时用的不太一样，长官。”

“好吧，从现在到突入，你给我用习惯了。”

“是，长官。”

拉克林朝斯诺摆摆头，“多诺万，帮他一把。”

多诺万走过来，一言不发，在斯诺的面颊和额头涂抹黑色和绿色油彩。

拉克林示意其他队员聚拢。“听清楚了，”他说着在一条大腿上打开塑料地图，“我们通过西区横渠上方的主沉降池进去。根据这位斯诺的说法，这么走最快。”他用手指在地图上画出路径，“到达第一溢水口之后，我们就按照预定路线赶往这个隧道分叉点。这是我们的集合地点。就位之后，阿尔法、贝塔和伽马小队各走一条隧道。我带领阿尔法小队打前锋。斯诺和多诺万是德尔塔小队。他们任务最轻，殿后掩护。有问题吗？”

斯诺有好几个问题，但一个也不敢问出口。多诺万粗糙的手套刮得他面颊生疼，厚厚一层油彩闻起来像腐败的牛油。

中校点点头，“咱们进去，安放炸药，然后撤出。就这么简单，我们在基地已经演练过了。炸药将封死通往横渠的下层排水隧道。另一组人从街面下去，封死上方的通道。听起来专业得很。”中校在面具背后冷哼一声，“叫我们用 NVD，真是难以置信。”

“NVD？”斯诺问。

“夜视仪，亲爱的。穿戴好潜水服和呼吸面具怎么用夜视仪？”他朝船舷外啐了一口，“我们不怕黑。谁想咬我们一口，尽量来试试好了。不过话也说回来，我也想看看我打死了什么货色。”

他上前一步，“好了。黑斯廷斯、克莱普顿、毕凯姆，你们担任这次任务的武器官。每个小队有一人携带武器。洛伦佐、坎皮安、多诺万，你们带炸药。还有我，咱们登门去送礼。加上备用炸药，咱们的担子可不轻。现在整装吧。”

斯诺看着他们挎上自动武器，不由问道，“那我呢？”

拉克林转向他，“你怎么了？”

斯诺犹豫道，“我想做点事情。我是说，出点力气。”

拉克林看了他几秒钟，笑容在脸上一闪而过。“好吧，”他说，“你是这次任务的肉块人。”

“肉块人？”斯诺问。

“对，肉块人。”中校点点头，“毕凯姆！把工具扔给我。”拉克林抓住飞过来的防水橡胶桶包，挂在斯诺脖子上，嘟囔道，“在撤出前就给我挂着吧。”

“我需要武器，长官。”斯诺说。

“给他家伙。”有人把一杆鱼叉枪的枪托塞进斯诺怀里，他赶紧挎上背带。他觉得他听见有人吃吃轻笑，但没有理会。斯诺在科尔蒂斯海用鱼叉猎过不少鱼，但这杆枪底下挂着的鱼叉这么长、这么致命，顶上还有一团粗大的炸药，他可没见过这样的东西。

“别朝鳄鱼射击，”多诺万说，“濒危动物。”这是他第一次开口说话。

引擎的隆隆声变得低沉，快艇靠上水泥平台，抬头就是下哈德逊河污水处理厂的黑色轮廓。斯诺望着水泥大楼的庞然身影，涌上不祥的预感。这个全自动工厂按理说技术是业界领先的，但他听说自从五年前投入运行后就问题不断。他祈祷上帝，希望穿过主沉降池这个点子切实可行。

“要通知厂方我们来了吗？”斯诺问。

拉克林看着他，露出一丝好笑的神情。“早就想到了。你在船舱里的时候就办妥了。他们正在等我们。”

舷梯放下，众人爬上平台。斯诺环顾四周，寻找方向。他从基础训练课程的内容里认出了这片区域：不远处就是控制室。队伍跟着他爬上金属楼梯，经过一排曝气池和沉降池。沼气和粪便的恶臭如毒雾般浮在半空中。走到尽头，斯诺在一扇金属门前停下，亮黄色的金属门在茫茫一片灰的工厂里分外扎眼，门上写着几个红字：请勿开门，有警铃。拉克林推开斯诺，一脚踹开门，里面是一条空荡荡的水泥走廊，被白色日光灯照得雪亮。警铃响起，低沉而片刻不停。

“走。”拉克林平静地说。

斯诺领着他们爬上两段楼梯，来到标有“控制室”的平台上。平台上有一扇双开门，门旁安装有读卡安全系统。中校停下脚步，正准备再次抬脚，一转念停了下来，上前推了推门。门没上锁，应手而开。

里面是个大房间，灯火通明，充满污水处理的气味。墙上一排排全是监控设备和各种调节阀。房间中央的控制台前坐着一名管理人员。他挂断桌上的电话，满头乱发，像是被电话打扰了好梦。

“知道是谁打电话吗？”他指着电话惊呼道，“老天啊，副局长——”

“很好，”拉克林答道，“那我就不必浪费时间了。请你立刻关闭主排放螺旋桨。”

男人惊讶地看着拉克林，像是这才注意到他。男人接着望向那一排突击队队员，眼睛瞪得越来越大。

“该死，”他盯着斯诺的鱼叉枪，敬畏地说，“他不是在开玩笑，对吧？”

“快点，亲爱的，”拉克林慢吞吞地说，“否则就把你扔进池子，让你的肥屁股塞住出口。”

男人跳起来，小跑到控制面板前，拨动几个操纵杆。“顶多只能关五分钟，”他扭头说，走向另一排控制仪表，“拖久了，雷诺克斯大道以西的污水就会反冒。”

“五分钟足够了，”拉克林看看手表，“带我们去沉降池。”

主管气喘吁吁地领着他们回到平台上，爬下一段楼梯，走到一条狭窄走廊的尽头，打开一扇连通门，爬下漆成红色的金属螺旋楼梯。楼梯到头是一道鹰架，悬在翻腾不息、泛着泡沫的水面上方。

“你们真要下去?”男人再次打量他们，胖脸上又露出了不敢相信的神色。

斯诺看着粪渣浮沉的水面，不由皱起鼻子，后悔自己今晚留在办公室里，深深后悔他建议走这条路。先是洪堡水道，现在——

“确定。”中校答道。

男人舔舔嘴唇，“水面下五英尺是主管道，位于池子东侧，”他说，“注意螺旋桨。我已经关掉了，但剩余水流会推动桨叶旋转。”

拉克林点点头，“第一溢水口的具体位置在哪里?”

“沿着管道走三百二十英尺，”主管答道，“遇到分岔口，记住向左走。”

“知道这些就够了，”拉克林说，“现在上去吧，我们一进去你就重新打开开关。”

男人犹豫起来，仍旧看着他们。

“快!”拉克林吼道。男人跌跌撞撞地爬上楼梯。

斯诺首先下去，向后落进冒着气泡的水池，多诺万紧随其后。他小心翼翼地睁开眼睛，惊讶地发现排出的水流非常清澈：透明，并不浑浊，只是稍微有点发白。其他人跳进水池。他能感觉到池水贴上皮肤，尽量不去思考水里都有什么。

斯诺逆着微小的水流向前游，他看见熄火的出料螺旋桨堵住了背后的圆形管道，但不锈钢桨叶仍在缓缓转动。他停下来，等拉克林和其他队员跟上，直到七位突击队员都悬在身旁。拉克林指指斯诺，用夸张的动作扳手指。数到三，斯诺和多诺万穿过螺旋桨，接着是阿尔法小组、贝塔小组和伽马小组。

斯诺发现自己游进了一条宽敞的不锈钢管道，通往广阔的地下幽深之处。

在洪堡水道的淤泥里感觉到的悚然恐惧隐约又要浮上心头，他按捺住情绪，放慢呼吸，默数心跳次数。不能惊恐，这次绝对不能。

拉克林和搭档游过桨叶，拉克林朝斯诺猛一挥手，叫他别发愣。斯诺游向前方，领着队员穿过隧道。斯诺听见背后传来涡轮发动机的呜呜声音，螺旋桨越转越快，身边的水流明显加速。现在就算想逃也没法回头了。

隧道向下延伸，他们经过第一个分岔口，接着是第二个。斯诺每次都左转。游了不知多久，突击队终于在第一垂直溢水口旁停下，这条狭窄的不锈钢竖井比他的肩膀宽不了多少。拉克林示意接下来由他领队。斯诺跟着突击队向下游，前方人员吐出的气泡包围了他。游了几码，中校停止下降，领着众人游进一条比溢水口更窄的水平管道。斯诺跟着多诺万挤进管道，气瓶随着他的动作在墙上撞来撞去，他的呼吸变得困难。

闪闪发亮的不锈钢忽然变成了陈旧的铸铁，管壁上盖着一层松软的铁锈。前方人员搅起的橙色铁锈挡在斯诺的面具前。他继续向前游，虽然看不见多诺万的脚蹼，但能感觉到令人安慰的水流。队伍停了几秒钟，拉克林借着防水手电看地图。又拐了两个弯，向上游了一小段，斯诺感觉到脑袋出了水。这是一条古老的大隧道，直径约十六英尺，有一半的深度被缓滞的流水占据。主排水渠。

“斯诺和多诺万殿后，”拉克林发闷的声音说，“留在水面上，但用气瓶呼吸。这里的甲烷含量很高。按标准队形前进。”中校看了一眼挂在潜水服上的地图,开始前进。

队伍散开,顺着水面游动,在管道网络里迂回前进。斯诺向来骄傲于他的长距游泳能力,但比起前方这七个轻快的身影,他显然差了不止一筹。

隧道终于汇入一个巨大的五边形房间,拱顶上的黄色钟乳石滴着水。斯诺瞪大了眼睛:拱顶最高点有个系索眼,固定着一条粗大的铁链,水顺着铁链流淌,从尽头锈迹斑斑的铁钩上滴进水池。房间里有一个水泥平台,平台上有几道锈痕。房间分出三条没有水的大隧道。

“三岔口,”拉克林说,“这里是我们的集合地点。行动易如反掌,但我们一切按规矩来。严格遵守口令问答程序:正确答案是三个偶数。遭遇规则很简单。表明身份,遇到威胁或行动受阻则当即射杀。撤出地点是一百二十五街运河,”中校环顾众人,“好了,各位,咱们去挣口粮吧。”

57

有一个恐怖的瞬间,玛戈以为遭到了袭击,她本能转身,举起武器准备射击,不敢去看正在潘德嘉斯特手中挣扎的东西。达戈斯塔压着嗓门咒骂。她隔着还没戴习惯的夜视仪张望,发觉潘德嘉斯特的缠斗对象是人类——多半是躲过了警方驱逐的游民。外形很符合这种人:湿淋淋的,浑身烂泥,身上不知道哪儿受了伤,能看见他正在流血。

“关灯!”潘德嘉斯特咬牙叫道。达戈斯塔的手电筒光束落在玛戈的夜视镜上,闪了一下就熄灭。夜视镜随即努力补偿光度变化,视野明暗交替,好不容易才稳定下来。她猛吸一口气。这个瘦长的身影、这堆乱蓬蓬的头发,熟悉得叫人心惊。

“比尔?”她不敢相信自己的眼睛。

潘德嘉斯特把那人按在地上,以保护性的姿势抱住对方,冲着他的一只耳朵喃喃低语。过了几秒钟,那人停止挣扎,软瘫下去。潘德嘉斯特慢慢松开他,站起身。玛戈凑近端详。没错,确实是史密斯贝克。

“给他一分钟。”潘德嘉斯特说。

“难以置信,”达戈斯塔瞪着眼睛说,“他会是跟踪我们下来的吗?”

潘德嘉斯特摇摇头,“不,没有人跟踪我们。”他环视上下左右,许多条隧道在这里汇合。“这就是瓶颈,中央公园地域所有向下隧道的汇集地。像是有人在追他,他恰好撞上了我们。问题在于是谁在追他?还是说是‘什么’更合适?”他卸下火焰喷射器,看着达戈斯塔,“文森特,你准备好闪光弹。”

史密斯贝克忽然跳将起来,但马上就又被瓶颈地面上的无数的水管和二十四英寸口径的主管线绊倒了。

“他们杀了达菲!”他喊道,“你们是谁?救命,我看不见!”

玛戈收起枪,上前跪在史密斯贝克身旁。从地铁隧道走到这个位于曼哈顿地下几十层的地方,穿过一条又一条显得格格不入的恶臭走廊和回音袅袅的黑暗廊道,这简直像个没有尽头的黑色噩梦。见到老朋友从黑暗深处逃出来,恐惧和惊吓让他判若两人,玛戈越来越觉得一切都很不真实。

“比尔,”她用安慰的语气说,“没事了,是我,玛戈。安静。我们不敢亮灯,也没带多余的夜视镜,但我们会带上你的。”

史密斯贝克对着她拼命眨眼,瞳孔放大。“我要出去!”他忽然叫道,挣扎着起身。

“怎么?”达戈斯塔讽刺道,“想错过这个大新闻?”

“你一个人回不去。”潘德嘉斯特搂住他的肩膀。

挣扎似乎耗尽了史密斯贝克的力气，他向前软瘫下去，最后说，“你们在这儿干什么？”

“我也想问你同样的问题，”潘德嘉斯特答道，“墨菲斯托在领我们去阿斯托隧道，也就是恶魔阁楼。之前有计划要从水库排水，把那些怪物冲出来。”

“瓦克西警长的计划。”达戈斯塔补充道。

“但水库长满了姆巴旺莲，水库就是怪物种植姆巴旺莲的地方。绝对不能让这种植物进入海洋。现在想阻止放水已经为时已晚，所以调遣了一支海豹突击队从哈德逊河进去，封死最底层的溢洪渠。我们要封死阿斯托隧道以上的空间，以防洪水溢出。我们要止住水流，不让它进入哈德逊河。要是能成功，水流会回到瓶颈，但不会再去其他地方。”

史密斯贝克耷拉着脑袋，一言不发。

“我们全副武装，准备好了应付底下的各种情况。我们有地图，你跟我们走比较安全。威廉，听懂了吗？”

玛戈看着潘德嘉斯特糖蜜般的训话起到了安抚作用。史密斯贝克逐渐放慢呼吸，最后微不可查地点了点头。

“说说看，你怎么会突然冒出来。”达戈斯塔问。

潘德嘉斯特示意达戈斯塔别多嘴，但史密斯贝克扭头望向副队长的方向，平静地说，“我跟着瓦克西警长和几个警察来到水库底下。他们想关闭什么阀门，但阀门好像已经被破坏了。接着——”他突然停下，隔了几秒钟说，“他们来了。”

“比尔，别说了。”玛戈插嘴道。

“我逃跑了，”史密斯贝克重重地吞口唾沫，“达菲和我逃跑了，但他们在水文站抓住了达菲。他们——”

“够了，”潘德嘉斯特轻声说。众人陷入沉默。“你刚才说破坏？”

史密斯贝克点点头，“我听达菲说有人搞坏了那些阀门。”

“很让人不安，非常不安，”潘德嘉斯特露出玛戈从未见过的表情。“咱们继续走吧，”他扛起火焰喷射器，“瓶颈是打埋伏战的绝佳地点。”他环顾四周的黑暗隧道，悄声叫道，“墨菲斯托？”

黑暗中有了动静，墨菲斯托走上前，抱着胳膊，胡须丛生的嘴唇露出得意的坏笑。

“正在欣赏这一幕令人感动的重聚，”他压着嗓门用优雅的音调说，“快活的探险伙伴总算全齐了。喂，码字工！你比第一次下来的时候胆子大多了嘛。一回生二回熟？”

“也不尽然。”史密斯贝克低声回答。

“能有我们自己的博斯韦尔[①]终归不错，”在夜视镜的人工光线下，玛戈觉得墨菲斯托扫视众人的时候双眼泛着金色和绯红的光芒。“写一部史诗讲述这次旅程？《墨菲斯托行传》，记得用英雄双行体。不过前提是你能活下来。不知道咱们有谁能活到最后，不知道谁会把一身白骨永远留在曼哈顿地下的隧道里。”

“咱们快走吧。”潘德嘉斯特说。

“我懂了。白鬼子首领觉得咱们说得太多了。也许他害怕会是他把骨头留给老鼠啃咬。”

“我们要在瓶颈下方安放好几排炸药，”潘德嘉斯特不假思索地答道，“再站在这儿听你的空洞讲演，恐怕就没有时间在水库放水前撤出了。到时候留给老鼠啃咬的不单有我的骨头，也有你的。”

“说得好，非常好，”墨菲斯托说，“别生气嘛。”他转身爬进一条黑暗的粗大管道。

“不。”史密斯贝克说。

---

① Boswell Tames(1740—1795)英国著名作家，世界上最伟大的日记体作者之一。

达戈斯塔朝记者走了一步,“来吧,我拉着你的手。”

这条垂直管道的尽头是一条天花板很高的隧道,他们在黑暗中等待,潘德嘉斯特安装了几组炸药后,示意他们继续走。顺着隧道走了几百码,前方出现一条比水面高出几英尺的步道。玛戈心怀感激,齐踝深的臭水冰冷刺骨。

“好极了!”墨菲斯托爬上步道,“格兰特陵墓的首领总算可以晾晾脚指头了。”

“要是流浪国王肯闭会儿嘴就更好了。”达戈斯塔抱怨道。

墨菲斯托兴高采烈地悄声说,“流浪国王。说得妙。我看我还是继续去打隧道兔子,你们自己接着玩探险游戏好了。”

达戈斯塔板起脸,但管住了舌头。墨菲斯托领着他们穿过步道,钻进一条必须弯腰行走的通道。玛戈听见远处传来水流落下的隆隆声响,这条通道很快到头,一道窄瀑布出现在前方。瀑布脚下有条狭窄的铸铁竖梯,埋在几十年积累的排泄物堆里,伸进一条垂直隧道。

他们依次钻进那条隧道,踏上两条七十二英寸主管道交汇点底下的坑洼基岩地面。岩壁上钻出的爆破孔像是乱糟糟的白蚁洞穴。

“Nous sommes arrivés[①],”墨菲斯托说,玛戈第一次在他气势汹汹的态度背后觉察到了紧张。“恶魔阁楼就在咱们脚下。”

潘德嘉斯特示意众人停下,他看了看地图,接着无声无息地钻进那条古老的隧道。几秒钟过去了,几分钟过去了,生着青苔的天花板每落下一滴水,每次有谁捂着鼻子打喷嚏,有谁不安原地倒脚,都会吓玛戈一跳。她再次质问自己为什么非要跟着来。事实越来越难以视而不见:这里是地下几百英尺深处,是早已被人遗忘

① 法语:我们到了。

的隐秘场所，是维修通道、地铁隧道和更加幽暗的空间构成的迷宫，怪物窥伺，随时有可能……

她身旁的黑暗中有了动静。"亲爱的格林博士，"墨菲斯托那油滑的齿音在身边响起，"你居然跑来参加这趟小小远足，我真是抱歉，但既然你来了，请允许我提个请求。你可以理解，我情愿让你的几位朋友承担全部风险，不过要是在我身上发生了什么令人遗憾的事情，希望你能帮我送件东西。"玛戈感觉到一个小信封塞进手里。她好奇地抬起手，把信封拿向夜视镜。

"不！"墨菲斯托抓住她的手，连手带信封插进她的衣袋，"以后有的是时间——要是走到那一步的话。"

"为什么找我？"玛戈问。

"还能找谁呢？"墨菲斯托答道，"狡猾的政府特工潘德嘉斯特？本市警队精英的经济型代表人物？还是黄色小报记者史密斯贝克？"

黑暗中响起急匆匆的脚步声，潘德嘉斯特回到手电筒的黯淡光圈里。"好极了，"他说，墨菲斯托从玛戈身旁走开。"前方就是我自己下来时走过的鹰架。瓶颈底下的炸药能拦住从南边过来的水库排水。我们现在要安放炸药，挡住公园以北的地下溢流。"他就事论事的音调更适合槌球聚会，玛戈心想，而不是这次噩梦般的漫步；但她对此心怀感激。

潘德嘉斯特抓住火焰喷射器的把手，拧开喷嘴盖，揿了几次压杆。"我先走，"他说，"然后是墨菲斯托。我相信你的直觉；要是觉察到什么地方不对劲就告诉我。"

"来这儿就已经很不对劲了，"墨菲斯托说，"自从皱皮人出现，我们就绕着这儿走。"

"玛戈，接下来是你，"潘德嘉斯特继续道，"照顾史密斯贝克。文森特，你殿后，也许会有冲突。"

“好得很。”达戈斯塔说。

“我想帮忙。”玛戈听见史密斯贝克轻声说。

潘德嘉斯特看着史密斯贝克。

“没有武器,我毫无用处。”记者解释道,他的声音有些颤抖,但听得出下定了决心。

“会用枪吗?”潘德嘉斯特问。

“经常用16号口径的霰弹枪打双向飞碟。”史密斯贝克说。

达戈斯塔忍俊不禁。潘德嘉斯特抿着嘴盘算片刻,接着解下肩上的另一把枪,递给史密斯贝克。“M-79,发射四十毫米口径的高爆子弹。切记要和杀伤地点保持至少一百英尺的距离。达戈斯塔可以一边走一边教你怎么装弹。要是爆发冲突,应该会有足够的亮光。”

史密斯贝克点点头。

“记者手持榴弹枪,我想一想就很紧张。”黑暗中传来达戈斯塔的声音。

“我们安放好炸药就离开,”潘德嘉斯特说,“开火是迫不得已的最后手段,枪声会引得怪物倾巢出动。文森特,把闪光灯放在频闪挡上,一看见不对劲就点亮。先弄瞎怪物,然后再开枪。记得先摘掉夜视镜,闪光会导致夜视镜过载。我们知道怪物憎恨光线,所以一旦被他们发现,就用闪光灯占得先手。”他转过身,“玛戈,你对维生素D有多肯定?”

“百分之百肯定。”她脱口而出,犹豫片刻又说,“呃,九成五吧。”

“我懂了,”探员答道,“很好,要是发生冲突,就先使用你的武器。”

潘德嘉斯特最后环视一圈,然后小心翼翼地带领众人爬下古老的隧道。玛戈看见达戈斯塔紧抓住史密斯贝克的胳膊,领着记者前进。走了大约五十码,潘德嘉斯特举起手。他们一个接一个停下。他以最慢的速度竖起手指封住嘴唇,从上衣口袋里掏出打火机,凑近火焰喷射器的喷嘴。噗的一声,火光一闪,随着轻微的嘶嘶声,黄铜喷嘴的顶端燃起了蓝色引火。

“烤棉花糖,谁要?”墨菲斯托嘟囔道。

玛戈用鼻孔呼吸,尽量保持冷静。周围能闻到甲烷和氨水的浓烈气味,但比这些更刺鼻的是一种淡淡的膻臭味——她对此实在过于熟悉。

58

斯诺用酸痛的后背靠着平台的砖墙,脱掉脚蹼,小心翼翼地贴墙放好,众人的配重带、气瓶和脚蹼在墙边整整齐齐地摆成几排。他想卸下身上的橡胶桶包,但马上记起了中校的话:在任务结束前不能离开它。橡胶靴踩着的平台感觉滑溜溜的。他摘掉呼吸器,扑鼻而来的气味熏得他直皱眉头。眼睛一阵刺痛,他使劲眨了几下。必须尽快适应,他心想,低头吸了一口氧气。他知道接下来就全是步行了。

突击队员在他周围卸下面具和气瓶,打开防水背包,检查装备。拉克林中校擦亮火炬,插在墙缝里。火炬嘶嘶地吐着火苗,房间沐浴在闪烁的红光之中。“检查通讯设备。调到私用频段,只在紧急情况下使用。全时间缄默行动。记住,每个小组有一人携带冗余炸药。要是前面的三个小组有任何一个未能完成任务,其他小组可以补上漏洞。”

他又最后看了一眼防水地图,随即紧紧卷起,插进腰带。“德尔塔,”他对多诺万说,“你们负责意外保护,留在集合地点,掩护后方。要是有小组失败,你们就顶上。”他环顾四周,“贝塔,走那条隧道。伽马,最远的那条。全长五百米左右,尽头各有一道竖井,那就是你们安放炸药的地方。我们必须在23:20之前返回这里,迟到就走不掉了。"

拉克林盯着斯诺,"你没事吧,亲爱的。"

斯诺点点头。

中校点头道,"出发。毕凯姆,你跟我走。"

斯诺看着三个小组潜入黑暗,阴影在闪闪发亮的墙上跃动,靴子吱吱嘎嘎地踩着污泥。头上的通讯设备笨重而陌生。脚步声被黑洞洞的溢流隧道吞没,渐渐消失,危险的感觉越来越强烈。

多诺万在勘察岩洞,查看支柱和古老的墙砖。过了几分钟,他无声无息地走回器材堆放处,在火光中显得像个鬼魂。

"闻着一股粪味儿。"他在斯诺身旁蹲下。

斯诺懒得指出这是显而易见的事实。

"身为平民,你游得不错,"突击队员调整着活动腰带。斯诺在隧道里的表现显然让多诺万觉得和他说话不算丢份。"就是你在至尊阴沟里捞出了那两具尸体,对吧?"

"是的。"斯诺不情愿地答道。天晓得多诺万都听说了什么。

"成天寻找尸体,这个工作太疯狂了。"多诺万笑道。

比不上杀人更疯狂,更比不上在倒霉蛋的船壳底下安放炸药更疯狂,斯诺心想。他大声说,"我们不止找尸体,那天其实在找毒贩子扔下大桥的一大包海洛因。"

"海洛因?最近那底下鱼儿的脑子都不对劲了吧。"

斯诺嘿嘿一笑,但自己听着也很勉强和尴尬。你到底是怎么了?要冷静,学着点儿多诺万。"我敢打赌至尊阴沟有两百年没见过活鱼了。"

"有道理,"多诺万重新起身,"哥们,我可不嫉妒你。我宁可极限训练一周,也不想在这种粪水里游五分钟。"

斯诺看见他一脸嘲笑地看着鱼叉枪。多诺万说,"还是给你真家伙吧,免得咱们也得进隧道。”他从工具包里翻出一把冲锋枪,枪管底下镶着一节狰狞的金属管。“用过 M16 吗?”

“警校毕业野餐会上,战术教官让我们玩了玩。”斯诺说。

怀疑和好笑的表情交替闪过多诺万脸上,“了不起。警校毕业野餐会。你老妈没帮你准备餐包?”他把枪扔给斯诺,又取出一包弹夹递过来。“这是三十发的弹夹。放在全自动挡上,两秒钟就能打空,所以你扣扳机的手指别太紧张。不是什么新技巧,但非常实用。”他把另一个小包递给斯诺,“前面那个扳机是 XM148 的,外挂式枪榴弹发射器。这是两个四十毫米口径的枪榴弹,以防你格外心痒难耐。”

“多诺万?”斯诺觉得他必须问个清楚,“肉块人是什么?”

多诺万涂着油彩的脸孔慢慢绽放笑容,“告诉你也无妨。肉块人是在行动中不幸负责携带高镁弹的组员。”

“高镁弹?”斯诺仍旧云里雾里。

“白镁闪光弹。夜间行动的强制装备,连这种潜行任务也必须携带。规定很蠢,但不能不遵守。这种闪光弹亮度超高。拧掉顶盖就可引爆,投到安全距离之外,爆炸亮度足有 50 万烛光。但这东西并不稳定,明白我的意思吧?只要有一颗 .22 口径子弹击中桶包就绰绰有余,轰隆一声!肉块人。懂了吗?”他嘿嘿笑着走开。

斯诺换了个坐姿,尽量让桶包远离身体。除了火炬燃烧的噼啪声音,房间里沉默了好几分钟。接着,斯诺又听见多诺万嘿嘿笑了起来,“哥们,来看这个!居然有疯狂的龟孙子在这附近闲逛?而且还是光着脚的。”

斯诺放下枪,起身过去查看。一对赤足踩出的脚印穿过烂泥,而且很新鲜:脚印边缘的烂泥还没有干。

“真他妈大,”多诺万嘟囔道,“至少有 14EEE 码了。”他又笑了几声。

斯诺盯着这个宽大的怪异脚印，危险的感觉愈加强烈了。多诺万的笑声刚平息，斯诺就听见远处传来隆隆声音。“那是什么？”他问。

“什么？”多诺万跪下整理战术背心。

“现在引爆未免太早了吧？”斯诺问。

“我什么也没听见。”

“我听见了。”斯诺的心脏突然在胸腔里怦怦乱跳。

多诺万侧耳细听，但只听到了寂静。“冷静，哥们，”他说，“你开始幻听了。”

“咱们还是问问头儿的情况吧。”

多诺万摇头道，“不行，他会大发雷霆的。”他看看手表，“缄默行动，忘了吗？目标地点离这儿还不到一公里。他们十分钟就能回来，然后咱们赶紧离开这个马桶。”他朝黏滞的污水使劲啐了一口。

火炬扑哧一声熄灭，房间瞬间陷入黑暗。

“妈的，”多诺万嘟囔道，“斯诺，你脚边的杂物包里还有，拿一根给我。”

又是隆隆一声，逐渐变成微弱的断续枪声。子弹像是打穿了古老的墙壁，枪声时高时低，仿佛远方的雷暴雨。

斯诺听见多诺万在黑暗中跳了起来，猛揿通讯器的按钮。“阿尔法，头儿，听见了吗？”他悄声说。

预定频段上传来噼里啪啦的静电噪声。

脚下一阵剧烈颤抖，多诺万说，“该死的，是枪榴弹。阿尔法！贝塔！回话！”

地面再次颤抖。

“斯诺，拿起武器。”斯诺听见润滑良好的枪栓被拉起的咔哒声响，“真是越来越糟糕了。阿尔法，听见了吗？”

“非常清楚，”通讯器里传来拉克林的说话声，“我们和伽马失去了联系。原地待命。”

“收到。”多诺万说。

几秒钟紧张的沉默过后，中校的声音再次响起。

“德尔塔，伽马肯定遇到麻烦了。去安放备用炸药。我们已经放好了，这就去看看贝塔的情况。”

“明白。”灯光亮起，多诺万看着斯诺说，“咱们走，我们去安放伽马的炸药。”他把手电筒卡在肩上，弯着腰大步慢跑起来，冲锋枪与胸口垂直。斯诺深吸一口气，跟着他跑进隧道。他低头看了一眼，在闪烁的灯光中见到了脚印——这里的脚印更多，纵横交错纠缠成团，难以从中区分出伽马小组的突击战靴。他吞了一口唾沫。

几分钟后，多诺万在一条被许多输电塔包围的古老旁轨前停下。“不该这么远的，”他嘟囔着关掉手电筒，侧耳倾听。

“他们在哪儿?”斯诺不由疑惑。多诺万没有分神回答，他并不奇怪。

“我们回到集合地点了，”通讯器里传来拉克林的声音，“重复：炸药已经成功安放。我们现在去查看贝塔的情况。”

“走。”多诺万继续前进，走了几步忽然停下。

“闻到了吗?”他悄声说。

斯诺张嘴想说话，恶臭扑面而来，他连忙闭上。他本能地扭过头去。这是一股带着土腥味的腐烂恶臭，比下水道的臭味浓烈得多。除此之外，还有屠宰场的怪异甜腥味。

多诺万使劲摇头，像是想让自己清醒过来。斯诺正准备继续前进，通讯器忽然嗞嗞地响了起来。先是嘶嘶一声，接着突然传出了拉克林的喊声，“……攻击。投掷闪光……”

斯诺怀疑自己听错了。拉克林说得异常冷静。通讯器里传来一阵静电噪声，紧接着的噼啪声响像是开火。

“阿尔法!”多诺万叫道,“收到了吗?结束。”

“收到,”拉克林答道,“我们遭到攻击。找不到贝塔。正在替他们安放炸药。毕凯姆,那儿!”

砰然巨响,接着是可怕的爆炸声。背景噪声里浮现出没有意义的喊叫声,有可能是惨叫,但过于低沉和沙哑,不可能来自人类。低沉的隆隆枪声再次穿透墙壁而来。

“德尔塔……”静电噪声中响起拉克林的声音,“……包围……”

“包围?”多诺万喊道,“被谁包围?需要支援吗?”

又是一阵枪声,接着是震天的咆哮声。

“阿尔法!”多诺万喊道,“需要支援吗?”

“天哪,这么多……毕凯姆,这他妈是什……”突然爆发的静电噪声淹没了拉克林的叫声。所有声音忽然全部消失,斯诺在黑暗中没法动弹,一瞬间还以为通讯器坏了,但耳机里骤然响起从喉咙最深处发出的可怖嚎叫,响得像是就在身边,接着传来的是橡胶被扯破的声音。

“阿尔法,听见了吗?”多诺万对斯诺说,“频道还开放着。中校,德尔塔呼叫,请回话!”

一阵静电噪声后,响起了像是吸吮稀泥的声音,接着又是静电噪声。

多诺万调节通讯器,但一无所获,他看了一眼斯诺,举起武器,说,“跟我来。”

“去哪儿?”斯诺问,惊恐让他嘴里像是含着沙子。

“还得安放伽马小组的炸药呢。”

“你疯了吗?”斯诺低声叫道,“你没听见不成?咱们必须立刻离开!”

多诺万转身看着他,面容坚毅。“朋友,我们要去安放伽马小组的炸药。”他说得很平静，但带着不可动摇的决心，甚至隐含威胁。“我们要完成任务。”

斯诺吞口唾沫，“中校呢？”

多诺万还是看着他，说，“先完成任务再说。”

斯诺意识到这一点不容争辩，他紧握 M16，跟着突击队员走进黑暗。他看见前方有隐约的光亮，来自隧道转弯的另一头，在对面的砖墙上跃动。

“准备好武器。”多诺万轻声叮嘱他。

斯诺轻手轻脚拐过弯，突然停下了脚步。隧道在前方戛然而止。对面墙边有一道铸铁竖梯，通往天花板上的粗大管道。

“天哪。”多诺万呻吟道。

远处角落的污泥里有个火炬在嗞嗞燃烧，用朦胧光线笼罩了眼前场景。斯诺疯狂扫视四周，所见令他胆战心惊。隧道墙上遍布坑洼弹痕，一面墙壁被撕掉了好大一块，边缘熏得乌黑。两个黑乎乎的人影躺在火炬旁的烂泥里，装备和枪械洒在四周。凝滞的空气中飘着无烟火药燃烧的气味。

多诺万已经冲向离他最近的那条人影，像是想要叫对方起身；但他马上退了回来，斯诺瞥见潜水服从脖子和腰部被撕得稀烂，应该是头部的地方只剩下血淋淋的断桩。

“坎皮安也死了，”多诺万看着另一名队员，咬牙切齿道，“老天，是谁干的？”

斯诺闭了几秒钟眼睛，短促喘息，尽量控制住就快崩溃的情绪。

“不管是谁，肯定都走这条路跑了。”多诺万指着头顶上的管道说，“斯诺，拿上那个弹药包。”

斯诺依言而行，俯身抓起弹药包。弹药包险些滑脱，他低下头，发现上面黏糊糊的都是血液和脑浆。

“我来安放炸药，”多诺万说着取出背包里的几块C4。“你掩护我们的退路。”

斯诺抬起枪，转身背对突击队员，盯着隧道里的那个拐弯；火光闪烁，拐弯时隐时现。通讯器里忽然响起了静电噪声——抑或是什么沉重的东西被拖过烂泥的声音？除了静电噪声的噼啪声，是不是还有带着水音的轻柔说话声？

通讯器再次陷入沉默。他从眼角看见多诺万把定时器插进炸药，输入时间。“23:55。”他说：“我们有差不多半小时去找头儿和撤退。”他俯身从牺牲同伴的无头尸体上摘掉姓名牌。“走。”他说着拿起枪，把姓名牌塞进橡胶背心。

他们重新上路。斯诺突然听见背后传来抓挠声，接着是类似咳嗽的声音。转过身，他看见几个人影爬出管道，落在牺牲突击队员的尸体身旁。斯诺看见他们身穿带兜帽的斗篷，觉得怪异而不真实。

“快走！”多诺万叫道，跑向那个拐弯。

斯诺跟上去，惊恐让他脚下生风。他们跌跌撞撞地跑在古老的砖砌通道里，以最快速度逃离那一幕可怖的场景。拐弯的时候，多诺万踩在烂泥上滑了一下，一头栽向昏暗的地面。

“阻击！”他喊道，一只手抬起枪，另一只手捻亮火炬。

斯诺转过身，看见几条黑影冲向他们，伏着身子奔跑，步伐非常稳当。明亮的火光似乎挡住了他们一瞬间，但他们马上又猛扑上来，步态酷似野兽，斯诺看得血液都要结冰了。斯诺的食指伸向前方，摸到扳机护圈。身边传来轰然巨响，他意识到多诺万发射了一颗枪榴弹。亮光一闪，隧道被炸得剧烈震颤。枪身突然一抖，在手里弹跳起来，斯诺意识到自己也扣动了扳机，子弹胡乱飞向前方的隧道。他连忙松开手指。一条黑影拐过弯，钻出枪榴弹炸出的浓烟，进入斯诺的火力范围。他瞄准，射击。黑影的脑袋向后一摆，斯诺有千分之一秒看见了一张满是皱纹和瘤疤的面孔，五官埋在皮肤褶皱深处。又是轰隆一声，多诺万发射的枪榴弹的火光和烟雾驱散了恐惧。

他打空了一个弹夹，斯诺松开手指，弹出弹夹，从口袋里摸出另一个换上。两人保持着射击姿势静静等待，回声逐渐消散。没有更多的黑影钻出烟雾和黑暗。

多诺万深吸一口气，说，“返回集合地点。”

两人转身跑下隧道，多诺万抬手打开手电筒。一道细长的红色光束射向前方的黑暗。斯诺跟着他奔跑，呼吸急促。三岔口在前方，潜水装备在前方，逃生之路在前方。他发觉他的思路断断续续，脑海里只有逃跑和返回地面，因为其他念头都意味着要去想那些扑向他们的恐怖黑影，去想被那些家伙抓住了就会……

他忽然撞在多诺万的背上。他踉跄两步，环顾四周，想知道是什么让突击队员忽然停下。

他看见了，借着多诺万的手电筒光束，他看见一群怪物出现在前方：十个，也许有十二个，一动不动地站在朦胧的溢流隧道里。有几个怪物拿着斯诺觉得是粗绳的东西。他被吸引住了，带着惊恐仔细看了两眼，接着连忙转开视线。

“圣母在上，”他低声说，“现在怎么办？”

“杀出去。”多诺万平静地说，举起武器。

59

玛戈拿起氧气面具，深吸一口，递给史密斯贝克。氧气立刻让她打起精神，她环顾四周。队伍最前方，潘德嘉斯特正绕着一个垂直通道口的基部安放塑胶炸药。他每次从包里拿出一块炸药扔在位置上，就会从地上扬起一团尘土和真菌孢子，暂时遮住他的脸孔。达戈斯塔站在潘德嘉斯特背后，随时准备射击。墨菲斯托站在一旁，沉默而一言不发，眼睛在黑暗中仿佛两团红色煤火。

潘德嘉斯特把雷管插进C4，仔细设定时间，和百达翡丽手表对时。他拿起包，无声无息地起身，示意大家跟他去下一个地点。从夜视仪到下巴颏，潘德嘉斯特满脸都是浅灰色的灰尘，平时总是一尘不染的黑西装不但被扯破了，而且浑身污泥。若是换个环境，他的样子也许挺可笑，但玛戈现在没有嘲笑他的心情。

空气太差，玛戈不由得用手捂住了鼻子和嘴巴。她忍不住又吸了一口氧气。

“别浪费氧气，”史密斯贝克悄声说。他微微一笑，但眼神仍旧阴郁而冷漠。

他们顺着狭窄的通道前进，玛戈拉着史密斯贝克穿过黑暗。天花板上每隔十英尺左右就垂下一个大号铸铁铆钉头。走了几分钟，他们再次停下，潘德嘉斯特看看地图，从玛戈包里拿出炸药，塞进贴近天花板的一个狭缝。

“很好，”他说，“再放一组就可以回地面了。我们必须加快速度。”

他继续前行，但忽然停下了。

“怎么了？”玛戈轻声说，潘德嘉斯特举起手，示意安静。

“听见了吗？”他最后低声说。

玛戈听了一会儿，什么也没听见。憋闷而恶臭的空气仿佛羊毛毯，捂住了所有声音。等着等着，她也听见了响动：隐约的轰隆一声，接着又是一声，像是脚下深处传来的滚滚雷声。

“那是什么？”她说。

“不确定。”潘德嘉斯特喃喃答道。

“不会是突击队引爆了炸药吧？”

潘德嘉斯特摇摇头，“听起来不像塑胶炸药的威力。再说现在也太早了。”他听了几秒钟，皱起眉头，示意大家继续走。玛戈领着史密斯贝克紧跟在他背后,隧道上升又落下,弯弯绕绕穿过基岩。这里位于曼哈顿街面以下三四十层,她不由得想到修建这条通道的人。她仿佛看见自己走在公园大道上,但路面只是薄薄一层沥青,底下是竖井、隧道、廊道和各种地下通道形成的无尽网络,深入大地,如蜂窝般蔓生着,栖息着……

她使劲一摇头,吸了一口氧气。头脑清醒过来,她意识到发闷的隆隆声还在脚下某处不停传来,但现在声音有了变化:抑扬顿挫,像是出自引擎运转,高、低、高。

潘德嘉斯特再次停下,“谁也不要出声。明白了?文森特,准备好闪光灯。”

隧道在前方中断,一大块铁板用铆钉镶在岩壁上。铁板中央有一扇门,潘德嘉斯特钻了进去,随时准备喷射火焰。火头左右摇摆,在玛戈的夜视镜里留下发光的轨迹。过了几秒钟,潘德嘉斯特转身示意大家跟上。

玛戈小心翼翼地钻进铁门,意识到脚下的声音是在打鼓,还混着喃喃的低沉吟唱。

达戈斯塔挤进小房间,从背后推了推她,她吓得向前跳了一步,倒吸一口气。玛戈看见一面墙满是古老的黄铜手柄和传动装置,铜锈和尘土盖住了破碎的刻度盘。远处角落里是个大号绞盘和几台锈迹斑斑的发电机。

潘德嘉斯特走到房间中央,在一大块铁板前跪下。“这是阿斯托隧道的中央控制室。我要是没记错,我们就在水晶阁的正上方,水晶阁是纽约人饭店地下的私用候车室。我们应该能看见底下的水晶阁。”

他等着众人完全安静下来,解开铁板被锈蚀了的搭扣,轻轻提起,滑到一旁。玛戈看着闪烁的光线射出洞口,那股膻臭味——噩梦中最熟悉不过的那股味道——越来越强烈。鼓声和发闷的吟唱声越来越响。潘德嘉斯特向下张望,水晶阁的闪烁光线断续照亮他的面孔。他看了好一会儿,接着退开,说,“文森特,你最好来看一下。”

达戈斯塔上前两步,抬起夜视镜,望进洞口。借着微弱的光线,玛戈看见汗珠涌出达戈斯塔的额头,他的手不由自主地抓住枪托,然后一言不发地退开。

玛戈感觉到史密斯贝克挤开她,冲了上去。他看得目瞪口呆,用鼻子呼哧呼哧喘息,眼睛眨也不眨。

“哎呀,码字工来劲了。”墨菲斯托挖苦道。

但玛戈并不觉得史密斯贝克乐在其中,他的双手开始颤抖,刚开始还很轻微,紧接着就失去了控制。他听凭达戈斯塔把他拉开,脸上一副见了鬼的表情。

潘德嘉斯特对玛戈打个手势,轻声说,“格林博士,我需要您的意见。”

她在洞口跪下,抬起夜视镜,望进底下空旷的洞穴。大脑有一瞬间完全无法理解眼睛见到的画面。她发现自己隔着残缺的枝形吊灯望着一个大房间的中央。她看得出这些废墟曾经是个雅致的地方:多利克廊柱,巨幅壁画,褴褛的天鹅绒挂毯,与覆盖墙面的烂泥和污物形成对比。正下方,在破损的烛枝和悬挂的水晶玻璃之间,她看见了潘德嘉斯特描述过的骷髅茅屋。至少有一百个戴着兜帽的人影在茅屋前踩脚曳步,站成参差不齐的几排,喃喃唱着没有音调、缺乏意义的颂词。单调的鼓声响个不停,更多人影鱼贯而入,找到位置站好,开始吟唱。玛戈看了一会儿,眨眨眼,在着迷和惊恐之中重新凝视着他们。毫无疑问:皱皮人。

“像是某种仪式。”她悄声说。

“是的,”潘德嘉斯特在身旁的黑暗中答道,“毫无疑问,这就是满月之夜无人遇害的另一个原因。仪式保留了下来,但问题在于,川北被杀后是谁或者是什么东西在引导仪式呢?"

"有可能发生过政变,"玛戈说,"在原始社会里,萨满时常被竞争者杀害和取代,通常是群体内的统治性人物,"她看着仪式,一方面感觉到巨大的恐惧和厌恶,另一方面又被深深吸引。"上帝啊,真希望让佛洛克看看。"

"是啊,"潘德嘉斯特答道,"某个怪物取代了川北,在篡位过程中杀了他,这就能解释凶案为何变得越来越频繁和凶残了。"

"看他们的步态,"玛戈悄声说,"几乎像是长着弓形腿,有可能是坏血病初期。不能摄入维生素 D 的结果。"

底下忽然起了骚动,玛戈的视野之外响起粗嘎的齐声吟唱。皱皮人纷纷分开。随着一连串低沉的呼号,一个和其他人一样穿斗篷戴兜帽的人影坐在长骨和皮绳结成的轿椅上,被缓缓抬进视野。她看着这个队伍接近茅屋,在闪烁光线中仿佛幽魂。轿椅被抬了进去,吟唱越来越响,在整个房间里回荡。

"萨满似乎到了,"她低声说,"仪式随时有可能开始。"

"我们该走了吧?"她听见达戈斯塔悄声说,"真不想毁了这期现场直播的《国家地理》节目,但通道另一头有三十磅塑胶炸药即将被引爆。"

"对,"潘德嘉斯特说,"而且还有最后一组炸药要安放。"他抓住玛戈的手臂,"格林博士,该走了。"

"一分钟,求你了。"她咬牙道。底下的人群忽然一阵骚动,十来个身穿斗篷的人影进入视野,径直走向茅屋。他们在门口跪下,把几件黑色小物体摆成半圆形。吟唱继续,一个人影走出茅屋,手持两个燃烧的火把。

玛戈仔细端详,想看清那些黑色物体是什么:从高处望去,一共有六个,像是形状不规则的橡胶球,显然是仪式不可或缺的组成部分。就像是纳塔尔的邱德兹部落用涂成白色和红色的圆形石块象征日复一日的——

一个人影扯了一下离他最近的黑色物体,黑色橡胶兜帽滑开了,玛戈本能地后退一步,咽下厌恶的呻吟叫声。

潘德嘉斯特快步走到洞口,向下看了好一会儿。他起身退开,说,“海豹突击队完了。”

墨菲斯托上前望进光线闪烁的房间,红色火光给他的纠结长须染上了魔鬼气质。“哎呀,亲爱的,吃饱了游泳可是很危险的。”他对众人嘟囔道。

“你说他们有没有安放好炸药?”达戈斯塔的声音在黑暗中小了下去。

“只能希望他们安放好了。”潘德嘉斯特悄声说,把铁板放回原处。“趁着他们在下面,我们去安放最后一组炸药。千万不要暴露。记住,我们就在他们的巢穴里。再怎么警觉也不为过。”

“过度警觉。”墨菲斯托嗤之以鼻。

潘德嘉斯特以谴责的眼神望着游民领袖。“换个时候再讨论你对我的不以为然,还有我对你的饮食口味的不以为然吧。”说完,他转身走向房门。

他们走另一头的出口离开房间,顺着通道快步行走。走了大约一百码,潘德嘉斯特突然停下,一条墙壁粗糙的隧道从下方汇入主通道。从狭窄的管道里传出了清晰的鼓声。

“奇怪,”探员望着隧道的交汇口说,“我的地图上没有这条临时通道。算了,无所谓;最后一组炸药反正会炸塌整个甬道网络。”

他们继续前进,几分钟后来到一个古老的维修区的门口。一面墙边堆着许多巨大的生锈车轮,旁边似乎是各种各样的信号灯和开关设备。朽烂的台子上摆着一个铁皮饭盒,玛戈看见饭盒里是已经风化的半只鸡的骨架。这里看上去像是在匆忙间被废弃的。

“天哪，看这地方，”达戈斯塔说，“真是不由得让你琢磨这些隧道到底发生了什么故事。”

“时隔近一百年，恐怕谁也不知道了。”潘德嘉斯特答道。他朝远处角落里两堆积灰设备之间的包铁木门点点头，“那是通往阿斯托隧道的维修楼梯。我们要在这里安放最后一组炸药。”他从包里拿出一块 C4，在脚边的烂泥里滚了一滚。

“这是为什么？”达戈斯塔问，“伪装？”

“没错。”潘德嘉斯特悄声答道，他把炸药包在一个混凝土塔墩上。“这里似乎经常有人出入。”他回头朝隧道点了点头。

“天哪。”玛戈惊叹道。他们刚才经过的那条隧道地上有赤足踩出的无数脚印。她拿起面罩吸了一口氧气。这里的湿度接近百分之百。她又吸了一口，把面罩递给史密斯贝克。

“谢谢，”史密斯贝克说，慢慢地吸了两大口。玛戈看见他的眼神恢复了些许神采。史密斯贝克的头发湿漉漉地搭在脑门上，被扯破了的衬衫血迹斑斑。可怜的比尔，她心想。他像是刚从阴沟里爬出来的。话说回来，这倒是也没错。

“上面怎么样了？”玛戈想帮他换换脑子。

“乱成一锅粥，”记者答道，郑重其事地把面罩还给玛戈。“威许夫人的队伍游行到一半，几百只‘鼹鼠’忽然钻出地面。就在百老汇大道。听说警察在五十九街和公园地下用了催泪瓦斯。”

“鼹鼠？”墨菲斯托咬牙道，“是啊，我们是‘鼹鼠’。我们怕光，不是因为太阳温暖而明亮，而是阳光照亮了罪恶。受贿，腐败，数不尽的废物工蜂做着单调工作。‘一群人流过伦敦桥，呵，这么多；我没有想到死亡毁灭了这么多。’”

“够了，”达戈斯塔喝道，“就让我回到贪腐横行的地面吧，我保证，随便你爬回你能找到的最深一个粪坑，我这辈子绝对不会去找你。”

“二位忙着吟诗唱和的时候，我已经安放好了最后一组炸药。”潘德嘉斯特搓着手，扔掉已经变空的军械包。“真是奇怪，你们吵嘴没有引得敌人倾巢出动。咱们走吧，能跑多快就跑多快。我们只剩下不到三十分钟了。”他领着几个人走出储藏区。

他忽然停下，沉默片刻，玛戈听见他悄声说，“文森特，准备好了吗？”

“生下来就准备好了。”

潘德嘉斯特检查火焰喷射器的喷嘴，“要是有必要，我就喷火开路。等火焰熄灭再前进。这东西喷射的混合物燃烧迅速，无残余物，适合近距离作战，但附着在表面上的燃料需要几秒钟时间燃尽。明白了吗？摘掉夜视镜，准备闭眼挡住火光。在我打信号前暂时停步。其余人准备好武器。”

“怎么了？”玛戈低声说，抽出格洛克手枪，打开保险。她忽然也闻到了味道：那些怪物的膻臭味，像鬼影般在空气里飘荡。

“我们必须经过那条临时通道，”潘德嘉斯特悄声说，“走。”

前方和下方的隧道里传来乱哄哄的脚步声。潘德嘉斯特放下手，达戈斯塔把闪光灯打在低功率上。玛戈惊恐地发现一群穿斗篷的怪物顺着通道涌向他们。怪物的动作快得让人害怕。许多件事情同时发生：潘德嘉斯特大喊一声，达戈斯塔的闪光枪噼啪一声，强烈得超乎想象的白光陡然亮起，只看得见轮廓的黑色岩石一瞬间有了颜色。随着古怪的呼呼声响，火焰喷射器喷出蓝色和橘红色的火焰。尽管站在探员背后，但玛戈还是觉得一股难耐的热量扑向面颊。火焰正面撞上扑向他们的怪物，发出扑哧一声巨响，火花四溅。那些黑影继续向前冲了几秒钟，玛戈觉得跑在前排的几个像是身穿着烈火长袍，但马上就被烧焦，化为灰烬。喷射器一闪熄灭，但那些畸形的驼背怪物浑身冒火地倒下、双腿乱蹬的一幕却烙印在了玛戈的脑海中。

“后退！”潘德嘉斯特喊道。

他们跌跌撞撞返回储藏区，潘德嘉斯特朝怪物又喷了一次火。在爆发的橘红色火光中，玛戈看见不计其数的怪物爬上隧道，扑向他们。她本能地举起手枪，连扣扳机。两个怪物翻倒在地，消失在火光闪烁的黑暗里。她隐约觉察到她在混乱中和史密斯贝克失散了。耳边一声霹雳，墨菲斯托的双管霰弹枪同时开火。她听见有人在叫——也许是她自己——还听见受伤怪物的疯狂哀鸣。先是啪的一声脆响，剧烈的爆炸随即震得隧道一阵颤抖，达戈斯塔向人群发射了枪榴弹。

“快！”潘德嘉斯特说，“走维修楼梯下去！”

“你疯了吗？”达戈斯塔喊道，“我们会被困死的！”

“我们已经被困死了，”潘德嘉斯特答道，“敌人太多，不能在这儿交火，有可能引爆C4。进了阿斯托隧道，我们至少还有个拼命的机会。走！”

达戈斯塔拉开包铁木门，几个人跌跌撞撞向下爬，潘德嘉斯特殿后，朝隧道里喷吐火焰。刺鼻的气味飘过来，熏得玛戈两眼酸痛。她眨出眼泪，看见一条穿斗篷的黑影摸了上来，黑影的兜帽飘飞，皱缩的脸孔被愤怒扭曲，高举粗糙的燧石匕首。玛戈跪倒，做出韦弗式射击姿势，在畸形怪物身上打空了弹夹，近乎漠然地听着空心子弹撕破坚韧的皮肤，在怪物体内炸开。黑影倒下，第二个怪物立即出现。火焰喷射器的火焰烧过来，怪物向后倒下，在火海中痉挛抽搐。

他们进入一个天花板很高的小房间，墙壁和地面贴着瓷砖。隔着哥特式的拱门，玛戈看见了仪式的红色闪烁火光。她立刻转身，拼命重新给手枪装弹，几颗子弹失手掉在地上。虽说烟雾腾腾，但她感觉到这里没有怪物，不禁松了一口气。这个房间像是次一级的候车室，很可能是为孩童准备的：四周放着矮桌，有几张矮桌上还摆着跳棋、象棋和双陆棋，棋子挂着厚厚的蛛网和真菌。

“执黑的可惜了，”墨菲斯托看了一眼离他最近的矮桌，打开霰弹枪，重新装弹，“他领先一个兵。”

楼梯上传来响动，又是一群皱皮人钻出黑暗，扑向他们。潘德嘉斯特蹲下，向他们喷吐火焰长舌。玛戈摆出射击姿势，砰砰枪声被庞然巨响淹没。

拱门外有了动静，更多的怪物从水晶阁方向发动冲锋。她看着正在疯狂摆弄枪榴弹发射器的史密斯贝克被制服后按到在地。潘德嘉斯特背对瓷砖墙面，向周围的怪物扫出一道烈火。玛戈带着怪异的不真实感，瞄准面前奔跑黑影的头部，接连扣动扳机。一个怪物倒下，接着是第二个，她的弹夹又打空了。她以最快速度后退，从拎包里抓出一把子弹。四周突然变得混乱——一只胳膊像铁索似的勒住她的脖子，抢走她的枪——尸体呼吸般的恶臭充斥她的感官。玛戈闭上眼睛，在痛苦、恐惧和愤怒中嘶喊，鼓起勇气面对不可避免的惨死。

60

斯诺看着黑影聚集，填满了前方的隧道口。怪物在闪光弹的刺眼强光前暂时却步，但此刻又缓慢而从容地走向前方，步态让斯诺毛骨悚然。他们不是会莽撞投入战斗的愚昧生物，而是正在实施某种策略的智慧生物。

“听着，”多诺万平静地说，“把枪榴弹装进 XM148，等我的信号，咱们一起发射。你瞄准队伍左翼，我瞄准右翼。以最快速度重新装弹发射。后坐力容易让枪榴弹发射器向上抬，所以你瞄准的地方要低一些。”

斯诺把枪榴弹装进发射器，觉得心脏就快跳出喉咙口了。他能感觉到多诺万在旁边绷紧了身体。

“开火!”多诺万叫道。

斯诺扣动扳机,枪险些从他手里跳出去,枪榴弹呼啸着飞向敌人。两次爆炸产生的明亮的橘红色火焰充满了狭窄的隧道,斯诺发现他瞄准得过于靠左,击中了隧道墙壁。随着低沉的隆隆响声,一段天花板塌了下来。戴兜帽的黑影人群发出惊恐的惨叫声。

“再来!”多诺万喊道,又装上一枚枪榴弹。

斯诺再次装弹发射,这次把枪口稍微向右移了一点。他目瞪口呆地看着榴弹仿佛以慢动作飞出枪口,翻滚着飞向隧道口那群混乱的怪物。又是轰隆一声,又是一道闪光。

“低一些!”多诺万叫道,“他们正在逼近!”

斯诺呜咽着用牙齿撕开可回收的弹药袋,再次装弹发射。怪物群中央突然火光一闪。发闷的惨叫声刺透爆炸声传进耳朵。

“再来!”多诺万喊道,也朝怪物发射了一发枪榴弹,“瞄准他们!”

斯诺装弹发射,这一发落点太近,掀起的热浪滚滚而来,震得他跪倒在地。他站起来,眨眼抵挡黑暗隧道里翻腾的尘云和浓烟。他的枪榴弹打完了,手指从前扳机移向后扳机。

多诺万举起手,打个“警戒”的手势。两人等在那里,枪口指着黑暗,斯诺觉得他们等了足有几分钟。最后,多诺万松开了枪。

“真是狗屎风暴。”他悄声说,“你干得不错。你留在这里,我去侦察。要是听见响动就喊我。刚才炸成那样,估计最大的肉块也只有小拇指那么大了,但我不想冒险。”

他检查 M16 的弹仓,点燃火炬,扔进悬浮的浓烟;接着,他贴着隧道壁缓缓前进。烟雾逐渐消散,斯诺看见多诺万的头部和肩膀悄无声息地前进,影子在背后闪烁。

斯诺看着突击队员绕过隧道口满地的冒烟残缺尸体。走到隧道口,多诺万小心翼翼地环顾四周,试探着走进三岔口。他朝大房间走了最后一步,随即被黑暗吞没,撇下斯诺孤零零地守在黑暗中。他忽然想到那包镁光弹还挂在身上,在战斗中忘了个干净。他按捺住卸下扔掉的念头。拉克林说要挂到任务结束,他心想,那就挂到任务结束吧。

拉克林……难以想象,那些怪物杀死了其他所有的突击队员。这些队员装备精良,久经沙场。要是另外两条隧道的构造和这条相同,也许还有人也爬上了尽头的竖梯。如果是这样,我们应该回去救……

斯诺突然停下,惊讶于他竟能如此冷静地思考这些念头。也许他比自己想象中更加勇敢——也可能更加愚蠢。真希望能让费尔南德斯那混球开开眼,他心想。

他的思路被打断了——多诺万钻出黑暗,环顾四周,示意他过去。斯诺跑向多诺万,见到那可怖的场景,不禁放慢了脚步。潜水装备还整整齐齐摆在墙边,隧道的烂泥地上躺着几具七零八落的无头尸体,两者形成了鲜明的对比。

"快点,"他听见多诺万悄声说,"没时间检查战场了。"

他抬起头,多诺万抱着胳膊站在前方,一脸不耐烦地检查着潜水装备。

黑沉沉的拱顶突然冒出一条黑影,顺着悬在半空中的铁链爬下来,大叫一声跳到多诺万的背上。

多诺万踉跄两步,拼命想甩掉对方,但附近又跳出两条黑影扑向突击队员,把他按得跪倒在地。斯诺跌跌撞撞后退,举起枪,但无法瞄准敌人。又一条黑影拿着刀扑上去,多诺万惨叫起来:叫声尖利得难以想象,几乎像是出自女人。黑影锯了几下,从喉咙深处发出胜利的嚎叫,举起多诺万的脑袋。斯诺被这一幕吓得一时间无法动弹,他觉得他看见多诺万的眼珠还在疯狂转动,映着隧道后方的红色火光。

斯诺按照多诺万教他的点射方法扣动扳机,左右扫射趴在多诺万尸体上的几个怪物。他知道他在喊叫,但耳朵却听不见。弹夹打空,他换上新的,边叫边射击,直到再次打空。他的耳朵在突如其来的寂静中嗡嗡直响,他向前走了一步,扇开火药燃烧的烟雾,在朦胧光线中寻找噩梦般的鬼影。他走了第二步,接着是第三步。

前方的黑暗像是活了过来,开始蠕动;斯诺跑向隧道尽头,双脚搅动烂泥和脏水,打空的弹夹在背后湿滑的石头地面上叮当作响。

61

玛戈紧闭双眼,试图清空头脑,抵抗最难熬的痛楚。几秒钟过去了,接着又是几秒钟,她感觉到自己被怪物从地上抬起来,在半空中荡来荡去,沉重的拎包挂在肩膀上。尽管仍旧吓得魂不附体,但玛戈还是松了一口气:至少她还活着。

她穿过一段臭气熏天的逼仄黑暗空间,接着进入一个光线昏暗的开阔空间。她强迫自己睁开眼睛,努力辨明方向。她看见一面毁损的镜子,覆盖了许多层干泥,大部分镜面在多年前就已破碎遗失。镜子旁边是一面古老的挂毯,图案是被囚的独角兽,底部已经朽烂。怪物抬着她继续前行,她看见大理石墙壁伸向高处闪闪发亮的天花板:残破的枝形吊灯。天花板中央有一小块金属板在反光:不到十分钟之前,他们就在那里窥探。我在水晶阁,玛戈心想。

恶臭比先前更加浓烈,她克制住恐慌和越来越强烈的绝望。怪物把她粗暴地扔在地上,摔得她一时间无法呼吸。她喘息着用胳膊肘撑起身体,发现四周都是皱皮人,他们拖着脚前后走动,身体藏在褴褛的斗篷和兜帽里面。虽说还是很害怕，但玛戈不由得好奇地端详他们。这些就是"釉光"的受害者，她心想，思路渐渐清晰。她忍不住有点同情他们的遭遇。尽管知道不可避免，但她还是琢磨起了是不是非得让他们送命。川北自己在笔记里说过不存在解毒剂，不可能逆转病毒对他们造成的影响，正如不可能逆转惠特塞的命运一样。

这个念头刚过去，另一个念头接踵而至，她发疯般地左顾右盼。炸药已经安放完毕，很快就将引爆。就算皱皮人饶了他们——

一个怪物俯身打量她。兜帽向后滑动，所有怜悯的念头——包括对自己命悬一线的担忧——统统被彻底的厌恶压得烟消云散。那一瞬间见到的东西直刺心底：怪诞的皱皮和垂肉包裹着的两只蜥蜴小眼，死气沉沉的黑眼珠上，瞳孔收缩成两个微微颤动的针尖。她扭过头去。

砰的一声，潘德嘉斯特被扔在她身边的地上。接着是史密斯贝克和拼命挣扎的墨菲斯托。

潘德嘉斯特投来询问的目光，玛戈点点头，表示没有受伤。又是一阵忙乱，达戈斯塔副队长被扔在附近的地上，怪物夺下他的枪，丢到一旁。达戈斯塔的一只眼睛上方多了条血流不止的伤口。一个皱皮人抢过玛戈的拎包，扔在地上，然后走向达戈斯塔。

"该死的变种人，别碰我。"警察骂道。一个皱皮人俯下身，赏了他一记耳光。

"你还是乖乖合作吧，文森特，"潘德嘉斯特平静地说，"我方寡不敌众。"

达戈斯塔跪起来，晃晃脑袋，让自己清醒。"我们为什么还活着？"

"暂时而已，"潘德嘉斯特答道，"我猜恐怕和即将开始的仪式有关系。”

“听见了吗,码字工?”墨菲斯托阴森冷笑,“《邮报》肯定喜欢你的新文章:《我是如何成为活祭的》。”

轻柔的吟唱声再次响起,玛戈被拽了起来。曳脚走动的皱皮人中央分出一条路,她见到前方二十英尺就是骷髅茅屋。她以无言的恐惧望着那个死亡小屋,成百上千个沾着血污的肮脏骷髅咧嘴微笑。几条黑影在茅屋里活动,未完成的屋顶上方烟雾腾腾。茅屋四周的长骨篱笆也没有经过剥制。门口有几个仪式性的石台。透过不计其数的空眼窝,她看见了萨满被抬进茅屋时乘坐的轿椅——不知道轿椅上是个什么样的怪诞幽魂。她不相信自己能冷静面对那种几分钟前还在打量她的饥渴脸孔。

背后有一只手粗暴地推搡着她,她跌跌撞撞走向茅屋,眼角余光看见达戈斯塔和押送他的皱皮人扭打在了一起。史密斯贝克在默不作声地反抗。一个皱皮人从斗篷里抽出模样凶残的燧石长匕首,按在记者的喉咙上。

“Cuchillos de pedernal,”潘德嘉斯特低声说,“地铁的那个幸存者就是这么说的,对吧?”

达戈斯塔点点头。

离篱笆还有几英尺,皱皮人拦住玛戈,强迫她和同伴一起跪下。周围的吟唱和鼓声达到了狂热的高度。

她的视线忽然聚焦在茅屋周围的石台上,离她最近的石台上摆着几个金属小物体,摆放得整整齐齐,像是有什么宗教目的。

她忽然屏住了呼吸,哑着嗓子叫道,“潘德嘉斯特?”

潘德嘉斯特投来疑惑的眼神,她朝石台点了点头。潘德嘉斯特说,“啊,供品中比较大的那些。我只拿了比较小的几件。”

“对,”玛戈急切地答道,“但我认出了其中一件。那是轮椅的手刹。”

潘德嘉斯特的脸上闪过讶异。

“另外一件是齐根截断的角度控制杆。”

潘德嘉斯特试图凑近石台,但被一个皱皮人按了回去。他说,“不合理啊,为什么要摆成这——”他忽然停下,然后悄声说,“卢尔德。”

“我不明白。”玛戈答道,但潘德嘉斯特没有再说话,双眼紧盯茅屋里的人影。

茅屋里响起沙沙脚步声,一支小队伍走了出来。披着斗篷的人影两两现身,合力拎着几个大锅,大锅里的液体冒着蒸汽。四周的吟唱声越来越快,最后汇成单调的噪声。皱皮人把大锅放在水晶阁地上砸出的凹坑里。轿椅重新出现,由四个人抬着,盖着厚实的黑色布料。抬轿人郑重其事地绕长骨篱笆而行,到最远也最宽大的石台前停下,把轿椅放了上去。抬轿人退开,掀起盖布,副手慢慢返回茅屋。

玛戈盯着轿椅里的黑影,那人的五官藏在暗处,只看得见他粗壮的手指在微微屈伸。吟唱声低了下去,旋即再次抬高,期待的情绪不言而喻。黑影忽然抬起手,吟唱声戛然而止。他俯身向前,闪烁火光斜照在他脸上。

玛戈觉得时间暂停了恐怖的一瞬间。她忘记了恐惧,忘记了酸痛的膝盖,忘记了上方通道里滴答走动的定时炸弹。坐在人骨捆扎成的轿椅里的男人身穿熟悉的华达呢长裤,打着涡纹旋花呢领带,正是惠特尼·佛洛克。

她张开嘴想说话,却发不出任何声音。

“喔,上帝啊。”史密斯贝克在她背后说。

佛洛克的视线扫过人群,脸色冷漠,毫无感情。巨大的厅堂一片死寂。

佛洛克的视线缓缓落在面前的囚徒身上。他看着达戈斯塔,然后是史密斯贝克和潘德嘉斯特。见到玛戈，他忽然一颤。眼睛里有了感情。

“我亲爱的，”他说，“多么不幸啊。说实话，我没想到你会担任这个小队的科学顾问，我实在很抱歉。唉——我这是真心话，你别这么看着我。你要记住，我不得不除掉那个爱管闲事的爱尔兰人，却饶过了你的性命。不得不说，这与我的理性判断背道而驰。”

玛戈头晕目眩，震惊，不敢相信，她说不出话来。

“可惜无济于事，”佛洛克眼睛里的火光熄灭了，“至于其他几位，欢迎之至。我想咱们需要介绍一下。比方说，这位衣衫褴褛的毛怪先生是谁？”他转向墨菲斯托，“他的表情像是野生动物落入陷阱，要我说情况确实如此。大概是本地居民吧，被你们用作向导。请允许我再问一遍，尊姓大名？”

沉默。

他转向一名副手，“他要是不回答就割了他的喉咙。我们不能容忍没有礼貌的野人，对吧？”

“墨菲斯托。”墨菲斯托愠怒地答道。

“墨菲斯托，哎呀！学识这东西很危险。特别是对于流浪汉而言。但‘墨菲斯托’，实在太老套了。无疑是想激起你那些劣等臣属的恐惧。可惜你在我眼中并不像魔鬼，而只是一个可悲的毒虫游民。但是我怎么可以抱怨呢？因为我不得不承认，你们这种货色非常有用。你大概会在我的孩子里找到一个老朋友……”他朝皱皮人队伍挥挥手。墨菲斯托直起腰，没有说话。

玛戈望着她以前的导师。这不是她认识的那个佛洛克。虽说佛洛克一向手腕老练、善于言辞，但现在多了一丝傲慢，冷冰冰地欠缺感情，这一点让她浑身发冷，甚至胜过了恐惧和困惑。

“史密斯贝克，我们的大记者！”佛洛克嘲讽地说，“带你来是为了记录战胜我的孩子们的丰功伟绩吗？真是可惜，你没法向你供职的下流小报交稿了。”

“这可由不得你说了算。”史密斯贝克挑战地说。

佛洛克嘿嘿轻笑。

“佛洛克,这到底是什么鬼名堂?”达戈斯塔一边挣扎一边说,“你给我好好解释,否则——”

“否则就怎样?”佛洛克转向警官,“我一直以为你是个没教养的粗坯,但还是不得不惊讶地指出,你现在没资格对我发号施令。缴械了吗?”他问身边最近的一个兜帽部属,皱皮人缓缓点头回应。

“再搜一遍这家伙,”佛洛克指着潘德嘉斯特说,“诡计多端的魔鬼。”

皱皮人粗暴地拽起潘德嘉斯特,搜身后把他按回原处跪下。佛洛克缓缓扫视他们,笑容冰冷。

潘德嘉斯特指着石台,平静地说,“那是你的轮椅,对吧?”

佛洛克点点头,“最好的一架。”

潘德嘉斯特没有再吭声。玛戈转向佛洛克,她总算能发出声音了,“为什么?”她只说了这三个字。佛洛克盯着玛戈看了几秒钟,对副手打个手势。身穿斗篷的皱皮人走到那几口大锅背后。佛洛克站起身,从轿椅上跳了下来,趾高气扬走向探员。

“这就是原因。”他答道。

他骄傲地站在那里,双臂高举过头顶。

“因我已治愈,因此你们也将治愈!”他用清亮干脆的声音喊道,“因我已完整,因此你们也将完整!”

人群报以响亮的喊声。喊声持续下去,玛戈意识到这不是毫无意义的叫声,而是有意识的喉音呼唤。这些怪物在说话,她心想,或者在试图说话。

喊声渐渐平息,吟唱周而复始。低沉单调的鼓声重新响起,皱皮人排成队伍,拖着脚走向摆成半环形的几口大锅。副手从茅屋里拿出精致的陶杯。玛戈望着这一幕,无法把美丽的器具和可怖的仪式联系在一起。怪物一个接一个上前,伸出长着钩爪的双手,接过蒸汽腾腾的陶杯,举向兜帽里的嘴唇。玛戈扭过头,吸溜吸溜的啜饮声听得她很难受。

“这就是原因,”佛洛克重复道,转向玛戈,“看到了吗?明白为此值得付出世间一切代价的原因了吗?”他的语气近乎于恳求。

玛戈看了足有一分钟才醒悟过来:仪式,药物,轮椅的零件,潘德嘉斯特提起的圣地卢尔德——那个地方拥有奇迹般的治疗能力。

“所以你能走路了,”她平静地说,“所有这些,只是为了能让你重新走路。”

佛洛克的脸色陡然大变,他说,“你倒是说得轻巧。你从小到大一直能走路,根本不会认真思考这个问题。你怎能理解无法走路的痛苦?天生残疾都不如我的遭遇可怕,我熟悉这种天赋,却被上天夺走,而我还没有完成这辈子最伟大的成就!”他看着玛戈,“当然了,在你眼中,我只是佛洛克博士。亲爱的老佛洛克,在非洲伊图里雨林的小村里感染了脊髓灰质炎,多可怜啊。不得不放弃实地考察,多不幸啊。”

他把脸凑近玛戈,咬牙切齿道,“实地考察就是我的生命。”

“所以你接过川北博士的工作,”潘德嘉斯特说,“完成了他开创的局面。”

佛洛克嗤之以鼻,“可怜的格雷戈里。他在绝望中找到我。你们无疑已经知道了,他过早服用了这种药物。”佛洛克摆摆手指,这个讥讽的动作很不像他。“啧,啧。想想看,我一直教导他必须严格遵守实验程序,但这孩子实在太渴望成功,他很傲慢,被永生的幻象蒙蔽,在病毒没有被削除全部不良副作用之前就服下了药物。结果呢?唉,导致了严重的机体变形,他需要帮助。他曾经做过手术，在体内植入了一块金属板，造成他剧痛不已。他痛苦、孤独、恐惧。他还能向谁求助呢？只有我，在沉闷的退休生活中虚度时光的我。而我呢？当然有能力帮助他。不止能帮他取出金属板，还能进一步净化他的药物。可是，他残酷的试验手段”——佛洛克说着朝人群摊开双手——“他贩卖这种药物，就是他的死因。实验对象意识到他对他们做了什么，于是杀害了他。”

“这么说，你成功净化了这种药物，”潘德嘉斯特说，“自己也服用了。”

“他在河边搭建了一个很狼狈的小实验室，我们在那里完成了最后的研究。格雷戈里失去了继续前进的信心。他也许从来就没有这种勇气，缺少究根问底的那种坚韧精神，不是一个真正有远见的科学家。所以我完成了他开创的研究。更确切地说，我完善了他开创的研究。当然了，这种药物仍会导致机体形变，但现在它不会造成畸形，而是能治疗大自然造成的残疾。这才是它真正的命运，最终的目标。我就是它的治愈能力的活证据。我是第一个完成转变的人。事实上，现在我看得很清楚，只有我能完成这个任务。轮椅就是我的十字架，明白了吗？现在它受到尊崇，因为它象征着我们即将创造的新世界。”

“新世界，”潘德嘉斯特重复道，“水库栽种的姆巴旺莲。”

“川北的点子，”佛洛克说，“水族缸太昂贵，而且占用了许多空间。但那是之前……”他的声音小了下去。

“我想我明白了，”潘德嘉斯特冷静得像是坐在舒适的咖啡桌前，正在和至交老友讨论问题。“你早就有排空水库的打算。”

“那是自然。格雷戈里对植物的改良使得它能在更温和的环境中生长。我们本来就打算排空水库，让姆巴旺莲进入隧道。我的孩子们惧怕光线，明白吗？所以这里是最理想的巢穴。但可爱的瓦克西朋友省了我的事情。他那么——应该说曾经那么——急于占用别人的点子,去向上司邀功。你还记得吗?正是我首先暗示他排空水库的。"

"佛洛克博士,"玛戈尽量控制住声音,"有些荚果会进入风暴渠,经哈德逊河流入大海,碰到咸水就会激活病毒,污染整个生态系统。你难道不明白这会怎么影响全世界的食物链?"

"我亲爱的玛戈,这正是重点所在啊。必须承认,这是翻天覆地的一步,迈向未知的一步。但身为一名生物学家,玛戈,你无疑也知道人类正在退化。人类失去了演化活力,越来越不适应大自然。我是上天的工具,前来重新恢复这个物种的活力。"

"泄洪的时候,你打算把自己的肥屁股藏在哪儿?"达戈斯塔问。

佛洛克哈哈大笑,"从这个小小远征队伍就看得出,你们愚蠢地自以为已经很了解地下世界了。相信我,地下曼哈顿比你们能想象的更加广阔、更加可怕,也更加美妙。我一次又一次漫游探索,以我的双腿显示荣耀。我脱掉了我在地上不得不戴上的假面具。我发现了美得无与伦比的自然洞穴,发现了新阿姆斯特丹时代荷兰走私者开掘的古老隧道,发现了洪水流入大海时可供躲避的舒适小窝。你们在任何地图上都找不到。用不了多久,两千万立方英尺的水就将流经此处,将完全成熟的姆巴旺莲荚果送进世界,而我的孩子们和我则安安全全地藏在洪水淹不到的一条隧道里。等大水退去,我们返回刚刚冲刷干净的住处,享用剩下的果实。等待'全基因革新'时代的到来。"

玛戈用不敢相信的眼神望着佛洛克。佛洛克报以微笑:她从未见过的傲慢而冷漠的微笑。佛洛克自信得犹如天神。她忽然想起,佛洛克很可能不知道他们安放的那些炸药。

"对,我亲爱的。这正是我的分形演化理论按照逻辑推演出的最终结论。这种病毒——你们可以叫它'釉光'——直接插入全世界食物链的最底层,而我本人就是它的携带者,就是它的活化剂,你们不觉得这一点非常相称吗?K－T界线[①]的大灭绝与之相比之下不值一提:只是灭绝了恐龙,让哺乳动物走上了舞台。天晓得这次转变将让什么走上舞台?未来多么值得期待。”

“你病得不轻。”玛戈说,冰冷的绝望攥住了她的心脏。她压根儿不知道佛洛克有多么怀念失去用处的双腿。这是他的秘密执念。他肯定从川北的惨状中看出了毒素的治疗作用,却忽视了毒素对心理的毒害能力。他永远也不会明白——永远也不会相信——他虽然完善了“釉光”对肉体的改良能力,却以指数级增加了刺激癫狂暴力与放大潜在执念的能力。她感觉到说什么也拉不回佛洛克了。

皱皮人继续在大锅前排队,他们把陶杯举到唇边的时候,玛戈看见它们身体颤抖得让斗篷起了波纹——天晓得是因为快感还是痛苦。

“你始终了解我们的一举一动,”她听见潘德嘉斯特说,“所有人仿佛都受你指挥。”

“从某种程度上说,确实如此。这位玛戈被我训练得太好,所以不可能忽视证据。我知道你的小脑瓜总在转个不停。因此我确保了排水过程不会被打断。发现我有一个孩子受伤,就是挨了你一粒子弹的那位,更加证实了我的猜想。你很精明,知道派几个蛙人潜入隧道以防万一。幸运的是,我的孩子们赶来参加仪式,恰好撞见他们,没让他们搅和这场小小聚会。”他使个眼色,“你这么精明,居然以为能用那些可悲的无聊武器击败我们,我太吃惊了。你

① K－T界线指地层中介于白垩纪和第三纪之间的由薄薄一层的细致黏土构成的界线,大约出现在六千五百万年前。这段期间发生大规模的绝种,包括最后的恐龙和其他的动物族群,都遭受灭绝的命运。

无疑错误估计了我的孩子们的数量,正如你错误估计了很多其他事情一样。”

“博士,我觉得你有所隐瞒。”玛戈忽然开口,说得尽量心平气和。

佛洛克走近她,露出探询的神色。看见他的双脚如此灵活,玛戈很难集中精力思考。她深吸一口难闻的空气,说,“我认为是你杀了川北。你杀了他,把他的尸体扔在隧道里,让他看起来只是一个普通受害者。”

“没错,”佛洛克答道,“你怎么知道的？说说看。”

“两个原因,”她提高嗓门说,“我在川北实验室的残骸中找到了他的日志。他显然改了主意。日志里提到塞奥欣。我认为他知道了盐度会对病毒造成什么影响,打算在你把植物放进哈德逊河之前销毁它们。他的心灵和肉体也许出了问题,但心灵深处还有残存的良知。”

“亲爱的,你不明白。你根本不可能明白。”佛洛克说。

“你杀死他,是因为他知道毒素的副作用不可逆转。不是这样吗？我在试验中证实了这一点。你不可能治愈这些人,你自己很清楚。但他们知道吗?”

周围的吟唱乱了起来,佛洛克左右扫视两眼。“这是一个绝望女人在胡说八道。亲爱的,你别这么没职业道德。”

他们在听,玛戈心想,也许还有可能被说服。

“正是如此,”潘德嘉斯特的声音打断了她的思路,“川北想出这个仪式,在仪式上分发药物,因为这大概是最简单的驯服手段。可是,他并不特别享受这种特权和这套仪式。他并不认真看待。这是你加进来的东西。身为人类学家,有机会建立自己的秘教,你肯定欣喜若狂。追随者挥舞原始匕首,也许还培养了几个侍从。你自己的骷髅茅屋。你的轮椅是转变的象征,因此有了圣骨匣。”

佛洛克呆站在那里,一言不发。

“这才是杀戮越来越多的真实原因。你种了整整一个水库,所以不再是因为缺乏‘釉光’了,对吧?不——你还有其他目的。强迫性的目的。建筑上的需要。”他朝茅屋点点头,“你的新宗教需要神庙。需要将你自己奉为神灵。”

佛洛克看着潘德嘉斯特,嘴唇抽搐。“为什么不?每个新时代都需要一个新宗教。”

“但核心仍旧是仪式,对不对?一切依赖于控制。要是这些怪物知道副作用不可逆转,你还能怎么控制他们呢?”

离他们最近的皱皮人骚动起来。

“够了!”佛洛克拍着手说,“我们没时间了。送他们上路!”玛戈的胳膊再次被攥住,有人把她拉起来,刀锋压在喉咙口。佛洛克看着她,脸上露出各种感情的怪异混合物。“我很希望你能留下,玛戈,亲身体验这场革命。可是,转变总需要付出许多代价。我很抱歉。”

史密斯贝克扑向佛洛克,但被皱皮人拖了回去。

“佛洛克博士!”潘德嘉斯特喊道,“玛戈是你的学生。记得我们三个人是如何携手对抗博物馆怪兽的吗?发生的事情并不需要你担负全部责任。也许你还有回头路可走。我们能治愈你的心理问题。”

“然后毁了我的人生?”佛洛克凑近探员,压低声音耳语道,“允许我问一句,回去干什么呢?当一个退休的废物,有点可笑的名誉研究员?当一个时日无多的等死老人?玛戈的研究应该还揭示了新‘釉光’的另一个副作用:除去活体组织内的自由基。简而言之:延长寿命!你们要我同时放弃行动能力和生命?”他看看手表,“离十二点还有二十分钟,没时间多废话了。”

突然刮来一阵风,茅屋顶层的骷髅升起几股尘云。几乎与此同时,刺耳的咔哒咔哒声响了起来,玛戈意识到那是自动武器在开火。

砰的一声——接着又是一声——突然亮起的炫目闪光笼罩了整个水晶阁。惨叫和痛呼从四面八方响起。又是一阵枪声,脖子上的匕首消失了。玛戈摇摇头,惊魂未定,刺眼光芒使得她暂时失明。吟唱声消失了,取而代之的是一片混乱,玛戈听见人群里响起了愤怒的叫嚷声。虽说闭着眼睛,但她还是看见又有一道亮光闪过,随之而来的是更多惨叫声。玛戈感觉到一个皱皮人松开了手。绝境逢生让她有了力气,挣脱另一个皱皮人的束缚,扑倒在地,翻个身,爬起来,双手双膝着地,拼命眨眼以恢复视觉。眼前渐渐出现了黑点和白点,玛戈看见地上升起几团烟雾,亮得无法直视。到处都有倒地不起的皱皮人,抓挠着脸孔,把脑袋缩在斗篷里,痛得不停痉挛。潘德嘉斯特和达戈斯塔也已经挣脱,正跑去帮助史密斯贝克。

爆炸声陡然响起,半边茅屋随着火光坍塌。崩碎的骨头碎片在茅屋前的人群中横飞。

"肯定有突击队员活了下来,"潘德嘉斯特喊道,把史密斯贝克拉到身前,"射击来自水晶阁外的站台。一有机会咱们就冲过去。墨菲斯托呢?"

"拦住他们!"佛洛克遮住眼睛,喊声如雷;失去视觉的皱皮人像没头苍蝇似的乱转。

又一颗榴弹落在茅屋旁的空地中央,篱笆被炸成无数碎片,打烂了两口大锅。液体冒着蒸汽淌过地面,在闪光弹的亮光中熠熠生辉。皱皮人发出惊恐的叫声,几个躺在地上的皱皮人伸出舌头去舔宝贵的药汤。佛洛克大喊大叫,朝榴弹飞来的方向猛打手势。

达戈斯塔和伙伴跑向茅屋背后的空地。玛戈停下脚步,四处寻找她的拎包。强烈的光线开始黯淡,几个怪物跌跌撞撞跑向他们,举着手挡住强光,燧石匕首闪着凶险的光芒。

“格林博士,快走!”潘德嘉斯特喊道。

她忽然看见了拎包——被撕破了,敞着口躺在积灰的地面上。她抓起拎包,跟着史密斯贝克逃跑。他们在通向平台的隧道口停下,被几个皱皮人拦住了去路。

“妈的。”达戈斯塔怒骂道。

“喂!”玛戈听见墨菲斯托的喊声盖过了纷乱的杂音。“胖子拿破仑!”

她扭过头,看见墨菲斯托爬上一个空石台,脖子上的绿松石项链左右摇晃。又是一声爆炸,这次距离更远;一群皱皮人的中央燃起烈焰。

佛洛克转向墨菲斯托,眯起眼睛。

“毒虫流浪汉?看着!”墨菲斯托从肮脏长裤的裤裆里掏出一个肾脏形状的绿色塑料碟。“知道这是什么吗?杀伤性地雷。满载镀特氟龙的金属弹片,驱动炸药相当于二十枚手雷。威力很大。”

墨菲斯托朝佛洛克晃动地雷,“我松手就爆炸,叫你这些浑身硬皮的小崽子后退!”

皱皮人停下脚步。

“虚张声势。”佛洛克冷静地说,“你虽然很脏,但还没蠢到要自杀。”

“你确定?”墨菲斯托咧嘴笑道,“实话实说,我更愿意被炸成碎屑,而不是被拿去装饰你的小破屋。”他朝潘德嘉斯特点点头,“你,格兰特陵墓!请原谅我从你们军械库拿走了这个好东西。承诺固然美好,但我希望能保证666号公路不会再有人遭到驱逐。你们要是还想上去,就赶紧离开吧。”

潘德嘉斯特摇摇头,敲敲手腕,表示他们没时间了。佛洛克朝围住平台的兜帽怪物拼命打手势。“割了他的喉咙！”他喊道。皱皮人涌向墨菲斯托，墨菲斯托站到石台中央。

“永别了，白鬼子首领！”他喊道，“记住你的承诺！”玛戈在惊恐中扭开头，墨菲斯托把地雷扔向聚拢在他脚下的人群。轰隆一声，橙色火光闪过——太阳般的炽热充满了肮脏恶臭的房间，冲击波袭来，把她掀翻在地。玛戈跪起来，回头张望，看见破损茅屋背后烈焰升腾，红色的火焰和闪光弹的白光交相辉映。她有一瞬间看见了佛洛克的剪影——他傲然挺立，仿佛凯旋的英雄，双臂伸展，白发被几千条火舌染成橘红色；滚滚浓烟和火焰随即吞没了一切。

前方的皱皮人不知如何是好，主动让出了一条路。

“走！”潘德嘉斯特压过呼啸的爆火喊道。玛戈抓起拎包，跟着他们跑向水晶阁另一头的拱门。她看见达戈斯塔和潘德嘉斯特在拱门外的候车站台上停步，那里有个身穿黑色潜水服的瘦削男人，脸上满是汗水和伪装油彩。

她身旁传来呼哧呼哧的喘息声。皱皮人重新整队，此刻越追越近。跑到狭窄的拱门口，玛戈突然停下，转过身。

“玛戈！”潘德嘉斯特在站台上喊道，“你在干什么？”

“只能在这儿拦住他们！”玛戈伸手进拎包，喊道，“我们跑不过他们！”

“别犯傻！”潘德嘉斯特说。

玛戈没有搭理他，拿出两个水瓶，左右手各抓一个，使劲一捏，液体喷过拱门。“站住！”她喊道，“水瓶里有二十亿单位的维生素 D_3！”

皱皮人扑了上了，血红的眼睛淌着泪水，强光烧得皮肤颜色斑驳。

她晃动水瓶，“听见了吗？活性 7 - 脱氢胆甾醇！足够杀死十倍的你们！”第一个皱皮人举着匕首跑到面前，她朝皱皮人的脸膛喷去，水流接着击中了对方背后的另一个皱皮人。两个怪物仰面倒下，拼命挣扎，几缕烧灼的青烟袅袅升起。

另外几个皱皮人停下脚步，叽里咕噜说个不停。

“维生素 D！”玛戈重复道，“瓶装阳光！”

她抬起双臂，两股水流飞向人群。惨嚎随即传来，几个皱皮人倒在地上，撕扯斗篷，把液体溅在同伴身上。玛戈上前两步，喷向前排的其他皱皮人。怪物惊恐后退，惨嚎和叽里咕噜的说话声不绝于耳。她继续上前，从左到右喷射溶液，皱皮人一哄而散，转身逃跑，互相践踏，十几个抽搐冒烟的怪物躺在地上，疯狂撕扯斗篷。

玛戈后退几步，把剩下的溶液洒在门口地面、墙壁和天花板上；隧道出口变得湿漉漉的，还有液体不停滴落。她把空瓶扔向水晶阁，喊道，“走吧！”

她追了上去，在站台另一头打开的格栅门前赶上了同伴。

“咱们必须返回集合地点，”身穿黑色潜水服的男人说，“炸药再过十分钟就会爆炸。”

“你先，玛戈。”达戈斯塔说。

她跳上梯级，爬进脚下的排水沟，背后和上方响起一连串震耳欲聋的爆炸声。

“我们的炸药！”达戈斯塔喊道，“火焰让它们提前引爆了！”

潘德嘉斯特转身回答，但犹如地震的隆隆声音淹没了他的说话声；隆隆声音先在脚下响起，接着是五脏六腑，变得越来越猛烈。一股怪风刮进隧道，那是水晶阁坍塌掀起的气流，推搡着灰尘、浓烟、纸屑和鲜血沸腾的气味。

62

玛戈穿过排水沟，落进一条漫长低矮的隧道，一根行将熄灭的火炬是唯一的光源。周围有几堆瓦砾，沉在隧道地面上的死水里。

上方的通道还在隆隆作响，在爆炸的余波中微微震颤。排水沟里飘来灰尘和碎石，落在她的肩膀上。

史密斯贝克落在她身旁的水里，潘德嘉斯特、达戈斯塔和潜水员紧随其后。

"你到底是谁？"达戈斯塔问，"其他突击队员呢？"

"我不是突击队员，长官，"男人答道，"我是警局的潜水员。斯诺警员，长官。"

"哎呀呀，"达戈斯塔说，"不就是开启了这件事的那一位？斯诺，有火吗？"

潜水员点亮又一根火炬，刺眼的猩红色光芒忽然照亮了隧道。

"上帝啊！"玛戈听见史密斯贝克在身边喃喃说道，她随即意识到先前以为是瓦砾堆的东西其实是身穿橡胶潜水服的潜水员，缺少头部的尸体遭到残害，摊开手脚躺在地上，无言地展示着痛苦。周围墙上有无数子弹打出的坑洞和榴弹爆炸熏黑的条纹。

"海豹突击队，伽马小队，"斯诺嘟囔道，"搭档替我争取到时间，我跑到这里建立阵地。怪物从排水沟爬上来追我，但见到通向上方的轨道就放弃了。"

"咱们的成年舞会要迟到了。"达戈斯塔环顾屠杀现场，脸色凝重。

"你们没有见到其他突击队员吗，长官？"斯诺问，"我跟着脚印走的。希望还有别人也活了下来……"看见达戈斯塔的表情，他的声音小了下去。隧道暂时陷入尴尬的寂静。

"走吧，"斯诺催促道，他抖擞精神，"附近还有四十磅 C4 即将爆炸呢。"

玛戈头晕目眩，在黑暗中踉跄前进。她感觉到脚下的隧道地面很硬实，于是努力把这种坚实感拽进两脚、双腿和双臂。她知道她不能允许自己去思考刚才见到了什么、得知了什么、水晶阁里有什么:要是停下来思考,她就无法继续前进了。

漫长的隧道渐渐拐弯。玛戈看见斯诺和达戈斯塔在前方走出隧道,进入一个宽敞的拱顶房间。

她听见身旁史密斯贝克的呼吸变得粗重。她望向隧道地面,发现周围是十几个皱皮人七零八落的尸体。她瞥见一个肮脏的兜帽,兜帽被烧掉了大半,露出疤痕累累的皮肤和极为粗大的血管。

“有意思,”潘德嘉斯特凑到她耳边说,“爬行类特征很明显,但人类特征仍旧占主导地位。可以说是通往姆巴旺之路上的一个临时小站。有一点值得注意,部分样本的变形比其余的更加严重。无疑要归功于川北对药物的持续改良和试验。真可惜,没时间好好研究一下。”

脚步的回声越来越空旷,他们走出隧道,进入一个大房间。有几条一动不动的人影躺在浅水里。

“这是我们的集合地点,”斯诺飞快检查靠在墙边的几排设备,玛戈听得出他的声音异常紧张。“呼吸装备足够我们使用,但没有潜水服。咱们必须尽快离开。要是C4爆炸时我们还没走,就会被彻底埋在最底下。”

潘德嘉斯特递给玛戈一副气瓶,“格林博士,我们能逃出来,都是你的功劳,”他说,“维生素D的事情你说对了。你成功地把怪物挡在水晶阁里,直到爆炸堵住他们的去路。下次要是再外出探险,欢迎您加入。”

玛戈点点头,套上脚蹼,“谢谢,一次就够了。”

探员转向斯诺,“打算怎么出去?”

“我们是通过哈德逊河上的污水处理厂进来的,”斯诺说着套上气瓶,戴上头灯,“但不可能逆向穿过工厂回去。计划是走西区横渠的北部支线,从一百二十五街运河出来。”

“能带我们出去吗?”潘德嘉斯特说着把气瓶递给史密斯贝克,

帮他套上气瓶。

“希望如此，”斯诺喘息道，从装备里找出呼吸面具，“我仔细看过中校的地图。我们按原路回到第一垂直溢水口，顺着溢水口向上爬而不是向下走，就能进入通向横渠的支线溢洪道。不过要游很长一段路，我们必须万分小心。路上有不少水闸和分流渠。要是迷路了，那可……”他没有说下去。

“明白，”潘德嘉斯特套上气瓶，“史密斯贝克先生，格林博士，用过水下呼吸器吗？”

“大学里上过几堂课。”史密斯贝克接过呼吸面具。

“在巴哈马潜过水。”玛戈答道。

“规则相同，”潘德嘉斯特对玛戈说，“我们会校准你的调节器。就像平时那样呼吸，保持冷静，保你不会有事。”

“快！”斯诺的声音透着焦急。他小跑向房间的另一头，史密斯贝克和潘德嘉斯特紧随其后。玛戈逼着自己跟上去，边跑边系气瓶的腰带。

她忽然撞在潘德嘉斯特身上，潘德嘉斯特停下了脚步，扭头张望。

“文森特？”他问。

玛戈转过身。达戈斯塔站在房间中央，气瓶和面具还堆在脚边。

“你们先走吧。”他说。

潘德嘉斯特探询地看着他。

“不会游泳。”达戈斯塔解释道。

玛戈听见斯诺低声咒骂。众人愣了几秒钟，史密斯贝克转身走向副队长。

“我帮你，”他说，“你跟着我。”

“我说过了，我在皇后区长大，不会游泳，”达戈斯塔怒道，“我见水就他妈沉到底。”

“你这身肥肉沉不下去。”史密斯贝克说着捡起气瓶,按在达戈斯塔背上,“紧跟着我就行。要是有必要,我带着你游。当初在下层地下室的时候,你就没把自己淹死,忘记了? 按我说的做,保你没事。”他把呼吸面具塞进达戈斯塔手里,推着他走向众人。

房间的另一头,一条地下河流进黑暗。玛戈望着斯诺和潘德嘉斯特戴上面具,钻进暗沉沉的河水。她把面具拉下来盖住双眼,把调节器塞进嘴里,跟着他们潜入水中。呼吸了那么久隧道里的臭气,气瓶里的空气分外甘甜。她听见身边响起激烈的溅水声,达戈斯塔半游半刨地穿过温乎乎、黏兮兮的脏水,史密斯贝克催促他快点。

玛戈以最快速度游过隧道,跟着斯诺闪烁的头灯,随时等待突击队员安放的 C4 炸塌背后古老的石砌天花板。潘德嘉斯特和斯诺在前方停下了,她游到他们身边。

“从这儿下去,”斯诺从嘴里拔出调节器,指着下方说,“当心,别碰伤,千万别吞下什么东西。隧道底部有一条古老的铸铁管道,通向——”

就在这时,他们感觉到——而不是听见——头顶上传来一阵震颤:低沉而有节奏的隆隆声,越来越剧烈,最终达到了可怕的强度。

“那是什么?”史密斯贝克和达戈斯塔赶了上来,“炸药?”

“不是,”潘德嘉斯特悄声说,“听:这种声音持续不断。肯定是水库提前开闸放水了。”

他们悬在肮脏的臭水里,罔顾危险,被催眠了似的听着几百万加仑水滚滚流过上方纵横交错的古老管网,奔腾涌向他们。

“离其余的炸药爆炸还有三十秒。”潘德嘉斯特看看手表,平静地说。

玛戈等待着，尽量保持呼吸平稳，她知道引爆若是出了岔子，他们几分钟内就将丧命。

隧道开始剧烈震颤，水面随之晃动。小石子和水泥块如雨点般在四周坠落。斯诺戴上面具，最后环视一眼，钻进水下。史密斯贝克推着不情愿的达戈斯塔紧随其后。潘德嘉斯特示意玛戈先走。她沉进黑暗，望着斯诺的头灯钻进一条锈迹斑斑的狭窄管道，跟了上去。达戈斯塔逐渐适应了气瓶，拼命划水的动作逐渐变得有规律。

管道平行伸展，接着拐了两个弯。玛戈扭头张望一眼，看见潘德嘉斯特跟了上来，放下心来。在黯淡的橙色光线下，她看见探员示意她别停下。

转回去，她看见几个人在前方的交叉点停下。闪闪发亮的不锈钢管道代替了古老的铸铁管道，继续向前延伸。脚下，两条隧道的交汇处，玛戈看见一条狭窄的管道通向下方。斯诺指指前方，再指指上方，示意那就是通往西区横渠的垂直溢水口，出口就在前方。

背后突然传来隆隆巨响：饱含不祥之兆，如雷声般滚滚而来，在充满水的狭窄空间内被放大了许多倍。刺耳的轰然爆炸声随即响起，接着是另外一声，一声接一声响个不停。玛戈看见斯诺瞪大了闪烁头灯下的双眼。最后一组炸药及时引爆，炸塌了恶魔阁楼连接的溢洪道，永远封闭了那个地方。

斯诺拼命打手势，示意他们往溢水口游，玛戈感觉到双腿被猛地扯了一下，像是有回头大浪将她拽向背后的集合地点。这种感觉来得快去得也快，周围的水突然变得异乎寻常的黏稠。她有半秒钟无法动弹，像是悬浮在飓风的风眼中央。

超高压的震荡波顺着铸铁管道从后方袭来，剧烈翻腾的泥浆使得管道也开始抽搐。玛戈被水流掀得撞在铸铁管壁上，呼吸器掉出嘴里,她拼命去捞,双手在气泡和垃圾的风暴里探来探去。又是一股压力,推得她落向下方,被吸进了脚下的那条管道。她努力摆回正常姿势,挣扎着游回交汇点,但巨大的吸力拖着她落向难以想象的幽深之处。隆隆的声音持续不断,仿佛她耳朵里的血流声。她感觉到自己在管壁之间撞来撞去,成了洪水里的一块浮渣。借着斯诺的头灯,她看见潘德嘉斯特在遥不可及的上方望着她,向她伸出的援手看上去如同玩具手一般细小。又是轰隆一声,金属发出尖利的折断声,上方的狭窄管道坍塌了,无尽的隆隆声仍在继续,她觉得自己继续飘向黑暗污水的更深处。

63

海沃德顺着林荫道跑向露天剧场和樱花丘,卡林警官陪在她身边。与“鼹鼠”打了一场遭遇战,吸了催泪瓦斯,回到街面上又陷入骚乱,他似乎全然不为所动。尽管体型巨大,但他跑得很轻松,天生就很有运动员的派头,甚至连汗也没流一滴。

来到暗沉沉的公园里,原先显得很微弱的杂音越来越喧闹:怪异的嚎叫声时起时落,像是有了自己的生命。四处燃起或大或小的火堆,低垂的乌云染上一团团明亮的猩红色。

“天哪,”卡林边跑边说,“像是有一百万人正在厮杀。”

“难说不是。”海沃德答道,她看见一群国民警卫队在前方跑向北边。

两人跑过弓桥,绕过漫步区,来到警方防线的后沿。引擎空转的新闻报道车辆顺着横穿路停成一串。一架大型直升机在上方盘旋,降到树梢高度,桨叶隆隆旋转。警察环绕着城堡台地组成人墙,一名副队长放她过去。卡林跟着她跑过台地,爬上通向堡垒的台阶。警方高官、市府官员、国民警卫队和神色紧张的对着移动电话说个不停的人们聚成一团,霍洛克局长站在中央,比四个小时前海沃德见到的他老了十岁。他正在和一个年近六旬、衣着得体的瘦削女人说话。更确切地说，他在听那女人用干净利落的命令口吻训话。海沃德走近他们，认出那女人就是“夺回我们的城市”的领袖，帕梅拉·威许的母亲。

“……这个城市前所未有的官僚作风！”威许夫人说，“就在此刻，我的十几个朋友躺在医院里。天晓得我们这些人还有几百名伤员？我向你保证，我向市长保证，法律诉讼会像雨点般落向市政府。霍洛克局长，雨点一般！”

霍洛克鼓起勇气反驳道，“威许夫人，警方报告说正是游行者队伍里的年轻人挑起了这场骚乱——”

但威许夫人根本不听他说话。“等这件事结束了，”她继续道，“铲除了现在充斥在公园与街道的残渣和垃圾，我们的组织将更加强大。市长在今夜之前害怕我们，明天他将十倍地恐惧我们！我女儿的性命犹如火花，点燃了我们的正义事业，我们的自由和人身受到野蛮袭击，烈火将会熊熊燃烧！别以为……”

海沃德悄悄退下，决定此刻并不适合接近局长。她觉得有人在拽她的袖口，转身见到卡林看着她。卡林没有说话，抬手指向大草坪。海沃德望了过去，目瞪口呆，无法动弹。

大草坪在这个漆黑的夏日夜晚变成了战场。几十伙人在冲撞、逃跑、攻击、撤退，场面喧嚣混乱。大草坪边缘不计其数的垃圾箱被点燃了，闪烁的火光照亮了大草坪，昔日美丽的绿色草地化作垃圾的海洋。黑暗加上垃圾，你很难判断骚乱人群里哪些是游民，而哪些不是。从西到东，警方车辆停成两排，头灯指着这一幕场景。大草坪的一角，有一大群衣着得体的游行者——“夺回我们的城市”余下的精英成员——正在向警方路障背后撤退，显然意识到已经不可能举行午夜守灵仪式了。警察和国民警卫队的队伍从包围圈缓缓推进，驱散正在殴斗的双方，挥舞警棍，实施抓捕。

“妈的，”海沃德恶狠狠地低声嘟囔，“真他妈一团糟。”

卡林惊讶地看着她，对着手心咳嗽两声表示这么说真不体面。

两人背后忽然闹得不可开交，海沃德转过头，看见威许夫人迈着优雅的步伐走开，昂着脑袋，一小撮马屁精和保镖紧随其后。送走威许夫人，霍洛克仿佛拳手打完十二局恶仗，靠在城墙上的一块沙黄色石头上，像是借此支撑身体。

他最后断断续续地长吐一口气，问道，“往水库里撒完——呃，叫什么来着？”

一个衣着得体的男人站在电池驱动的广播电台边，他回答道，“叫塞奥欣。十五分钟前撒完了。”

霍洛克抬起凹陷的双眼扫视众人，“为什么还没有消息！”视线落在海沃德身上，他吼道，“喂，你！叫什么来着，哈里斯？”

海沃德上前道，“海沃德，长官。”

“随便你，”霍洛克从墙边直起腰，“有达戈斯塔的消息吗？”

“没有，长官。”

“瓦克西警长呢？”

“没有，长官。”

霍洛克忽然又靠了回去。“老天保佑，”他嘟囔道，看看手表，“还有十分钟到十二点。”

他转向右手边的一名警官，指着大草坪说，“他妈的怎么还没打完？”

“每次我们上去，他们就散开，换个地方继续打。而且人似乎越来越多，是穿过公园南边的警戒线进来的。不用催泪瓦斯很难控制住局势。”

“呃，那他妈的还等什么呢？”霍洛克吼道。

“你的命令啊，长官。”

“我的命令？白痴，威许夫人已经走了。上催泪瓦斯，快。”

遵命，长官。

脚下响起低沉的隆隆巨响，声音发闷，很奇怪，像是从地心传来的。霍洛克突然有了精神，他一跃而起，叫道，“听见了吗？炸药爆炸了！天杀的炸药！”

操作各个通讯设备的警察三三两两鼓掌。卡林扭头望向海沃德，露出困惑的表情，问，“炸药？”

海沃德耸耸肩，“问住我了。底下闹成那样，他们到底在高兴什么？”

像是得到了无声的指示，两人同时望向大草坪。底下的场面蔚为壮观。叫声喊声迎面而来，声浪仿佛有了实体。每隔几秒钟就会有特别突出的声音拔地而起，或者是咒骂，或者是惨叫，或者是拳头落在身体上的噼啪脆响。

大草坪的另一边忽然响起了奇特的呼啸声，仿佛曼哈顿的地基开始坍塌。刚开始她找不准具体位置，但很快注意到中央公园水库的表面突然有了动静，不再像池塘那么平静。水面泛起白浪，水库中央冒出了气泡。

寂静笼罩着指挥中心，所有人都扭头朝水库张望。

“碎浪，”卡林悄声说，“在中央公园水库里。算我开眼了。”

随着低沉的咕咚一声，几百万立方英尺水似出栏的猛虎般冲入曼哈顿地下，发出可怖的隆隆声音。从大草坪上看不到水库，所以人们继续斗殴；但除了骚乱的声音，海沃德听见——或者说感觉到——一种空洞的涌流声，大水冲进广阔的地下廊道和早已被人遗忘的隧道群。

“太早了！”霍洛克喊道。

海沃德望着水库的水面明显下降，刚开始还很慢，但越来越快。在探照灯的反射强光和不计其数的野火映照下，她看见水库围堰渐渐露出水面，大漩涡带着水流在岸边沸腾翻滚。

“停下。”霍洛克悄声说。

水平面还在迅速地下降。

“求你了，停下。”霍洛克悄声说，死死地望着北方。

排水的速度越来越快，霍洛克看见水面每一秒钟都在下降，露出了紧邻东草原和球场的斑驳围堰。隆隆声忽然抖了一下，涡流开始减缓。水面逐渐平息，下降的速度随之放慢。指挥中心一片死寂。

海沃德望着水库北边泛起的一排水泡，刚开始还不显著，后来越来越多，最终汇成狂暴的呼啸声。

“狗娘养的，”霍洛克低声说，“他们成功了。”

出口被封死，水库不再排水；但北方水渠调来的水仍源源不断地流进水库。随着响亮的咝咝声和噗噗声，水平面重新开始上升。北端的搅动越来越强烈，水库像是受到了地下的巨大压力，整个水库因此颤抖。随着持续不断的隆隆声，水面不停上升，最后抖动着爬到了堤坝高地。接着，突然溢出了。

“我的天，”卡林说，“看来他们要游泳了。”

洪水溢出水库，涌向火光闪闪的黑暗公园——溅水声、水流声、隆隆声淹没了打斗的声音。海沃德无法动弹，望着令人敬畏的场面，心想这很像巨型浴缸溢水。她看着水流没过土丘，沿着矮树和灌木的边缘流淌。多么像一条大河，她心想：平缓，不深，但势不可当。水流的方向很明确：大草坪的洼地。

沦为骚乱战场的平地挡住水流，躲出城堡的视线，这一刻人们的心都提到了嗓子眼。转瞬之间，水流淌出大草坪北端的树木，那是一道闪闪发光的黑色细线，树枝、杂草和垃圾跑在最前面。水流撞上人群边缘，海沃德听见打斗的声音换了调门和音量。骚乱人群突然犹豫起来。海沃德望着纠缠在一起的人们散开、集结、再散开。洪水完全涌上大草坪，尖叫的人群跑向高处的树林，互相践踏磕绊,挣扎着跑向公园出口和安全地带。

大水仍在向前涌,绕过钻石形状的棒球场,吞没无数野火,撞倒了垃圾箱。大水冲进戴拉寇特剧院,发出呼噜一声巨响;大水包围继而吞没了乌龟池,打着旋流过城堡的地基,在石头上拍出无数暗沉沉的泡沫。大水奔腾的声音渐渐停歇。刚刚诞生的大湖安静下来,水面上出现了许多明亮的反射光点,水面越来越平静,于是光点越来越多,最后仿佛一面映照星空的巨镜。

过了好久,整个指挥中心仍然静悄悄的,众人沉醉在这幅奇景之中。突然,欢呼声犹如雷动,响彻城堡的所有厅堂和塔楼,盘旋着飞向清爽的夏日夜空。

"真希望我老爸也能看见,"海沃德在欢呼声中转向卡林,面带微笑说,"他肯定会说,狗咬狗就得用水浇。我敢保证他会这么说。"

64

清晨的太阳刚爬出大西洋,亲吻着长岛的砂质分岔,抚摸着海湾和港口、村庄和度假地,柏油路面和人行道结起了露水。明晃晃的半个太阳照亮了西边纽约市最靠近大海的地方,灰色的楼宇海洋一瞬间被染成了浅玫瑰红色。阳光顺着黄道线前进,落在东河上,成千上万幢大楼的窗户同时燃起火花,光和热像是正在冲洗这个城市。

但是,阳光却无法穿过纵横交错的铁路轨道和高架电线,照进这条名叫洪堡水道的狭窄运河。运河两边的廉租公寓空空荡荡,灰色建筑物犹如尸体的巨大牙齿,数量太多,高度太高。公寓脚下,黏稠的死水一动不动,只有城铁经过上方铁路桥时才会掀起微澜。

太阳循着万古不变的路线西行,一缕光线斜穿过木头和钢铁的迷宫，照在生锈的铸铁上化为血红色，突兀刺眼，宛如刀伤。阳光来得快去得也快，但在消失前照亮了一幅怪异的场景：一个浑身烂泥的褴褛身影，蜷曲着躺在仅仅高出黑水几英寸的砖石护岸上，全无动静。

黑暗和沉寂回来了，恶臭的运河恢复宁静；但它的睡眠再次被打破了：远处响起低沉的隆隆声，搭着朦胧的灰色天光驶近，从头顶飞过，渐渐变轻，但很快又回来了。高处的隆隆声有了伴奏：更低沉，更近。运河的水面开始震颤抖动，不情愿地恢复生机。

海岸警卫队的轻便快艇上，达戈斯塔站在船头，坚决而警醒，犹如哨兵。

"看见她了！"他指着护岸上的黑色人影喊道，他对驾驶员说，"叫直升机飞远点儿！搅得臭气熏天。而且有可能需要救伤直升机进来。"

驾驶员瞥了一眼公寓楼被火烧过的陡峭表面和顶上的铁桥，脸上闪过怀疑的神色，但没有多嘴。

史密斯贝克趴在船舷上，抻着脖子向暗处张望。"这是什么地方？"他问，把衬衫拉起来遮住鼻子。

"洪堡水道。"达戈斯塔简略地答道，他扭头吩咐驾驶员，"靠岸，让医生过去看看她。"

史密斯贝克站起来，望向达戈斯塔。他知道副队长穿的是棕色正装——副队长只穿棕色正装——但在厚厚几层淤泥、尘土、鲜血和油脂的遮蔽下，早就看不出本来的颜色了。副队长眼睛上方有条参差不齐的红线：伤口。史密斯贝克望着副队长用衣袖使劲擦脸。"上帝，求你保佑她没事。"达戈斯塔喃喃自语。

小艇靠向护岸，驾驶员把引擎挂空挡。达戈斯塔和医生立刻从船舷跳上护岸，蹲下去查看那条俯卧的人影。潘德嘉斯特站在船尾暗处，一言不发，苍白的脸上露出专注神情。

玛戈猛然惊醒，眨着眼睛打量四周。她试着坐起来，用一只手捂住头部，痛苦呻吟。

“玛戈！”达戈斯塔说，“是我，达戈斯塔副队长。”

“别动。”医生说，伸手轻轻探查她的颈部。

玛戈没有理睬医生，勉力坐了起来。“怎么拖了这么久？”她问，接着痛苦地咳嗽了起来。

“断了什么骨头吗？”医生问。

“全都断了，”她答道，一皱眉头，“左腿大概真的断了。”

医生开始检查左腿，动作熟练地剪开沾满烂泥的牛仔裤。他接着检查她的身体其他各处，最后对达戈斯塔说了句什么。

“她没事！”达戈斯塔喊道，“叫救伤直升机在码头等我们。”

“说说，”玛戈问，“你们去了哪儿？”

“我们受了误导，”潘德嘉斯特也走到了他们身边，“污水处理厂的沉降池里找到了你的一只脚蹼，被螺旋桨打得稀烂。我们害怕……”他停了半秒钟，“唔，总之过了一阵才决定查看西区横渠的所有次级出口。”

“断了什么骨头吗？”史密斯贝克喊道。

“估计只是轻微骨折，小意思，”医生说，“把担架放下来。”

玛戈坐起身，“我想我可以——”

“听医生的。”达戈斯塔像父亲一般皱起眉头。

小艇顺靠到湿滑的砖砌堤岸边，史密斯贝克和驾驶员放下担架，史密斯贝克跳下船，把玛戈扶上狭窄的帆布担架。他们三个人合力将玛戈抬过船舷。达戈斯塔跟着史密斯贝克和医生回到甲板上，对驾驶员点点头，“快走吧。”

柴油引擎隆隆发动，小艇从岸边退开，驶入运河。玛戈小心翼翼地向后靠，把脑袋搁在充气枕头上，史密斯贝克用湿毛巾擦净她的脸和手。

“感觉不错。”她轻声说。

“十分钟后你就回到岸上了，”潘德嘉斯特说着在她身边坐下，“再过十分钟，你就在医院病床上了。”

玛戈张开嘴想反对，但潘德嘉斯特的表情让她安静了下来。“斯诺警官说了说洪堡水道都生长了些什么东西，”他说，“相信我，这是为了你的安全。”

“发生了什么？”玛戈闭上眼睛，小艇引擎的震颤让她安心。

“难说，”潘德嘉斯特答道，“你记得什么？”

“我记得我们分开了，”玛戈说，“爆炸——”

“爆炸把你推进了一条排水隧道，”潘德嘉斯特说，“在斯诺的帮助下，我们赶到了垂直溢水口，最后回到哈德逊河。你肯定被吸进了横渠，跟着泄洪水流进入洪堡水道。”

“似乎就是那两具尸体被暴雨冲出来的路线。”达戈斯塔说。

玛戈有几秒钟像是睡着了，接着，她再次开口说道，“佛洛克——”

潘德嘉斯特用指尖封住她的嘴唇。“以后再说，”他说，“以后有的是时间说。”

玛戈摇摇头，喃喃说道，“他怎么会做出这种事情？怎么会服下那种毒素，建起那个可怕的茅屋？”她停了下来。

“发现你对最亲密的朋友也知道得这么少，真是令人不安，”潘德嘉斯特答道，“谁知道是什么隐秘的欲望引燃了内心的火焰？我们永远也不可能明白佛洛克有多么怀念双腿。他为人傲慢倒是一直很明显。不过话也说回来，伟大的科学家都很傲慢。他肯定看到川北已经跨过了许多阻碍，把药物完善到了一定程度。比起川北卖给皱皮人的毒品，他自己服用的无疑是一个较晚的品系。佛洛克对自己的能力非常有信心，认为他能矫正川北的错误。他看出了这种药物矫正生理缺陷的潜能，把这种潜能应用到了极致。但是，药物的最后迭代成果对心理造成的影响远胜于对机体的影响。他最深层的欲望、最隐秘的渴望，被推到最前线，经过扭曲，放大了无数倍，终于开始主导他的行为。茅屋本身就是这种负面心理影响的明显例证。他想成为上帝——他的上帝，主宰演化的上帝。”

玛戈皱起眉头，深吸一口气，放下双手，让小艇的摇晃带走她的思绪。他们驶出至尊阴沟，穿过斯派特代夫尔运河，哈德逊河的新鲜空气扑面而来。黎明微光已经消失，温暖的夏末白昼取而代之。达戈斯塔默不作声地望着船尾泛起的泡沫。

玛戈不自觉地发现她的右手放在凸起的衣袋上。她掏出仅仅几个小时前墨菲斯托在黑暗隧道里交给她的防水信封。她好奇地打开信封。里面有一张简短的字条，但字迹已经被水泡成了浅淡纷乱的墨线。字条里包着一张潮湿的黑白照片，皱巴巴的照片已经褪色。照片上是个男孩，站在满地灰尘的前院里，身穿工作服戴小号铁路工程师帽，骑着带轮木马。胖乎乎的小脸对着镜头微笑。背景是一辆老旧的居住用的拖车，周围种着仙人掌。拖车背后是山脉，因为遥远而显得低矮。玛戈盯着照片看了很久，明白这张快乐的小脸已经变成地下的一缕幽魂。她小心翼翼地把照片和信封放进口袋。

“水库怎么样了？”她静静地问潘德嘉斯特。

“水平面在过去六小时内没有变化，”潘德嘉斯特答道，“水流显然被抑制住了。”

“这么说我们成功了？”她问。

潘德嘉斯特没有答话。

“成功了吗？”她的眼神突然变得锐利。

潘德嘉斯特转开视线，最后答道，“看起来是的。”

“什么意思?”她追问道,“你也不确定?”

他扭头看着玛戈,淡蓝色的眼睛盯着她的脸孔,“运气要是好的话,崩塌的隧道封住流水,没有泄露。再过二十个小时左右,塞奥欣杀死水库里和底下隧道里的残余植物。但谁也没法打包票——至少现在不能。”

“那怎样才能知道呢?”玛戈问。

达戈斯塔咧嘴笑道,“实话实说?从现在开始的一年,我要经常去南街的美世饭店,点一份两磅的旗鱼排,嫩煎。我要是什么事都没有,那大家就可以放心了。”

就在这时,太阳升出了华盛顿高地,黑暗的水面变成一片银箔。史密斯贝克已经擦干净了玛戈的脸,他抬起头望着这幅美景:曼哈顿中城的摩天大楼在晨光中闪着紫色和金色的光辉,华盛顿大桥沐浴在银光之中。

“要我说啊,”潘德嘉斯特缓缓开口,“我恐怕在可预见的未来都不会碰水果海鲜沙拉了。”玛戈扭头望着他,想从他的表情中看出说笑的意味,但潘德嘉斯特不动声色,最后她只能点点头,表示她明白了。

终　曲

“夺回我们的城市”没有继续举行集会。威许夫人在市政厅得到了社区联络官的荣誉职位，借着这个头衔她可以努力唤起民众的公民意识——明年市政府就要改选了。东五十三街建起了纪念帕梅拉·威许的小公园。

劳拉·海沃德拒绝了升职，选择离开警局，去纽约大学完成学位。

比尔·史密斯贝克对那晚的第一手叙述在精装本书籍畅销榜上停留了好几个月，尽管在特别探员潘德嘉斯特的指导下，政府有关部门在出版前删改了许多地方。最后，玛戈说服（更准确的字眼是“逼迫”）史密斯贝克将一半所得捐给几个游民慈善机构和慈善基金会。

水淹阿斯托隧道整整一年后，潘德嘉斯特、达戈斯塔和玛戈·格林在南街码头的一家著名海鲜餐厅共进午餐。交谈的内容外人不得而知，但有一点可以确定：离开餐厅时，达戈斯塔满脸心中大石落地的愉快笑容。

后记

这部小说里的事件和角色尽属虚构,但大部分的地下构造和居民却不是。在曼哈顿地下纵横交错的地下铁路、地铁隧道、往昔沟渠、采煤坑道、旧排水沟、废弃车站和候车室、弃用的煤气主管线、古老的机修室和其他空间内,据估计居住着五千名左右游民。单是中央车站在地下就有七层隧道,而有些地方的地下建筑竟有三十层之多。雅致车站最终沦落为齑粉的阿斯托隧道确实存在,只是规模较小,名称不同。地下曼哈顿没有可用的地图。这确实是个未经勘察的危险地域。

《渠城猎手》一书中对地下无家可归者(或称"鼹鼠"人,他们有些人更愿意自称"无屋可归者",因为他们认为地下空间就是他们的家)的描述大部分是实情。在很多地下区域,游民组织成立了不同的社团。有些在社团内生活的"鼹鼠"人可以几周或几个月——甚至更久——不上地面,他们的眼睛已经适应了极低的光照水平。他们靠"信使"带来的食物生活,有时也吃书中描述的所谓"隧道兔子"。他们用篝火或蒸汽管道烹饪,从地下电网和管线盗用电和水。至少有一个地下社团拥有兼职教师,教导居住在地下的孩童,孩童往往是母亲带到地下的,否则就会被政府送去寄养。"鼹鼠"人确实通过敲打管线实现远距离联络。最后,有一些游民声称在地下深处见过精美绝伦但蒙尘腐朽的十九世纪候车室,有镶嵌镜子和瓷砖的墙壁,有喷泉和三角钢琴,有巨大的水晶

※本书中涉及的英制单位换算公式如下：

1 英寸 =2.54 厘米	1 码 =0.914 4 米
1 英尺 =0.304 8 米	1 磅 =0.453 6 千克
1 平方英尺 =0.092 903 04 平方米	1 英里 =1.609 千米

吊灯——近似于小说中描述的水晶阁。

有一点值得提起:在几个重要的情节中,出于叙事需要,作者更改、移动或增建了曼哈顿地下区域的出入口。

作者认为,我们的政府应该给予地下游民必要的医疗与心理帮助和容身之处,尊重一个文明社会内所有个体理当享有的各项权利。

作者万分感谢珍妮佛·托思所著的《鼹鼠人》一书(*The Mole People*, Jennifer Toth, Chicago Review Press, 1993)。读者若是喜欢本书中对曼哈顿地下隐秘处的零落描述,那就有必要读一读这本促人思考(时而令人恐惧)的精妙作品。